Les Grands Chemins

Le Moulin de Pologne

JEAN GIONO

Œuvre romanesque

Collection présentée par Pierre Kyria

1 *Colline - Un de Baumugnes - Regain*

2 *Angélo - Mort d'un personnage*

3 *Le Bonheur fou - Les Récits de la demi-brigade*

4 *Un roi sans divertissement - Les Âmes fortes*

5 *Les Grands Chemins - Le Moulin de Pologne*

6 *Le Chant du monde - Deux Cavaliers de l'orage*

7 *Ennemonde et autres caractères - L'Iris de Suse*

8 *Jean le Bleu* suivi de *Jean Giono, une vie, une œuvre,* par Pierre Kyria

JEAN GIONO

Les Grands Chemins

Le Moulin de Pologne

FRANCE LOISIRS
123, boulevard de Grenelle, Paris

Une édition du Club France Loisirs, Paris,
réalisée avec l'autorisation des Éditions Gallimard.

ISBN : 2-7242-8910-2

AVANT-PROPOS

Roman publié aux Éditions Gallimard en 1951 et dont Christian Marquand et Roger Vadim assureront une adaptation cinématographique en 1963, *Les Grands Chemins* appartient au cycle des chroniques romanesques. C'est un projet ancien. Le 14 octobre 1936, dans son *Journal*, l'écrivain évoque son travail pour « le roman de la *Route* ». Deux ans plus tard, il parle de *Les Enfants perdus*, titre qu'il juge « mauvais », puis de *Les Fêtes* qui pourrait être « un très grand, très large livre ; peut-être celui qui aura assez de caractères généraux pour pouvoir se maintenir et rester. Il peut y avoir le mélange des saisons, des paysages, des lieux (campagne, petites villes, grandes villes, mer, montagne, colline, plaines), des cultures, des caractères, du tragique et du comique. Ces vies qui ressemblent à des Fêtes ». On voit que Giono ne conçoit alors ni un roman statique ni une œuvre enfermée dans une unité de temps et de lieu mais bien plutôt une vaste déambulation romanesque. Le projet se précise encore, à la date du 18 février 1939, pour un roman qui s'appelle désormais *Les Grands Chemins* : « L'homme est un voyageur. Il y a d'abord dans son âme le besoin de nomade qui fait de lui un errant et un déraciné, le chasse sur les routes. C'est le désir de l'évasion, la soif d'alibi, d'"ailleurs" qui le pousse à la recherche de l'Eldorado, du Paradis, d'une Jérusalem terrestre. » Et il ajoute : « L'homme est encore amoureux. Il y a chez lui le désir qui possède son cœur de se rapprocher d'un autre cœur, de trouver sa *sœur* ou son *frère*, ce tourment de tendresse qui fait de lui un amant. » Ainsi Giono confirme-t-il la double orientation du roman qu'on va lire : d'une part, un roman de l'évasion et de l'errance qui va nous entraîner, au fil des saisons, par monts et par vaux, annonçant, pourrait-on dire, mais, bien sûr, dans un tout autre climat, ce chant du vagabondage « hippie » que sera un jour le *Sur la route* de Jack Kerouac ; d'autre part, la chronique d'une singulière amitié, amitié à sens unique, entre le narrateur et celui qu'il appelle « l'Artiste », marginal douteux et inquiétant dont l'identité réelle ne sera révélée qu'après sa mort, à la fin de l'œuvre.

Pour garder au livre l'atmosphère voulue de dépaysement, l'écrivain a évité de trop situer les lieux : on est quelque part dans les Hautes-Alpes et la mention de Pont-de-l'Étoile est à peine un point de repère. L'époque se devine aux allusions qui sont faites : Vincent Auriol, l'Indochine, le communisme, ... nous sommes dans les années qui suivent la dernière guerre. Enfin, pour assurer à son récit une acuité linéaire, directe, l'auteur a choisi le présent de narration : l'action semble alors prête à rebondir à tout moment sur les chemins imprévus où le narrateur se laisse entraîner par son esprit aventureux, son allergie aux contraintes. Ce sont cet esprit de liberté, ce goût de l'indépendance et de la rencontre fortuite qui vont l'attirer vers l'Artiste. D'emblée, il est séduit par son talent de guitariste mais bien plus encore par son habileté aux cartes. Il a cependant noté son « mauvais regard », son agressivité, son égoïsme, mais, plutôt que de s'écarter de ce personnage trouble, il va s'attacher à lui par un irrépressible besoin de donner, de protéger, d'aimer. Cette soif de dévouement ne pouvait sans doute être inspirée que par un solitaire, farouche comme il l'est. Il reste que l'Artiste mène un jeu dangereux avec les cartes car, bien entendu, c'est un tricheur professionnel dont le talent est relayé par le souverain mépris qu'il porte aux autres. L'Artiste ne fait qu'un avec ses actes, sans illusion, sans remords, sans défaillance — autre disposition qui séduit le narrateur. Tricher est pour lui une façon de se remettre totalement en jeu à tout moment : « C'est lui qui joue la vérité. Tricher l'oblige à miser l'essentiel. Il est quelqu'un en plein. » D'où la fascination qu'il exerce sur son compagnon. Le jeu de cartes va être ici l'instrument d'une dramatique fatalité. « Les cartes m'amusent, confiera Giono à Jean Amrouche en 1953, c'est rigolo, je perds toujours...

Gagner ou perdre, c'est sans aucune importance. Je joue pour l'honneur. » Gagner ou perdre, c'est aussi la leçon implicite du livre qui est une sauvage apologie de liberté, d'une liberté que ne guide aucun devoir. S'agit-il même de bonheur ? En tout cas, « le bonheur est un travail solitaire ». Le roman est constamment en mouvement, de hameau en auberge, par chemins, plaines et forêts. Notons que Giono personnifie à plaisir la nature : « L'automne continue aujourd'hui à être pour moi un bon copain... » Et remarquons aussi que le Narrateur a une prédilection pour les cuisines, aimant à tourner autour des fourneaux, réminiscences gourmandes d'un auteur qui avait écrit dans la revue *La France à table* un texte : *Gastronomie... moi aussi...*

La conclusion de la dérive du narrateur et de l'Artiste ne peut être que tragique. Les mains brisées après un mémorable lynchage, l'Artiste a commis un meurtre. Plutôt que de le voir devenir la pitoyable victime de la justice des hommes, le Narrateur choisira, au cours d'une battue, de le tuer, tout comme Langlois dans *Un roi sans divertissement* avait préféré abattre le criminel M. V. Sans doute, l'écrivain a-t-il pu se souvenir pour cette fin de celle du roman de Steinbeck, *Des souris et des hommes.* Mais plus encore a-t-il mis dans les faits la célèbre prédiction d'Oscar Wilde : « Chacun tue ce qu'il aime. » Une mort qui est pour le Narrateur, après les vaines moissons de l'amour qu'il portait à l'Artiste, alias « en réalité Victor André, né à Alger de père et mère inconnus », la délivrance d'une inexplicable hantise qui lui permet de reprendre la route, libre, au vent de l'aventure : « J'oublierai celui-là comme j'en ai oublié d'autres. Le soleil n'est jamais si beau qu'un jour où l'on se met en route. »

Après une prépublication dans *La Revue de Paris,* en 1951, *Le Moulin de Pologne* paraît l'année suivante aux Éditions Gallimard. Ce titre désigne le domaine de plaisance qu'un certain Coste, après un long séjour au Mexique, fait construire peu après la chute de l'Empire. Pourquoi ce nom ?

« Personne n'en sait rien, précise-t-on au début du roman. Les uns prétendent qu'un pèlerin polonais allant à Rome s'établit jadis à cet endroit-là dans une cabane. » Dans une postface à l'édition du Club du meilleur livre de ce roman, en 1958, Jean Giono précisera : « Je passais en voiture un soir dans l'étroit vallon qui descend de Cruis à Sigonce [localités des Alpes-de-Haute-Provence] dans des schistes désolés. Je fus frappé par l'aspect terrifié d'une petite grange blottie dans un pli de terre. Elle était habitée mais pas de lampe à la fenêtre, pas de fumée à la cheminée, pas de feu dans l'âtre. Autour l'indifférence. Rentré à la maison, je regardai sur la carte d'état-major : c'était le lieu dit "Le Moulin de Pologne", ce fut mon titre. » Dans leur édition annotée du roman, Janine et Lucien Miallet[1] ajoutent que la ferme qui intriguait l'écrivain avait appartenu à un certain Paul, puis à sa veuve, la Pauloune, ou Paulougne, et qu'un relevé cadastral avait fait du Moulin de Paulougne « le Moulin de Pologne ». Cette déformation des mots était bien susceptible de retenir l'attention d'un auteur comme Giono.

Ce cadre du Moulin de Pologne va être le berceau d'une fatalité tragique qui atteint les Coste sur cinq générations. Coste est conscient de la malédiction ; il est le fondateur d'une dynastie vouée à des disparitions brutales et attribue la mort de sa femme et de ses deux fils à la volonté divine : « Il est lui Coste, un homme que Dieu n'oublie pas. » Il va tenter de déjouer un sort aussi funeste pour ses deux filles grâce aux talents d'une marieuse, Mme Hortense. Il ne s'agit pas de bonheur mais de se prémunir contre un destin néfaste. « Je n'ai jamais vu de bonheur qu'à des gens médiocres », dit-elle. Rien n'y fera cependant. La famille est décimée, parfois dans des accidents qui ont défrayé la chronique de l'époque comme la catastrophe ferroviaire de Versailles du 8 mai 1842. Pour les gens de la ville voisine du domaine, les Coste sont maudits. Ils vont être rejetés par la communauté. Lettres de dénonciation, plaintes, accusations arrivent à la

1. Voir *Œuvres romanesques complètes* de Jean Giono, tome V, collection La Pléiade, Gallimard, 1980.

préfecture ; les domestiques fuient, le bétail est vendu, les terres du Moulin de Pologne sont en jachère. Le retournement du destin s'opère quand le mystérieux M. Joseph que tout le monde, au début du roman, prend pour un jésuite de robe courte qui bénéficierait de puissantes alliances, va choisir pour femme Julie, la dernière de la lignée des de M. qui descend des Coste. Terrorisée à l'école par ses condisciples, elle est frappée de convulsions et restera défigurée. Devenue la risée de la ville, lors, notamment, du bal où elle se singularise en demandant si l'on peut gagner le bonheur à la loterie, elle prend sa revanche lorsque, après avoir épousé M. Joseph, elle devient une châtelaine respectée et courtisée dans un domaine tiré de sa décadence et où toute la bonne société défile. La mort de M. Joseph réveillera cependant la fatalité maligne...

Dieu ou Démon, il est évident qu'une puissance supérieure veille au malheur de cette famille. C'est elle qui tire les ficelles de ce théâtre d'ombres. Son destin suggère des comparaisons avec des hauts faits légendaires. Ainsi pour l'allusion biblique aux Amalécites, ces tribus nomades du sud du Néguev, qui attaquèrent Israël dans la Marche des Hébreux vers la Terre promise et qui, condamnées par Dieu, furent exterminées par Saül et David.

La cohésion du roman est assurée par la voix du narrateur qui, comme le chœur des tragédies antiques, rassemble les faits, les éclaire, les commente. Son rôle de notaire le prédispose à être dans le secret des familles. Il se délecte de l'observation aiguë des personnages dont il cherche à pénétrer l'âme et reste aux affûts pour rassembler les témoignages. Ses interrogations renvoient au trouble que fait lever l'existence d'une dynastie si durement éprouvée. Chacun de ses membres entre dans des scènes de genre où le cocasse se mêle souvent au tragique. Ainsi, de sombre qu'il est dans son dessein, ce roman nous apparaît-il aussi comme une vigoureuse peinture satirique de la vie provinciale avec sa moisson d'intrigues, de ragots, d'hostilités déguisées, de complaisances intéressées et de lâcheté. *Le Moulin de Pologne* illustre le pessimisme profond de Giono quant à la nature humaine mais il l'inscrit dans la perspective d'une fatalité, au-delà de l'humain, qui assure à l'œuvre son relief dramatique. Ici le conteur joue, avec de surprenants effets, d'une magie noire qui nous devient vite familière. C'est ce que soulignait Jean-Jacques Gautier qui, rendant compte de ce roman dans un numéro de *Réalités* d'avril 1953, notait : « Le romanesque le plus extravagant prend des allures d'indiscutable vérité... Ce *Moulin de Pologne* donne à rêver... nous amène au bord d'un ciel magique et nous laisse hésitants, vaguement heureux, vaguement inquiets. Le vrai Giono est là : sourcier, sorcier, envoûtant — et artiste. »

P. K.

Les Grands Chemins

Ne laisse pas ta mère perdre ses prières,
Hamlet ; je t'en prie, reste avec nous ;
ne va pas à Wittenberg.

C'est le matin de bonne heure. Je suis au bord de la route et j'attends la camionnette qui ramasse le lait. Quand je la vois arriver je me dresse et je fais signe mais le type ne me regarde même pas et me laisse tomber.

Je bourre ma pipe. L'automne me traite vraiment en bon copain depuis des semaines. Les vergers sont rouges de pommes.

Au bout d'un moment j'entends un autre bruit de moteur : c'est une grosse citerne avec remorque. Celui-là me prend.

Le type est seul. Il pousse son bleu dans un coin et il veut une cigarette. Je la lui roule. Je lui demande s'il faut que je la mouille et il me dit :

— Mouille-la.

Il ne s'occupe pas d'où je viens, c'est bon signe, mais où je vais. Je lui réponds que je ne suis pas bien fixé.

— Boulot ? dit-il.

— Oui et non.

Nous roulons un peu sans rien dire. Ça me plaît.

— Ils reconstruisent par ici, dit-il.

Je dis oui par politesse.

— Il y a du boulot pour les maçons.

— Oui.

— Et pour tous les corps de métier.

— Oui.

Nous traversons une assez grande ville tout endormie. Il y a cependant déjà quelques bistrots ouverts. On ne s'arrête pas.

— Question d'horaire, me dit le type.

Il charrie de l'acide pour une usine. Il a un parcours de cent vingt kilomètres à faire, au moins trois fois s'il peut.

— Et il faut pouvoir, dit-il.

À partir de quatre il touche des gratifications ; mais en me disant ça il rigole.

Malgré ma touche, il se demande vaguement si je me balade pour mon plaisir. Je le rassure. Je lui dis qu'en ce qui me concerne le travail ne presse pas à la minute, mais que d'un jour à l'autre il va falloir que je m'y remette.

Il me dit : « C'est quoi ?

— Un peu tout. Cent métiers, cent misères. »

Ce petit truc réussit tous les coups. Cette fois-ci, ça ne rate pas non plus. Il est très content.

En sortant de la ville nous passons près d'un stade. La rencontre de la semaine est annoncée sur une grande affiche jaune. Il freine et regarde l'affiche.

— Ils sont gonflés dans ce patelin, dit-il, c'est formidable !

Tout de suite après il nous lance très fort dans une pente. Les peupliers dorés défilent à toute vitesse.

On suit une vallée assez étroite. De chaque côté, les pentes des montagnes sont couvertes de bois de hêtres presque entièrement rouillés. Puis, le pays s'élargit et je vois devant nous un embranchement.

Je lui dis : « Arrête-moi là, mon vieux. »

Il s'arrête. Je lui ai roulé une autre cigarette et je la lui donne. Il me remercie comme si je lui faisais vraiment un cadeau. Il me demande si je vais de ce côté. Je lui dis que je vais essayer et il démarre.

Cet endroit me plaît. Je m'approche du poteau et je lis les noms qui ne me disent rien. À quinze cents mètres il y a un patelin, mais je le trouve un peu trop près de la grand-route. Je le vois. Il n'est pas mal. Les toitures sont en bon état. Le clocher est cossu. Il y a des signes extérieurs de richesse. Les vergers sont rouges comme d'où je suis parti tout à l'heure. Ce qui me touche, c'est quatre ou cinq plants de cosmos dans les champs. Je remarque aussi des haies de cognassiers croulantes de fruits et quelques vignes dont les raisins ne sont pas encore mûrs. Ce n'est pas un pays de vignobles : c'est de la vigne de petit bonhomme. Les champs sont très morcelés. Les plus grandes parcelles ont cinquante mètres de côté. Malgré ça, ils ont fait du blé et non de l'orge. Tout est installé sur les limons que le torrent a déversés. Ils ont canalisé le lit de pierres où maintenant fricote un peu d'eau noire. Le cantonnier a l'air d'être à la coule et les crédits de la commune respectables. Ils ont fait un pont qui vaut le jus. À 7 km 800 il y a, paraît-il, un autre village. Le nom seul est un programme. Il doit être enfermé dans un défilé qui doit se poser là.

Je n'ai pas d'idées. Le matin s'avance. Il y a déjà quelques abeilles. Je fais les quinze cents mètres à la papa. La route est mieux à mon goût. C'est un chemin vicinal de trois à quatre mètres de large à peine, très souple au pied et qui respecte toutes les propriétés. On planterait un piquet devant lui, il en ferait le tour à bonne distance. C'est ce qu'il a fait quand on l'a tracé. Il est bordé de jardins potagers de chaque côté et je constate que par ici on aime les fleurs. Dommage que ce soit si près de la grand-route. Il y a des zinnias qui pourraient me décider à être poli et conciliant.

De près c'est un village comme les autres, sauf un truc qui me fout la trouille : un château à tourelles. Pas de château à tourelles dans l'état d'esprit où je suis. J'ai soupé des châteaux à tourelles.

Je tourne court après la fontaine et je m'envoie du côté de ce fameux endroit qui est à 7 km 800. La route suit le torrent et je prends un véritable plaisir pendant plus d'une heure. Je domine le lit large et sonore encombré d'aulnes et de bouleaux. J'aime cette saison. Elle est tendre. La grive chante dans les taillis. Ce qu'elle dit est exactement en rapport avec les feuilles mortes dorées et le petit vent froid. C'est un oiseau modeste mais qui connaît son affaire.

Je marche encore un bon moment et j'arrive à une maison qui touche presque la route. C'est un corps de bâtiment trapu et montagnard dans un petit bosquet de châtaigniers. Je m'avance. La porte de l'étable est ouverte. Je remarque deux ou trois petites choses à quoi je suis très sensible, notamment un banc posé en belle place à un endroit où il y a de la vue. Les quelques outils que je vois soigneusement appuyés à l'abri des murs sont emmanchés solidement.

Il y a un chien, mais c'est un labri à poils ras. Il aboie par acquit de conscience ; en vérité il plaisante. Il n'a pas l'air de s'effrayer de peu. Malgré tout il m'arrête et il me fait comprendre que c'est la loi. Il est bien tombé, je suis très respectueux de la loi des chiens. J'appelle. Le labri se couche et surveille mes pieds.

Le patron est un petit type trapu. Il a le regard bienveillant des célibataires forestiers. Je lui demande s'il n'y a pas de travail pour moi. Il me dit non, très correctement, avec la petite touche de regret. Il est bien aimable. Ses châtaigniers sont de toute beauté et maintenant que je suis sur le terre-plein, devant la maison, je m'aperçois que le banc est sacrément bien placé.

Nous disons quelques mots sur le temps et la saison. Il me propose une goutte de café. Je refuse. Il a déjà un banc, un chien et des tas de choses dont il serait trop long de faire la liste ; inutile de lui donner un plaisir de plus.

Je me renseigne sur le village qui doit être dans un défilé. Il me dit qu'en effet. C'est encore à trois kilomètres. Il ne pense pas qu'on puisse m'embaucher. À quoi d'ailleurs, dit-il ?

Le pays qu'il regarde en me disant ça et sur lequel je jette moi aussi un coup d'œil n'a pas l'air, en effet, d'avoir besoin de quoi que ce soit. Le peu de terre cultivable serait fatigué par un enfant, et le reste, ce sont des bois sur des montagnes.

En quittant le bonhomme, je réfléchis à la situation. J'ai encore ma dernière paye presque entière. Cela me donne au moins cinq à six jours de largesse et, en faisant petit, bien plus que ça.

Le village se présente mal. Question pittoresque, il n'y a pas grand-chose à redire. Il est à la sortie du fameux défilé, mais dans un bol de montagnes nues comme de la porcelaine. Je m'attendais à mieux. Il y a à peine cinq à six maisons. Je tourne un rocher et là, exposé en plein couchant, c'est un peu plus joli. Il y a une épicerie, une agence postale et un bistrot avec un jeu de boules.

Qu'est-ce qu'ils doivent faire payer le café, ici ? Dix francs comme ailleurs ? Je vais voir.

C'est très propre et il y a le journal du jour sur la table. Ça a l'air d'être bien desservi, mais comment ? Le car du courrier ne m'a pas doublé.

Une femme fait coucou à la porte de la cuisine, mais c'est une fillette qui me sert. Je m'adresse à la dame qui fourgonne dans son fourneau et je demande à tout hasard s'il n'y a pas de boulot par ici. Ça a l'air de l'intéresser ; elle vient en s'essuyant les mains à son tablier.

C'est une rousse avec des taches de son, un visage agréable. Elle est jeune et dodue. Je fais mon œil d'innocence.

Elle me dit qu'il y avait un nommé Chanton qui faisait une coupe dans un vallon plus haut mais elle croit qu'il a fini. Il y a quelques jours qu'elle ne l'a pas vu. De toute façon, elle ne sait pas s'il avait besoin d'aide. À part ça, elle ne voit rien.

Elle connaît sa valeur et elle se force un peu pour gonfler sa poitrine ; qui est jolie. La fillette nous regarde en dessous.

Je demande si, d'ici, en continuant, on va quelque part. Elle me répond d'un ton qui signifie que, précisément, le monde, c'est autre part qu'ici. D'après elle, il suffit de partir pour rencontrer le pays de cocagne. C'est une opinion comme une autre.

Son café est bon.

Je regarde l'heure à sa pendule. Il est dix heures, mais elle me dit qu'elle retarde. Ça n'est pas une affaire ; je ne suis pas à la minute. Je me documente un peu sur le pays. J'en arrive à la conclusion que ce sont des gens qui vivent de miel. Il y a beaucoup de ruches. Miel et bois, et charrois correspondants.

Je ne veux pas être en reste. Question de poitrine mise à part, sur laquelle elle insiste un peu trop, la dame est gentille. Je lui demande ce qu'on fait ici le dimanche. Elle me dit qu'on danse et qu'on joue aux boules. Je trouve que c'est bien comme programme. Je le lui dis. Elle en convient. Elle ajoute : « Il y a mieux mais c'est plus cher. » Je lui fais remarquer que toute la question est là.

Sur ces bonnes paroles, je refous le camp dans le soleil.

La route monte et sans manières. Elle est pour les gens d'ici qui ont bon pied ; moi, elle m'essouffle un peu. Je fais deux ou trois pauses et je regarde les pentes nues qui dévalent vers moi. Les pâtures en poil de renard sont couvertes de chardons blancs. Il doit y avoir des champignons sous les mélèzes mais, où sont les mélèzes ? Debout dans tout ça, il y a moi, un point c'est tout ; le reste, c'est de l'herbe, du rocher et le fil d'une eau qui doit être très froide, à en juger par la couleur et le silence.

J'arrive sur une sorte de plat dans des prairies. C'est un col. Et là, du côté du nord, une vue du tonnerre.

Pied à terre, cavaliers !

L'air pétille, je me sens bougrement bien. Je casse la croûte. En même temps, je regarde. De tous les côtés, c'est très joli. On voit des montagnes et des montagnes à perte de vue, et des vallées fourrées, notamment celle où, puisque je suis là, je vais descendre.

Je ne sais pas ce qui me fait le plus de plaisir : ou de manger, ou de penser à la bonne bouffarde que je vais m'offrir aux premières loges. Il y a des tas de kilomètres tout autour, comme partout, mais ici on les voit. Les vallées font chaud à regarder, mais le meilleur, c'est l'air. On ne s'en lasse pas. Il y a longtemps que je n'avais été si heureux.

Sur ma gauche, mais assez loin, il y a un troupeau de moutons qui sonne un petit coup de clochette, de temps en temps. Peu à peu, il se rapproche. Je regarde le manège du berger. Il m'a vu, et il a envie de savoir qui je suis. Il ne veut pas que ce soit le dit. Il fait comme s'il suivait les moutons, mais il les pousse.

C'est une bergère. Une vieille femme maigre et droite. Noire de la tête aux pieds. Elle arrive de l'autre côté de la route et se pose. Nous nous disons bonjour, puis j'ajoute :

— C'est beau par ici.

Elle répond :

— Oui, les gens le disent.

Après ça, nous restons en compagnie, séparés par la route. Elle m'a assez vu, mais elle reste là, contente. Ça dure longtemps. Elle pense ce qu'elle veut, moi aussi. On est très bien.

Finalement, je lui dis au revoir. Elle remonte sur son flanc de montagne et moi, je m'envoie dans la descente, mais je modère. Je n'ai pas envie de m'enfoncer. Il faut, parce qu'il ne doit pas faire chaud ici, la nuit, mais je regrette. C'est comme pour tout : si les regrets y faisaient... Au bout d'un moment j'ai pris mon pas.

Juste avant d'arriver au premier hameau, une femme cueille des pommes. Je suis de bonne humeur. Je lui dis : « Salut, Patronne » et je la complimente sur ses fruits. Elle a comme moi envie de parler. Elle vient au talus.

— Vous en voulez ? me dit-elle.

— Envoyez-m'en une.

Elle l'envoie et je l'attrape au vol. Elle rit. Moi aussi. Il nous en faut peu. Nous bavardons. Elle n'a pas d'âge ; moi non plus. Je racle la pomme jusqu'au trognon.

— Vous avez peut-être faim ?

— Non. Une fantaisie.

— Il faut en avoir, dit-elle.

Nous recommençons à rire comme des gourdes. L'air doit prédisposer.

— Vous allez peut-être me donner un renseignement ?

— Pourquoi pas, si je peux ?

— Il n'y a pas du boulot pour un type comme moi par ici ?

— Qu'est-ce que vous faites ?

— Ce qu'on me demande.

— Vous ne savez pas faire des corbeilles ?

— Si, très bien.

— Dommage, on avait le vannier avant-hier.

— J'arrive trop tard.

— Non pas, si c'est pour bien faire.

— Je le pense.

Je n'ai pas été malin. Maintenant elle se méfie. Elle retourne à son pommier.

— Allez à Agnières, me dit-elle.
— C'est loin ?
— À quatre kilomètres là-dessous.
— Vous ne savez pas si on peut coucher ?
— On peut. Demandez au café Sube.
— Et à part le café Sube ?
— Je ne sais pas trop.

Va pour le café Sube, s'il n'y a pas autre chose. Je suis assez disposé à me payer un lit, à moins que ce soit plus de trente francs. Ça doit être à peu près le prix par ici, sauf s'ils sont habitués à des milords. Je pense à des chasseurs, par exemple, qui viennent s'amuser et donnent peut-être cinquante francs.

Je vois au clocher qu'il est déjà trois heures. Dans cette vallée qui se resserre, il fera nuit à six. Je ne crains pas la nuit, mais c'est l'heure où les gens ont peur de ceux qui passent.

À Agnières, il n'y a rien. Je n'ose même pas aller au café Sube. Ce n'est sûrement pas pour moi, c'est visible. Le pays me plairait. J'y suis arrivé bien avant le crépuscule, et c'est joli. Ça l'est même un peu trop puisqu'il y a un café Sube.

J'en vois sortir un type en bottes et en blouson de cuir qui inspecte les environs et lève le nez vers les montagnes. Il a l'air de les passer en revue. Il a un étui à cigarettes et c'est un instrument qui lui sert beaucoup. Il le frappe avec son doigt comme s'il battait un tambour. Il toise tout le monde et il me toise.

Je parle avec un type qui fait boire son cheval. D'après lui, dans toute la région, je n'ai pas une chance. Question de coucher, c'est délicat. Il ne faut pas demander ça de but en blanc, surtout à cette heure-ci. Je connais la musique.

Le type du cheval me quitte dès que sa bête a fini de boire. Je me demande ce que je vais faire. Celui des bottes fait les cent pas sur la place, comme

Louis XIV. Il a l'air de s'emmerder à cent sous de l'heure. J'ai envie de lui dire que ce n'est pas de ma faute et de lui signaler une petite maison blanche à roses trémières, sous trois bouleaux. Moi, en tout cas, elle m'amuse. C'est fou ce qu'elle peut me suggérer de choses, agréables et désagréables. Je n'ai que l'embarras du choix.

Je traîne un peu dans le village. Il est loin d'être conséquent. Il a un côté douillet, comme tous les villages, le soir.

C'est difficile d'aborder les gens à cette heure-ci. On ferme les portes. C'est le soir qu'on a inventé le verrou ; et il y a une bonne paye d'années. Que c'est important la frousse ! Pour résister à l'instinct il faut des types bien, et les types bien, c'est rare.

À tourner comme ça, d'un côté et d'autre, j'aggrave mon cas. On commence à me regarder du coin de l'œil. Si j'étais sûr de faire l'affaire avec trente francs, j'irais bien voir au café Sube, mais il faudra manger un morceau et ce n'est pas l'endroit où je pourrai déballer mes papiers sur un coin de table. L'assiette de soupe doit être à prix d'or. S'il y a de la soupe.

Voilà une chose à quoi il ne fallait pas penser. Je vois des tas de pommes de terre et de poireaux dans de l'eau bouillante, avec un rayon d'huile. On a des Pérou à tout bout de champ.

Je me décide et j'aborde un jeune, assez faraud. Lui aussi me parle du café Sube. Je rigole et je fais remarquer que ce n'est pas pour moi. Pendant qu'on cause, je roule une cigarette. Il n'est pas très sensible à ce truc paisible. Je l'ai peut-être pris à un moment où il était pressé.

Les plus ouverts, par temps de nuit, ce sont les vieillards. L'embêtant, c'est qu'ils ne traînent pas dehors et que, neuf fois sur dix, quand ils sont dedans, ils ne sont plus les maîtres. Ou alors, ce sont des merles blancs. Je me rends compte que ce sont précisément des merles blancs que je cherche.

Je fais un truc idiot. Je frappe à une porte et je demande carrément un peu de soupe et un coin pour dormir à l'abri. Malgré le carrément, j'ai mis toute la sauce en fait d'amabilité. Je dis que je peux payer. On est gentil comme tout et on me propose le café Sube. Je dis très gentiment, moi aussi, que c'est trop cher. Alors, on ne voit pas.

Ils sont quatre, là-dedans : la femme qui est venue m'ouvrir, l'homme qui était en train de fouiller dans une boîte à outils, une fillette qui écrivait dans un cahier et une vieille femme qui passait la soupe sur un coin du fourneau. Ils sont en train de réfléchir plein tube avec vraiment beaucoup de bonne volonté mais, à part le café Sube, ils ne voient pas. Moi non plus. Je leur souhaite le bonsoir.

Je reprends les bois, et rapidement la nuit tombe. La route descend et s'enfonce dans un vallon étroit, très fourré. J'entends sur ma droite un ruisseau qui saute dans les pierres. Mais il s'enfonce plus profond, plus vite que la route et, au bout d'un moment, je ne l'entends plus.

J'ai pensé que, peut-être, je rencontrerais une scierie. On peut très bien coucher dans la sciure, sous les hangars. Mais, autant que j'en peux juger, je suis dans un ravin où il n'y a que la place de la route et du ruisseau silencieux en bas, dans le fond.

Il n'y a qu'à marcher. C'est ce que je fais, tout en grignotant un quignon et le bout de gruyère qui reste.

D'ordinaire j'y vois la nuit. Ici, la forêt fait l'obscurité si épaisse que j'ai beau écarquiller les yeux. À un détour, pourtant, où les arbres doivent être plus éclaircis, je vois une étoile en face de moi. Puis, je m'aperçois que ce n'est pas une étoile mais un feu fixe, très haut dans la montagne. J'en découvre deux ou trois autres, à côté du premier, qui brillent moins, étant, je suppose, masqués par des feuillages. À coup sûr, ce sont les lumières d'un hameau. Je me rends compte qu'il a fallu que je m'enfonce sacrément bas dans le ravin pour voir des lumières de hameau si haut au-dessus de ma tête.

Je suis cependant toujours bien sur la route. Une route sait généralement ce qu'elle fait ; il n'y a qu'à la suivre.

Il y a belle lurette que je ne cherche plus à renifler pour sentir l'odeur des scieries. Je ne sens rien de particulièrement humain autour de moi, au contraire. En premier lieu, il y a l'odeur du vide. Sur ma droite, la forêt doit tomber raide et profond. De là vient aussi, par moments, une sorte de soupir qui ressemble à celui d'un homme endormi. Il doit y avoir en bas une vallée assez large et un torrent en conséquence qui frotte sur du gros gravier. Je sens aussi l'odeur résineuse des sapins et celle de la fiente d'oiseau. Il y a sans doute dans les parages une paroi de rocher ; c'est généralement leur odeur.

Je vois d'autres étoiles, mais celles-là au-dessous de moi. Un petit piquetage de feux pareil à une sorte de grande ourse, mais sous mes pieds. Ça fait toujours un drôle d'effet. J'essaie de voir les étoiles du ciel. Il n'y a pas mèche. Seules sont visibles la constellation du hameau d'en haut et la constellation du hameau d'en bas. Il n'y a pas de rapport entre les deux. Ils sont séparés par peut-être cinquante kilomètres de routes comme celle que je suis, tout en tournants, et qui va faire des détours au tonnerre de Dieu. Entre les deux, des centaines de milliards de tonnes de feuillages de toutes les espèces, toutes plus noires que l'ombre. Et moi, au milieu, je flotte.

La nuit met toujours un peu de mou dans les jambes.

Je me demande si j'ai quatre cents francs ou cinq cents. Quatre sûrement, c'est mon dû que m'a donné le père Machin quand je suis parti. Le reste, c'est une affaire de petite monnaie. Il me semble bien que j'avais presque cent francs au moment où il m'a payé. Après, j'ai acheté le casse-croûte.

Je commence à en avoir un peu marre, mais il faut tâcher de trouver n'importe quoi, ferme ou village. J'aimerais bien entendre aboyer un chien. Je m'arrête et j'écoute.

Il me semble qu'il y a un bruit de pas derrière moi ; puis, j'en suis certain.

J'attends. C'est un type qui marche bon pas. Quand je juge qu'il est assez près de moi, je me racle la gorge. Il me demande qui est là.

Je lui dis que c'est moi. Ça ne doit guère l'avancer, mais il ne s'en fait pas et s'approche. La voix est jeune. Il semble être un peu plus petit que moi. Je vois exactement un nègre dans un tunnel.

Je vais tout de suite à l'essentiel : est-ce qu'il y a des piaules quelconques, pas trop loin, dans ce bled ? Le type dit oui bien sûr, et qu'il y va ; c'est encore à trois kilomètres. Je propose d'aller ensemble. Il répète « bien sûr » et nous prenons notre pas.

Il y a tout de suite une chose qui m'intrigue. Je finis par être obligé de le dire. J'y mets une certaine forme parce que, vraiment, il y a de quoi. Je suis sûr de ne pas me tromper, c'est un bruit de jupes.

— Vous êtes un homme ou une femme ?

Il me répond :

— Je suis un curé.

Je dis « merde ! » Il rigole.

— C'est pas un peu tard pour être sur les routes, monsieur le Curé ?

— Vous y êtes bien, vous.

Il est culotté ; je pourrais être n'importe qui et ce serait facile de lui compliquer l'existence. Il ajoute :

— Les gens d'ici aiment beaucoup mourir la nuit. Si ça leur convient, qu'est-ce que vous voulez que j'y fasse ?

Il m'explique gentiment qu'il est allé aider une grand-mère. Je lui demande : « À quoi ? » Il me répond : « À mourir chrétiennement. »

On reste parfois baba ; c'est le cas, surtout à cause de la nuit silencieuse et parfumée, de nos deux pas accordés, de la petite constellation du hameau que je vois toujours très haut dans la montagne et les feuillages de l'ombre, de la certitude que j'ai, maintenant, de pouvoir bientôt dormir à l'abri.

Je n'ai pas encore parlé de cette question ; j'y attache moins d'importance que tout à l'heure. Néanmoins, j'en touche un mot. Il me dit que, si je ne suis pas difficile, je n'ai qu'à aller chez lui. J'y comptais.

Il me fait prendre un chemin de traverse. On contourne un rocher et je vois une lumière. On se balade encore un bon moment de droite et de gauche avant d'y arriver. C'est une lampe électrique en haut d'un poteau, à l'entrée du village. Elle éclaire des vergers, des jardins de choux et de fleurs. Je regarde mon collègue : c'est bien un curé, mais tout jeune. Je pourrais amplement être son père. Je vois sept à huit maisons à peine. Il pousse la grille en bois d'un cimetière de poche. Nous entrons. On est tout de suite devant sa porte et chez lui.

Il fait de la lumière. C'est un petit gars à la tête en boule. Il a comme moi un bon travers de doigt de barbe. Il me dit : « Ce n'est pas luxueux, mais... » le « mais » est de trop. Et d'ailleurs, si : c'est très bien.

Le fourneau n'est pas éteint sur lequel il y a de la soupe.

Je regarde les livres. Il y en a de Daniel-Rops ; le manuel d'échecs du débutant, de Chéron...

Il me dit : « Ça vous intéresse ?

— Oui.

— Vous lisez ? »

Je lui raconte mon histoire chez le docteur Ch. Il me dit : « Il était fou ! » Je lui dis : « Oui, il n'était pas tout à fait d'aplomb, mais la campagne lui faisait du bien. » J'ai naturellement gazé sur la question femmes. Il n'a pas besoin de tout savoir.

Je le complimente sur sa soupe. Il est très content. Il m'offre du tabac et nous fumons une bonne bouffarde chacun, en buvant un verre de vin. C'est la chose que j'aime le plus. Je suis content d'être avec ce petit gars. Il est à peine neuf heures et demie à son réveille-matin.

Il me dit que dans un moment on mettra une paillasse par terre. Il me demande si ça ira. Je lui réponds que c'est le paradis. Il prétend que le paradis c'est mieux que ça. Moi, je crois que c'est exactement ça. Je l'interroge sur son boulot, si c'est facile ou non. C'est, d'après lui, très chic. Les gens d'ici ne sont ni pour ni contre, sauf les vieilles qui sont résolument pour, mais elles ne sont que trois. Les jeunes suivent les vieilles quand il n'y a pas mieux à faire. Ce qui est le cas pour l'hiver. Les hommes sont gentils : ils ne s'en mêlent pas. Question argent, il dit qu'il s'en fout, ou plus exactement il dit que ça n'a pas d'importance et qu'ils sont larges en légumes et en bois de chauffage. Il dessert quatre hameaux dans la montagne. Il fait du ski ; je le sens très content et je le croirais tout à fait s'il avait un regard plus fixe.

Il est malin. Il voit à quoi je pense. Il me raconte qu'il a trouvé un bon truc pour passionner les jeunes gens. Il s'est occupé des petits garçons et des petites filles. Cette année, il a réussi à les faire partir dans une colonie de vacances. Les enfants sont rentrés il y a trois semaines après avoir vu la mer. Depuis, il est le roi. On ne fait que parler de cette mer. Mais, il avait à s'occuper de six jeunes gens, de quinze à dix-sept ans. Il a acheté un ballon et il les fait exercer dans un pré. Ils sont passionnés au dernier degré. Ils cherchent à former une équipe. Lui, ce qu'il aime, c'est le rugby, mais naturellement, dit-il, je les dirige vers le ballon rond.

Il me demande ce que je fais. Je le lui dis. Il me pose des questions très précises. Je lui en pose, moi aussi, parce qu'il a l'air de ne pas être tombé de la dernière pluie. On comprend par exemple qu'en parlant du travail et de ses rapports avec le bonheur qu'on éprouve ou qu'on n'éprouve pas, il sait de quoi il s'agit. Il est le dernier de six d'une famille qui est encore fixée à la terre dans une vallée de la montagne. Il me rappelle Thomas surtout quand il boit. Il empoigne le verre à pleine main comme lui et il a sa façon de se lécher les lèvres. Il déguste sa deuxième pipe comme il faut. Moi aussi.

Il me confesse, en douce, mais pas pour son boulot. Je prête volontiers le flanc. Je crois qu'il a une idée derrière la tête. Ce qui l'intéresse, c'est qu'il a trouvé un homme de son bord. Il veut savoir pourquoi j'ai quitté ma dernière place. Ce n'est pas un mystère : c'est que, de temps en temps, j'aime partir, c'est très simple. Il me dit :

— Mais, l'hiver ?

— L'hiver, je m'arrange pour rester.

Il fume un moment en silence. Je sens qu'il est en train de faire un détour. Je l'attends. Il arrive d'un côté imprévu. Il me parle des hommes de tout repos. Est-ce qu'il y en a ? Je ne lui pose pas la question. Je raconte très naturellement une histoire ancienne, en gazant toujours, bien entendu.

Si je savais exactement de quel repos il s'agit, je ferais mieux, mais je me tiens prudemment à carreau. Je ne m'avance d'aucun côté, et le bonhomme que je lui dépeins, qui est moi, est vraiment de tout repos. Je vais même plus loin et je me montre aux prises avec diverses difficultés dans des faits qui se sont passés à des endroits précis. Je donne les noms. J'arrive à me faire mousser sans tirer gloire. Ma pipe sur laquelle je tire tout doucement me permet de faire les repos de modestie aux bons endroits.

Il n'est pas très convaincu. Il se demande si c'est du lard ou du cochon. Je suis sûr cependant d'être resté dans la note. C'est qu'il en veut plus, mais pour le dire il prend mille précautions. Il va jusqu'à chercher dans Dieu. Je crois que c'est parce qu'il a perdu contenance, ou patience, ou qu'il est sur le point de perdre prudence, car il a très envie de quelque chose ; je le vois.

Jusqu'à maintenant, nous avions parlé et passé le temps comme deux paysans. Ce n'est plus pareil. Si on s'expliquait clairement ça irait très vite mais nous avons, lui et moi, notre intérêt personnel. J'ai l'impression que ce n'est pas tellement de la vertu qu'il cherche, mais ce n'est pas moi qui vais aller le lui dire.

Il emploie de grands mots, mais comme en même temps il ne me perd pas de l'œil, ça le rend très timide. Je suis sûr qu'il se demande si ce qu'il dit prendrait sur son père et sur ses frères. Je ne bouge pas, je l'écoute, je bois même ses paroles. Mais il sait que ça ne prendrait pas, et qu'avec moi ça ne prend pas non plus.

Finalement il se dresse et il dit qu'on va mettre cette paillasse par terre ; que je dois être fatigué.

Nous allongeons cette paillasse le long d'un coffre ; je serai très bien. Je profite de ce que je suis penché, en train de placer ma veste en guise de traversin et je dis :

— Si vous connaissiez quelqu'un qui a besoin d'un homme de tout repos, monsieur le Curé, je ferais peut-être l'affaire. L'hiver n'est pas loin.

— Vous ne voulez pas qu'on boive encore un coup ? dit-il.

— Si. Volontiers.

Il s'agirait d'une dame qui habite seule à la campagne et qui aurait besoin d'un homme de tout repos pour les gros travaux de sa maison.

C'est dans mes cordes.

— Une dame de quel âge ?

— Une vieille dame.

Il ne doit pas très bien savoir à partir de quel âge une femme est vieille. Mais si ; c'est moi qui me trompe ; il me dit qu'elle a presque quatre-vingts ; qu'après son attaque les médecins lui ont recommandé le calme et la campagne. Elle est dans un petit endroit de plaisance.

On se couche et on dort.

Le matin, pendant qu'il dit sa messe, je lui fends un peu de bois. Il revient. Il a fait le café. Nous le buvons. Je lui demande trois, quatre pommes de terre crues.

— Ça m'arrangerait bien. Je n'ai plus de casse-croûte, je les ferais rôtir. Et, en partant d'ici, où est-ce qu'on va ? Est-ce qu'on peut se ravitailler quelque part ?

Je refuse pain et fromage qu'il me propose. J'ai de l'argent, je le lui montre, je n'accepte que les pommes de terre.

D'après ce qu'il dit sur l'itinéraire je pense sortir d'ici assez vite et trouver du pays. Je remets la question principale sur le tapis.

— Au sujet de la dame, donnez-moi un mot, monsieur le Curé, j'irai voir en passant si je fais l'affaire. Pourquoi pas ?

Il se met à sa table et compose.

Une lettre de curé, c'est toujours une bonne chose à avoir. Il me la donne ouverte. Je lui dis : « Cachetez-la, s'il vous plaît, monsieur le Curé. »

Le matin lui va mieux à ce petit gars. Il m'avait fait un peu mal aux seins, hier soir sur la route avec cette *mort chrétienne.* Somme toute, il a été très gentil. Je le remercie d'un ton qui colle au poil avec les livres que j'ai vus sur son étagère.

Son patelin aussi n'est pas mal. Il est accroché avec des arbres sur une sacrée pente. Ils ont fait des murettes autour des maisons pour retenir de petites assiettes de terre où ils ont planté des fleurs. Dans un de ces jardins suspendus il y a justement une jeune femme en train de mettre du linge au fil de fer. Ça fait terrestre.

Je pense à la femme aux pommes d'hier soir. J'ai plaisir à voir des gens frais. En lançant la pomme, elle avait vingt ans.

Après un peu de sous-bois où il fait frisquet et humide, je rejoins la grand-route. Elle descend dans une sapinière soignée par les forestiers : c'est un vrai parc.

L'automne continue aujourd'hui à être pour moi un bon copain. Jc cherche en vain sur la montagne d'en face les traces du hameau dont je voyais hier soir les lumières. Tout est recouvert de forêts de hêtres. Vu d'ici, le monde est en cuivre du haut en bas. Je vois à travers mes propres arbres un petit bout de ciel très bleu. Qu'est-ce qu'il faut de plus ? Le matin, tout est beau.

Je touche ma barbe. C'est la saison où je la laisse pousser. Mais elle n'a encore que cinq jours. C'est une chose qui se fait sans que j'y pense. J'aurais donc tort de me plaindre que la mariée est trop belle. Dans deux semaines, je serai magnifique.

J'arrive dans une petite clairière et je m'assois. Il y a quelques hêtres dont pendant longtemps je regarde les feuilles tomber une à une, sans vent. Elles sont rouges et volent très lentement. D'autres, qui sont tombées de ces jours-ci et dont l'herbe est couverte, se sont gorgées d'humidité et répandent une odeur qui me fait penser à des tas de choses apaisantes. Je resterais là tout le jour.

Peu à peu le soleil illumine et chauffe tout cet endroit où je me tiens. Dans chaque arbre qu'il touche il précipite une chute de feuilles si épaisse qu'elle fait un bruit de pluie. Les oiseaux arrivent. Il y a ce fameux bleu à gros bec qui cherche les faines ; il voltige si vite à travers les feuillages dorés qu'on le voit passer comme un fil. Un rouge-gorge, qui a déjà sa tenue d'hiver et qui ressemble à un petit morceau de brique, saute dans l'herbe. Je m'amuse. Je ne me lasse surtout pas de cette odeur de feuille morte et de champignon presque plus agréable que le parfum du tabac.

Puis, je m'en vais, et en partant je fume.

La route finit par toucher le fond de la vallée. Elle file à travers des trembles jusqu'à un petit pont. J'entends déjà le ronron de l'eau.

Je vois un type assis sur les grosses pierres au bord du torrent. Je crois d'abord qu'il pêche. Vu l'heure, ce serait étonnant. En m'approchant je remarque qu'il tient une guitare entre ses jambes.

Je lui dis : « Qu'est-ce que tu fais ? »

Il lève la tête ; il a un vilain regard. Au bout d'un petit moment il répond : « J'arrange ça, tu vois. » Il taille une clavette avec un couteau. C'est un jeune homme. Il ne me plaît pas. Mais je regarde ses mains habiles et je reste là.

Il me demande si je vais à la foire. Je réponds que je ne sais pas s'il y a une foire. J'ai envie de lui parler gentiment. Il est brun et il a les cheveux frisés. Il ressemble à une fille et il est fort. Son regard a été d'un seul coup tellement désagréable que j'ai envie de le revoir. Je ne pense pas qu'il y ait mis une vilenie volontaire. C'était son regard naturel.

Je suis à côté de lui et, comme tout à l'heure dans la clairière, je n'ai pas envie de partir. Il a placé la clavette qu'il a taillée et il essaie les cordes les unes après les autres. En écoutant la musique qu'elles font je regarde ses mains avec grand plaisir.

— Tu veux que je te joue quelque chose ? dit-il.

— Oui, vas-y.

Je regrette de ne pas avoir ma belle barbe.

Ce qu'il joue me plaît beaucoup. J'ai l'impression que c'est moi qui parle. Je parle parfois de cette façon-là. J'en ai tout de suite, agréablement, très gros sur le cœur.

Enfin, il se dresse et me dit : « Viens. » J'y vais.

Il a mis sa guitare en bandoulière. Nous marchons côte à côte. La route monte à travers de petits vignobles montagnards. Les raisins ne sont pas mûrs. Nous essayons d'en manger : ils sont aigres.

— Tu es paysan par ici ? dit-il.

— Non.

— Qu'est-ce que tu fais ?

— Je cherche du boulot à droite et à gauche.

— Tu en as trouvé ?

— Pas encore.

— Si tu veux, moi je t'en donne.

— Ce serait quoi ?

— Viens avec moi à la foire.

Je me renseigne sur cette foire. D'après lui c'est la plus importante de l'année pour la région. J'ai envie de me renseigner sur lui aussi, mais j'hésite. Il va sûrement me raconter des mensonges. D'un côté, c'est ce que je préférerais ; s'il me dit la vérité, j'ai peur qu'elle me dégoûte.

Il me demande si je connais la musique. Je dis non. Il me répond : « Ça m'étonne à ton âge.

— Ça n'est pas une question d'âge. Je n'ai jamais appris. »

Il rigole. Ce n'est pas de cette musique-là qu'il s'agit.

Il traîne dans les parages depuis deux mois. Il fait danser dans les petits hameaux. Il gagne plus de cinq cents francs par dimanche rien qu'avec l'instrument, mais le plus important ce sont les tours de bâton qui le lui donnent. Il me demande si je joue aux cartes. Je lui dis oui, il me dit non. Je prétends que si. Il me dit : « Je te montrerai tout à l'heure. »

Nous montons toujours à travers les petits vignobles. Je lui dis qu'il fait sacrément bon au soleil et je vais jusqu'à avouer que c'est très agréable d'être ensemble. Il me dit que le pays est fini. Il n'a plus envie de rester par là. Je ne vois pas ce qu'il y a de désagréable dans ce joli coteau rouge et vert au flanc duquel nous montons sans rien qui presse. Il n'est pas de cet avis.

Il me raconte qu'il était hier soir dans un petit bistrot et, d'après ce qu'il dit et la direction qu'il indique, il se pourrait bien que ce soit dans ce hameau de la montagne dont j'ai vu briller les lumières en face de moi, la nuit passée. Il paraît qu'ils ont fait bastringue jusqu'à quatre heures du matin. Il me parle de deux femmes : la mère et la fille. Il dit que dans ces hauteurs c'est toujours tout cuit. Il y avait eu la paye des bûcherons dans la journée ; ça a marché comme sur des roulettes.

Il a mis sa main derrière son dos et il tambourine avec ses doigts sur la caisse de la guitare. Ça aide terriblement à marcher.

Nous traversons un petit village où l'on est en train de préparer le départ pour la vendange. Ils doivent être les propriétaires de ces vignobles le long desquels nous venons de monter. De toutes les étables on a sorti chevaux et charrettes. On attelle et des moteurs de camionnettes ronflent. Devant toutes les maisons, on a entassé cageots, corbeilles, cuveaux et cornues. Les femmes ont des foulards de toutes les couleurs sur la tête.

Sans lui, je m'arrêterais bien un peu là. Il y a de quoi faire ici pour la soupe et le lit pendant un jour ou deux, dans un travail agréable et plein de sentiment. Il ne s'en préoccupe même pas et je suis loin d'oser en toucher un mot.

Les filles sont très intéressées par la guitare. Mais nous filons et, ma parole, j'en suis très satisfait au point que j'abandonne volontiers l'idée d'acheter un peu de charcuterie.

Le village dépassé amplement, il me fait arrêter à une fontaine qui est sous des saules, en bordure d'un pré. « J'ai la gueule de bois », dit-il. Il s'en paye une tranche à éclater. Il en suffoque. J'ai tout loisir d'admirer son vilain regard.

Il me demande si j'ai bien vu tout à l'heure en passant la jeune fille au foulard. Non, je les ai vues toutes ensemble. Lui, il l'a vue et il me la décrit. Si elle est comme il dit, j'ai en effet manqué quelque chose, mais j'en doute. Il évite de me regarder en face. Il a des quantités de choses qui me déplaisent. Ce n'est vraiment pas un homme de ce genre que j'aimerais avoir pour ami.

La route file à plat dans des prés fleuris de colchiques. J'aime ces fleurs et les idées qui me viennent à l'esprit quand je les vois. Il y a aussi quelques *ronds de sorcières* où je vais fouiller, et j'en tire un bon petit paquet de champignons blancs.

— Qu'est-ce que tu veux foutre de ça ? me dit-il.

— Les manger, mon vieux.

— Tu vas attraper la colique.

— Tu parles ! Je les connais comme si je les avais faits. Il y a dix ans que j'en mange.

Je lui dis qu'avec des champignons de prairies c'est franc comme l'or, ils sont tous bons. Il peut tous les ramasser. Je voudrais qu'il me demande des renseignements sur les champignons ; je pourrais l'épater.

Nous longeons maintenant de petits bosquets de pins sylvestres. Leur tronc est rouge comme du vin. C'est l'ensemble de l'automne qui vraiment me donne beaucoup de plaisir.

Une motocyclette vient derrière nous. Mon zèbre se met au milieu de la route et fait signe. C'est un gros engin qui s'arrête et le cavalier met un pied à terre. C'est un jeune. L'autre s'en approche, il lui dit : « Prends-moi. — Monte derrière. » En un clin d'œil il est emporté. Il a juste le temps de me crier : « Viens à la foire. »

J'en reste comme deux ronds de flan. Il m'a été soufflé sous le nez... Je n'en reviens pas !

Je marche un bon moment. Je commence à me fatiguer bien que la route descende. À un tournant, je vois que je surplombe presque les toits d'un village. Je vais acheter du pain.

Et, pile, devant la boulangerie, il est là avec sa guitare.

— Tu as cru que je te laissais ? dit-il.

— J'ai rien cru. Le type n'allait pas plus loin...

— Si, dit-il, il allait bien plus loin, mais je suis descendu pour t'attendre.

Ce n'est pas vrai parce que j'aperçois la moto sur sa béquille devant le bistrot de la place. À moins que ce soit une autre moto ; il voit bien que je la vois.

J'entre dans une épicerie, j'achète un paquet d'olives noires, du saucisson, une boîte de sardines et un litre de vin. On me consigne la bouteille dix francs et je ne discute pas.

Il m'attend dehors. Il n'a pas pris le pain. Je vais en chercher.

Nous choisissons un endroit magnifique. À l'ombre d'un hêtre à la lisière des prés, nous sommes assis côte à côte au pied d'une fontaine. Le vin fraîchit dans le bassin. La vie est belle !

— Fais cuire tes champignons, dit-il.

Je lui explique qu'ils sont meilleurs crus avec un peu de sel.

— Je veux te les voir manger.

Je le fais tout de suite. J'en pèle un, je le découpe, je le sale, je le mange.

— Encore.

Je recommence. Je me demande ce qu'il attend. C'est très bon. J'ai l'habitude. J'aimerais qu'il goûte à ce parfum de rose. Je lui en offre un.

Il me dit : « Non, toi. »

Il parle de mauvais champignons, mais il ne sait pas ce qu'il dit. Je lui explique qu'on ne meurt pas tout de suite, que c'est parfois un jour après.

Il en voit un qui n'est pas comme les autres. Il me le désigne du doigt et il me dit : « Mange celui-là. »

Je le fais volontiers.

Enfin, il se désintéresse de la question. Il sort de sa poche un couteau à cran d'arrêt qui claque fort et il ouvre la boîte de sardines.

Nous faisons un repas de roi. Je n'ai qu'une peur : c'est que nous manquions de pain. Mais nous arrivons juste et aussi avec la bouteille qu'on s'est passé deux ou trois fois. Je bourre une bonne pipe. Il fume une cigarette américaine. J'ai bien envie de lui demander de jouer un peu de sa guitare, mais il dit : « Alors, tu crois que tu sais jouer aux cartes ?

— Je ne crois pas. Je sais.

— On va voir. »

Il se fouille et il sort un paquet de cartes.

Je lui dis : « Attends cinq minutes. On fume, on est bien. »

Il étend sa veste dans l'herbe et il dit :

— Regarde.

Il me fait le coup du bonneteau à toute vitesse. Je rigole. Je sais le faire. Je le laisse un peu se refroidir ; dès que je sens que ses doigts s'embronchent je mets la main sur une carte comme sur un rat.

— Qu'est-ce que tu paries ? dit-il.

— Dix francs.

— La maison ne fait pas le détail.

Je n'ose pas lui prendre ses sous ; c'est du tout cuit. Je refuse d'augmenter la mise. Il me traite de « paysan » et de radin mais je m'en tiens à mes dix francs. Je ne veux pas lui gagner de l'argent : je suis sûr de ma carte.

On la tourne : j'ai perdu.

Il me fait encore le coup cinq ou six fois. Chaque fois, je joue à coup sûr, chaque fois je perds. Je sais qu'il triche. Il me gagne cent soixante-dix francs. La dernière fois je joue cinquante francs. J'aimerais gagner mais il va trop vite pour moi et je perds. Je m'arrête. J'aurais voulu avoir mille francs en poche ; je les aurais joués rien que pour le voir faire.

Il me dit : « Ça, c'est pour les enfants. Tu veux voir le jeu pour les grandes personnes ? »

Bien entendu, je veux. Il me demande combien je mise. Je suis tenté de lui dire : cent francs et de l'épater. La pauvreté m'arrête. Il me dit qu'il n'a jamais vu un purotin pareil ; il me demande ce que je compte faire de mes sous. Je remarque que, quand il parle, sa salive s'amasse toute blanche au coin de sa bouche. Il me fait de la peine et je me dis que j'ai tant fait que je peux y aller encore de dix francs. « Je t'appellerai dix francs, dit-il. Je n'ai jamais travaillé pour si peu. Tant pis, regarde. »

Alors, il se met à tripoter son paquet de cartes comme s'il tirait sur un accordéon. Il le frappe, il le pince, il le soufflette, il le caresse, il l'étire et le referme. Il annonce : roi de pique, sept de carreau, trois de cœur, roi de trèfle, dame de cœur, neuf de pique, deux de carreau ; et chaque fois la carte annoncée tombe. Il jette le jeu de cartes dans le bassin de la fontaine et, quand il va y tomber, le jeu dc cartes se regroupe dans sa main. Il me l'étale sous le nez en éventail, en fer à cheval, en roue, en flèche. Il fait couler les cartes de sa main droite à sa main gauche, en pluie, en gouttes, en cascades. Il leur parle, il les appelle par leurs noms ; elles se dressent toutes seules hors du jeu, s'avancent, viennent, sautent. Il raconte de petites saloperies à la dame de cœur et la dame de cœur bondit jusqu'à sa bouche pleine de salive. Il dit que le roi de trèfle est jaloux ; et le voilà qui vient. En effet, il a l'air jaloux ; on dirait un coq. Puis il y a tout un imbroglio où se mêlent les rois, les dames, les valets. C'est une comédie à toute vitesse !

J'en bave.

Il cherche la dame de carreau : elle est dans sa manche. Il parle du valet de pique : il le sort de son soulier. Il répond à la dame de trèfle qui lui fait censément des confidences : en effet, elle est sur son oreille. D'autres font coucou de dessous sa chemise, de son col, de sa braguette, de sa ceinture ; montrent leur cœur, leur carreau, leur trèfle ou leur pique, rentrent, sortent, disparaissent, s'en vont on ne sait où. Je ne sais plus où donner de l'œil. Il claque des mains : elles sont toutes là en paquet dans sa paume.

Alors, il joint les talons, ferme les yeux et se raidit comme un piquet.

— Annonce la couleur, dit-il, et je te la donne.

Je ne reconnais plus ma voix quand je dis le nom des cartes. Je n'en ai pas plus tôt demandé une qu'il me la donne ou plutôt qu'il la laisse tomber à mes pieds, ou plutôt que le paquet dont il est le maître la laisse tomber de lui-même à mes pieds. Je n'ai jamais été aussi contenté que maintenant. Et cette chose-là dure tant que j'en ai presque de la peine et que je lui dis de s'arrêter. Mais il continue comme si je n'existais pas et à la fin j'ai plaisir de lui en voir prendre.

Quand il s'arrête, je sors vingt francs de ma poche mais il me dit : « Non, garde-les. »

Je les garde mais ça m'est désagréable.

Nous arrivons le soir à G. où doit se tenir demain la foire de la Saint-Luc. C'est un bourg très important à flanc de montagne. La grand-route le traverse. Il y a beaucoup de trafic. Le copain et moi nous regardons le va-et-vient. Il ne s'agit pas encore de celui de la foire ; c'est celui des cars de voyageurs qui arrivent sur une place étroite et fait halte pour dix minutes avant de repartir. Les gens descendent et vont demander les waters à la petite bonne du café. Après, ils boivent un coup en jetant un regard circulaire.

Pendant le peu de temps que nous restons sur la place arrivent et partent de long-courriers, des cars très luxueux, de toutes les couleurs dont certains vont jusqu'à Paris, ou Milan. Dans ceux-là, tout est nickel, autant matériel et chauffeurs que clients ; des lampes électriques font une grande lumière à l'intérieur et ils descendent lentement la rue étroite, sans presque faire de bruit. Ils glissent en emportant une cargaison de femmes et d'hommes tous coloriés et luisants.

J'entre dans une pissotière pour compter mes sous. Il ne m'en reste pas gras. Je revois le copain, je lui dis : « Qu'est-ce qu'on fait ? » Il me répond : « Fais ce que tu veux et fous-moi la paix. Moi, il y a longtemps que j'ai mes idées et je n'ai pas besoin de traîner un paysan comme toi. » Nous nous disputons, mais il a facilement le dernier mot et il s'en va.

Je le regarde partir. Je fais quelques pas à sa suite pour voir où il va aller. Il entre dans le café où passent les voyageurs des cars.

Je cherche une auberge pour marchands forains. J'en trouve une dans une petite rue. Il me reste assez pour ce soir. Je demande le prix des chambres et ça me convient. Je n'ai pas faim. Je bois un verre de vin. Il n'y a pas grand monde. Je remarque un grand type qui s'est fait servir une assiette de soupe. Je cherche à deviner ce qu'il vend. J'arrête la serveuse. C'est une femme âgée et je sais lui parler. Elle me dit que ce bonhomme c'est un habitué, qu'il vend du fil et des aiguilles sur un petit éventaire et qu'il n'a besoin de personne pour l'aider, sûrement.

Les autres n'ont pas l'air de faire non plus mon affaire. Je suis embêté parce qu'avec le verre de vin et la chambre il ne me reste plus assez pour acheter un paquet de tabac. J'ai perdu plus que ce que je croyais aux cartes. J'ai encore de quoi faire deux pipes avec les débris. Je me dis que j'en fumerai une au lit et l'autre demain matin. Je fais durer le verre de vin encore un peu.

Je n'ai pas dû choisir la bonne auberge. Les gens qui sont là sont sans doute des cultivateurs des environs qui ont pris occasion de la foire de demain pour venir dès ce soir se faire servir à table. Ils n'ont pas besoin de moi, au contraire.

J'en suis là et il m'est impossible de faire croire à personne que ce qui reste de vin dans mon verre compte encore quand je vois entrer un monsieur très bien mis. Ce n'est pas du tout quelqu'un pour ici. Il a un joli pardessus et un chapeau qui semble être venu se poser tout seul sur sa tête sans être touché par qui que ce soit. Il va droit à la serveuse. Il lui parle. Elle l'écoute religieusement. Puis elle se tourne vers moi et me regarde. Le monsieur me regarde et vient vers moi.

Il me demande si je veux *m'occuper* demain. Je dis oui. Il m'examine. Est-ce que je sais conduire un tracteur ? Je sais très bien conduire un tracteur ; j'ai aussi mon permis pour poids lourds et je le lui montre. Le monsieur tire une chaise, s'assoit en face de moi et m'explique. Il est représentant d'une marque de machines agricoles et tracteurs américains. Il en a tout un lot qui seront exposés demain matin à la foire. Il s'agit d'abord d'être là de bonne heure. Il m'expliquera rapidement le procédé. C'est facile et je lui dis que dans ce genre d'affaires je me débrouille très bien. Il me fera distribuer des prospectus d'abord. Ensuite, il a loué un champ et il faudra aller faire des démonstrations. Est-ce que j'ai envie de faire ça ? Ça me botte tout à fait. Alors, d'accord, et il se dresse. Je lui dis qu'il y a encore quelque chose à mettre au point, et c'est la question monnaie. Qu'est-ce qu'il me donnera ? Il me propose deux cents francs. Mais je lui dis que les permis de poids lourds ne courent pas les rues. Il me répond qu'il trouvera autant de jeunes qu'il veut pour essayer gratis ses machines qui sont rouges et très belles ; qui excitent beaucoup l'envie (enfin, il me fait l'article). Je lui dis que la marque qu'il représente, je la connais et que, si on ne va pas un peu mollo, on risque de faire péter pas mal de pièces délicates. Je lui en cite une et je lui cite aussi une manœuvre que ne manqueront pas de rater ses jeunes paysans excités et gratuits. Il voit que je connais la question. Il se rassoit, commande deux verres de vin et me dit qu'il ira jusqu'à quatre cents francs. Je soupire et je dis que je veux purement et simplement le prix de la journée de journalier spécialiste. C'est-à-dire quoi ? C'est-à-dire huit cents francs. Il pousse des hauts cris et fait mine de se dresser mais son verre est plein, il ne va pas le laisser. Comme il ne boit pas, j'estime qu'il reste à table pour tout autre chose et je tiens bon. Nous finissons par nous entendre à six cent cinquante francs, de sept heures du matin à sept heures du soir (car il faudra rentrer les machines dans le garage de son hôtel après la démonstration). Mais il n'y a pas moyen d'obtenir une avance.

Je me sens un peu plus d'attaque malgré tout. De toute façon, la chose m'a donné du crédit dans la maison. La serveuse qui a l'air, somme toute, d'être la patronne, me demande si j'ai fait l'affaire. Je lui dis oui et je monte dans son estime. Je décide de fumer mes deux pipes de débris dès maintenant et d'acheter du tabac avant d'aller me coucher.

Je me paye le luxe de jeter un coup d'œil sur les titres du journal mais je n'y suis pas. Je regarde deux types qui font une partie de dames. La serveuse me demande si je ne vais pas au cinéma. Je lui dis non, que d'ici un moment j'irai me coucher. En réalité je n'ai pas sommeil. Je serais capable de marcher toute la nuit mais quand j'y pense c'est comme à une chose tout à fait impossible car j'ai envie de rester ici.

Là-dessus, entre le copain à la guitare. Ça, c'est extraordinaire ! Comment a-t-il su que j'étais ici ? Ou est-ce qu'il est entré par hasard ? Ce n'est pas par hasard qu'il m'a cherché de tous les côtés. Je suis très content. C'est vraiment ce qui pouvait arriver de mieux.

Avant d'avoir réfléchi, j'ai demandé un litre de vin qu'on nous apporte. C'est quand je vois la bouteille que je pense à l'argent. Je dis : « Attends-moi, je vais verser de l'eau. » Je sors et, dans un coin, je fais mon inventaire. Il me reste assez pour le litre de vin, à condition de ne pas acheter de tabac et surtout à condition que demain matin on me fasse crédit jusqu'au soir pour ma chambre. Mais ça, je le crois.

Je rentre et, vraiment, je suis très content de m'apercevoir que le copain était inquiet de ma disparition et qu'il est ravi de me revoir. Je lui demande ce qu'il a fait jusqu'à maintenant. Il me dit : « Je t'ai cherché. » Je passe vraiment un bon moment, bien paisible. Il fume ses cigarettes américaines. Je lui dis : « Refile-m'en une.

— Ce n'est pas pour ton bec. Elles me reviennent trente francs pièce. »

Je lui dis gentiment : « Tu es un beau salaud ! »

Il ne boit pas comme Thomas ou comme moi. Il prend son verre d'un geste plutôt dégoûté et la gorgée de vin a l'air de lui entrer en coin dans quelque chose de très sensible. À part ça il a la dalle en pente comme tout le monde. Et s'il trouve le vin aigre c'est qu'il aime l'aigreur, parce qu'il s'envoie les verres dans le cornet à la même vitesse que moi.

J'avoue qu'à cette heure j'y vais bon cœur. Le vin va très bien à mon état d'esprit. J'ai un bon boulot facile pour demain et ce soir le copain est là à me tenir compagnie. Je n'ai besoin de rien d'autre.

Enfin, onze heures arrivent, il faut aller se coucher. Je lui demande s'il a trouvé à se loger. Il me dit que non, que tout est plein. Je vais jusqu'à la serveuse et je lui dis : « Venez un peu voir, on a besoin de vous. » Elle vient. Je lui explique que celui-là est mon copain et qu'il n'a pas trouvé de chambre. Est-ce qu'il n'y a pas moyen de s'arranger ?

C'est difficile ; tout est occupé, à moins que je le prenne avec moi.

— Dans mon plumard, non, il n'y a rien à faire, mais dans ma chambre pourquoi pas ?

— Si vous vous arrangez, dit-elle, moi ça ne me dérange pas.

On monte et on s'arrange. Je mets le matelas par terre et je couche sur le sommier.

Il n'y a pas cinq minutes que la lumière est éteinte, les ressorts me rentrent dans les côtes, il faut que je me tourne et ça fait un pétard du diable.

— Qu'est-ce que tu fais ? dit-il. Où vas-tu ?

J'étais déjà à moitié vaseux ; je me réveille et je dis :

— Quoi ? Où veux-tu que j'aille ? Je me tourne, un point c'est tout.

Dans mon demi-sommeil j'entends claquer son couteau à cran d'arrêt. Qu'il est bête ! Et je ronfle.

C'est un cauchemar qui me réveille. Je rêvais qu'il pleuvait. Foutu le boulot, pas le rond, pas de tabac et des dettes. Obligé de décaniller à la cloche et surtout faire une saloperie à la serveuse qui a fait confiance à ma bonne mine.

Mais non, c'est l'aube. Il ne pleut pas. Une fontaine en bas sur la place fait le bruit qui m'a trompé.

Il est encore beaucoup plus bête que ce que je croyais. Est-ce qu'il ne dort pas avec son couteau ouvert à la main ?

Le gris de l'aube est sur son visage. Il n'est pas beau. Les filles l'aiment, peut-être, mais sûrement pas les hommes. Un fil de salive emplâtre ses lèvres serrées comme quand il s'apprête à tricher ; et cependant il dort.

J'ai encore une demi-heure de sommeil cahoté comme dans un tombereau qui saute sur des pavés, puis je me lève. Je ne fais pas de bruit. Je m'esquive. Je ne me sauve pas. Je laisse ma musette. Je vais travailler.

En bas, j'ai la serveuse à moi tout seul dans une maison endormie. C'est une bien plus vieille femme qu'hier soir aux lampes, et qui fait le café. Je me dégourdis un peu près de son poêle. Elle ne déteste pas d'avoir ainsi près d'elle un homme debout qui se chauffe, aux premières heures du jour.

Nous bavardons. Je lui parle du travail que je vais faire. Elle me dit que le monsieur au beau chapeau est de confiance. Elle est d'accord pour que je règle ma note ce soir.

Je me sens d'aplomb ; et je lui parle de ma barbe que je vais laisser pousser et garder tout l'hiver comme d'habitude. Elle me dit que ça m'ira bien.

Je sors. Il fait frisquet. Le ciel est net comme tous ces jours-ci, et d'un vert bien agréable. La ruelle sent le sarment et le café. Sur la grand-place les forains dressent déjà leurs tentes avec de petits cris de rats dans cette heure matinale. Il y a une forte odeur de velours et de ferblanterie.

Je vais au rendez-vous. Les machines sont là. Ce sont des Mathewson qui ont le levier de déclenchement un peu dur. Je connais ces éléments moteurs réduits à l'extrême. Ils ont tendance à se cabrer dans les montées. À mon avis, ces engins ne sont pas faits pour le pays où nous sommes, mais pour des plaines sans accidents de terrain. À part ça, c'est de la bonne camelote.

Je suis en train de tourner autour de mes sauterelles rouges quand le monsieur au beau chapeau arrive. Il me touche la main. Ça a l'air d'un bon zigue. Je n'avais pas remarqué hier son air ahuri. Ça me le rend bien sympathique.

Il me demande ce que j'en pense. Je lui fais part de mes réflexions avec preuves à l'appui.

Est-ce que j'ai déjà conduit des Mathewson ? Oui, j'ai travaillé avec ces outils-là à Mas-Thibert en Camargue. En sol maigre, c'est épatant. Je lui fais voir ce qui cloche, à mon avis. Je lui montre les crochets d'attelage qui sont très souples et c'est parfait pour le plat. Mais, qu'il se représente son fourbi attelé ainsi dans un terrain qui monte. Qu'est-ce qu'il se passe ? Je lui fais remarquer l'étroitesse de son élément moteur. Est-ce que ça ne lui dit rien ? Montez sur le siège. Il monte et il me dit qu'il voit très bien. Ça va cabrer.

Ça va cabrer, et, si le type qui conduit est trop sûr de lui, s'il pousse, il se retrouvera les quatre fers en l'air avec sept ou huit cents kilos de ferraille sur le ventre.

Il y a cependant un truc. Je n'en finis pas avec ce système ; j'en débiterais jusqu'à demain. Je lui certifie que, pour aujourd'hui, ça fera l'affaire mais que, pour l'usage courant, il devrait conseiller à ses acheteurs de se faire forger un attelage dur : une barre d'acier qui vient s'emmancher là, sous la clavette et ici bloquée à l'écrou ; il n'y a plus de cabrage possible : ça fait béquille sur l'élément-travail.

C'est un type compétent et il comprend très bien. Il me demande si je fume. Je lui dis que oui quand j'ai du tabac. Il me donne tout de suite cent francs et j'y cours. Je reviens. Il a quitté son beau chapeau et il a fourré sa tête en biais sous les attelages. Il la retire et me propose un petit vin blanc. Je surveille surtout la façon dont il ramasse et tient son chapeau. J'ai compris c'est par l'intérieur. Il a des trucs lui aussi.

Des autocars et des automobiles arrivent à chaque instant. Il en descend des gens endimanchés. Il y a une belle affluence et beaucoup d'agitation. Le monsieur me donne toutes les indications pour la distribution de ses prospectus. Il me dit de faire le va-et-vient sur le pré de foire jusque vers les dix onze heures. Après, on partira en caravane jusqu'au champ où doit se faire la démonstration. C'est en bordure du bourg, juste à la sortie.

Nous retournons à nos engins. Il y a une défonceuse. C'est celle-là que je vais traîner en premier. Un sillon suffira. Où j'aurai le plus de boulot c'est avec la charrue à quatre socs. Bien entendu, nous ne touchons pas à la moissonneuse-lieuse. Tout ça est fort joli et c'est installé adroitement en plein soleil. Les couleurs ressortent ; c'est alléchant. Il y a déjà tout un public. Le monsieur me donne vite mon paquet de prospectus et il commence à faire l'article. Moi je vais me balader.

Il y a un monde fou. Je fourre mes papiers dans toutes les mains qui se présentent : femmes, filles, enfants, vieillards, tout y passe. Je circule dans les avenues bordées d'éventaires de toute sorte. J'ai la tête pleine de mon tracteur et je voudrais qu'il y ait beaucoup de monde pour me voir dans mes exercices. Pour le moment, ça va très bien, on se dispute mes papiers comme des petits pains, mais ça ne veut rien dire. Je sais qu'ils ne peuvent pas refuser un papier imprimé surtout avec une image, et surtout avec une image de mécanique.

Je me demande ce que fait mon artiste à moi : s'il s'est réveillé et s'est enfin trouvé couillon, tout seul, son couteau ouvert à la main.

Je prends un bon coup de foire qui est maintenant parfumée à la poudre de riz. Je vois des filles de toutes les formes, les tailles et les couleurs, bras dessus, bras dessous, en bande ou avec les mères habillées de noir, mais bien décidées aussi et qui se dirigent surtout vers les marchands d'ustensiles de cuisine. Il y a deux ou trois haut-parleurs qui font un vacarme du tonnerre de Dieu avec des danses à trompettes et des aboyeurs qui s'engueulent et se coupent la parole par-dessus la tête des chalands.

Je joue mon rôle au milieu de tout ça en dégustant une bonne pipe. Je reçois des ramponneaux ; on me bourre les côtes, on me marche sur les pieds mais je suis un de ceux qui savent apprécier le plaisir d'être entassés. On se regarde tellement sous le nez, hommes et femmes, qu'on ne peut plus rien prendre au sérieux. Et en effet, je rigole. Je distribue mes papiers avec bonne humeur. Un mot pour le grand-père, un mot pour la mère, un mot pour la fille. Ils me prennent tous pour ce que je suis : un type d'attaque et bon enfant. Quel dommage que je n'aie pas ma belle barbe !

Dans un coin, il y a un accordéon qui miaule et je pense de nouveau à mon artiste. Est-ce qu'il ne serait pas par là, lui aussi, à gratouiller sa guitare ? Quelque chose me dit que non. Et en effet, je fais le tour partout et je ne le vois pas.

Je pousse jusqu'à l'auberge. On me dit qu'il est descendu et sorti.

Ce n'est pas encore mon heure. Je flâne un peu par les petites rues et les boulevards. L'animation est partout. On vend des porcs sacrément beaux, sur une petite place pleine de cris. Les cafés dégorgent et enfournent des paquets d'hommes à grand chapeau de feutre. La porte des magasins s'ouvre sans arrêt. On vient à chaque instant enlever les objets exposés en vitrine. Chaque étalage est aimanté et retient toute une limaille. J'écoute par-ci, par-là, les boniments de ceux qui vendent « à la gueule ». Ce sont des pierres à aiguiser, des faux, des briquets (qui, entre parenthèses, me font envie), des paquets de cordes, des stylos à bille qui écrivent sous l'eau (les gars sont passionnés pour ces machins-là), des salopettes américaines, des canadiennes de *surplus* (ça aussi c'est mon péché mignon : ces trucs-là me font venir l'eau à la bouche. Il me semble que j'y suis déjà, carré bien au chaud là-dedans. Mais c'est quinze mille francs, je peux courir !), des rasoirs de sûreté, des parfums et même des livres, tous à dix francs, dans lesquels je me paye le luxe de farfouiller ; mais il n'y a rien qui me plaise. Je ne vois mon artiste nulle part. Et, c'est mon tour de monter en selle.

Il y a beaucoup de monde autour de nos engins. Dès que le monsieur m'aperçoit il me fait faire place et j'arrive à côté de lui au milieu du cercle. Ils me regardent tous comme le veau à cinq pattes. Je ne me prends pas moi-même pour le premier venu quand je monte sur le siège. Je démarre avec aisance et nous partons pour le champ de démonstration.

C'est moi (disons que c'est plus exactement cette grosse sauterelle rouge que je chevauche et les deux charrues qui me suivent avec leurs socs dressés comme des anges piocheurs) l'aimant le plus puissant de toute la foire. Je la traverse et on s'écarte pour tout de suite m'emboîter le pas. Les aboyeurs se taisent sur mon passage. Il n'y a plus que les haut-parleurs qui me font un petit accompagnement de trompette. Pour qui a l'âme romanesque (comme bibi) c'est un moment à déguster.

Je ne m'en fais pas faute. Je manœuvre au milieu de tout ça comme Dieu le Père en personne. Je donnerais toute la paye de la journée pour que mon artiste, avec sa guitare et ses jeux de cartes, soit dans un coin à se rincer l'œil de ce spectacle de choix.

Le champ où je dois évoluer est dans des peupliers magnifiques. Il est plus plat que je ne l'imaginais. Le monsieur a de la jugeote. Je vois tout de suite dans quel sens j'ai le plus de chance.

Il y a un petit laïus, et c'est à moi. Un premier essai avec la défonceuse. J'ai déjà vu d'un coup d'œil que la terre ici est sensible et va marcher avec moi. Je me place. Je déclenche l'énorme soc qui s'abaisse ; je vise en face de moi un alisier rouge et je pars droit comme un I dans sa direction. Tout ça a duré deux secondes. Personne ne doit s'apercevoir que je suis quelqu'un. C'est la machine qui doit tout faire. Je crois avoir joué le jeu en première.

D'abord, je suis tout seul dans le champ. Derrière moi, tout le monde a fait silence. Je n'entends que le bruit souple de la terre aimable qui se déchire à ma fantaisie. Puis, je vois du coin de l'œil un homme à grand chapeau de feutre qui arrive à ma hauteur et m'accompagne. Un autre est arrivé de l'autre côté.

Maintenant, sans perdre de vue l'alisier qui me sert de mire, le coin de mon œil est tout obscurci du moutonnement de plus de cent chapeaux de feutre ; j'ai tiré tout le monde après moi. Ils sont tous penchés sur la machine, sur le sillon profond qu'elle creuse. Arrivé au bout, j'évolue. Reste à savoir ce que j'ai fait. J'ai fait un sillon raide comme une barre. Il n'y a qu'à lever son chapeau. Je me décramponne du volant.

Après ça, la charrue est un jeu d'enfant. Tout le monde ne cesse de m'escorter à l'aller et au retour, pendant des heures. Ils ne peuvent pas se rassasier du spectacle de cette terre qui se fend et se bouleverse comme du beurre.

On mange un morceau sur le pouce. Je me demande ce que fait mon artiste. J'aurais été content de lui faire voir ce que c'est que le travail. Il est capable d'avoir pris en mauvaise part mon départ en douce de ce matin alors que c'était simplement pour le laisser dormir, lui et son couteau idiot. Il a peut-être repris la route.

J'ai du vague à l'âme. Comme partout, les routes qui partent d'ici vont partout. Il est impossible de garder quoi que ce soit ni personne. On s'attache, on n'attache pas.

Le monsieur est assis à côté de moi, dans l'herbe, au chaud de la haie. Il dépiaute le saucisson avec ses doigts très vaillamment. Nous avons un verre chacun et nous buvons le vin de l'hôtel qui n'est pas mauvais.

Je demande une petite demi-heure de répit, qu'on m'accorde. Je saute jusqu'à l'auberge. L'artiste n'est pas venu manger. Je vais à la piaule ; il n'a rien laissé. Il est vrai qu'aujourd'hui c'est un jour à se servir de la guitare.

Je retourne à mes sauterelles rouges. Il y a déjà du monde pour les regarder mais cette fois on a l'air d'y aller plus mollo, en ce qui me concerne, tout au moins. Le travail qui est marqué dans le champ a l'air de suffire. Les grands chapeaux de feutre vont se pencher sur les sillons puis reviennent se pencher sur les socs, les engrenages, les câbles et les leviers. On m'interroge et je dis ce que je pense. Enfin, pas tout à fait.

Ce n'est que vers les trois heures qu'on me dit de repartir encore une fois avec la charrue à quatre socs. Je le fais. J'ai l'impression d'être dans une terre un peu moins docile. Je vise un érable tout en cuivre astiqué mais j'en ai plein les bras pour le garder en face de moi. Je sens aussi que mon élément moteur est moins assis que ce matin. Quoi qu'il en soit, j'en viens à bout et c'est aussi bien que ce que j'ai déjà fait.

Le monsieur est en pourparlers avec un petit homme. Dès que j'ai fini de tourner il m'appelle et j'assiste à la conversation. C'est un acheteur. Il pèse le pour et le contre à l'aide d'une grande femme maigre mais solide, habillée de noir comme les femmes âgées, bien qu'elle ait à peine quarante ans. C'est elle que je regarde avec plaisir. Ses yeux sont braqués sur moi mais ne me voient pas. Elle modifie la barre chez son mari rien qu'avec de petits mouvements de tête. (J'envie ceux qui ont cette chance. On peut se foutre de moi mais c'est comme ça. Et c'est après mûre expérience et réflexions.)

Je suis pris d'un fol amour pour ce petit homme râblé et pétri en boule par qui sait combien d'hivers et de moissons à travers ses père et mère. Question tracteur et charrue mécanique, il ne dit pas de bêtises. Il n'a un peu à se défendre que contre la belle couleur rouge et contre les sillons droits et profonds que j'ai creusés.

C'est ça qui l'intéresse. Il va les tâter. Et il me prend à partie. Il me semble être peloté dans de la laine chaude. Il a le *parlé* affectueux et paisible. Il regarde droit avec de beaux yeux marron. Nous faisons une petite amitié. La femme surveille et laisse courir.

J'explique le maniement de l'engin devant un auditoire dont mon petit homme est le roi. Enfin, il monte sur le siège, je l'accompagne sur le marchepied et il démarre. Il va jusqu'au bout en m'obéissant comme un enfant mais on ne peut pas dire qu'il ait tiré droit. À côté des miens, son sillon fait figure, cependant personne ne se moque. On comprend qu'il y a du doigté à acquérir et qu'à la fin tout se fait dans la nature, quand on y prend la peine.

L'affaire se fait. Ça coûte un beau paquet de cent mille francs. J'aime beaucoup ce couple. Lui est franc comme l'or. Elle fait tout juste l'alliage qu'il faut pour que cet or résiste à l'usage courant.

Mon monsieur m'appelle. Il doit y avoir un os. Il me demande si je suis libre. Libre de quoi ? C'est le petit homme qui me voudrait huit à dix jours, peut-être plus, si nous nous plaisons. Je lui dis qu'il me plaît assez et je fais mon sourire. Il me fait le sien. La question de liberté, c'est autre chose. Bien sûr que je suis libre ; comme l'air. En réalité, je n'avais pas l'intention de rester ici. L'intention et l'action, ça fait deux, je le sais, mais il me prend un peu de court. Souvent, il ne faut pas calculer. Je sais ça aussi. Il me demande ce qu'il y a.

Il n'y a rien. C'est un jeune type que j'ai rencontré hier. Un petit gars, et je ne voudrais pas le laisser à la traîne. Je me fais les plus grands reproches. Il s'agit de ce que je dis comme de ma tante la borgne. Je suis si honteux que j'accepte. J'irai demain. Le petit homme me donne toutes les explications pour trouver sa ferme, l'heure du car, le croisement des routes. Je suis paré. Le bonheur est un travail solitaire.

Nous avons eu en somme un succès fou. Je rentre les engins au bercail. La foire est finie. La nuit tombe. Un vent aigre arrache les feuilles mortes aux tilleuls.

Les forains luttent avec des bâches, des piquets et des cordes.

Je suis accosté par une sorte de grand flandrin, fort comme un Turc, sous un béret à faire de l'huile. Il est plein comme un œuf mais il tient magnifiquement debout sur ses jambes écartées. Il me dit que je lui botte et il me dit qu'un jour comme aujourd'hui... Enfin, il n'en revient pas d'avoir vu fonctionner les mécaniques. Je ne sais pas comment il les voit à travers les gloires du vin mais, à en juger par ses yeux ronds, ça doit être un fameux spectacle. Il me propose la tournée des grands-ducs. Et ça devient tout de suite mon idée personnelle. Je lui dis : « Attends, je vais me faire payer et j'arrive. »

Mon monsieur me donne sept cents francs. Il va livrer demain la charrue et le tracteur au petit homme. Il me propose de m'emmener. Je dis « d'accord ». Il serait tout à fait disposé à me faire un laïus de première sur la ferme où nous devons aller mais je le coupe et je me débine. Il me rattrape par le pan de ma veste et il tient surtout à me dire que c'est une ferme de cocagne. Je lui réponds gentiment tout ce qu'il faut pour qu'il me lâche.

Je ne suis pas plus tôt sorti que mon éléphant à béret me prend par le bras. Je me demande si je rêve ou si je vois déjà double. Ils sont deux de la même taille extraordinaire et de la même dégaine : béret et pantalon housard. Je croyais que ça n'existait plus que dans les images.

Je sais tout de suite qu'ils sont charpentiers dans une entreprise qui construit des chalets en bois dans la montagne. Ils proclament qu'ils sont inséparables et que, si j'ai rencontré l'autre tout seul tout à l'heure, c'est que le second pissait contre un arbre. Je trouve l'explication parfaitement logique. Ils n'en finissent plus de me demander des détails sur les sauterelles rouges. Ils en sont à un point d'ailleurs où ils n'écouteraient même pas le pape donner sa bénédiction et je n'ai qu'à me taire. Si les tracteurs étaient sur la place ils seraient capables de jouer au football avec, tellement ils sont excités.

Nous avons décidé de ne pas faire de détail. Il y a quatre bistrots autour de la place, nous les prenons tous les quatre bille en tête. Nous nous traitons d'abord soigneusement à l'anis. C'est en descendant le dixième que je pense que je n'ai presque pas mangé d'aujourd'hui, à part le saucisson sur le pouce à midi.

J'ai une idée lumineuse. Admettons que mon artiste ne soit pas parti et ait fort sagement fait sa foire de son côté ; il se peut fort bien que, dans la foule, je ne l'aie pas remarqué. Il a pu aussi s'embaucher dans quelque orchestre de danse. Je sais que j'ai tendance à toujours imaginer le pire. Admettons qu'au contraire à l'heure qu'il est, le petit agneau soit gentiment assis à m'attendre à l'auberge, et qu'il se fasse du mauvais sang pendant que je m'en fais de mon côté. Ça me paraît clair comme le jour ; même aveuglant. Et tellement bien.

Pour le moment, je suis frais comme l'œil ; à peine si l'anis fume un peu dans mes moustaches. Question équilibre et présentation je ferais la pige à des quantités de préfets. Je marcherais sur un fil de fer à dix mètres de hauteur. C'est avec cette démarche-là que, moi en tête, nous allons tous les trois à l'auberge. Je suis un peu étonné de n'y pas trouver l'agneau. Puis, ça me fait une peine considérable.

Je présente mes deux éléphants à la serveuse. Quoiqu'elle nous fasse la tête, et à moi en particulier, elle nous apporte du vin rosé qui est loin d'être cochon. On se met à ça avec conscience et détermination. J'entends dire et répéter que l'artiste n'a pas donné signe de vie depuis qu'il est parti ce matin. Je m'en tamponne le coquillard. Alors, pourquoi est-ce que je le demande à chaque instant ? Qui le demande à chaque instant ? Toi. Vous. Mes deux éléphants et la serveuse me regardent en chien de faïence. Je crois que je les envoie faire foutre, et suit un petit moment de désordre et de confusion. Rien de grave parce que, tout de suite, j'ai la larme à l'œil et on est aux petits soins pour moi. Les éléphants me défoncent l'épaule à coups de tapes. Ils me donnent le mal de mer. Je sors précipitamment et je vomis. C'est ensuite une longue conversation amicale sur ceux qui tiennent le litre et ceux qui ne le tiennent pas. Je prétends que je le tiens mais qu'il ne faut pas m'agiter comme ils l'ont fait. Les éléphants prétendent qu'on peut les agiter comme des flacons de purge. Là-dessus je les bourre et pas de main morte. Ils prennent l'œil rêveur et ils font déjà des renvois comme des coffres. On nous vide comme des malpropres juste à temps et ils vont finir dans un coin de rue. Je remets ça à côté d'eux.

Tout de suite après, on est mieux. Nous décidons de nous saouler comme des hommes et pas comme des enfants. Il faudrait bien que je mange un morceau. Nous allons chez une mère Lantifle, dans une ruelle au fond d'une cour. Elle a de la soupe aux choux qui nous donne faim. On n'est pas plutôt attablé devant nos trois assiettes que je parle, mon cœur se fond.

Il est difficile d'être un monde tout seul. Il y a des jours où j'y arrive. Ce soir, il me semble que je n'y arriverai jamais plus.

Les éléphants sont inquiets. Je leur raconte l'histoire d'un copain magnifique, affectueux et fidèle et tout, qui se ferait couper en quatre pour moi. Toutes les qualités que je trouve, je les lui donne. Et je cite des faits où il a été courageux, honnête, sensible, prévenant, dévoué. À mesure que je parle, mon cœur se fond.

Les éléphants en bavent. Je dois dire qu'ils en ont abandonné leur soupe aux choux. Ils m'accablent de questions. Comment est-il ? Je le leur dis. Quand je parle de la guitare ils n'osent plus souffler. Je leur raconte le coup des cartes. J'en rajoute de tout mon cœur. Ça va mal.

Brusquement, je ne dis plus rien car je sens très nettement que le fameux copain dont je parle est en réalité le plus beau salaud que la terre ait jamais porté : la vache finie, voleur, menteur, égoïste, la saloperie incarnée, capable de tromper père et mère, de se vautrer dans la merde avec la joie d'une truie. J'en rajoute tant que je peux. J'ai beau en rajouter, il me manque.

On décide un truc héroïque. On va le chercher. D'abord ici. On va passer le patelin au crible. Si on ne le trouve pas, nous voilà partis. On fait les projets les plus sensationnels. On calcule que, s'il a foutu le camp ce matin, à quatre kilomètres à l'heure, ça fait tant. Tenant compte qu'il a dû s'arrêter une fois ou deux et qu'à l'heure qu'il est il doit en écraser dans quelque piaule, c'est facile ; si on se mêle de vouloir le rattraper, on le rattrapera. Les éléphants annoncent qu'ils font facilement sept kilomètres à l'heure. Je dis que c'est beaucoup. Ils disent oui avec modestie mais qu'ils les font. D'ailleurs, moi aussi. Et je fais mieux. Dans le cas qui nous occupe, je suis capable de faire dix kilomètres à l'heure. Ça leur paraît un peu plus difficile à digérer. Alors, je les engueule. Ça me soulage. Je les traite de tous les noms. Ils en restent baba. Moi aussi. Je me sais capable de beaucoup de choses mais ce que je leur sors m'épate quand même un tout petit peu. Je leur dis : « J'ai su qui tu étais dès le premier jour. Tu es un petit fumier. L'amitié ? Tu crois que je marche ? J'ai vu clair vingt ans avant toi. Sais-tu où j'en suis ? À ce que le toc me suffit amplement. J'achète du toc. J'en suis là. Je me goberge avec du toc. Je me suis payé du toc les yeux ouverts. Fais ton compte, fumier. C'est toi qui en es de ta poche. »

Ils sont moins saouls que je croyais. Ils font ceux qui regardent ailleurs. Ils savent ce que c'est d'en avoir gros sur le cœur. Ils me répondent qu'ils ne comprennent rien à ce que je raconte, que de toute façon on a assez mariné ici dedans où ça pue le chou et qu'on va prendre l'air.

Le dehors me dessaoule. Je leur dis : « Ne faites pas attention à mes histoires, c'est le vin qui sort. » Ils sont de cet avis et en même temps d'un autre : ce serait qu'il est temps de commencer à se cuiter sérieusement.

On s'y met. On attaque les petits verres. On les fait défiler. Ça descend comme à Gravelotte. On fait le bourg du haut en bas et en travers. Il n'y a pas un bistrot et pas un tabac qui peut se vanter de nous passer sous le nez. On fait même les petits bouis-bouis qui sont dans les impasses, sous des porches, au fond des cours où bêlent les chèvres. À un moment donné, on échoue chez une sorte de couturière à la noix qui nous débite un marc ignoble sur la tablette de sa machine à coudre... On n'est pas foutu de dire ni pourquoi on est là ni comment on y est venu. Ni comment on en sort.

De temps en temps on croise un boulevard avec de grands arbres plus noirs que la nuit. Et où rien ne se passe. Rien. Le vent est dégueulasse avec son truc de foin et de feuilles qu'il traîne pour faire le malin. Nous savons très bien, les deux copains et moi, de quoi il s'agit, dans la vie courante. Nous passons sous des réverbères et je vois que nous avons de sales gueules qui ne rient pas. Nous entrons dans des maisons particulières où mes deux types ont censément des amis. Il est tard et tout le monde est couché. Mais, dès que nous frappons à la porte et qu'on voit dans quel état nous sommes, on se lève, on nous ouvre, on nous fait entrer dans la cuisine, on nous sert, debout, de petits verres de marc les uns sur les autres et on nous demande un bon prix. Après, on manœuvre pour nous foutre dehors ; et on y arrive toujours. Nous allons de maison en maison et de bistrot en bistrot. Nous espérons quoi ?

J'ai maintenant ma grande forme. Je suis réveillé de la tête aux pieds. Je serais capable de compter les plumes d'un édredon en un clin d'œil. Je sens le mou des pavés et je m'accoude sur le vent. Il n'est plus nécessaire de rester fermement debout ; je vis très bien en oblique.

Nous nous prenons gravement à cœur. C'est le moment où le jeu en vaut la chandelle. Rien de plus épatant que de marcher avec la vitesse acquise, en se foutant du tiers comme du quart. On est quelqu'un.

On est venu dix fois dans ce bistrot. On y retourne et, cette fois, la porte du fond est ouverte. Il y a du grabuge, là-bas, dans l'arrière-boutique. Tu parles, si on va rater l'occasion de se montrer. On s'avance tous les trois et, ma foi, le spectacle nous plaît beaucoup. Ce sont des types qui se battent ou, plutôt, qui sont en train d'en tabasser un. Et celui-là, c'est l'artiste : en chair et en os ! J'avoue que, pendant la seconde où je le reconnais je suis content du marron qu'il est en train de prendre en pleine poire. La seconde d'après, je suis déjà à côté de lui et je l'ai fourré derrière mon dos où il se tient peinard. Le roi n'est pas mon cousin. On est tombé drôlement à pic.

Je dois recevoir un coup de poing. Il me semble. Je n'en suis pas sûr. Le côté qui fait face aux types en colère est en acier et je ne sens rien. C'est le côté contre lequel l'artiste se colle qui est sensible. Je sens ses mains qui sont agrippées à ma veste.

Je suis trop au-dessus des manigances terrestres actuellement, pour m'occuper de recevoir ou de rendre des coups de poing. Je repousse simplement les énergumènes et je parle. Je parle même assez fort et certainement très bien. Ça continue à jeter de l'eau sur le feu. J'ai à peine besoin de faire rebondir un des plus acharnés qui a l'air d'en vouloir un peu plus.

Ce qui contribue aussi à nous donner du poil de la bête ce sont mes deux éléphants. Ils sont ravis de l'intermède et eux, ils le prennent de haut ; c'est le cas de le dire. Ils ont flanqué leurs grandes pattes dans la bouillabaisse. Je vois deux ou trois zèbres qui en sont désarçonnés et qui se secouent les oreilles.

Il est maintenant question de s'expliquer avec la parole que Dieu nous a donnée. Tout le monde parle à la fois. J'en profite pour jeter un coup d'œil à l'artiste. Il est vert et il saigne du nez. Je suis aux anges. Je lui dis : « Alors, connard ? » Mais très gentiment. Il est collé à moi comme un pou. Il donnerait maintenant la terre entière pour que je reste son parapluie. C'est une nuit du tonnerre !

Il y a malgré tout là-dedans, sans compter l'artiste, mes deux éléphants et moi-même, neuf zèbres très excités. On ne voit que des moustaches, des barbes et des bouches ouvertes. Tout ça gueule et montre les dents. J'en repère deux ou trois très malabars. Le reste, c'est du garçon coiffeur ; ça a trente centimètres de haut et ça pèse dans les quarante kilos. Ça jappe, mais s'il s'agissait de se mettre vraiment au boulot, ça sauterait par la fenêtre. Les malabars, pardon et minute, c'est un tout autre tabac. Et même, ils sont quatre.

Voilà la situation. Je montre mon côté beurre et fromage. Je fais l'œil doux, je parle souple. Quel dommage que je n'aie pas ma belle barbe ! Dans ces occasions-là elle me sert bien. Je fais cependant bon effet. Et surtout avec un coup sec que je donne au petit roquet qui revient tout le temps à l'attaque. Il se le tient pour dit et même ses collègues l'asticotent. Il tombe assis sur la banquette (ils ne s'en sont pas doutés mais je l'ai sérieusement sonné en dessous de la ceinture. Il en a pour un quart d'heure à reprendre la respiration. Ça ne lui fera vraiment mal que demain matin). Nous avons le temps de voir venir. En tout, ça ne fait plus que huit.

De quoi s'agit-il ? Il serait temps de le savoir. On ne tombe pas à neuf ou dix sur un pauvre bougre. Ça ne se fait pas. D'autant plus que c'est mon copain. Si on a quelque chose à dire, qu'on le dise. On est là, maintenant pour s'expliquer. Allez-y.

C'est un ramadan de tous les diables. Ils ont tous quelque chose à lui reprocher.

Il ressort de la conversation (si on peut dire) que c'est un tricheur. Est-ce qu'on a des preuves ? Des preuves ! Ils s'étranglent. Des preuves ! Ils ne savent plus quoi faire de leur salive. Ils crachent comme des phoques. Des preuves ! Oui, je sais.

Il est arrivé ici, disent-ils, ce matin et il n'a plus démarré de faire des pokers tout le jour. (Je bois du lait. Poussière, le poker.) Demandez-lui un peu combien il gagne. Il en est sorti, des plumés, de cette pièce. Maintenant, il y en a marre. Il a fait les paquets. On l'a vu. Il va cracher ou alors il y passe. Et on me dit de me sortir de là. Naturellement pas pour un empire. Je mouche encore un garçon coiffeur qui s'intéressait à mon gilet d'un peu trop près et je conseille : « Doucement, les basses ! »

Alors, un des malabars d'en face prend l'affaire en main. Il me demande qui je suis et il ajoute qu'il s'en fout. Que si ce type-là est mon copain c'est une vache et qu'il s'en fout. Et qu'il s'en fout tellement que, lui, tel que je le vois et ces deux autres (des gros) sont descendus exprès de Saint-Crépin pour foutre une tournée à la vache qui se cache derrière moi. Parce que, dit-il, il y a quarante-huit heures, il les a carottés de plusieurs mille francs, en plus de diverses autres saloperies qu'il a laissées à titre de prime derrière lui. Et si j'ai quelque chose à dire, que je le dise.

Évidemment que j'ai quelque chose à dire mais, comme toujours, ça n'a rien à voir avec l'affaire présente. De ce temps-là, mon artiste est collé contre moi. C'est tout juste s'il ne fourre pas sa tête sous ma veste. Il claque des dents. Il me dit : « Casse-leur la gueule. » Ça me paraît être en effet l'idéal. Comme si c'était à la portée de toutes les bourses ! Outre qu'à mon avis ce n'est même pas la marche à suivre.

Je pose des questions et on y répond. C'est toujours ça de gagné. Ça vasouille. On se perd dans les détails annexes. C'est tout à fait ce que je désire. J'ai cependant peu à peu la conviction qu'il ne s'agit pas seulement de jeux de cartes et qu'il s'est passé quelque chose d'assez fameux à Saint-Crépin. Ce n'est pas très clair. Mes zèbres n'ont pas l'élocution facile. Ce qu'on comprend le mieux c'est que ce sont des bûcherons. Ils le disent de toutes les façons, en se tapant du poing sur les pectoraux comme des gorilles. Ça ne plaît pas du tout à mes charpentiers. Et ils prennent l'initiative. Comme des brutes. J'entends passer près de mes oreilles une sorte de marteau-pilon qui va atterrir en plein sur la figure du malabar qui me faisait face. Le sang gicle jusque sur moi. C'est foutu.

L'artiste me tire en arrière. Je m'assois sur une table. Je me débarrasse de deux garçons coiffeurs. J'en cueille un troisième qui d'ailleurs foutait le camp. Le reste est vraiment très vilain à voir.

Je pense brusquement au couteau à cran d'arrêt et j'ai peur de ça. Je pousse l'artiste dans la porte et nous nous débinons. J'entends éclater des vitres et des cris d'abattoirs. Nous faisons un cent mètres à toute vitesse dans les ruelles avec virages à la corde et tout le saint-frusquin jusqu'à ce que l'air nous manque.

Silence.

Nous filons droit devant nous. Nous rencontrons un beau boulevard souple et désert qui fait le chat dans le vent avec ce qui reste de feuilles dans ses arbres.

Nous sortons du bourg. Nous marchons à toute allure. Je suis tout à fait dessaoulé. Nous venons de faire les cons et je le regrette mais c'est trop tard. L'artiste marche devant moi, vite et sans souffler. Je remarque qu'il porte sa guitare. Qu'une guitare soit sortie entière de ce cassage de gueule, c'est à considérer. Et le sang-froid qu'il a fallu pour penser à l'emporter.

Nous prenons des chemins de traverse. Il me semble que nous sommes déjà assez loin. Il me dit que non et qu'il faut mettre beaucoup d'air entre les types de Saint-Crépin et nous. Je ne vois pas pourquoi il en faut tant. Ce n'est pas la première fois que des hommes se tabassent.

Nous entrons dans un bois. Quand nous en sortons, nous surplombons le pays de haut. Il n'y a pas de lune mais, grâce au vent, beaucoup d'étoiles. On distingue au-dessous de nous la vallée et la grand-route. Le flanc de la montagne nous cache le bourg, mais il y a de ce côté-là une poussière de réverbères. Somme toute, ici, ce serait plutôt la paix.

J'entends des motocyclettes. Je vois les phares sur la grand-route. Il me dit : « Voilà les types. Ils me cherchent. Ils peuvent courir. »

Nous continuons à monter. Je me dis que, s'il a vraiment fait une saloperie à Saint-Crépin, elle ne doit pas être bien monstrueuse. Je n'ai pas de raisons d'être si confiant, sauf le fait qu'il n'a pas essayé d'aller bien loin et qu'il s'est arrêté à la foire où il pouvait bien prévoir que les autres viendraient. C'est un bon point pour lui, somme toute.

C'est tout simplement un gars qui a la trouille. Je lui dis bien gentiment qu'à mon avis c'est marre ; et, où est-ce qu'on va aller taper de tête par ces chemins ? Est-ce qu'il compte cavaler toute la nuit ? Il me répond : « Je pense bien. Est-ce que tu veux geler au pied d'un arbre ?

— Non, mais, il n'y a pas non plus de quoi prendre le mors aux dents. Les types ont reçu une volée. Et après ? Ce n'est sûrement pas la première. Il ne s'agit pas de se monter le bourrichon. Le plus simple maintenant c'est de rentrer au bercail, à la papa. » Il n'y a rien à faire, il ne veut pas. Alors, en avant.

Quand le jour se lève je commence vraiment à en avoir plein les bottes. Nous sommes à la lisière de grands bois de hêtres. Il ne fait vraiment pas chaud. On tombe sur une bergerie vide. Quand le diable y serait, il faut que je fasse un petit roupillon.

Après, je suis un peu plus d'attaque, malgré une faim de loup. J'essaye de me renseigner un tantinet.

Il y a déjà un moment que je me renseigne sur mon propre compte. Je suis réveillé en sursaut. J'ai vu mon artiste debout devant la porte de la bergerie. Il regarde le petit bout de pâture clairière et les arbres rutilants sous le soleil. J'ai refermé les yeux. Je me suis passé en revue et c'est moche. Ce que j'ai fait à la serveuse de l'auberge, c'est très moche. Qu'elle soit la patronne ou la serveuse, c'est très moche. Je suis parti sans payer et elle m'avait fait confiance. Je déteste ça. Pas plus tard qu'hier matin je me chauffais à son poêle pendant qu'elle faisait le café. Je jurerais que pas un cheveu de sa tête ne devait penser que j'étais un salaud. Pas un cheveu de la mienne non plus. Elle doit le regretter et je le regrette. Qu'y faire ? C'est comme ça.

J'ai beau le tourner et le retourner de tous les côtés, l'artiste la boucle d'une façon magnifique. Dans ce genre d'interrogatoire, je vous fiche mon billet que j'ai la main, d'habitude, et du doigté. Mais il est bien plus fort que moi. Pour savoir ce qu'il a fait à Saint-Crépin je peux toujours repasser. Il ne refuse pas de répondre, au contraire, il répond. Il ment. Il s'en tient fermement à son mensonge. Il embellit son mensonge. Je m'y connais et j'en bave. Il ment franc, si on peut dire. Jc sais qu'il ment, il ne s'en cache pas et je sais qu'ayant écouté ce mensonge je ne saurai jamais la vérité. Même si un autre me la dit, même si cent autres me la disent. Même si j'ai des preuves. *J'ai trop intérêt à croire ce qu'il dit.* Et qui est si bien arrangé.

Ça, mes enfants, ça demande une sacrée habitude. Me voilà bien loti !

Il me raconte que, quand je suis entré avec mes éléphants dans l'arrière-boutique du bistrot, les bûcherons venaient juste d'arriver et de le surprendre. C'est pour ça qu'il s'était caché tout le jour. Il les avait aperçus sur le champ de foire. Il ne croyait pas que tout se déclencherait si vite. Il a fait de petits pokers, oui. Pour se désennuyer. Mais rien de grave. Son idée, c'était de revenir près de moi en pleine nuit. Il n'a, dit-il, que moi. Il m'aurait tout dit comme il me dit tout maintenant et nous aurions tiré des plans. Comme nous allons le faire.

Jusque-là c'est parfait. C'est un mensonge parfait. On peut y croire. Et je ne demande pas mieux.

Je suis désespéré d'avoir du bon sens ; mauvais outil pour le bonheur. Je ne peux pas m'empêcher de dire des choses idiotes.

— Quoi ! Au bout du compte, il s'agissait en tout et pour tout d'un cassage de gueule. Ça n'a jamais fait de mal à personne. C'est comme pour les tapis : ça chasse les mites. Ça n'est pas la mer à boire. Mettons les choses au pire : si je n'étais pas arrivé tu aurais peut-être le nez cassé. Et après ? On vit très bien avec un nez cassé. En tout cas, il ne s'agit pas maintenant d'en faire une affaire d'État et de se retirer au désert.

— Si tu n'étais pas arrivé, dit-il, ce n'est pas le nez qu'ils me cassaient, c'est les reins. Et ce qui restait, ils le donnaient aux gendarmes. C'est ça que tu veux ? Je l'ai bien mérité.

Gendarmes, évidemment ça change tout. Mais bon Dieu, qu'est-ce que tu as fait à Saint-Crépin ?

On ne le saura jamais. Je l'écoute et c'est l'histoire d'un saint qu'il me raconte. Des peccadilles, toutes amplement justifiées d'ailleurs. Il n'y a pas de quoi fouetter un chat. Alors ?... Les gendarmes, qu'est-ce qu'ils ont à voir dans cette aventure ? Ils écoutent la méchanceté des gens. Je me rassure avec cette vérité incontestable.

Bon. On va partir de ce principe : nous sommes de petites fleurs ; des pâquerettes, blanches comme de la neige ; et les gens sont méchants. Ça colle admirablement avec ses mensonges. Je décide de m'en tenir là.

On continue à monter dans la montagne. On passe de l'autre côté, on descend dans des prés. Nous arrivons à un hameau très joli. Il est dans des vergers de châtaigniers et toutes les maisons ont un tapis de fleurs devant les portes et fenêtres.

Je frappe à un carreau et je demande poliment à acheter un peu de boustifaille. Il n'a pas l'air de se rendre compte que c'est presque un miracle (j'ai mis tout ce que je savais dans le ton pour demander ça) mais on nous vend du pain, du lard et des fromages. Il lui manque quelque chose à ce gars-là. Il faut vraiment qu'il comprenne l'abc du métier et que, notamment dans les hameaux comme ici où ils ont tout à gogo on est toujours suspect quand on demande à acheter de quoi manger. Souvent, et c'est une malice, il vaut mieux mendier. On n'a rien mais on n'est pas incompréhensible. On est classé comme pauvre bougre. Si on propose de payer c'est qu'on a des sous, et si on a des sous, pourquoi qu'on se balade ? Pourquoi qu'on n'a pas un chez-soi, des femmes et des enfants ? On est quoi ? Des fois on lâche les chiens. Enfin, ici on ne les lâche pas. Mais en payant je m'aperçois qu'après la bombe de cette nuit il me reste trois cent douze francs en tout et pour tout.

— Tu vois, ce n'est pas si terrible. Ils ne t'ont pas bouffé, les gens d'ici. Ils sont pourtant méchants comme ailleurs.

— À cette heure il n'y a que des femmes dans les maisons, je n'ai pas peur des femmes.

Nous rôdons aux alentours du hameau. La forêt de châtaigniers dans laquelle il s'abrite est spacieuse. À travers les feuilles rares le soleil descend et illumine de longues avenues. Nous marchons dans le silence que fait le vent bourdonnant. Mon cœur s'apaise et j'imagine que celui de l'artiste s'apaise aussi. Nous arrivons à la lisière des vergers. C'est un découvert très large qui est devant nous, sur de nouveaux vallons, des vallées inconnues où coule le brouillard léger et bleu sur des montagnes plantées les unes derrière les autres et à travers lesquelles nous nous proposons d'aller circuler.

Nous prenons place devant ce spectacle. Nous mangeons volontiers notre petit casse-croûte. Le pain d'ici est très matériel et me remplit. Après l'alcool d'hier soir, je refais connaissance avec une petite salive salée très agréable. Au-dessous de nous, un homme solitaire râtelle du regain dans un grand champ vide.

Nous regardons passer les nuages. Nous reprenons soigneusement haleine.

L'artiste est adossé au talus. Il gratte la guitare couchée à côté de lui. Il est en train de dire, sans s'en douter, qu'il a un moment de repos. Enfin, il prend l'instrument sur ses genoux et il joue un petit air.

Cela n'a aucun rapport avec ce qu'il m'a joué avant-hier quand je l'ai rencontré. C'est confidentiel et amical. Je pense à l'amitié. Je me fais les plus beaux laïus du monde.

Les bois de hêtres, sous ce qui leur reste de feuilles dorées, font luire au soleil leurs branchages blancs. Les bouvreuils s'imaginent que midi c'est l'été. Ils se rengorgent et paradent sur les aubépines, mais l'ombre qui s'est déjà installée pour l'hiver au nord des pentes les inquiète. Ils vont la voir de près, d'un vol rapide, reviennent, s'interrogent, s'essayent à de petits vols d'alouettes comme pour s'assurer de la présence du soleil. Les corbeaux s'organisent en grandes allées et venues. L'herbe des prés, déjà rousse à sa pointe, se feutre et s'aplatit. L'homme qui râtelait son regain et est allé dîner a de la chance d'avoir pu en gratter encore un peu. Je vis en bonne intelligence avec ce qui m'entoure.

Un petit garçon qui doit aller à l'école dans un village, plus bas, traverse le pré et s'intéresse, lui aussi, à la guitare. Il s'arrête et nous regarde. Rapidement, il ne nous voit plus ; il se caresse la joue avec une plume de poule. Il s'enfuit enfin en courant, avec son cartable qui lui tape aux fesses.

En cette saison, la sève des châtaigniers descend et rentre sous terre. Elle suinte de toutes les égratignures que l'été a élargies dans l'écorce. Elle a cette odeur équivoque de pâte à pain, de farine délayée dans de l'eau. Un faucon file en oblique, très bas à travers les arbres, poursuivi par une nuée de mésanges. La chaleur de midi est sur mes pieds et mes genoux comme un édredon. Je laisse pousser ma barbe pour des questions de froid universel. Aimer, vivre ou craindre, c'est une question de mémoire.

Nous restons tout le jour comme des lièvres, l'artiste et moi sur ce flanc de montagne ensoleillé à nous faire du sang rouge. Il joue de la guitare. Je l'écoute. Finalement, nous descendons en promenade jusqu'à un village assez conséquent qui nichait plus bas et pour aujourd'hui c'est tout. Nous allons au bistrot. Il nous loge dans une pièce de débarras. À huit heures je ronfle.

Je trouve à m'embaucher deux kilomètres plus bas au moulin où l'on écrase les noix. Ça tombe à pic. Encore un peu et de la pauvreté j'allais passer dans la misère. Il me faut aussi renouveler le petit barda que j'ai abandonné à l'auberge. Je n'avais pas grand-chose mais ça me manque. Rien ne me dégoûte plus que de me moucher dans les doigts, par exemple. Ce n'est pas une question de bourgeoisie. Il me faut aussi deux chemises. Détails, mais qui comptent. Je passe un dimanche à coudre avec du fil de cordonnier une musette que j'ai coupée dans de la vieille bâche.

Je fais ça sur la terrasse du moulin d'huile. Je suis seul. Les patrons ont fermé et sont partis en auto. Ils étaient pimpés. L'électricien lui aussi s'est mis sur son trente et un et il a pris sa bicyclette. Les deux autres ont fichu le camp à pied.

Je me suis abrité derrière les grosses barriques propres et, assis sur des sacs, je fais mon petit boulot personnel. J'entends marcher derrière moi. Je crois que ce sont les gamins qui viennent demander de la galette de noix écrasée, mais c'est une charmante jeune fille. Je demande ce qu'il y a à son service. Elle est interloquée. Elle regarde les lunettes. Ça ne va pas avec ma musette et mon fil poissé. Ils sont pourtant assez fiers ici de leurs presses électriques. On n'en est pas à une paire de lunettes de plus ou de moins à notre époque.

La jeune fille voudrait voir les patrons.

— Ils sont partis tout de suite après dîner.

— Vous ne savez pas où ils sont allés ?

— Ils avaient leur auto. Ils ont pris la route qui descend.

— Alors, c'est qu'ils sont allés à La Posterle.

— C'est possible.

— Vous ne savez pas quand est-ce qu'ils rentrent ?

— Je ne saurais pas vous dire au juste. Ils seront sûrement là ce soir. Faut bien qu'ils viennent souper.

— À moins qu'ils soupent chez leur belle-sœur.

— C'est encore possible. De toute façon, ils rentreront.

— Oui mais à la nuit ça ne fera pas mon affaire. J'en ai pour plus d'une heure à me *récamper* chez moi.

— Je ne peux rien vous dire d'autre.

— Je le sais mais je suis bien ennuyée.

— Si c'était quelque chose que je puisse faire ?

— Non, c'est pour M. Edmond.

— Alors, je ne peux guère vous servir.

— Non.

— C'est dommage.

— Oui, c'est dommage, parce que, s'il me faut rentrer à la nuit, je n'ai pas encore fini.

— Vous avez peur de rentrer seule ?

— Risque pas, au contraire, je cours. Mais il faudra expliquer.

— Vous direz que vous avez attendu.

— Vous croyez, vous ?...

— Puisque c'est la vérité.

— Si c'était si facile !...

— Ils ne vous mangeront pas.

— Non, mais, la nuit, vous savez... Je vais voir chez les Chauvin s'il y a quelqu'un.

(C'est la *campagne,* de l'autre côté de la route. Je reprends mon boulot. Elle revient au bout d'un moment.)

— Il n'y a personne non plus.

— C'est dimanche.
— Ils avaient un chien. Qu'est-ce qu'ils en ont fait ?
— Ils l'ont toujours. Il est parti chasser.
— Avec le fils ?
— Non, seul. Le fils a dû filer avec sa moto. Il m'a semblé l'entendre.
— Vous ne savez pas l'heure ?
— Deux heures et demie, trois heures.
— Pas plus ?
— Non. Ici dans le vallon, il semble toujours que c'est plus. Mais c'est à peine ça.
— Qu'est-ce que je vais faire ?
— Mettez-vous à l'abri, là, avec moi. Attendez un peu. À moins que vous montiez au village. Peut-être qu'en redescendant vous trouverez M. Edmond.
— Ça ne me dit guère. Pour ce qu'on fait là-haut !...
— On danse.
— Merci. Pour se faire critiquer !
— S'il fallait critiquer toutes celles qui dansent !...
— C'est ce qui vous arrive quand on n'est pas chez soi.
— Où c'est, chez vous ?
— À Pont-de-l'Étoile.
— On danse aussi ?
— Ce n'est pas la même chose.
— De toute façon, ne restez pas debout. C'est fatigant.
— Qu'est-ce que vous voulez que je fasse ?
— Asseyez-vous.
— Où ?
— Sur les sacs.
— Merci, ils sont gras.
(Je lui arrange un petit endroit avec des sacs propres et un bout de bâche.)
— Il y a longtemps que vous travaillez ici ?
— Quinze jours.

— Vous ne savez pas si on a déjà fait les noix des Jourdan ?

— On les a passées jeudi.

— Ils ne sont pas venus chercher l'huile ?

— Pas encore.

— Vous ne savez pas si c'est M. Edmond qui livrera ?

— Je ne sais pas. Il m'a demandé si je savais conduire la camionnette.

— Vous savez ?

— Oui.

— De toute façon, quand est-ce que vous croyez que ça se fera ?

— La semaine prochaine, je crois.

— Vous ne savez pas le jour ?

— Ça non.

— Si c'est vous, vous ne pourriez pas me rendre un petit service ?

— Volontiers.

— En allant chez les Jourdan, dépassé Pont-de-l'Étoile, tout de suite après la croix, il y a un bois de chênes et un chemin sur votre gauche. Vous ne voudriez pas vous arrêter et donner trois coups de klaxon ?

— C'est facile.

— Si c'était le matin, ça serait bien.

— Je ne peux pas vous dire si ce sera le matin ou le soir. Et après, qu'est-ce que je fais ?

— Vous ne pourriez pas m'attendre une minute ?

— Avec plaisir, même dix.

— Si je savais le jour, c'est moi qui vous attendrais mais je ne peux pas rester là toute la journée, toute la semaine.

— Les passants ne s'en plaindraient pas.

— Il ne passe personne.

— Si ce n'est pas moi, vous voulez que j'en parle à M. Edmond ?

— Vous pourriez, peut-être.
— Comme vous voudrez.
— Si, vous pouvez. Mais pas devant Mme Edmond.
— Qu'est-ce que je lui dis ?
— Ce que je vous ai dit. Il klaxonne et il m'attend. S'il vous plaît.
— Il saura de la part de qui ?
— En lui disant le chemin à gauche après la croix, oui.
— D'accord.
— Si c'est vous, est-ce qu'il n'y aura pas d'inconvénients ?
— Pour quoi faire ?
— Il faudrait que vous me meniez jusqu'à la grand-route.
— C'est loin.
— Jusqu'à la grand-route et faire encore trois kilomètres dessus pour que je sois à la station qui est dans les bois de Châteauneuf où s'arrête le car. Ça fait à peu près quinze kilomètres.
— Ce n'est pas la mer à boire, mais, à quelle heure il passe votre car ?
— Il y en a quatre dans ma direction : deux le matin et deux le soir. C'est la grand-route. Le dernier est à six heures.
— Je vous demande ça précisément parce qu'admettez que je passe tard, est-ce qu'on aura le temps d'arriver ? Ou bien il faudrait que j'arrange ma tournée pour être à votre chemin d'assez bonne heure. Qu'est-ce que vous feriez dans les bois de Châteauneuf si le car était passé ? Vous auriez toujours la ressource de retourner avec moi, c'est vrai !
— Ne parlons pas de malheur !
— Vous n'êtes guère gentille.
— Pourquoi ?

— Si vous trouvez que de retourner avec moi c'est un malheur !

— Pas de retourner avec vous. De retourner.

— Comptez sur moi.

— Vous êtes bien aimable.

— Qu'est-ce qu'on ne ferait pas pour être agréable à une jolie fille ?

— Oh ! Jolie !

— On ne vous l'a jamais dit ?

— Si.

— Alors ?

— À quoi ça avance ?

— Quand même ! ça fait plaisir, non ?

— Ça ne fait pas de peine. Ce n'est pas ce que je veux dire.

— Il vaut mieux être jolie que laide.

— Les hommes sont tous les mêmes.

— Ne croyez pas ça.

— Pourquoi ? Parce que, vous aussi, vous êtes plus fort que les autres ?

— Il faut bien qu'il y en ait.

— Pour quoi faire ?

— Pour que la terre tourne. Elle n'a pas besoin de ça, mais admettez qu'il n'y ait pas d'hommes. Vous seriez fraîche ! Qu'est-ce que vous feriez ?

— Admettez, oui. Mais à quoi ça sert d'admettre ? On est bien obligé de se débrouiller avec ce qu'on a.

— Vous êtes d'ici ?

— Non, je suis de Pont-de-l'Étoile. C'est vrai qu'ici ou Pont-de-l'Étoile, ça ne fait pas une grosse différence.

— Je disais ça parce que vous avez l'air de savoir beaucoup de choses.

— Je sais ce qui bout dans ma marmite, un point c'est tout.

— Vous croyez que les autres en savent plus ?

— Peut-être. C'est possible.
— C'est possible. En tout cas, moi, je n'en sais pas plus.
— Vous n'êtes pas d'ici ?
— Qu'est-ce qui vous le fait dire ?
— Je ne vous avais jamais vu.
— J'étais peut-être caché.
— Ne dites pas de blague.
— Qu'est-ce qu'il y aurait d'extraordinaire ?
— C'est fini le temps du maquis.
— Si j'en faisais un tout seul ?
— Venez donc chercher les cochons, tiens : on vous recevra.
— J'étais peut-être en réserve dans les taillis pour que vous ayez quelqu'un sous la main à un moment donné.
— Il y aurait toujours eu M. Edmond.
— Il est peut-être dit qu'il le ferait moins bien que moi.
— Flattez-vous.
— Sans me flatter.
— Peut-être qu'en effet j'aime mieux. Si vous ne devez rien dire par la suite.

Elle me demande l'heure et, à mon avis, il n'est alors pas loin de quatre heures. Elle me fait promettre de penser à klaxonner trois fois. Je le jure croix de bois, croix de fer. Si je vois que c'est M. Edmond qui va livrer, je dois le prévenir en douce. Je le jure aussi. Je sais que ce sera moi. Je lui dis : « Peut-être jeudi. » Elle sera sur ses gardes à partir de demain. Elle part. Elle a des talons hauts qui doivent être mal commodes dans les prés et qui font bien du bruit quand elle traverse la terrasse ; puis sur la route.

Dès que j'ai fini de coudre ma musette je plie bagage et je remonte au village. Quand j'y arrive il fait nuit, parce que j'ai flâné le long de la route. J'ai un peu fouillé au pied des haies à la recherche de champignons de souche, mais les nuits sont désormais trop froides. J'ai même trouvé dans un ubac un peu de givre sur la mousse.

L'artiste est bien sage dans un coin du bistrot. Il dédaigne de sortir sa guitare parce qu'on a dansé à la viole électrique. Près de lui, il y a quatre ou cinq tables de belote, mais il est rassasié de cartes. Il regarde les joueurs avec mépris. De temps en temps il y a dans ses yeux un petit truc assez inquiétant. J'ai vu ça dans l'œil des bêtes de cirque quand on passe devant les cages. Je me dis que, quand le diable y serait, ce type-là me fera toujours un drôle d'effet. J'ai l'impression de le prendre constamment sur le fait.

Je lui dis qu'il fait frisquet. Je m'assois près de lui sur la banquette et la chaleur me détend. Il me demande ce que je paye. Un anis. Qu'est-ce que j'ai fabriqué tout l'après-midi ? Ce machin-là.

— Tu aimes être seul, toi ?

— J'aime être seul et j'aime la compagnie.

Il s'amuse avec son jeu de cartes. Pour s'entretenir la main, dit-il. Chaque fois j'en bave. C'est de nouveau sous mes yeux la danse des cœurs, des carreaux, des piques et des trèfles. Il rate certains coups mais jamais il ne s'énerve ; il est sûr d'y arriver et finalement il y arrive. On ne peut pas dire qu'il ne sait pas dans quoi il s'engage : il le sait. Je réfléchis qu'avec un type comme l'artiste, il n'y a pas de circonstances atténuantes.

Au bout d'un moment, cette habileté me tape un peu sur les nerfs et je vais voir la patronne dans la cuisine. J'adore être dans les cuisines. J'aime tellement les maisons que c'est là, au cœur même, que je suis le mieux. Rien ne vaut pour moi un petit air de feu si je le prends debout près d'un poêle de cuisine, pendant qu'une grosse femme fricote.

Elle me demande ce que j'ai fait après-midi. Je suis allé au moulin.

— Vous n'y êtes pas assez toute la semaine ?

— L'habitude.

Nous sommes, elle et moi, des gens de même race. Je suis tout à fait du bord de ces hommes qui jouent à la belote. Quand je suis là, la patronne me pose toujours quelques questions parce qu'on n'en sait jamais assez. Est-ce que je connais bien le type avec qui je suis ? Je mens ; je dis oui. Au fond, est-ce que je mens tant que ça ? Je n'ai peut-être pas beaucoup non plus de circonstances atténuantes. Ni la patronne ni les joueurs de belote. Et tout va bien. Le poêle ronfle. C'est un bon poêle de dimanche soir.

Dès le matin, je sens que le temps se gâte. Il a cessé de rire. Il commence à passer à un autre genre d'exercice. Reste encore un peu d'automne à la pointe des peupliers mais on peut lui dire adieu. Alors, mon vieux copain, on se quitte ? Tu as été bien gentil jusqu'à présent.

La vie s'éloigne dans les vents.

Même, un soir, je suis obligé de coucher au moulin. Il y a une bourrasque à ne pas mettre un chien dehors. Mes collègues essayent de sortir mais ils retournent. M. Edmond nous fait monter à la soupe et, vers les huit, neuf heures, après avoir mis de nouveau le nez à la porte on trouve beaucoup plus naturel de rester là plutôt que d'aller choper le mal de la mort. On dort en bas sur des sacs dans la bonne chaleur des *enfers* d'huile.

Il ne reste pas beaucoup de cette neige-là mais c'est le gel et, dans le ciel, la soupe de pois. On sent que, pour un oui, pour un non, nous allons en prendre un bon coup.

— Il va peut-être tout juste nous ficher la paix le temps qu'il faut, dit M. Edmond. Saute vite chez les

Jourdan. Ça pourrait être bloqué chez eux d'un moment à l'autre.

Il me prête sa canadienne et je m'embarque au volant sur des routes à peine catholiques. Il m'a recommandé d'aller mollo jusqu'au fond de la vallée, mais j'y vais encore plus mollo que ça : les virages au nord sont comme des patinoires.

En bas c'est mieux, il n'y a cependant pas de quoi crier au voleur. Je remonte le torrent jusqu'à Pont-de-l'Étoile. On me regarde avec curiosité quand on voit que je m'engage vers les derniers hameaux. Ils pensent que je suis culotté et, après un regard autour de moi, je le pense aussi. Si j'avais su dans quoi je m'embarquais j'aurais réfléchi deux fois.

Évidemment, cette sorte de lumière aujourd'hui, si on peut appeler ça la lumière, ne flatte pas beaucoup le pays mais, même flatté, il doit être plutôt moche. C'est vers le haut de la vallée, presque au bout. Il y a à peine la place au torrent et à la route qui le longe. Sur ma gauche, je ne vois que des champs de *laves* grises des pierriers, des plantations forestières rabougries qui essayent de retenir une terre sans couleur, sans herbe, remplie de couteaux de schistes. La route n'est que cassis au fond desquels l'eau ruisselle et où il faut chaque fois que je m'engage à l'aveuglette. Si par malheur le temps de l'autre soir m'attrapait dans un endroit pareil, je ne sais pas comment je ferais pour en sortir.

Je vois la croix dont la fille m'a parlé. Ça la fout plutôt mal dans ce bled. Et immédiatement après je repère le bois de chênes et le chemin sur ma gauche. Je klaxonne trois fois et j'attends.

J'ai l'air d'un prestidigitateur qui rate son coup. Je claque des doigts et il ne sort rien du chapeau. Qu'est-ce que vous voulez qui sorte ? De droite, de gauche, devant, derrière, c'est le désastre ! Les seules personnes raisonnables de tout ce truc, ce sont les chênes que j'ai bien le temps de regarder. Costauds et résolus, et ils se foutent de nos petites histoires comme de l'an quarante.

J'attends comme ça plutôt plus que pas assez et je démarre en direction des Jourdan. Je sonnerai encore un peu de ma trompe en retournant par acquit de conscience mais j'ai l'impression que la petite fille a fait son compte. Tout au moins pour la saison.

Les Jourdan sont tellement contents d'avoir leur huile *in extremis* qu'ils se mettent au boulot dès que j'arrive : femme, enfants, vieillards. Le temps de descendre et de claquer la portière, ils ont déchargé les estagnons et ils les portent triomphalement à leurs jarres. Du temps qu'ils traversent, on me fait boire un coup. C'est une drôle de baraque. Il y fait noir comme dans un four. Tout l'éclairage vient de la gueule rouge du fourneau. Quand les yeux se sont habitués, on voit un peu de quoi il s'agit. Tout : êtres et choses sont en noir et rouge, un point c'est tout. J'ai vu plus folichon. Je les admire de pouvoir résister royalement à ce coloriage indiscret.

Je me dépêche de quitter ces lieux enchanteurs. Il y a comme ils disent du mauvais en l'air. Du côté de la montagne, des blocs de brume ou de nuages descendent en galopant.

Arrivé aux chênes je m'arrête et je couine de nouveau trois fois. Et encore, trois fois pour en avoir le cœur net et tranquilliser ma conscience. Mais il n'y a toujours pas de lapin dans le chapeau. Je rentre.

Tout ça ne me surprend guère. Il faut autant d'estomac pour quitter ce pays par un temps pareil que pour y rester. Et si l'aimable jeune fille qui m'a fait la conversation dimanche habite une turne comme celle des Jourdan, elle a dû se faire une raison et consentir à être encore peinturlurée de rouge et de noir pendant toute une saison.

Nous ici, nous ne sommes guère à la noce non plus. Chaque matin en descendant au moulin j'entends le grésil qui siffle dans la ramure des hêtres. Je fais mes choux gras d'un vieux tricot que m'a donné Mme Edmond et d'un imperméable de l'armée américaine que j'ai acheté six cent cinquante francs à Chopart Alphonse, le facteur. Il l'a eu lui-même d'occasion. C'est un truc extrêmement commode.

J'ai conseillé à l'artiste de s'en acheter un. Il veut mieux. Il paraît qu'il existe des manteaux de la marine anglaise qui sont formidables. Mais ça va chercher dans les milliers de francs. Ce qui les rend un peu verts pour moi. Encore faut-il en trouver dans les foires. L'artiste prétend qu'il connaît le système pour s'en procurer. Je lui dis qu'étant donné ma bourse, je ne suis pas pressé. Mon machin américain fait parfaitement l'affaire. L'artiste dit que je me contente de peu. Je lui demande s'il connaît le moyen de faire autrement. Il me répond que oui.

— Avec ta gueule, je ferais de l'or, dit-il.

— Qu'est-ce qu'elle a ma gueule ?

D'après lui, c'est celle d'un bon bougre. Et après ? Il est vrai que j'ai maintenant mes trois bons travers de doigt de barbe blonde, frisée comme de l'endive.

— Tu inspires confiance. Tu pourrais être le plus beau salaud de la terre, on voit tes yeux et on tombe dans les pommes.

Je suis assez content de cette façon de voir les choses.

— Mais je ne suis pas le plus beau salaud de la terre.

— Précisément, dit-il. Je me demande alors à quoi ça sert. Puisque tu veux un manteau de la marine anglaise.

Je lui dis que je me fous de la marine anglaise. Il me répond que croquant je suis et croquant je reste et il me montre un nouveau tour de cartes qu'il a appris à la veillée. Ça alors, c'est tout à fait marrant et je défie quiconque d'y voir autre chose que du bleu. On mélange les cartes, on les triture, on les boulange, on y perd son temps à les intercaler et les intervertir. Il prend le paquet dans ses mains...

— Pour donner il faut bien que je les prenne.

— D'accord.

Il prend le paquet dans ses mains. Il distribue. Il me dit exactement les cartes qu'il m'a données. Si c'est moi qui donne, il me dit exactement les cartes que je me suis données. Je lui demande comment il fait. Il me répond que j'ai une trop petite tête. Il me fait mettre les as au fond. Il coupe. Je donne. Il a les quatre as. Je les fourre séparément dans le jeu. Il coupe. Je donne. Il a encore les quatre as. Je les planque au hasard, sans qu'il regarde. Je coupe. Il donne. Il a encore les quatre as. Je crois que si je les mettais dans ma poche, après la coupe et la donne de n'importe qui, il les aurait encore dans son jeu. Même chose pareille pour roi, dame, valet. Même chose pareille pour me refiler des broutilles et me composer des jeux impossibles, mais toujours probables (voilà surtout ce qui m'épate). Je vous dis : « Qui y verra autre chose que du bleu ? »

— Tu vois, dit-il, je ne perds pas mon temps, moi.

À part ça, il n'en fiche pas une rame, et maintenant qu'il fait noir, c'est à peine s'il sort du pieu à midi, paraît-il. Car, à midi, moi je mange en bas. Je me demande s'il croit que ses sous dureront tout l'hiver. Il est vrai que je suis là pour un coup et que je ne le laisserai pas tomber. Pour tout dire, j'attends ça.

— Qu'est-ce que tu peux foutre au pieu jusqu'à midi ?

— Je tire des plans sur la comète.

Un soir à six heures je quitte le moulin, je m'apprête à remonter et, auparavant, il me faut trouver la route gelée sous mes pieds dans un noir d'encre. Il fait une bise qui vous défigure. Je m'entends appeler : « Monsieur ! » C'est la fille.

Je lui dis : « Bougre, qu'est-ce que vous fichez là, il y a de quoi crever ? »

Elle me dit : « Venez ici, c'est à l'abri. »

Elle me tire par le bras jusque contre la porte de l'écurie des Chauvin. Je sens qu'il y a un entrebail et nous entrons dans l'étable où il fait chaud.

— Mais dites donc, vous, il me semble que cette fois c'est la nuit noire. Comment est-ce que vous allez faire pour rentrer ?

Je pense à cette croix toute mal foutue qui jette un froid, si on peut dire, dans les pierrailles à cent mètres du bois de chênes.

— J'ai une combine avec Ernest, le fils Chauvin ; il me ramènera avec sa moto. Et je suis censément être chez ma cousine. J'ai le temps jusqu'à huit heures.

Je lui dis que jeudi j'ai trompeté tant que j'ai pu à l'aller et au retour. Elle me remercie. Elle m'a entendu mais ce jour-là il n'y avait rien à faire. Elle prétend même que ça a été terrible. Je comprends ça. Mais, elle m'assure que je ne peux pas comprendre, que si je comprenais, si je savais tout, je verrais qu'elle n'exagère pas.

Je lui dis que, comme elle m'a fait promettre le secret, il vaut bien mieux que je ne sache pas tout.

Est-ce que je ne peux pas m'arranger pour aller la prendre demain ?

— Ça, ma belle enfant, c'est beaucoup plus difficile. Qu'est-ce que je peux dire à M. Edmond pour prendre la camionnette ? Il n'y a plus rien à livrer aux Jourdan. À moins que je dise à M. Edmond que c'est pour vous ? Puisque vous vouliez le voir dimanche !

Elle me dit que, pour l'amour de Dieu, il ne faut surtout pas en parler à M. Edmond, que, jusqu'à présent, elle avait cru mais que, maintenant, elle est sûre du contraire. Surtout, pas un mot aux Edmond, mari et femme.

— C'est qu'alors, j'ai l'impression que nous sommes mal partis.

Comment puis-je faire ? Puisqu'elle est bien avec le fils Chauvin et qu'il la ramène ce soir à sa fameuse croix, est-ce qu'il ne pourrait pas aller la chercher demain et faire la course ? Ou même la faire ce soir, ça ne serait pas plus long.

Elle me répond non, et puis il y a un silence. J'entends couiner des souris et brusquement je comprends que c'est elle qui pleure. Ça m'est extrêmement désagréable.

Je lui dis que je ferai mon possible, et je suis sincère. Je trouverai sûrement un truc. Je vais y réfléchir. Enfin, je la remonte, je lui dis qu'elle soit patiente, qu'elle m'attende, que je viendrai sûrement, qu'elle ne s'en fasse pas. À moins que nous soyons tous morts ou qu'il y ait un tremblement de terre. Enfin, ce qu'il faut dire aux femmes.

Il n'y a plus de souris dans l'étable. Elle me remercie. Je sens qu'elle s'approche de moi. Je lui touche l'épaule et je lui dis : « Ne vous mettez pas dans des états pareils. »

En remontant au village, je ne sens pas la bise tellement je réfléchis à ce truc que j'ai promis. Mais je ne trouve rien. Rien non plus tout le lendemain matin. Ce n'est que l'après-midi et pas de bonne heure que j'ai une idée.

Je dis à M. Edmond que je crois bien que j'ai laissé un estagnon de cinquante litres chez les Jourdan. Il me répond que ça l'étonne étant donné qu'il a vérifié lui-même au retour (il y tient comme à la prunelle de ses yeux). Je lui dis : « Cependant, venez voir. » En effet, il en manque un (celui que j'ai déjà planqué dans la camionnette, sous des sacs). Ça alors, ça l'ennuie bougrement. Ça tombe à pic, par hasard le temps n'est ni l'un ni l'autre...

— Fais-y un saut, dit-il.

Tu parles !

Je fais même un peu l'andouille en descendant et il faut que je dérape vachement pour me mettre un peu de plomb dans la tête. C'est toujours verglas et compagnie. Je me dis qu'il est un peu ridicule d'être aussi impatient à mon âge. C'est bien beau d'essayer de ne pas décevoir cette petite fille mais il faut que quelqu'un commence. Si personne n'a commencé !

J'arrive à la croix à la tombée de la nuit. Cet objet n'est toujours pas très réjouissant. Aux chênes, je tourne la voiture et je trompette trois fois. Je me cale pour attendre mais tout de suite, ou presque, je vois sortir ma voyageuse.

Elle est sur son trente et un. Elle a même une veste de lapin qui m'épate. Et naturellement ses talons hauts. Elle charrie un carton à vêtements qui en pète, malgré les ficelles.

— Vous voyez que ça a marché.

C'est tout juste si elle répond. Et je comprends qu'il faut filer en vitesse. Ce que je fais.

Elle s'est fourré de la bague, du bracelet et du collier en cuivre, en veux-tu en voilà. Pour être sous les armes, elle l'est.

Nous traversons Pont-de-l'Étoile un peu lentement à cause d'un camion de bois qui nous serre dans la rue et il me faut manœuvrer en marche arrière sur une placette. Enfin, on repart et la route s'améliore au point de vue verglas. Je fais du soixante et je sens que c'est le meilleur remède que je pouvais lui donner.

Au bout d'un moment, je suis cependant obligé de ralentir. Je n'imaginais pas que la route puisse descendre autant que ça. Elle est large et bien engravée mais j'ai encore les dérapages de tout à l'heure dans les fesses. Je m'aperçois que les quinze kilomètres dont elle parlait en feront bien vingt en fin de compte. Et je ne me trompe guère. Quand j'aperçois la signalisation de la grand-route c'est vingt-deux. Et il fait nuit.

J'allume les phares. Au croisement je demande : « De quel côté ? » Elle me dit : « À gauche. » Nous n'avons pas soufflé mot de tout le temps. Est-ce qu'elle a l'heure ? Non ; moi non plus. C'est au petit bonheur.

Nous retrouvons l'automne en retraite. Il campe le long de la grand-route, dans des peupliers, des saules, des trembles et des vergers. Sous mes phares, le pays est féerique. C'est à un point qu'on peut tout croire. Il peut nous arriver n'importe quoi. À chaque virage, j'illumine des décors sensationnels.

La halte de Châteauneuf est dans les bois, adossée à un long mur, à côté d'une grille de parc. C'est seulement un auvent en ciment armé. Quelle heure est-il ? Est-ce que le car est passé ou non ? C'est un cas de conscience. Je n'ose pas débarquer ma voyageuse. Elle va se geler. D'abord. Ensuite, le pays n'a un peu de consistance que parce que je l'éclaire. Si je disparais avec mes phares, ce sera quoi ? J'éteins pour voir. La fin de tout. Et encore, nous avons le bruit du moteur pour nous rappeler à la vie. Mais imaginez ça avec le bruit du vent dans les arbres. Je rallume.

Comme je le fais, j'éclaire une personne qui vient vers nous. Je dis une personne car elle a des pantalons, mais en effet c'est une femme. Je dis : « Voilà quelqu'un qui vient attendre. Votre truc n'est pas encore passé. »

Je baisse ma vitre et je demande l'heure. Six heures moins cinq. Est-ce que le car est passé ? Non. Et d'ailleurs, le voilà. Il corne à toute pompe. Il est illuminé comme un bateau.

Ma demoiselle file comme une lettre à la poste. Je continuais à tenir la portière pour la femme aux pantalons mais elle ne monte pas. Et même elle n'est plus là. Elle a pris la tangente.

Le car parti, je reste une seconde comme un cierge. Je ne sais pas le nom de cette jeune fille. Ni le prénom. Je suis un drôle de zèbre. Admettons que je lui aie fait rater son car. Volontairement. Ça pouvait être une occasion. Il aurait fallu que ce soit l'été, aussi. Mais l'été il fait jour à six heures.

La grille du parc s'ouvre. Un type sort. Il m'offre une cigarette. Il me demande si je n'ai pas vu une femme. Je dis oui, il y a cinq minutes. En pantalon. Est-ce qu'elle a pris le car ? Non.

Je tourne bride et, dans mon virage, mes phares illuminent au-delà de la grille une allée du tonnerre de Dieu où le type est en train de rentrer.

J'en mets un coup. J'arrive au moulin dans les délais ; à peu près. Les Edmond sont à table. Je passe la tête à la porte et je dis : « J'ai l'estagnon.

— Merci. Tu veux boire un coup ? » Je le bois. Et je rentre. Moi aussi.

Je suis bien content d'être à ce moulin. La température n'est vraiment pas à la balade. Tous les matins, quand je descends, je trouve que c'est une affaire. Les Edmond sont corrects. Mon boulot consiste maintenant à faire le maître Jacques. Je bricole à droite et à gauche. J'entretiens la chaleur. Je jette des coups d'œil. Je récure le matériel. Je roule des cigarettes. Je suis au chaud et la semaine tombe.

Un matin en arrivant, je trouve M. Edmond en train de parler avec un type maigre. Celui-là me fait mauvaise impression.

— Quand tu es allé chercher l'estagnon, l'autre soir, dit M. Edmond, est-ce que tu n'aurais pas chargé une jeune fille au retour ?

— Si.
— Où est-ce que tu l'as menée ? dit le maigre.
— À Pont-de-l'Étoile.

Ils me demandent des tas de renseignements. J'en esquive et, pour d'autres, je bafouille. Je pense qu'il ne doit pas être agréable d'avoir tout le temps sous les yeux la gueule du type maigre. Elle n'engendre pas la mélancolie : c'est un peu plus costaud ce qu'elle engendre. Ce type-là se met à me tourner et retourner de tous les côtés. À l'entendre, je n'ai même plus le droit d'acheter un paquet de tabac. Je l'envoie au bain.

Le lendemain il est encore là ; sans M. Edmond qui est sorti cette fois. Je prévois des emmerdements. Ça ne rate pas.

— Tu n'es pas allé chez les Jourdan, dit-il. Tu es venu klaxonner dans le bois de chênes. Je t'ai entendu. On t'a vu à Pont-de-l'Étoile, tu as manœuvré en face le café des Sports. Et on t'a vu après Pont-de-l'Étoile.

Cette dernière chose, il l'invente. Nous n'avons rencontré personne. Il me tape tellement sur le système que je lui réponds :

— Et après, qu'est-ce que ça peut vous foutre ?
— Tu sais qu'elle est mineure ?
— Qu'est-ce que vous voulez que ça me fasse ?
— La loi le fera voir.
— La loi ? Qu'est-ce qu'elle a à faire la loi, là-dedans ? Vous croyez qu'on demande l'âge à ceux qui vous arrêtent sur la route ? Vous l'auriez laissée, vous ?
— Elle ne t'a pas arrêté sur la route. Tu l'as appelée. Et même, ce n'est pas la première fois.
— Vous voulez que je vous dise une bonne chose ? Mêlez-vous de ce qui vous regarde et foutez-moi la paix.
— Ça me regarde.
— Eh bien ! si ça vous regarde, contemplez-le, ça fera la paire.

Je trouve même que jusqu'à présent j'ai été trop poli. J'ajoute : « Et, ne me casse plus les burettes ! »

Ça n'a pas l'air de l'impressionner. Il tourne les talons et il s'en va.

Je crois que j'ai fait l'andouille. Il n'y avait aucune raison pour le prendre de cette façon-là. Au ton que j'ai eu il semblerait que j'ai fait pis que pendre.

Quand M. Edmond rentre, je le mets au courant. Ça n'a pas l'air de lui plaire beaucoup. Il me dit : « Tu avais bien besoin de te mêler d'une chose pareille ! »

Je lui raconte la conversation que j'ai eue avec la jeune fille l'autre dimanche et qu'elle était venue soi-disant pour le voir, lui. Ça a l'air de l'épater, mais pas trop. Il prétend que, s'il avait été là, il l'aurait expédiée avec perte et fracas. J'insinue que, au fond, si j'ai marché, c'est que j'avais l'impression de bien faire. Il ne dit pas que j'ai mal fait. Il dit que ça n'est pas rose, un point c'est tout. Je m'en rends compte ; à son air.

Je dis : « Qui c'est, ce type-là, son père ?

— C'est son beau-père : le mari de sa mère.

— Alors, qu'est-ce qu'il a à la ramener comme un zouave ?

— Ça m'étonnerait qu'il l'ait ramenée tant que ça, dit M. Edmond. Son genre ce serait plutôt autre chose. »

Le patron a vraiment l'air d'avoir avalé une arête de poisson.

— Ça serait quoi, son genre ?

— La douceur ; mais tu es loin de te figurer jusqu'où ça peut aller.

J'ai tort de vouloir rigoler. Je dis :

— La douceur, moi, ça me chatouille.

M. Edmond ne répond pas. Il regarde droit devant lui. Il a l'air de voir des quantités de choses qui n'ont qu'un vague rapport avec des chatouilles. J'ai tort d'insister, mais quoi faire de ses pieds dans un cas pareil ? Il vaut mieux les mettre dans le plat.

— Si ce n'est pas son paternel, il n'a pas de raison de s'en faire.

— À moins qu'il en ait de meilleures, dit M. Edmond et son arête de requin.

Ça laisse place à toutes les suppositions. Je pense à la croix qui est toute seule là-bas, avec mission de réjouir les torrents et les éboulis de schistes.

— J'ai l'impression d'avoir marché dans quelque chose qui sent mauvais.

— Tu peux le dire.

Je suis assez content le lendemain et le surlendemain de ne plus voir mon bonhomme. Je n'ai aucune envie de le voir arriver, même avec une bonbonnière. Le soir, quand je rentre, l'artiste a un drôle d'air. Il jubile. Je me rassure. Il me dit :

— Tu es un sacré cachottier.

Je ne suis pas à la page. Je demande sincèrement de quoi ?

— Tu as des affaires de femme.

Même alors je ne comprends pas et je le dis. Il me répond :

— Tu vaux dix. Tu vaux même ton pesant de pommes de terre frites. Le jour où tu voudras t'associer avec moi, je suis prêt à casquer. Si tu te voyais, même toi, tu te donnerais le bon Dieu sans confession.

Il est trop malin pour manquer de voir que je ne fais pas la bête, mais que je le suis. Il met les points sur les I.

Le bruit court que j'ai enlevé la fille. J'en rigole sur le moment. À la réflexion, j'en ris jaune. Je vais prendre mon air de feu au fourneau. La patronne, ce soir, n'est pas entrante. Je dis :

— Vous devriez quand même avoir un peu plus de bon sens, vous !

Elle va tout de suite au but, me répond que la fille est une traînée. Si c'est dans mes goûts d'essuyer le plâtre des autres... En tout cas, pour l'instant, que je me pousse un peu, elle a besoin de son poêle.

Si on veut m'enlever mon bien-être, alors, ça change toute la question. Je prenais ça à la rigolade et il n'y a pas de quoi fouetter un chat encore bien moins. Tout le monde, à ma place, aurait fait pareil. Elle me répond de façon équivoque. Je lui raconte toute l'histoire telle que. Elle me répond :

— Et dans l'étable des Chauvin, vous chantiez la messe ?

Ça, je sais quelle est la petite vache qui a mouchardé.

Je le guette un matin et, au moment où le fils Chauvin va enfourcher sa moto, je l'arrête.

— Dis donc, je lui dis, qu'est-ce que tu es allé raconter de la fille et de moi dans ton étable ? Qu'est-ce que ça signifie ?

— Ça ne signifie rien. Tu y étais, oui ou non ?

— J'y étais. Et après ?

Lui casser la gueule n'arrangerait pas la sauce. Au contraire. Il ajoute :

— Elle est venue me dire qu'elle voulait te voir et que je laisse la porte ouverte. Je l'ai fait, oui ? Alors, qu'est-ce que tu as à te plaindre ? Si c'est comme ça que tu dis merci !...

Je le laisse filer. J'ai encore fait l'andouille. Il ne va pas se faire faute de crâner. Je commence tout et je ne finis rien. Ce truc-là me dégoûte.

Le patron a renvoyé mes deux collègues. C'était normal. On s'y attendait. La campagne de l'huile est terminée. L'électricien ne vient plus qu'une fois par semaine passer l'inspection aux machines. On se demandait qui il garderait pour l'entretien général. C'est moi. Il m'a pris dans un coin. Il m'a passé la brosse. Nous nous sommes mis d'accord sur un salaire d'hiver ; un peu diminué naturellement puisqu'il n'y a plus de travail de force.

Au fond je n'ai rien à faire qu'à rester là. Je me balade dans le local. Je fais la revue des impedimenta. Je répare et je bricole. J'astique et je graisse, je rapetasse les couffins et les sacs. Je mets de l'ordre. Ça me va bien.

Ça me va moins mal qu'on ne pourrait le croire. Ce vaste moulin s'est adapté à mes entournures. Nous avons fait un mariage de raison et nous passons une lune de miel extraordinaire.

Naturellement la neige a fini par tomber une bonne fois pour toutes. J'entretiens du feu dans trois grands poêles pour que tout ce matériel et les bacs d'huile soient chouchoutés comme il se doit. Le gel, ici dedans, ferait des ravages de tigre. Mais, avec moi, il peut courir. Les carreaux des fenêtres sont propres. Si un flocon se pose sur eux, il est foutu : c'est chaud, humain. Au début, les oiseaux venaient se frotter contre les vitres comme contre une joue. J'en ai fait entrer quelques-uns : ceux qui étaient les moins froussards et ne foutaient pas le camp quand j'ouvrais la fenêtre. Ils sont toujours par là, dans les solives. Je leur donne du grain ou de la mie de pain.

Mais, je ne suis pas très apprivoiseur. Ce n'est pas à moi qu'on verra des oiseaux sur l'épaule ou dans la barbe. (En parlant de barbe, la mienne est devenue tout ce qu'il y a de bien. Il faut même que, de temps en temps, je la taille au ciseau.) Je ne suis pas de ceux qu'on admire parce qu'ils sont les maîtres des animaux. Ou qui paraissent l'être. Pour apprivoiser quoi que ce soit, il faut être trop longtemps son domestique. Et pour monter un petit numéro d'amour-amour, avec becquetage des lèvres et tout le saint-frusquin, il faut trop avoir été soumis, gentil, et tout et tout... Je suis d'ailleurs comme ça avec les chats et les chiens. Je ne leur fais pas d'avances. Aux gens non plus. Enfin, c'est rare.

Bien entendu, je couche au moulin. Il faut que j'entretienne les feux la nuit. L'artiste est venu me voir deux ou trois fois au début. Depuis quelque temps il s'est calfeutré. Il est vrai qu'il fait un temps de cochon. Je suis allé le voir, moi, l'autre jour. Une escapade de deux heures, profitant de ce que les Edmond étaient absents pour l'après-midi. J'ai failli me casser la gueule au retour : une patinoire en pente raide n'a jamais fait plaisir à personne. Faudrait avoir du vice.

Je me suis fait une petite cagna de toute beauté entre deux piles de sacs, juste en face le gros poêle du milieu. M. Edmond m'a donné un lit-cage et, autour, j'ai organisé une alcôve pépère. L'électricien m'y a amené un bout de fil, j'ai suspendu la baladeuse à un crochet et j'ai la lumière à la tête du lit. Un prince !

Il n'y a que question de lecture où je suis un peu à la traîne. C'est vraiment l'endroit où j'aurais aimé avoir un livre ou deux. J'ai demandé à Mme Edmond (on dirait d'ailleurs qu'elle me fait un peu la tête). Je n'ai eu que des saloperies : Des « vierge et mère, des orphelines, des légionnaires ». Ça alors, ça me fout le cafard !

J'aime mieux fumer la pipe. Je me suis acheté un jacob et je le culotte, dans un endroit *ad hoc*. Il faut se méfier de deux choses : le gel et le feu. Il ne faut pas qu'il gèle mais il ne faut pas foutre le feu à la baraque. Voilà mon rôle, somme toute. Donc, je ne peux pas me permettre de fumer ma bouffarde sur des sacs qui ne demanderaient pas mieux que de recueillir la moindre braise et d'en faire une histoire sensationnelle. Mais, j'ai un endroit de tout repos et au poil.

Du côté où ça monte dans les appartements particuliers du patron, il y a l'amorce de l'escalier coupée quatre marches plus haut par la porte. C'est là que je me colle, le dos contre du bon chêne, les fesses sur les coussins de la camionnette qui sont juste à la dimension des marches. Devant mon nez, le premier poêle qu'on peut faire rougir si on veut et, au-delà du poêle, tout mon bazar à perte de vue jusqu'aux fenêtres du fond. C'est là que je noircis peu à peu la figure de mon jacob en surveillant tout sans me déranger, pendant une heure ou deux, notamment après mon repas de midi, écoutant la radio qu'on fait marcher là-haut dans l'appartement jusqu'à ce que le patron gueule : « Oh ! là là, Josette, cette radio ! Tu peux pas la mettre moins fort ? » Alors, c'est une sourdine qui vient, et j'aime beaucoup.

M. Edmond descend de temps en temps voir si tout va bien. Il est tellement gentil avec moi que je me demande à quoi il veut en venir. C'est du vin ou du tabac, ou des paroles aimables sur le culottage de mon jacob. Je suis chaque fois un peu embêté et j'aimerais qu'il m'engueule. Il ne le fait pas.

Un matin, malgré la bise qui coupe comme un rasoir, il sort la voiture. Mme Edmond, emmitouflée jusqu'aux yeux, s'installe à côté de lui. Mais au dernier moment il descend et vient me voir. Il me dit :

— Écoute un peu. Ceci est entre nous. Dans le courant de la journée un type viendra prendre cinq cents litres. Surveille-moi ça et qu'il soit content. Il aura ses estagnons à lui. Ne touche pas aux nôtres. Aide-le à remplir. Si toutefois à cause du temps il tardait et qu'il vienne sur le soir — nous, nous rentrerons vers les six heures —, si tu vois que vous n'avez pas le temps de finir avant que j'arrive, monte au village et téléphone au 3 à La Posterle. Tu dis : « Dites à M. Edmond qu'il attende. »

— Ça va.

Il marque 3 sur le carreau avec un bout de plâtre. Il peut être tranquille. Mme Edmond s'impatiente et fait marcher le klaxon. De toute façon, il ne m'aurait pas plus dit.

Le type susdit arrive avec un petit camion vers une heure de l'après-midi. Il est frigorifié. Pendant qu'il se chauffe j'essaye de voir s'il y a une marque sur la bagnole ; il n'y en a pas. Nous nous mettons au boulot et ses cinq cents litres sont remplis, chargés et amarrés à quatre heures. Il se débine. À la bonne tienne ! Je ne m'en sentais pas pour monter au village et je suis loin d'envier sa place au volant dans les virages de la descente pendant que la nuit tombe. Tout ça me paraît une drôle de combine.

Les Edmond sont là à sept heures moins le quart. Lui vient me voir censément presque tout de suite, le temps de monter là-haut et de descendre ; je lui fais signe que tout est au poil. Il regarde le carreau où il avait marqué le numéro de téléphone. Ça aussi c'est effacé. Il n'insiste pas.

Nous avons trois ou quatre jours de vilain temps. Malgré tout ce qu'il a déjà fait, on dirait que jusqu'à présent il s'est amusé mais que, maintenant, il prend vraiment la chose à cœur. Il ne fait pas de bruit, comme les beaux travailleurs, et il en met un sacré coup. La neige tombe serré jour et nuit. Il me faut faire une tranchée à la pelle pour aller jusqu'à la route.

Dans ma cagna, entre les piles de sacs, je suis comme un coq en pâte. J'ai des moments de grand bonheur qui tiennent essentiellement à la bonne chaleur continue et au fait que je me sens enveloppé dans mes couvertures dans ce bon moulin, dans cette neige épaisse qui a cassé les fils du téléphone et tout bloqué sur des kilomètres carrés. Je vis dans mon jus.

J'étais loin d'imaginer qu'au milieu de ça l'artiste me rendrait visite. C'est cependant ce qui arrive. Je n'en reviens pas. C'est une aubaine. Je fais du café. Il me dit : « Je t'ai porté un paquet de tabac. Aboule tes quatre-vingt-cinq balles. » De toute façon c'est un beau geste. Il y a pensé. Il ne faut pas trop demander.

Il est superbe. Il a une de ces putains de canadienne à me faire baver, des bottes en caoutchouc, des bas de laine épais d'un doigt et des frocs de ski en drap anis.

— Ben mon cochon, ça doit tenir chaud, tout ça !

Il me dit : « Oui, ça tient chaud et c'est épatant. »

Qu'est-ce qu'il a fait ? Un héritage ou quoi ? Et, où est-ce qu'il est allé se procurer tout ce matériel ?

— T'occupe pas, dit-il, regarde et prends de la graine.

N'empêche : c'est un jeunot. Je lui dis : « Ce n'est pas à un vieux singe qu'on apprend à faire la grimace. Tu as pour cinquante mille francs de matériel sur les fesses, ça vient bien de quelque part ?

— Cinquante billets ? Tu es un peu juste, dit-il : c'est de l'agneau doré napolitain. » Il me fait mal au ventre ! De l'agneau doré napolitain ! Il a dit ça fier comme Artaban. Il s'imagine qu'il m'épate. J'aime beaucoup mieux quand ses mains sont autour des cartes ou sur la guitare. En parlant de ça, je remarque qu'il a aussi un bracelet-montre. Je lui dis :

— Mon petit gars, ton agneau napolitain ne pousse pas sur les arbres, ni ta montre, ni tes falzars, ni le reste de ton équipement. (J'en reviens toujours à ma première idée.) Ça vient d'où ? et j'ajoute : « Ça sert à quoi ? Je comprends un peu qu'on veuille se fringuer dans un patelin où ça manque. Mais ici ! Je n'ai pas d'agneau napolitain et je te garantis que je n'ai pas froid. Si tu y vas de ce train-là tu seras fauché avant la fin de l'hiver. On commence à peine, tu sais ! Si tu es Rothschild, ça c'est une autre affaire. Et encore ! »

Il rigole. Il me laisse dire. Il fume sa cigarette, toujours américaine, naturellement.

— Et ça, tu l'achètes au bureau de tabac ?

— Non, dit-il, au bureau de tabac j'achète le gris pour les nouilles qui s'habillent avec de la toile à sac.

— Admettons ! Mais, si ça me plaît !

— Bon, dit-il. J'étais venu pour te parler affaires mais, si tu te trouves bien dans cette casbah dégueulasse, je ne vois pas pourquoi je m'occuperais de t'en sortir. On ne peut pas dire que tu sois vraiment un type reconnaissant.

Là, il me fait mal. Le plus grave c'est qu'il me fait de la peine. Je ne peux pas arriver à le prendre à la blague, ce type-là. Ce que les autres voient, je le vois : il ne vaut pas tripette, mais je suis obligé de ne pas en tenir compte. J'essaye de lui faire comprendre qu'au bout du fossé, la culbute. Il me répond de m'occuper de mes oignons. Que, s'il avait su, il aurait pu s'économiser deux kilomètres. Qu'il s'en doutait bien. Que c'est par amitié pure qu'il est sorti par un temps pareil. Et parce qu'il n'aime pas me voir vivre comme les marmottes. Que jusqu'à présent, il s'est débrouillé tout seul. Qu'il voit bien que tout ce qu'il a à faire c'est de continuer. Qu'au fond je suis un égoïste.

J'avais bien besoin de ça ! Tout est de nouveau sur le tapis. Je me le représentais là-haut dans son bistrot, tranquille comme Baptiste, et tout fonctionnait. Voilà que rien ne tourne plus rond. Je lui dis : « Bon. Alors, n'en parlons plus, accouche ! »

C'est simple comme bonjour : il a trouvé un filon épatant. Il a monté une table de poker là-haut. Qu'est-ce qu'il y a d'extraordinaire ? Rien. Ils jouaient bien à la belote. Jeu pour jeu, il n'y a pas de différence. Moi, personnellement en effet, ça m'est égal. Je ne suis pas membre de l'Armée du Salut. Ce que j'en dis c'est que, généralement, avec des gars habitués à la belote, les montagnes russes du poker, ça peut foutre mal au cœur ; et le mal au cœur, ils le font généralement payer aux autres. Autrement dit, ça finit par des cassages de gueule.

— C'est ce qui te trompe, dit-il, parce que d'abord et d'une j'ai compris qu'il ne fallait pas aller trop fort et je me contente d'un casuel tout ce qu'il y a de régulier et de père de famille ; ensuite, parce que j'ai alors trouvé cette fois des lascars qui sont pleins aux as et qui se foutent d'envoyer en l'air dix billets comme toi ton culot de pipe. En les prenant comme je les prends à la papa, dans un business régulier, tous les soirs, tout l'hiver, c'est une vie de cocagne. Ils sont ravis. C'est eux-mêmes qui en redemandent. Je n'ai jamais vu de types comme ca, mon vieux. C'est la bamboula tous les soirs : boudin, civet, vin bouché. T'as jamais vu ça : impossible. Ils m'invitent chez eux. Et tu crois que leurs femmes font la tête ? Tu peux courir ! C'est la bouche en cœur. Elles y viennent, elles aussi. Plus fortes que les hommes. Tu ne te rends pas compte. Tout ce qu'il y a à gratter autour ! C'est un monde, je te dis. Question galette, fesse et bamboula, si tu veux, on est les rois. Je ne sais pas d'où leur vient le pognon, mais je t'assure qu'ils le voient partir sans regret. Un type me l'avait dit mais c'est la première fois que je vois que l'hiver c'est ça.

« Ah ! Et puis, halte ! Il n'est jamais question de jouer des haricots. Tu parles de montagnes russes ! J'ai le cœur bien accroché, mais quand ils te mettent des chiffres sous le nez, c'est des chiffres. T'en fais pas pour le casse-gueule, c'est tout à fait autre chose qu'ils cherchent. Il y a des types qui ne pouvaient pas suivre ; ils sont rentrés dans leurs coquilles. On est maintenant six à sept, pas plus : des purs. Je mange tous les soirs avec eux, tantôt chez l'un tantôt chez l'autre. Si je manque, on me réclame. »

Je le laisse dire. C'est une belle vie ! Il y a des moments où j'en ai marre de vivre à ma façon.

J'aimerais que quelqu'un d'autre prenne la barre. Et vogue la galère !

Cette nuit-là, je dors mal d'abord. Puis, finalement je dors bien.

J'aimerais passer quelques jours avec le copain, à manger du lièvre et du cochon. J'ai évidemment tout ce qu'il faut dans mon moulin : chaleur, café et boustifaille. Mais l'hiver est la saison des désirs. J'accumule des envies extraordinaires. Dans cette partie du jour qui va du moment où j'ai bu le café du matin jusqu'à l'heure où la nuit arrive, j'imagine des choses sans queue ni tête. On n'y voit pas beaucoup ici dedans ; sans le reflet de la neige, on n'y verrait même pas du tout. J'arrive à trouver que les presses au repos ont des allures de grandes personnes debout, habillées de fer. Pendant que je me chauffe, dans la lueur rouge du poêle, je vois le bout de mon nez, mes mains, mes genoux, mes jambes et mes pieds. Les grosses poutres entrecroisées du plafond sont comme une carcasse de bœuf. Les coups de bise frappent contre les murs. Le bien-être ne sert qu'à désirer plus ; et dans cette idée il n'y a pas de limite. Je me sens capable d'aller fort dans des quantités de choses. Je pense aux marmottes qui sont roulées en boule dans les profondes fourrures de la terre. Je me demande pourquoi nous autres nous n'arrivons pas à endormir complètement notre sang. Souvent j'hésite à aller m'asseoir contre la porte pour écouter la radio, puis finalement, chaque fois j'y vais. Je n'ai de repos que lorsque je fends du bois à la hache. La relever au-dessus de ma tête et l'abattre de toutes mes forces sur les bûches qui craquent et éclatent me fait du bien. Je ne m'arrêterais plus. Je ne sens pas la fatigue. Le bruit des coups et du bois fendu me plaît. Le cœur ouvert des bûches est beau à voir et c'est agréable de tripoter l'arête vive des éclats. J'ai une envie folle de me mettre en jeux. Il n'y a pas beaucoup de ressources. On en invente des tas. On va même aux choses les moins ordinaires. C'est fou tout ce qu'on peut imaginer.

Quand le vent tombe, je vais fumer une pipe dehors. Le ciel est aussi blanc que la terre. Il y a une telle épaisseur de neige sur tout que tout a disparu. À peine si une ligne noire comme un fil de tabac dessine le contour des arbres. On a frotté la gomme sur tout : la page est redevenue presque blanche. Les grands châtaigniers des Chauvin sont effacés ; restent à peine des traces là où ils étaient. Le silence et le blanc font un tel vide qu'on a envie de mettre du rouge et des cris dans tout ça avec n'importe quoi. On ne veut pas se laisser aller. On a mille petites combines. Voilà à quoi servent les familles. Les femmes par ce temps-là sont des bénédictions. Pour dix minutes. Mais après ? Refaire le monde entier : il en faut du matériel ! On s'aperçoit qu'en temps ordinaire on a à portée de la main des petits riens qui sont tout. La sécurité ne réjouit pas. Ce qui compte, pour le bonheur, c'est de tout remettre en question.

Être heureux c'est abattre des atouts, ou les attendre, ou les chercher. Forcer la main est magnifique. Demandez aux gens quand est-ce qu'ils sont nés par ici : ce sont tous des enfants de l'hiver. Il n'y a pas plus de jour dans les maisons du village et dans les fermes que dans mon moulin. Les fenêtres, là-bas comme ici, ont les mêmes carreaux gris. La cuisine des Jourdan où j'ai bu le coup après avoir livré l'huile est chaude et abritée, mais un point c'est tout. Restent les coups de la bise contre les murs. Qu'est-ce qu'elle annonce ? C'est le commencement de quel théâtre ? Devant la porte rouge du poêle, là-bas, ils voient aussi le bout de leurs nez, leurs mains, leurs genoux, leurs jambes et leurs pieds. Admettons que pendant cinq minutes ils puissent rigoler en eux-mêmes du fait qu'il y a devant la porte rouge du poêle les nez, les mains, les genoux, les jambes et les pieds de toute la famille. Mais après ces cinq minutes, quoi ? Détester non plus ne dure pas. S'il y a quelques crimes, par ici, ce sont également des crimes d'hiver. Rabrouer des vieillards et même pousser plus carrément à la roue fait plaisir mais, comme ce qu'on a pour se distraire est fragile ! Dans un sens comme dans l'autre, tout est trop vite fait.

Il faudrait donc jouir de quoi, somme toute ?

Je ne sais pas, et après avoir regardé un bon bout de temps ce monde où tout est effacé, je rentre et je me remets au chaud. Eux aussi ils sont allés prendre l'air et ils rentrent et se remettent au chaud. Je vais un peu écouter la radio ; eux aussi. Il n'y a rien du tout là-dedans. Qu'est-ce que vous voulez que ça me foute l'Indochine ou M. Vincent Auriol ? Si : tout compte fait, c'est un bruit ; c'est un type qui parle. S'il était là, on pourrait l'utiliser deux minutes à voir la gueule qu'il a devant la porte rouge du poêle ; mais, il n'est pas là et, *naturellement,* on le déteste. Ça ne nous mène pas très loin.

Il y avait la radio chez les Jourdan. Et je parie qu'il y a la radio au bout du chemin, à gauche, après le bois de chênes, passé la croix (qui doit avoir de la neige jusqu'aux bonnettes). Il y a la radio là-haut chez les Edmond qui, mari et femme, seuls et en présence, ont commencé ces jours-ci à s'engueuler de temps en temps. M. Edmond a du souci. Ça l'occupe. Il y a sûrement du louche dans ce catimini pour l'huile qu'il vend peu à peu en cachette. Il y a un endroit où filent les sous : j'en mettrais ma main au feu. Mme Edmond reste des semaines dans l'état de quelqu'un qui adore le blanc et qui en a en veux-tu en voilà. Elle conserve précieusement un petit sourire idiot sur la bouche. Puis elle finit par s'apercevoir que son mari tourne d'un côté et de l'autre. Elle constate qu'il a quelque chose en tête. Et la voilà elle aussi avec du souci, dans cette maison encore plus chaude que les profondes fourrures de la terre où dorment les marmottes. Dans cette maison entourée de blanc de tous les côtés.

Je les entends s'attraper avec vigueur et décision. Ils n'y vont pas de main morte. Je comprends qu'il s'agit de la « *charmante jeune fille, cette traînée* ».

Tout le plaisir est dans les fausses cartes. Ils le savent, là-haut à l'étage, comme je le sais au rez-de-chaussée, comme ils le savent dans les villages de la vallée couverte de brouillard et dans le village là-haut couvert de brouillard aussi. Maintenant, on a été tous mis au pied du mur. Il ne s'agit plus de faire les fiers avec ce qu'on a appris à l'école primaire. Faire passer que deux et deux font cinq vous chatouille drôlement sous les bras ; et pour un moment ; quand on comprend qu'on a tous les chiffres à fausser et que, ça vraiment, ça peut durer *in æternum*. Pour celui qui a envie d'être le premier moutardier du pape (et qui n'en a pas envie ?) c'est une ressource magnifique. S'il fut un temps (et j'en doute) où l'on a pu régler l'affaire du bonheur avec des *comptes faits*, il est passé : c'est l'hiver. Il faut prendre le taureau par les cornes. Il y a un abîme entre la vérité et la vie. Ce n'est pas avec des remèdes de bonne femme qu'on arrive à jouir de ce qui compte. Tromper ne trompe pas mais rapporte, dans cette histoire où il s'agit surtout d'avoir un os à ronger. Les gens s'imaginent qu'il faut avoir une jaquette et un chapeau gibus pour passer aux actes. J'en ai connu dont la passion, disaient-ils, c'était la chasse. Tout le jour, par monts et vaux, avec des fusils de cinquante mille francs ; pas maladroits au surplus, au contraire. On pouvait se dire qu'à voir tomber les cailles ils passaient du bon temps. C'était d'ailleurs inscrit sur leur figure rouge comme une tomate. Ils avaient des dents de marbre, des moustaches d'or et les yeux candides de celui adroit à tuer. À regarder d'un peu plus près ils avaient d'autres choses inscrites par-ci par-là. Des décisions prises depuis longtemps avaient creusé leur petit sillon de chaque côté de leur bouche. Moi je savais qu'ils ne tiraient à la caille que par surcroît. Pas un ne m'a démenti par les faits. Quand on est bel et bien en présence du problème qui consiste à ce qu'on appelle vivre qui est simplement en définitive *passer son temps,* on s'aperçoit vite qu'on n'arrive pas à le passer sans détourner les choses de leur sens. Père et mère, femme et enfants, voisins, voisines, si l'on s'en sert comme il se doit, ça mène à peu de chose. Mais, si on s'en sert comme on ne doit pas, quel miracle ! C'est le cas de le dire : les arbres sont rouges, les truites font leur nid dans les buissons ; les montagnes, obéissant au moindre mot, se mettent en marche. C'est le seul moyen pour ne jamais être Gros-Jean comme devant.

Or, tout ça, c'est la vie courante. La morale, tout le monde la fait. Qui la pratique ? Personne, je l'espère bien. En tout cas, je n'en connais pas. Il y a toujours un tournant où je les attends et où je les trouve, ceux qui prétendent le contraire. C'est impossible de marcher dans la morale jusqu'aux genoux. Ils vous disent tous qu'ils ont fait la trace. Mais, essayez. Au premier pas vous enfoncerez jusqu'au ventre. Et, marchez après ça ! Montez les montagnes, passez les cols, essayez de faire de la route valable ; essayez simplement, si vous habitez un peu à l'écart, d'aller jusqu'au bureau de tabac pour acheter un paquet de gris. Il y a de quoi y laisser la peau. Ils ont tous des raquettes ou des skis. Où vous trimez comme un Noir ils volent comme des oiseaux. En admettant que vous finissiez par arriver à la boutique, ce sera pour la trouver vide. Ils seront passés avant vous. Vous sucerez le tuyau de votre pipe pendant qu'ils fumeront le tabac. À la longue, dites-moi donc ce qui pourrait continuer à compter après ça, sinon l'expérience ?

Certes, là comme partout il n'y a pas de héros déclarés, de Bayards qui font profession. Ce sont de bons diables. Mes chasseurs dont je parlais tout à l'heure, croyez-vous qu'on aurait pu leur refuser le bon Dieu sans confession ? Des certificats de bonne vie et mœurs authentiques, il faudrait des corps d'armées pour les leur rédiger. Tu parles si la maréchaussée a autre chose à faire qu'à s'occuper de tous ceux qui en sont venus petit à petit à se servir de soi-même comme on ne doit pas ; c'est-à-dire à s'occuper de tout le monde ! Et c'est justice : voilà le grand mot.

Miser gros, c'est la vie, et tricher pour pouvoir le faire sans risquer de perdre la boule. Jamais carte sur table. Il faut que le roi de tout ce qu'on voudra, même celui des mouches, perde son droit.

J'ai mon moulin, et mes poêles, et mon alcôve entre les sacs, mais se donner constamment *beau jeu* est un abri bien plus efficace. Si tu attends d'un cœur simple que le rideau se lève sur les trois coups que la bise frappe constamment contre les murs, c'est : « Un jour de bonheur, cent ans de misère » qu'on va te jouer d'année en année, sans changer de répertoire, et tous les enfants d'ici naîtront entre la fin juillet et le début d'octobre. C'est trop régulier pour que ce ne soit pas une combine, tu comprends bien. La malice est cousue de fil blanc.

Tromper, comme c'est solide et valable. Comme on est payé de ses peines. La peine même est un plaisir. Quel abri sûr !

M. Edmond vient faire sa petite inspection et sa causette. Depuis quelques jours, il tourne autour d'un pot. Nous avons déjà livré trois fois de l'huile au camionneur qui était venu la première fois. Toujours avec la même cérémonie. Je suis de la famille. Je demande un jour de congé. Pour quoi faire ? Je ne réponds pas et je rigole. « Oui », dit M. Edmond.

Je me taille la barbe. C'est une splendeur. Elle est dorée sur tranche. J'ai l'air d'un pape. Je fais chauffer une bassine d'eau. Je me lave du haut en bas.

Je monte au village dans mes vieilles frusques mais je vais aux « Comptoirs Économiques » et je donne un coup de pied à l'armoire. Je m'achète chemise, pantalon, veste de chasse en velours et quarante centimètres de faille noire pour me faire la petite cravate comme je l'aime. Je passe chez Anatole et me fais donner un petit coup de tondeuse sur la nuque, un cran de ciseau autour des oreilles. La glace me renvoie l'image d'un zèbre au poil, frais comme l'œil. L'Anatole veut me coller de sa violette ou du foin coupé. Je l'arrête. J'aime mon odeur. Et j'ai remarqué mainte fois que le sexe n'y crache pas dessus. Je suis un blond qui a chaud aux fesses et sous les bras. Généralement ça impressionne. Aucune envie qu'il me bousille mes séductions avec son vaporisateur.

Je réfléchis et je fais d'abord un tour chez le Louis. Il est dans sa cuisine à déballer des boîtes de pantoufles fourrées. Je lui demande s'il n'aurait pas une paire de bottes lacées dans mes prix. Nous descendons à l'écurie où il tient tout son matériel de forain et il me trouve ce qu'il faut : semelles en uskide et tige en vache. « Dégèle-moi ça, dit-il, c'est souple comme un gant ! » Au fait, il n'y a pas cinq minutes que je les ai aux pieds que c'est vrai. Il me trouve aussi une casquette qu'il dit anglaise, et pourquoi pas ? En tout cas, elle a des rabattants pour les oreilles. S'ils font ça en Angleterre, ils ne sont pas bêtes !

C'est un régal de déambuler dans cet attirail. Le costume, c'est ma faiblesse. J'ai gardé mon vieux tricot.

Je vais à l'auberge sur le coup de dix heures du matin et la mère Machin en prend un bon coup en me voyant. Elle me demande si je suis de noce et je dis oui. La barbe et le velours, l'œil d'innocence et mon odeur font leur petit boulot en première.

Je monte chez l'artiste. Il est naturellement encore couché. Mais mon arrivée et tout l'appareil lui coupent le sifflet. Il ne s'attendait pas à ça. Je jubile sans arrêt. Le roi n'est pas mon cousin.

On se fait faire des bifs de veau aux pommes, à quoi, d'autorité, la patronne ajoute du boudin frit et un plat de *chouilles* qu'elle a coupées elle-même dans la gorge de son cochon, tué d'avant-hier, comme par hasard. On boit du vin bouché. C'est la belle vie pure et simple.

Sur les trois heures de l'après-midi arrivent Nestor et le fils Daumas. Un peu après, Ovide Molinier et Ferréol accompagnés d'un zèbre sur lequel je ne mets pas de nom mais qu'on appelle Fil de fer. Puis, c'est Gauthier l'aîné, et Arsène Giraud qui tient déjà une muffée de première. Là-dessus, le temps qui était déjà noir se met résolument à la neige et il en tombe à cacher les maisons d'en face.

Tout ce beau monde a touché la main à l'artiste et à moi. On s'est attablé près du poêle. On a commencé à lécher des *mesurons* de vin blanc. C'est magnifique. Le velours de ma veste sent le neuf et cette odeur me monte à la tête.

On joue à la « Catherine ». Un jeu d'ici qui est une sorte de poker mâtiné de bésigue, un truc qui a l'air bon papa, mais brutal et très vinaigre. C'est plein de poches comme au billard anglais. Vous vous croyez à l'abri au moment même où la matraque vous siffle autour des oreilles. C'est un jeu tout à fait adapté à la compagnie qui fume ici dedans à plein tube. Giraud et son nez en forme de soulier, Ovide et son goitre, Fil de fer qui passerait par le trou d'une aiguille, Nestor qui pèse cent vingt kilos, le fils Daumas avec sa gueule de cinéma : tous des gens à qui il ne faut pas en promettre dans le genre de chose qu'on vient d'entreprendre.

Je tiens ma place. Après mes achats du matin il me reste sept mille francs. Heureusement qu'ils font des petits dès les premiers coups sans quoi je ne pourrais pas suivre. Tous ces gars ne parlent guère mais jouent gros. Sur un coup de pot, net et sans bavure, assez coquet, il y a même un très grand silence. Puis ça reprend.

Au fond, ils se foutent des sous. J'ai beau savoir qu'ils en gagnent facilement avec leur bois de charpente, j'aime beaucoup cette façon de traiter le pognon par-dessous la jambe.

Il y a certainement autre chose pour tous dans ce jeu-là. Ce n'est pas la première fois de ma vie que je me distrais de cette façon, je vous prie de le croire. Je passe même pour un dur : c'est dire que j'aime le risque pour le risque, comme il se doit. Je ne me mets jamais à table en vue d'un carnet de caisse d'épargne. Je sais m'appliquer la mousmé au bon endroit et de quelle façon on l'agite pour se fabriquer un bon sentiment de supériorité incontestable, gagnant ou perdant. Je vais à l'essentiel qui est, avant toute chose, d'exister et par conséquent d'être quelqu'un. Que j'aie ce sentiment-là, et le porte-monnaie : poussière.

C'est évidemment le cas de tout un chacun (qui plus qui moins) et surtout autour de notre table cernée de neige puisqu'on est venu là exprès pour se prouver ça ; mais l'artiste a donné à la chose un tour un peu particulier.

Les premiers temps je le surveille sans en avoir l'air, mais très précisément, car un homme averti en vaut deux. Je ne vois pas un poil de mouche. À me demander si je rêve ; si j'ai rêvé ces doigts agiles, ces atouts sortant de ses mains comme de la machine du fabricant. Il ne gagne pas, il ne perd pas de façon visible, moi non plus. Je gagne (puisque je l'ai dit et que sans ça je ne pourrais pas suivre) mais normalement, *par la force des choses*. Et pour nos zèbres c'est pareil. Tout le monde a sa chance.

Je suis assez bête pour me demander si tout tourne rond. Je suis si bien dans l'odeur de ma veste de velours, je suis si heureux de voir, sous ma barbe, les pointes noires de ma cravate de faille que je ne voudrais pas que l'artiste soit précisément à ce moment-là dans une période d'infériorité. Je suis rassuré tout de suite. Il se fout de ma veste de velours comme de l'an quarante et de nous tous comme de sa première culotte. La salive emplâtre sa bouche, comme il se doit quand il jubile. Son regard est de cette laideur triomphante que je lui ai vue déjà plusieurs fois quand tout va bien pour lui.

Ce n'est cependant pas la mise qui le fait jouir. Nestor hasarde des paquets de billets à la limite de ses poches puis il ferme à moitié l'œil et se renverse un peu sur son dossier de chaise. C'est qu'il a beau jeu mais il sait qu'à tout beau jeu il y a paille. Il joue gros pour rester sensible. Le petit Daumas avec sa moustache en gousse de pois chiche joue très jeune. C'est dangereux pour tout le monde : lui et nous. C'est ce qu'il veut. Il nous entraîne deux ou trois fois dans de mauvais lieux où, avec nos vingt ans de plus, nous courons le risque de rester en carafe. Il aime nous voir patouiller dans des trucs où il faut de l'inspiration. C'est parfois nous qui l'avons finalement et pas lui. Sa déconvenue l'alimente. Jeunesse ! C'est Fil de fer qui aurait le jeu le plus proche du mien. Il ne peut pas perdre : il joue pour jouer. Ce qu'il a, il le donne volontiers. Il ne pourrait rien s'acheter de meilleur avec ses sous que ce qu'il s'achète présentement. Tout le monde est dupe. Sauf lui. Il n'y a pas en face d'habileté qui vaille. Molinier, Ferréol, Gauthier l'aîné, Giraud sont d'excellents vis-à-vis pour quadrille et suivent la musique mieux que d'instinct. Il ne peut pas être dit qu'ils gigoteront moins bien que quiconque. Ils font la femme avec plaisir. Tous poches pleines. Et non seulement, mais par-delà les vitres d'un blanc pur où plus rien n'est marqué du village et du monde, ils voient, sans même la peine de regarder, toutes les réserves de valeur que la vie et les compromissions de chaque jour ont entassées autour d'eux. La puissance qu'ils pourraient jeter d'un seul coup sur la table, quitte à tout perdre. Quelle joie ! (Et on a dit que cette terre était déshéritée !) Fermes, cercles de famille, bétail, troupeaux, greniers, terres labourables, automobiles, camions, tracteurs, attelages, exploitations forestières, scieries, bois en grume, bas de laine, comptes en banque, coffres, pièces d'or, titres, et autour, serpentant dans les caillots de la terre, toutes les routes qui n'appartiennent à personne ; les saignées par lesquelles, sur un coup de chance, tout peut couler comme de l'eau.

Je vois les petits yeux de blaireau de l'artiste qui fouillent de tous les côtés et déterrent des truffes ; qu'il déguste. Il a une petite pâquerette de salive au coin de la bouche. Le travail obscur de ses mains se fait sans qu'il soit obligé d'y penser. C'est pour ça qu'il est invisible. Je me dis qu'il a trouvé *mieux que le jeu* : il triche. Il n'a jamais de sécurité. Ses gains sont toujours contestables. Il risque constamment sa mise et sa peau ; et la mise ne compte pas puisqu'il triche, qu'il en dispose à son gré, la donne à Pierre ou à Paul pour préparer le gros coup. Ce qui compte, c'est sa peau, c'est ce qu'il risque ; le gros coup ne sert qu'à risquer plus. Pas de réserve, sauf ses quatre ou cinq litres de sang qui, d'une minute à l'autre, peuvent couler dans la sciure. Où nous crachons tous abondamment. De là, le couteau à cran d'arrêt (on n'est pas des saints !) que, moi aussi, sans avoir besoin de regarder, je sais qu'il a dans sa poche. Passé cette faiblesse (je le répète : il n'est pas *obligé* d'être un saint) c'est un bien plus beau joueur que nous. C'est lui qui joue la vérité. Tricher *l'oblige* à miser l'essentiel. Il est quelqu'un en plein.

J'ai brusquement un peu le cafard. Il ment contre lui avec ce regard qui s'est enlaidi à désirer plus violemment que tout le monde ; mieux et beaucoup plus.

Naturellement nous jouons sans plafond.

On dit basta vers sept heures. J'ai gagné dans les quinze mille. L'artiste perd quatre. Nestor gagne cinq. Le reste est en perte sauf Ovide qui gagne dans les soixante.

J'imaginerais que c'est fini. Mais il y a mieux, paraît-il. Il est dit que nous devons maintenant aller manger chez Ferréol. On y court. C'est une façon de parler car il est tombé cet après-midi vingt bons centimètres de neige fraîche sur de la vieille neige tôlée. On fait trois pas en avant, vingt en arrière jusqu'à la sortie du village où, hors de l'abri des murs, le gel a tout bloqué dur comme fer.

Le temps aurait plutôt tendance à un fil de vent à cette heure. Les nuages se sont relevés et, par instants, un petit coup de lune vient voir ici-bas ce qui reste d'intact. Rien : aux arbres qui sont encore là il manque soit un côté, soit le milieu ; ce sont des ruines, des pourtours ou des débris. Du côté du nord, blanc comme neige (c'est le cas de le dire). Parfois du côté du sud un branchillon ou deux qui donnent encore signe de vie.

Nous montons tous les neuf sur des pistes personnelles ; sans piper mot ou, de temps en temps, quelque chose qui a rapport au froid.

Ferréol habite au hameau du dessus, là où nous avons débarqué en premier, l'artiste et moi. C'est une maison avec des toitures à n'en plus finir.

La mère Ferréol est un petit poivre, bien décidée à se servir de toutes les façons du moindre gramme de ses cinquante et un kilos. J'avais un peu peur qu'elle nous donne du balai, ou qu'elle ne dissimule pas sa forte envie de le faire, comme c'est l'usage, mais, pas du tout. Quand nous entrons à la queue leu leu, elle nous passe la revue de détail au fur et à mesure, pour son usage personnel. C'est fait avec un tour de main extraordinaire. Quelque chose dans le genre du tour de main de l'artiste, soigneusement mis au point et bien rodé. Impossible de confondre avec de la Marie-couche-toi-là, mais aux mêmes fins : impossible de confondre non plus. Elle a vite fait de me faire comprendre que je suis la bleusaille du lot et qu'il y a des corvées en perspective. Je n'ai pas l'habitude de renâcler à cet ouvrage-là quand ça se trouve. Elle sait très exactement ce qu'il y a derrière mes yeux d'innocence et mon air de ne pas y toucher.

Elle est fluette mais bien roulée, dans les quarante-deux, quarante-trois. Elle pose à la vierge sage. Mais je ne crois pas qu'elle puisse rester cinq minutes avec n'importe quel homme à pied, à cheval, en voiture, en wagon, en car ou sur le trottoir sans engager la conversation, prêter le flanc et s'extasier pour des riens. « Oh ! comme vous avez de beaux boutons de culotte ! » Et ainsi de suite. Le dernier rencontré est le dieu qui fait pleuvoir, et à lui le pompon. C'est visible comme le nez au milieu de la figure. Il ne s'agit même pas d'être spécialiste. Un enfant de six mois comprendrait tout de suite que c'est une dame pour l'usage externe. Elle est déjà en train de se demander avec quoi elle se justifiera : avec ma barbe ou quoi ?

La maison sent l'or à plein nez. Je savais que Ferréol a six cents hectares de forêts en pleine exploitation, mais j'étais loin d'imaginer tout ce que pouvait faire avec ça une petite bonne femme qui a besoin de compagnie.

On commence par s'enfiler de l'apéro. Le plus clair de ce que je vois tout de suite (en plus de ce que je viens de dire) c'est qu'on était attendu et que Ferréol nous a amenés là comme la becquée à son petit oiseau.

Il y a des odeurs bien sympathiques qui sont celles d'un civet de gros lièvre, ou peut-être même de sanglier et d'un rôti qui doit être quelque part à l'étroit dans un four.

Le fils Daumas jouerait volontiers de la moustache en direction de l'une des servantes, mais il ne mène pas la main de la même façon qu'aux cartes. Il serait plutôt disposé, à ce qu'il paraît, à cueillir des poignées de fleurs dans l'air du temps. L'homme est bizarre.

Je me dis qu'avec ces trois ou quatre femmes (dont une), un petit coup de guitare et l'artiste serait le phénix des hôtes de ces bois. Mais non, il a un air grave où la laideur de son regard est parfaitement à sa place. La mère Ferréol et ses poules rebondissent là-dessus comme des boules de billard sur la bande.

Du temps que je me parle (je ne suis désinvolte que de sang-froid) intimidé, tout compte fait, par les propositions sans nombre de ce pays de cocagne, nous enlevons nos vestes et même nos tricots pour tenir le coup à toutes les chaleurs diverses, puis on passe à table.

On fait un repas du tonnerre, dans l'honneur et la dignité. À mon avis, il n'y a qu'une façon de manger. Ne jamais s'en laisser conter par l'estomac. Il prétend qu'il est plein ; allez-y : vous serez étonné de tout ce qu'on peut encore fourrer dans un estomac plein. Ce qui nous est le plus nécessaire aux uns comme aux autres, c'est le sang. Il faut en avoir le plus possible. Des quantités de choses qu'on aime peuvent nous en réclamer à chaque instant. C'est bête de faire ceinture devant des choses épatantes qu'on rate de posséder faute de quelques gouttes de sang. Manger organise tout.

On fait du sang en quantité dans cet endroit cerné par la neige, et par la nuit, et par l'ennui. On s'entasse dans l'estomac de bons morceaux de sanglier maison, des gorgées de vin, des taillons de pain trempés dans la sauce au poivre, comme on mettrait des poignées de cartouches dans la poche du veston de chasse. Et, on ne va pas à l'économie, on n'est pas avare. Nous ne sommes pas ici pour mettre notre sang en bouteilles mais pour le jeter aux moineaux. Il y a encore des plats sur la table qu'on a les cartes à la main. On finit une bouchée et déjà on *coupe* ; on donne le départ au destin. Il faudrait être resté toute sa vie le cul sur une chaise pour ne pas comprendre qu'on a raison d'être pressé.

Finalement j'ai beaucoup d'admiration pour la dame de cinquante et un kilos. Elle manifeste l'intention de jouer avec nous, et aussi dur que tout le monde. Tout en ne perdant pas de vue l'autre façon de dépenser son sang et de tirer sa poudre aux moineaux. Si elle savait ce que je pense d'elle en ce moment, elle ne serait pas flattée. Si elle savait ce que tous les hommes qu'elle s'est envoyés ont pensé d'elle un peu avant le moment précis, elle ne serait pas fière. Mais la fierté est une chose et la solitude en est une autre. On ne tire pas des coups en l'air pour tuer la grosse bête. C'est pour lui faire peur et pour se rassurer qu'on le fait. Qui peut résister au besoin physique d'être quelqu'un ? Tous les moyens sont bons.

On nettoie la table en cinq sec. Pour être juste, on la balaie. Ferréol tire sur la lampe à contrepoids et fait descendre l'ampoule électrique au ras des têtes. Je me demande comment, dans cette clarté, l'artiste pourra continuer à tricher. Ça doit déjà fonctionner dur et suavement dans son petit râble. Ovide a un geste charmant pour placer son goitre bien soutenu par son col de chemise. Nestor frotte ses grosses fesses sur la paille de sa chaise jusqu'à ce qu'elles soient bien décollées et qu'elles s'appuient ouvertes. La dame de cinquante et un kilos lèche un centimètre de lèvres avec un gramme de langue. Nous faisons tous tout ce qu'il faut pour être bien à notre aise pendant qu'on dit ce que tout le monde sait, c'est-à-dire qu'il n'y aura pas de plafond. Tu parles ! Qu'est-ce qu'on en ferait ?

On donne les cartes dans le plus profond silence.

Cette fois on va vite. Ce n'est plus du jeu de café. C'est du jeu de charbonnier ; maître chez soi. Le premier coup me coupe le souffle. Le second ne me le rend pas. L'artiste est beau comme la femme à barbe.

Je suis déjà écœuré. Je passe deux coups. Ferréol n'avait pas besoin d'abaisser la lampe ; j'ai compris. Plus on est gros plus on veut l'être ; ces hommes des forêts montagnardes n'en finiront jamais de vouloir. Ils ne seront jamais assez dieu devant les autres (devant l'autre) ils veulent l'être de plus en plus. Or, ils essayent ça avec des sous et des règles : ils n'y arriveront jamais. Je serais plus rassuré s'ils jouaient pour gagner de l'argent. Je ne le suis pas du tout.

D'autant moins que je commence à voir, vaguement, le jeu de café de l'artiste. Je me demande à quoi il pense de faire ces gracieusetés sous cette lumière aveuglante. Puis, je comprends qu'il est en train de réussir ce que les autres ratent. Il est le seul à jouer le sang qu'il vient de faire ; et aussi fièrement qu'eux leurs sous.

S'il le voulait, qui l'empêcherait de faire ses coups derrière l'air, comme au bistrot ? Il est toujours aussi habile. Je vois qu'il est obligé de se forcer pour ne pas l'être. Quelquefois, il *perd le contrôle de soi* et il réussit magnifiquement sans y penser un coup invisible. Mais tout de suite il se reprend. Il y a trop de neige, trop de nuit ; nous sommes trop loin de tout. Alors il se découvre, il décompose, il triche au ralenti ; pour un peu il expliquerait. Or, les bons petits copains, là autour, ont beau être froids comme glace ; ils font ça pour jouer comme tout le monde ; donc, ce qu'ils misent leur tient à cœur. À chaque instant, le ventre de l'artiste passe à un millimètre des cornes. Il mâche tout un bouquet de salive.

Je n'ai plus ni assez de tripes ni assez de pognon pour rester à table. Je me dresse et je me dégourdis les jambes. Ferréol me dit que je devrais en profiter pour aller chercher du vin à la cave. La dame de cinquante et un kilos allume la lampe Pigeon et nous y allons.

Quand nous remontons, on nous demande en rigolant si nous avions l'intention d'y coucher. Ils se foutent de nous comme si nous venions de jouer aux billes. Eux aussi en sont au même point. Ils ne possèdent rien de plus que ce qu'ils possédaient avant de jouer. Que les tas de pognon soient plus gros ou plus petits devant les uns et les autres, ce n'est pas ce qui leur fera plus belle jambe. Il faudrait pouvoir continuer à perpette. Mais, est-ce qu'on ne s'en fatiguerait pas ? Est-ce qu'on n'aurait pas alors besoin de passer à un autre genre d'exercice ? Obstinément l'artiste joue sa peau et lui non plus n'y croit plus guère. Il a dû s'essuyer la bouche du temps que j'étais en bas. Ses lèvres sont nettes. Il est en train de blaguer. Il fourre un paquet de sous dans sa poche. Ceux qui ont gagné en font autant. C'est fini pour ce soir.

Nestor en a encore pour une bonne heure avant d'être chez lui. Il faut qu'il monte jusqu'à la Clarée.

Heureusement le vent a dépecé les nuages. La lune nage dans de grands morceaux de ciel libre. On y voit par moments comme en plein jour. Il gèle et la neige est dure. Les forêts de verre bruissent comme du cristal.

Le fils Daumas s'en va vers la gauche. Nous descendons, Gauthier l'aîné, Fil de fer, l'artiste et moi, en donnant de temps en temps la main à Arsène Giraud qui a remis sur sa muffée sans arrêt. Malgré ça, il tient encore à peu près d'aplomb sur ses jambes. C'est un pays dans lequel il a été saoul toute sa vie, hiver comme été, nuit et jour, qu'il vente, qu'il grêle. Il a des lieux une connaissance de saoulographie qui vaut bien la nôtre. Ovide Molinier s'est arrêté pour poser culotte.

Nous traversons des boqueteaux où notre bande fait éclater le gel des buissons. Nous luisons comme des pères Noël saupoudrés de sucre. À mesure que nous descendons, le brouillard s'avance en foule à notre rencontre. Bientôt, nous sommes au milieu d'une flopée de personnages extraordinaires. Ovide Molinier nous hèle et on l'attend.

J'ai encore à descendre jusqu'au moulin, mais je fais trois pas pour reconduire l'artiste jusqu'à l'auberge. Après avoir quitté la compagnie tous les deux, nous avons pris par le tour des pâtis, de façon à rester au clair hors de rues où boutiquiers et artisans ont dû tout le jour balayer des saloperies et faire des congères sur lesquelles on peut se casser la gueule. Nous marchons sans rien dire sur le glacis taillé à vif. C'est un très bon moment paisible où je suis tout relâché et très heureux.

— Alors, ça te plaît ? dit l'artiste.

— Il faudrait être difficile.

— Qu'est-ce que tu en dis de revenir ?

— Je n'en dis pas non mais pas tout de suite. En réalité, tu n'as pas tellement besoin que ça de ma bonne bouille.

— Non. C'était pour voir si tu mordrais.

— Tu m'avais déjà vu autour d'un bifteck.

— Ça ne vient pas du même rognon.

— Je crois que si.

— En tout cas, tu fonctionnes.

— Tu parles ! Pourquoi non ?

— Je ne sais pas. Tu n'as pas l'air.

— Je n'ai pas l'air mais j'ai la chanson.

— Tu sais que les portes sont toujours ouvertes.

Je ne peux pas me retenir de lui dire qu'il n'y a jamais nulle part aucune porte de fermée.

Il mijote ça une minute puis il rigole et il me dit : « Tu n'es pas con. »

Il est dans les trois, quatre heures du matin quand je pousse la porte de derrière au moulin. Je garnis mes poêles puis, je me couche dans mon alcôve sans prendre trop soin de mes frusques neuves : ce que je me reproche juste avant de m'endormir, mais vraiment trop tard pour que je bouge même le petit doigt.

Le temps fait risette pendant deux ou trois jours. Je m'amuse à regarder apparaître hors des nuages et du brouillard bousculés de vent et de soleil la gueule fourrée du pays qu'on a perdu de vue depuis une bonne paye de temps. Reste à savoir si tout ça est peuplé ; on ne le croirait pas à voir tout cet enduit lisse de neige grasse qui couvre tout. Mais, d'un simple jour à l'autre, je vois apparaître des chevrons noirs qui sont les toitures des sapinières ; des ronds noirs qui sont les abords des maisons isolées et, vers les midi, en plein soleil, de petites bêtes noires qui sont des moutons qu'on fait se dégourdir et prendre l'air au seuil des bergeries. Puis, le soir tombe et le gel bleu fait craquer les forêts. Puis la nuit vient et chacun se tait.

J'ai naturellement fait le compte de cette journée de bamboche. J'ai gagné en tout treize mille francs. Et des bénéfices divers, dirons-nous.

Chez les Edmond, ça ne va pas mieux, au contraire. Ça piaille chaque jour plus fort que la radio. D'ailleurs, quand ça commence, on la coupe. Et quand c'est fini on la remet. J'entends des bribes d'engueulade où il est souvent question de la charmante jeune fille. M. Edmond ne se fait pas faute non plus de prendre parfois la voix de tête. À les entendre, ils sont putains et salauds tous les deux. Pourquoi pas ? C'est fort possible. Qu'est-ce que ça change ? Est-ce qu'ils ne feraient pas mieux de s'arranger avec ? Au lieu de ça, ils sont tout le jour à se prendre des mesures et à constater que ça ne colle pas avec le modèle. Pourquoi ? Ils croyaient que ça collerait ?

On a enterré une jeune femme au village. Elle est morte en couches. C'était un enfant de printemps.

On peut ne pas vouloir se plier aux circonstances ; être un malabar entêté, c'est un truc comme un autre. Il faut de tout pour faire un monde. Reste à savoir qu'il y a des effets de recul et des retours de flammes.

La vie (j'y pense) c'est mille riens. Il y en a qui en font une affaire. Non. C'est peut-être le premier narcisse qui compte. Et pas forcément en beau.

On a une alerte à proximité. Les Chauvin foutent le feu à leur cheminée. Tout le monde y court. Il y a finalement plus de bruit que de mal.

Le lendemain, M. Edmond me donne la main pour ramoner nos tuyaux de poêle. Il faudrait aussi pouvoir passer le hérisson dans la cheminée, mais va te faire fiche avec la neige du toit ! J'ai idée qu'il y a une trappe dans le grenier. Nous allons voir, et en effet. Ça nous permet de récurer comme il faut. Il y avait la suie de dix ans. Nous dormions sur un volcan. Le soir en me couchant, je regarde mon alcôve d'un drôle d'air.

Je pense à Nestor qui montait en pleine nuit à la Clarée, gros comme un buffle, rejoindre quoi ? Cent mille théâtres (on sort de l'un pour entrer dans l'autre) sur lesquels à chaque instant nous faisons notre petit numéro, tout seul. Et le sommeil, où nous avons décor et compagnie.

Le temps s'est remis au mauvais. M. Edmond descend s'asseoir près de mon poêle.

— Tu ne voudrais pas me rendre un service ?

— Volontiers.

— Ça m'embête.

— Dites toujours.

— J'aurais besoin que tu ailles chez ce type maigre, tu sais ?

— Oui, je vois très bien. Pour quoi faire ?

— Demain à midi, par exemple, monte à l'étage pendant le repas et demande-moi deux jours de congé.

— Ça va paraître bizarre. J'ai déjà demandé un jour il n'y a pas longtemps.

— Je sais. Tu n'as pas un truc ?

— Avec la camionnette j'y vais dans un après-midi.

— On ne sort pas la camionnette. Tu y vas en cachette. À pied. Il y a des raccourcis mais tu seras obligé de coucher à Pont-de-l'Étoile au retour. Pas possible autrement.

— Voulez-vous que j'essaie de faire ça à pied en un jour ?

— Pas question.

— Il y a combien de kilomètres ?

— Il ne s'agit pas de kilomètres. Si tu passes par le pont il ne faut même pas y penser. Par le chemin que je te dirai, c'est pénible en cette saison, surtout au retour. Je ne voudrais pas que tu y restes. On serait frais !...

— Est-ce que Mme Edmond croira n'importe quoi ? Vous savez qu'elle a toujours son mot à dire.

— Lui faire croire quoi que ce soit, tu sais, à celle-là !...

— Faudrait cependant que ça tienne debout, j'imagine !

— Tu parles ! Il faut que ça soit dur comme fer ; qu'elle ne se mette surtout pas à aller dans cette direction.

— Alors, je ne sais pas. Vous voyez mieux que moi.

Il ouvre la bouche pour me répondre (et je sais quoi). Mme Edmond m'appelle de là-haut.

— Est-ce que vous avez vu mon mari ?

Je cligne de l'œil au patron.

— Il est à l'étable.

— J'y vais, souffle M. Edmond.

Et il sort par la porte de derrière.

Je réfléchis tout le soir à son système. Comment clouer le bec à la dame ? Puis j'ai une idée et je rigole.

Le lendemain à midi, quand je juge qu'ils en sont bien à la soupe, je monte en essayant de me faire le plus couillon que je peux. M. Edmond est à l'abri derrière le journal du jour qu'il a dressé contre le litre. Quand il me voit il avale sa soupe de travers. Il me dit : « Qu'est-ce que tu veux ? » Je demande carrément deux jours de congé et, en tout cas (j'insiste), une nuit.

— Encore ? dit Mme Edmond.

C'est ici que l'air couillon me sert. Je fais mon œil le plus rond pour dire bêtement : « Eh ! oui ! »

Elle mâche de l'amertume avec sa soupe.

— Pour quoi faire ?

Je la regarde dans les yeux et je dis :

— J'ai une poule dans les environs.

Elle a de la ressource et elle répond du tac au tac :

— Toi aussi ?

Mais j'avais prévu le coup et j'enchaîne.

— Mettez-vous à ma place.

Ça lui coupe le sifflet et pendant qu'il est coupé j'ajoute bien gentiment :

— Elle a des besoins.

Elle est rouge comme une tomate.

— Bon, dit M. Edmond, et pendant deux minutes il m'engueule. Je suis menacé de tout. Lui non plus ne joue pas mal la comédie.

Somme toute, j'ai vu juste : il fallait procéder par allusions délicates, comme j'ai fait. Les mots n'ont pas le même sens pour tout le monde. Je redescends dans ma cagna avec mes deux jours francs ; et ma nuit. Qu'est-ce qu'elle a bien pu mettre dans cette nuit, la mère Edmond ? Elle a dû avoir d'un seul coup l'œil enchanté comme de ces presse-papiers en verre dans lesquels il pleut de la neige, des ballons, des confetti de toutes les couleurs, sans jamais que ça s'arrête. Ah ! canaille ! Je parie qu'on fait encore quelques bons verres de vin rouge en passant au pressoir le pape le plus sec.

Descend, bien entendu, M. Edmond sur le soir. Pendant que madame a pris et a gardé à la radio un bon petit machin de musique de nègre que j'écoute toujours avec grand plaisir. Elle est en train de se faire un sérieux lavage d'estomac à la lavande. Elle donnerait toute l'huile d'ici pour être bien certaine qu'elle a l'haleine parfumée.

Avec le patron, c'est : « À moi, Comte, deux mots ! » mais à la gentillesse. Il m'envoie des fleurs et je les lui rebalance. Nous perdons ainsi un bon bout de temps mais pas précieux du tout. À la fin, quand il se décide à me dire de quoi il retourne exactement, je l'ai plutôt où je pense et ça ne me plaît qu'à moitié. Ce qu'il veut, c'est que je porte deux cent mille balles au zèbre susdit. S'il y en a un qui reste la bouche ouverte, c'est moi !

Je fais une objection idiote qui s'annule du moment que je la fais.

— Et si je les garde ?

Il dévoile une batterie.

— Tu n'es pas un type à ça, d'abord. Ensuite, avec le temps qu'il fait, on t'aurait avant que tu sois à la route. Le téléphone marche.

Je n'ai pas à me formaliser. Je l'ai cherché. Et il a raison : le temps est pour lui et moi aussi d'ailleurs. Deux cent mille, c'est trop.

— J'aime pas beaucoup ça.

— Et moi, dit-il, tu crois que je l'aime ?

S'il crache deux cents billets, évidemment non.

Il soulève quelques voiles. C'est faisandé, comme un panier de grives dans la malle arrière d'un car. Je dis : « Passons aux détails techniques. » J'aime mieux qu'il en reste au demi-mot. Moins j'en sais, plus je prends l'air. Il faut conserver beaucoup de points obscurs en toute chose. Nous parlons du chemin à suivre.

En prenant par où il dit, en deux heures on est au torrent en bas. Il connaît fort bien l'itinéraire. Demain, si nous avons encore dehors la petite plaisanterie qui secoue les vitres j'en aurai sur la même distance pour trois ou quatre heures grand format ; et encore, grâce à ma bonne constitution. Je traverse le torrent, ça c'est du gâteau. Et après ? Après, par temps clair, c'est facile. Et par temps pas clair ? C'est plus difficile. Je le pensais bien. J'ai trois repères censément, des bergeries qui doivent être comme des taupes sous la neige actuellement, et une ferme habitée. J'espère qu'ils auront marqué leurs pas en noir tout autour. Je rejoins la route de Pont-de-l'Étoile et, de là, la croix (elle doit être dans les trente-sixièmes dessous sa croix. Il n'imagine tout de même pas que je vais farfouiller comme aux champignons pour la trouver), bois de chênes et chemin à gauche. Vu. Il faudra avoir du nez et arriver en plein jour sur les lieux sans quoi je vais jouer à la petite guerre et même à la grande. Il n'y a pas d'erreur, la nature ne facilite pas la civilisation.

— Dites donc, patron, blague à part pour le téléphone, vous ne trouvez pas que ça serait plus convenable un jour de beau temps ?

Il me dit qu'il n'est pas le maître et que ça presse. Il se remet courageusement à patouiller dans sa bourriche de grives. Il doit savoir que j'ai le nez fin. Je lui donne gagné en une minute.

Il me fait encore quelques petites recommandations. J'en redemande. Pas de reçu. Le type maigre me donnera quelque chose en échange des sous. À mon idée, ça ne doit pas être bézef.

Sur ce, il remonte dans son étage. Je casse la croûte, et au dodo. Lui sans doute aussi. Douce nuit ; nuit sainte, comme toutes les nuits. Jésus descend sur la terre. Je serais curieux de voir la gueule que font les anges gardiens avec leurs éventails en plumes au pied du lit conjugal des Edmond.

Le lendemain, il fait un temps immobile, ni mauvais ni bon. Ce qu'on en voit donne à peu près ceci : le fond de la vallée est noir comme de l'encre ; à nos hauteurs se balade une foule de brumes blanches comme du lait de chaux. Ce qu'on en pressent, c'est qu'il est sur l'expectative et que, selon son humeur, il fera ce qui lui plaît. Reste à se glisser savamment entre la noix et la pierre.

M. Edmond vient en vitesse me donner le petit paquet. C'est ficelé dans du papier journal. Je fourre ça dans ma musette avec de quoi croûter et un demi-litre de gnole.

La neige porte. Ça va assez. Je prends carrément la droite du moulin comme il m'a dit et, avant l'orée du bois, je descends. À mesure que je m'enfonce je croise de plus en plus des foules de brumes qui mènent leur petit train à flanc de montagne, visitant les boqueteaux, me saluant avec leurs grosses têtes de laine ou me passant sur le corps avec douceur et obstination.

Au bout d'une heure je suis perdu. Le contraire aurait été tellement surprenant que ça me rassure. Je continue à descendre avec précaution. Je suis dans un petit bois et je m'accroche soigneusement aux arbres. La pente n'est pas très forte. Au-dessous de moi, si M. Edmond a dit juste, doivent se trouver quelques fermes dispersées qui forment le hameau des Chauvettes et, en effet, dès l'orée du bois j'entends quelqu'un qui siffle un chien.

Je vais dans la direction. Je tombe sur un type qui sort du brouillard. Il a l'air épaté de me trouver là. Je lui demande si c'est les Chauvettes ici. Il me dit non. Où sont-elles ? Il ne sait pas. Est-ce qu'il en est ? Non, il est de Linganières. Où est-ce qu'il va ? Ben, il y va. Ça m'épate. Linganières doit être, à mon avis, loin sur ma gauche et il marche sur ma droite. Je le lui dis. Ça n'a pas l'air de l'étonner. Je lui dis que je suis perdu. Il me répond que lui aussi. Là-dessus nous bourrons nos pipes. Est-ce qu'il sifflait un chien tout à l'heure ? Il sifflait mais pas un chien. Quoi donc ? Rien donc. Eh bien !, au revoir. Où est-ce que tu vas ? Je descends. Bonne rentrée. Toi aussi.

J'ai oublié de lui donner un coup de gnole. C'est qu'en réalité il ne fait pas très froid, juste assez, et la balade est agréable. Il y a vraiment trop longtemps que je me calfeutre dans mon alcôve pour n'être pas tout près de gambiller, où que ce soit et dans n'importe quelle direction. Je me fous de la commission de M. Edmond comme de ma première chaussette. C'est bien comme ça que j'ai toujours eu l'intention de le prendre. Ce qui fait mon affaire, ce sont ces coups de lumière grise qui passent à travers la brume et font comme des phares d'auto sur un hêtre, un sapin, un mélèze, ou sur la simple croûte de la neige qui se met à avoir brusquement cent couleurs mélangées, comme une coquille de mer. Je respire tellement fort que je me demande si on n'arriverait pas (avec l'habitude, évidemment) à se noyer dans de l'air comme on se noie dans l'eau, et profiter du procédé classique qui est, paraît-il, après un bon coup dans les oreilles, un défilé de tous les souvenirs, de toutes les inventions qu'on a eus au fil des jours dans la tête, mais propres, rupins et vernis maison.

J'en suis là quand je me demande brusquement si le petit truc noir que je viens de voir négligemment du coin de l'œil sur ma gauche n'est pas la façade d'une cabane en bois. C'est bien ça et même il y a du monde. Je dis « holà ! » On me répond. J'entre. C'est un type qui est en train d'allumer du feu dans un âtre. On se dit tout ce qu'on a à se dire. Le feu flambe. C'est un très bon moment, paisible. Ça vaut le coup de bourrer une pipe comme il faut, cette fois, en tassant le tabac avec le pouce. Et qu'est-ce que je fais, moi, dans ces parages ? Je descends. Et qu'est-ce qu'il fait, lui, au même endroit ? Il est venu voir sa cabane. Il languissait. Il est monté un pas après l'autre, n'ayant rien de mieux à faire. Et ici qu'est-ce qu'il fait ? Rien. Est-ce qu'il redescend ? Oui ; il prend un air de feu et il redescend. Ça fait mon affaire. Il redescend où ? Chez lui. Qu'est-ce que c'est, chez lui ? Sa ferme. Mais quelle ? Les Poulinières. Ça ne me dit rien. Je vais à la route de Pont-de-l'Étoile ; est-ce que je suis dans la bonne direction ? Oui et non. Oh ! ça c'est parfait. Prenons le bon temps comme il vient.

Il m'explique à propos de Pont-de-l'Étoile. Si c'était lui, après les Poulinières, il prendrait carrément à gauche et il irait rejoindre la trace du facteur. Je vais certainement faire comme si j'étais lui.

Qu'est-ce que je pense des événements ? Je lui demande lesquels ? Est-ce que je lis les journaux ? Non. Je lui raconte un peu ma vie au moulin en deux mots. Il connaît M. Edmond. À son avis c'est un brave homme ; au mien aussi. Voilà déjà quelque chose sur quoi on est d'accord. Mais il s'étonne que je ne lise pas les journaux. Et la radio, est-ce que je l'écoute ? Oui. Je lui dis comment je l'écoute et quoi en particulier. Ça l'étonne aussi. Je lui dis que moi je suis un petit ; que par conséquent ça ne me sert guère d'avoir mon opinion sur les événements. Je me débrouille au jour le jour. Voilà ma méthode. Il hoche la tête et il trouve que ce n'est pas du tout une façon de faire. Pourquoi ? Qu'est-ce qu'il y a d'extraordinaire actuellement ? Des tas de choses. L'Indochine. Il y a une affiche pour les engagements à la gendarmerie de Pont. Et la Russie, qu'est-ce que j'en pense ? Est-ce que je suis communiste ? Enfin, quoi, s'il y a la guerre, je suis dessous comme tout le monde. Ça sert à quoi de ne pas vouloir prévoir ? Les choses se font un peu chaque jour. Il faut s'en mêler. Il y a eu hier un conseil des ministres *extraordinaire.* Au fond, il a raison. Je ne me tiens au courant de rien, mais j'ai tort. Je lui dis que, moi, pour une chose comme pour l'autre, j'essaie de passer au travers le plus longtemps possible. Au fond, ce que je dis là est bête comme chou. Je lui demande quelques tuyaux et il m'en donne.

Ensuite, nous partons dans le brouillard qui s'est épaissi. Le fond de la vallée est de plus en plus bleu marine. Il voudrait me faire entrer chez lui mais je lui demande l'heure et je trouve qu'il est temps de prendre mon itinéraire par les cornes. Je marche une heure à l'aveuglette et je trouve la piste du facteur dans laquelle je m'engage.

Elle me mène au bout d'un temps à des maisons autour desquelles je tourne pendant que les chiens aboient. Je reprends la piste mais je me trompe. Je suis en train de suivre celle qui mène à une sorte de citerne et qui, là, s'arrête. Il me faut retourner aux abords des maisons, faire de nouveau aboyer les chiens. Une femme vient au seuil de la porte, s'abrite les yeux sous la main, me regarde, rentre et referme. C'est au plus fort du concert des chiens : un noir qui a l'air sournois, presque gros comme un âne, s'avance vers moi pas à pas, les oreilles droites, sans gronder. Je n'aime pas ça. Je recule sans le perdre de l'œil et il continue à avancer. Il me reconduit de cette façon jusqu'à la lisière des hêtraies où je m'engage pendant qu'il s'arrête et renifle soigneusement l'empreinte de mes pas. La confiance règne. Mais je trouve que, chien et femme, ils ont raison. C'est comme ça qu'il faut faire.

Je retombe sur la piste du facteur sans le faire exprès. Je suis peinard, pendant sûrement plus d'une heure, descendant de plus en plus fort, vite et bien, pénétrant profondément dans le bleu marine de la vallée. Je me dirige avec les yeux de la foi. Tout est d'un noir très calme. Mon uskide (j'ai mis naturellement mes bottes) ne glisse pas mais craque dans la neige. C'est le seul bruit, avec, quand je m'arrête, un très léger vent de velours que je ne sens même pas sur mes joues cartonnées de froid, tellement il est comme un souffle, mais il fait cliqueter le verre du gel sur les branches des hêtres. De temps en temps, le fond de la vallée (qui ne doit plus être très loin) pousse un soupir grave et profond. Il est probablement dans les onze heures du matin.

Je me promène dans une plaque photographique : les arbres sont blancs et le jour noir. On est vraiment très intéressé par tout ce qui n'est pas naturel. Si tout était d'aplomb, arbres noirs et ciel clair, je ne prendrais pas le même plaisir. Dans le contraire des choses, la curiosité devient gourmande. Là c'est vrai : qui a bu boira. Je n'en finis pas d'avoir envie de voir plus.

J'ai la piste du facteur exactement sous les pieds ; je ne la quitte pas d'une semelle. Je n'ai pas à m'en faire. Je casse la croûte avec une saucisse et un quignon de pain. Je bois un coup de gnole. Pour si curieux que ce soit, j'arrive à un endroit où, malgré le noir d'encre, je vois fort bien devant moi. Je pense alors que je suis dessous le banc de brume et, en effet, j'aperçois le fond de la vallée dans son obscurité à quelques centaines de mètres plus bas.

Je traverse le torrent. Une demi-heure après, je sens l'odeur des feux de Pont-de-l'Étoile. Je me tiens sur ma droite, j'évite l'agglomération. Il est environ deux heures de l'après-midi quand je reconnais le bois de chênes. Le chemin qui va chez le type maigre est tout de suite à l'orée nord. Il est d'ailleurs marqué de traces fraîches. Mais je marche encore vingt minutes avant de voir la maison.

Pas de chien. Une lampe dans une fenêtre. La neige n'a pu rester sur les pentes à pic des schistes. Elles sont, au milieu du blanc, lisses et noires comme des ardoises. C'est un tas de cartes de faire-part pour décès. J'ai l'air fin, moi, avec mes deux cent mille balles dans un endroit pareil. Et quand je les aurai données, qui aura l'air fin dans ce deuil de première classe ? Il y a quelque chose qui ne tourne pas rond. Je m'approche de la porte avec une forte envie de rigoler.

Je frappe. Une petite bonne femme m'ouvre. Elle est blanche comme un navet, enceinte et chargée d'un enfant d'un an dans les bras. Son mari n'est pas là. Elle a l'œil d'un bleu que je n'avais jamais vu si clair. Vous venez pour quoi ? C'est particulier. C'est peut-être pour l'essence de lavande ? Non. Non. Entrez tout de même, ne vous gelez pas. Un grand poêle tient tout le milieu de la pièce. Près du poêle, un enfant de deux ans sur une chaise haute. Près du poêle, un vieux fauteuil crapaud qui en a vu de dures. C'est pourquoi, au juste, que vous venez ? Oh ! une petite affaire. Près du poêle, par terre, une couverture sur laquelle un enfant de trois ans joue avec des bobines. Vous êtes de Pont-Neuf ? Non. Non. Je lui dis d'où je suis. Près du poêle une table et derrière la table, dépassant la tête, un enfant de quatre ans (sans doute) qui me regarde. Est-ce que votre mari va revenir ? Oui, il n'est pas allé loin. Il est allé faire trois pas, voir s'il a gelé dans le silo. Si vous voulez, je l'appelle. Oui, je ne voudrais pas rester trop tard ; il fait mauvais. Elle va au seuil et crie. On dirait une chèvre. Tous les enfants ont de grosses têtes et les yeux de la mère. Comme ils n'ont pas encore eu le temps d'apprendre grand-chose, ils montrent crûment ce qu'elle doit avoir elle-même à certains moments dans le regard : la peur, la méchanceté, le ravissement de sucer son pouce. Elle me fait asseoir. Nous parlons. Mais c'est son œil si clair (et qui m'étonne) qui fait la conversation la plus intéressante. Quand il a fini de se demander qui je suis, d'où je viens, qu'est-ce que je viens faire, il s'occupe très vivement de choses plus intimes à quoi une femme dans sa position ne devrait plus penser.

Arrive le type maigre. Nous réglons l'affaire en cinq sec. Ça n'accroche qu'au moment où il veut à toute force me faire boire un coup. Pendant que la femme farfouille dans une étagère de verres je bats en retraite vers la porte. Je n'ai pas envie de boire et il faudrait une autre sorte de bleu pour que je prenne sur moi de passer outre. Il m'a donné un petit paquet en échange du mien. Nous sommes quittes. Bonsoir.

Dehors, c'est entre chien et loup, mais ça me paraît être le paradis terrestre. Je marche pendant une heure avec une vigueur aussi *extraordinaire* que le fameux conseil des ministres du zèbre de ce matin.

J'arrive à Pont à la nuit et je vais à l'auberge. J'en ai ma claque. S'il me fallait remonter ce soir, je serais frais ! Je m'offre un punch d'honneur.

La jeunesse dorée de l'endroit est en train de jouer au baby-foot. Elle fait un boucan de tous les diables. Je vais fumer une pipe debout au-dessus d'une partie de belote. Ça n'a, bien entendu, qu'un rapport lointain avec notre *Catherine,* mais ça en a un petit fumet malgré tout. Sans la route presque nationale qui traverse le village, sans le chasse-neige qui y passe, ils en seraient où nous en sommes. Une route ouverte met beaucoup d'eau dans toutes sortes de vins.

Je meurs d'envie d'aller me chauffer les fesses au fourneau de la cuisine. Il est rare que je puisse rester peinard et bien assis dans n'importe quel bistrot qui fait auberge. Même quand je suis fatigué, comme maintenant, il faut que je déambule. Je vais suivre une partie de cartes, ou de dames, ou faire un brin de causette avec les vieux qui font le cercle autour du poêle rond. Mais, mon but final, c'est la cuisine, le grand fourneau sur lequel il y a des plats en préparation et des odeurs. Je suis sensible au fait qu'une femme, généralement costaude et avertie est en train de fricoter pendant que je me chauffe les fesses. À mon avis, c'est là l'humanité.

Je fais donc mon trafic ordinaire bien qu'il y ait ici, sur une table en marbre, des plantes vertes en pots : ce qui indique toujours un certain grade dans les gargotes. Et je me tire peu à peu du côté de la cuisine. Je suis extrêmement malin pour choisir mon coup quand il s'agit de mon bien-être. En un rien de temps j'arrive, le plus normalement du monde, à l'endroit de mes rêves. Je m'attendais à un fourneau plus pépère en raison des plantes vertes. J'avais déjà remarqué, avec les joueurs de belote, que c'est un village de gens qui ont tout à la langue. D'ailleurs, j'ai beau faire à la patronne tout un tas de salades qui d'ordinaire plaisent aux ménagères, je me fais vider en cinq minutes.

Je m'installe alors du côté « restaurant » et je commence à faire le foin qui impressionne. Ça ne rate pas. On me considère et on prend la commande avec toutes les marques extérieures du respect. Je fais, somme toute, un repas convenable, complété par un grand plat de châtaignes que j'arrose avec un litre ou deux de piquette très agréable. J'ai retenu une chambre. Mais, puisque je suis dans le monde, tant vaut que j'en profite et je reviens côté bistrot pour passer la veillée. Il faut croire qu'à Pont on a de la distraction dans les familles. Je suis seul à me tourner les pouces auprès du poêle qui ronfle. Vers les neuf heures, la bonne vient me tenir compagnie. Elle reprise une paire de chaussettes. Nous aussi, nous faisons famille en diable.

Je fais à cette jeune personne les petites avances ordinaires pour être dans la normale. En me méfiant de ne pas trop en mettre. Je sais ce que les femmes arrivent à déclencher avec un mot après l'autre. Il ne s'agit que d'être Monsieur-tout-le-monde. C'est le meilleur moyen pour qu'on vous foute la paix. Ça rend juste ce que j'espérais. Elle frétille, elle roucoule, mais elle me déclare tout de suite qu'elle serait plutôt « politique ». Qu'est-ce qu'elle entend par ça ? Qu'elle est ravie de voter et qu'elle prend son rôle au sérieux. Je suis tout à fait de son avis. Qu'est-ce que je pense de tous les *coups montés* qu'il y a de par le monde ? Ah ! C'est en effet un sujet capital. Je traite ça avec beaucoup de bruit dans ma barbe. Mais, quels sont plus particulièrement les *coups montés* qui l'inquiètent ? Comment ? Qu'est-ce que je dis ? Et d'où je tombe ? Il y a cette institutrice russe qui s'est jetée d'une fenêtre à New York ! Si ce n'est pas un coup monté, qu'est-ce qu'il me faut ? Je lui assure qu'en effet celui-là me suffit. Or, il n'est pas le seul, et elle me fait un tableau général de la situation des forces antagonistes dans le monde *(sic)*. J'avoue que j'en suis baba !

Je ne suis pas du tout détaché de la question. Je ne traite pas ces choses-là à la légère. Je serais plutôt tenté de m'en occuper moi aussi. Mais c'est le diable pour se tenir au courant. Je me dis que j'ai trop négligé le journal. Au fond, nos histoires, la musique nègre de Mme Edmond que je vais écouter au bas de l'escalier, ça ne prend de l'importance que parce que nous ne tenons pas assez compte de ce qui se passe à New York. Je parle pour moi. C'est bien plus commode de se passionner pour des choses qui ne vous touchent que si on le veut bien. Égoïstement parlant. On est débarrassé du souci de celles qui vous touchent qu'on le veuille ou non. Du moins, j'imagine. Si on arrive à digérer machinalement les petites saloperies de la portée de la main en se passionnant pour *les forces antagonistes,* on doit jouir comme à la *Catherine.* Et puis enfin, on le doit.

Nous passons vraiment une très bonne soirée, elle et moi. Elle m'apprend des tas de choses. Elle est au courant de toutes les combinaisons des nouvelles du monde ; elle en fait son beurre. Puis elle me prête un journal de cinéma. Je lis deux ou trois histoires. Après ça, je vais me coucher.

Le lendemain, je crois faire un effort considérable en me levant de fort bonne heure et, quand je descends prendre le café, je m'aperçois qu'il est presque dix heures. Le lit était bon mais aussi le temps est si lourd qu'on n'y voit pas la moitié de ses misères. Je renâcle à l'idée de m'enfiler la piste du facteur à l'envers. Je me mets tout bonnement à suivre la route. C'est plus long que ce que je supposais. Je n'en finis plus. Je suis obligé de marcher sur les bas-côtés, et même à petits pas, tant c'est glacé et glissant. Je risque à chaque instant de me casser la gueule. Quand je regrette de ne pas avoir pris la piste du facteur il est trop tard pour revenir en arrière. Total, je m'éreinte tout le jour et j'arrive au moulin sur le soir dans un tel état que Mme Edmond n'a aucune peine à croire à ma bonne amie. (En imagination, dans ces choses-là, on voit toujours gros.) Je me suis mis, paraît-il, dans un bel état !

Le patron descend. Je lui remets son paquet. Il passera un bon Noël. Moi aussi. Je le passe très bien dans mon alcôve. Je me suis fait descendre une boîte de Voltigeurs par le fils Chauvin avec lequel on est très bien depuis le feu de cheminée. Je fume deux cigares, la veille au soir, et trois le jour de la fête, sans démarrer du coin de mon feu. Il fait très froid ; par conséquent, clair. Pour la première fois depuis l'hiver je vois tous les sommets au-dessus de nous. Ce sont des dents de scie très mordantes. Le vent fait flotter autour des pics de longues banderoles de poussières de neige. Le fond de la vallée reste embrumé. Ici, quoique sans soleil, il y a une lumière éclatante. Rien ne bouge. On ne voit personne. À la tombée de la nuit, un pas rapide sonne sur le chemin gelé.

Quelques jours après, un soir, je suis en train de fumer ma pipe. Tout à l'heure, je casserai la croûte puis je me fourrerai au pieu. Le temps est redevenu mauvais, mais c'est l'ordinaire, et nous y sommes habitués. J'entends qu'on m'appelle dehors. Je vais voir qui c'est. Entrent, dès que j'ouvre, un vent du diable et un bon paquet de glaçons pointus. Je suis un moment avant de me rendre compte qu'il y a là aussi la mère Machin du bistrot, et dans quel état ! J'entends qu'elle parle, mais elle n'a plus figure humaine, et ce qu'elle dit non plus. Je la tire à l'abri sans bien savoir ce qu'il faut faire, ou ce qu'elle veut, ou si elle est folle. Elle est trempée comme une soupe. Brusquement je comprends qu'elle me parle de l'artiste, et qu'il est mort, qu'ils l'ont tué.

Je la secoue. Qu'est-ce qu'il y a ? Et, ma parole, je gueule. Mais je me rends compte qu'elle a dévalé toute la pente de glace dans la bourrasque depuis là-haut et qu'elle n'est plus rien pour le moment. Il faut qu'elle respire d'abord. Or, elle ne veut pas. Je comprends qu'il faut monter tout de suite et nous partons.

Elle a bien dit qu'il est mort, mais cela ne signifie rien ; je ne peux pas tirer un mot de cette nouvelle, ni d'elle, qui en fait tant qu'elle peut pour me suivre.

Je m'attends à le trouver couché dans la sciure. Quand j'ouvre la porte du bistrot, c'est là que je le cherche. Il n'y est pas. Il n'y a même personne ; que la lampe. La mère Machin me fait signe. Nous traversons la cuisine. Il est dans la souillarde derrière ; étendu. Sur le moment, j'ai un coup de colère ; je crois qu'ils l'ont saigné dans un pot de chambre. Mais non, c'est un pot avec de la vraie contre lequel il est tombé, ou contre lequel ils l'ont jeté, et que j'envoie balader d'un coup de pied. Ça fait gémir la mère Machin.

Il n'est qu'un sang. Massacré de telle façon que je croyais qu'il était face contre terre. Mais quand je le touche pour l'emporter, je sens qu'il n'est pas mort. Heureusement que je m'en aperçois d'abord avant de voir son œil (un seul) ouvert et fixe dans ce que je croyais être sa nuque, et qui est son visage emplâtré de sang caillé.

Nous l'emportons dans la cuisine et je le lave, ou tout au moins j'essaie. On ne sait pas par où commencer. Le sang s'était gelé sur lui en grosses plaques. L'eau chaude le dégèle et rouvre des quantités de trous. Nous ne savons plus que faire de tout ce sang. Il aurait peut-être mieux valu le laisser geler. Cette fois, ils l'ont eu. La mère Machin a repris haleine. Je lui demande qui a fait ça. Elle me répond que, pour l'amour de Dieu, je ne m'en mêle pas. C'est mon affaire. Non : ils ont dit qu'ils reviendraient pour le sécher définitivement si ça ne suffisait pas. Je voudrais bien voir ça. Je fouille l'artiste. Je trouve le couteau à cran d'arrêt. Il n'a même pas été ouvert. Il n'a peut-être pas eu le temps. Mais c'est bien (et au fond je sais qu'il n'a même pas essayé de le prendre). Moi, en tout cas, je l'empoche, et bien décidé à y faire appel s'il le faut. C'est un désastre. Ce qui apparaît sous mon chiffon (que je manie très délicatement) c'est un désastre. J'emporte des lambeaux de joues et des bouts de nez. Ils lui ont écrasé la tête à coups de talon comme ils font aux taupes. Mais, de plus en plus, je suis certain qu'il est vivant. Enfin, il se décide à l'être : il respire.

Il ne faut pas en demander plus. Certes, il ne revient pas de là où il est pour le moment. Mais il respire. J'essaie de faire passer de la gnole entre ses dents. J'y arrive finalement et il geint, puis il frissonne tellement fort qu'il risque de m'échapper des bras. Mais je le rattrape et le tiens ferme.

— C'est arrivé quand ?

— Je ne sais pas.

— Ça s'est passé comment ?

— Je ne sais pas. Ça n'est pas arrivé ici.

— Comment il est venu là ?

— Ils l'ont porté.

— Qui ?

— Ils étaient trois.

— Tu les connais ?

— Oui.

J'ai fini de passer l'inspection à sa tête. Elle est dans un triste état. Il portera les marques toute sa vie car il ne va pas mourir. Je ne suis pas médecin mais je le sais.

— J'ai entendu tripoter le loquet. Je me suis levée. Ils l'avaient ficelé sur une luge. Ils l'ont porté à travers le jardin. C'est plein de sang sur la neige. Ils l'ont jeté là-dedans. J'ai ouvert les volets. Ils ne se sont pas cachés. Ils m'ont parlé en face. Ils m'ont dit : « Ne t'en mêle pas. Laisse-le mourir. De toute façon, il y passera. Si jamais tu t'en occupes, nous reprendrons ça au commencement. »

— C'était qui ?

Elle ne répond pas ; je m'en fous. Je sais. Ils n'ont même pas de nom, à vrai dire.

Il n'est pas blessé à la poitrine ni au ventre, sauf un coup de pied qu'il a reçu dans les couilles. C'est comme ça qu'on l'a descendu d'abord ; après, ils ont fini à leur aise.

— Ils ont passé l'après-midi chez toi ?

— Non, il y a deux jours qu'il est parti. Ils ont commencé pour Noël. Depuis ça dure. Tantôt un jour, tantôt deux. Il a découché trois nuits de file. Il ne s'est pas saoulé, ça je te le jure. Pas une fois. Il était comme toi et moi. Les autres ont commencé la veille de Noël et depuis, ils ont remis chaque jour sur la même cuite. Ils n'ont presque pas bu chez moi. Je les ai vus en passant. Ils venaient le chercher. Ils insistaient. Ils criaient dans l'escalier comme s'il y avait le feu quelque part. On ne peut pas dire qu'il a refusé, ça non ! La vérité, c'est qu'il ne s'est jamais fait prier, mais moi, je le connais un peu. Il ne disait rien. Mais, veux-tu que je te dise ? Il allait avec eux comme un grand frère.

Je la regarde un peu épaté :

— Qu'est-ce que tu racontes : grand frère !

— Quoi ? dit-elle. Et alors, tu ne sais pas ce que c'est ? Tu crois qu'il s'agit de te mener par la main chez les bonnes sœurs ? On peut être l'aîné en beaucoup de choses, tu sais ! Les vertes et les pas mûres, c'est très utile aussi. Pourquoi un grand frère ne te mènerait pas au bouc ? Et sans malice. Même si ça l'emmerde. Ce qui avait l'air d'être le cas. Grand : ça veut tout dire.

Je lui dis doucement :

— Boucle-la, boucle-la un peu s'il te plaît.

Je continue à passer l'inspection. J'arrive à un endroit où ils ont fait un ravage inouï. Ce sont les mains. Elles sont écrasées. On les a comme tournées et retournées sous un marteau. Il ne pourra jamais plus se servir de ses mains. Ça aussi, sans être docteur je le sais.

J'empaquette tout ça dans des serviettes trempées d'alcool. La douleur agit sur l'artiste. Il manifeste. D'abord il a fermé cet œil qui était resté ouvert pendant plus d'une heure dans la souillarde. Maintenant il a desserré les dents, les lèvres sèches il geint.

« Il faut l'enlever d'ici », dit la mère Machin. C'est mon avis. J'attends seulement qu'il reprenne un peu plus. Je m'enfile un verre de gnole fin plein qui me glace de la tête aux pieds et me retourne comme un gant. « Pique-moi un peu ton feu qu'on réagisse. — Il me semble qu'on a déjà pas mal réagi. — On n'a pas fait grand-chose. C'est lui qui doit tout faire, si possible. — Il est trop bien parti pour qu'il s'arrête », dit la mère Machin. Malgré ce que je sais (qui est l'essentiel, somme toute) je fais vaguement allusion au docteur. « Il ne faut pas y penser, dit-elle. — Et pourquoi pas ? Il est bien venu dernièrement pour la femme en couches. — Parce qu'il s'agit d'autre chose que de couches. — Est-ce que c'est la première fois qu'on se tabasse dans le pays ? Ils sont quoi ici ? Des anges du Seigneur ? »

Je ne crois peut-être pas si bien dire. Ils ont l'argent : beaucoup de choses en dépendent. Monter ici avec l'auto, par un temps pareil, quand on est docteur, qu'on vous fournit tous les prétextes contre, y compris la raison raisonnante. Il ne s'en mêlera pas. Mais non, elle a mieux que ça à dire, et elle va me mettre les points sur les I, puisque j'ai parlé d'anges du Seigneur. Elle tient le bistrot depuis quarante ans. Et, avant elle, c'était sa mère. Elle sait qu'il faut hurler avec les loups. Et elle me demande ce que je crois qu'on fait d'autre. Il y a ici certaines choses qu'il ne faut pas toucher sous peine de mort.

— Et c'est quoi ?

— La croyance.

— Quoi ? Le bon Dieu ?

— Non. La croyance en soi.

Je suis un peu démonté et je comprends ce qu'elle veut dire, mais j'explique que moi et l'artiste nous avons aussi un tout petit peu besoin de croire en nous, et que c'est exactement le boulot que nous faisons avec les moyens du bord. Que, d'autre part, les fameux anges du Seigneur ne se faisaient pas faute de provoquer le jeu et de la mettre en péril, cette croyance (puisqu'elle ne s'affirme que de cette façon). Je dis : « Une main pleine de rois est une main pleine de rois, il n'y a qu'à s'incliner, si on part de ce principe que c'est la mesure. » (Et c'est bien, me semble-t-il, ce qu'on a fait.)

— Précisément, dit-elle, il avait un peu trop souvent la main pleine de rois. Les cartes étaient un peu trop obéissantes.

Je lui fais remarquer bêtement que c'est une question de don, sans parler de la gymnastique accessoire. Corriger le hasard n'est pas à la portée du premier venu.

— Se faire corriger non plus, dit-elle.

À ce moment-là, je m'aperçois que l'artiste a les deux yeux ouverts ; qu'il nous regarde et que probablement il nous écoute.

Je me penche sur lui et je lui raconte les petites couillonnades qu'on dit aux enfants et aux blessés. Il essaye de me répondre, et sans doute pour m'engueuler, si j'en juge à son regard. Mais il faut passer tout de suite à quelque chose de plus urgent. Qu'est-ce qu'on fout ici à discuter le coup ? En avant ! Je l'emmène. Comment ? C'est le moindre de mes soucis. Il pèse soixante kilos.

Je le charge sur mes épaules et je file. Je suis à ce moment-là, dois-je le dire, assez content. Je suis même très content. La bourrasque ne s'est pas calmée mais je m'en fiche. Je l'emmène chez moi. Et puis de là, on verra.

Au moulin, je le couche dans mon lit. Je m'aperçois pour la première fois que mon alcôve n'est pas tout à fait à l'abri de l'air. Il en vient un petit courant du côté de la porte. Je fais le nécessaire à ce sujet, quoique en réalité je n'aie pas l'intention de moisir ici. Puis je garnis les poêles qui en avaient rudement besoin.

Je monte réveiller M. Edmond. En arrivant au premier, je vois à la grosse horloge qu'il est deux heures du matin. Mais ça ne signifie absolument rien du tout. Ni le couloir bien propre où est la chambre des patrons. Je tape à la porte et je parle. Je dois avoir une poigne et une voix tout à fait au poil. En un rien de temps le patron est dans le couloir, tout ahuri, et il se demande de quoi il s'agit. J'ai idée que je ne suis pas avare en fait d'explications, et voilà Mme Edmond qui s'amène en chemise de nuit. Ces deux patrons en bannière dans le couloir et serrant les fesses, car il ne fait pas chaud, c'est assez rigolo. Mais de ça aussi je m'en fous. Depuis un petit moment je sais que l'artiste n'a pas une chance sur mille de s'en tirer (enfin, de s'en tirer comme je l'entends) s'il reste ici. Je ne parle pas des blessures. Des blessures, il s'en tirera à sa façon ; il a déjà commencé. Je parle d'autre chose : de ce que j'ai compris pendant que je le descendais ici sur mon épaule. Si quelqu'un vous trompe et vous dupe, il est de ce fait votre maître pour toujours. Il ne vous reste plus qu'à l'aimer ou à le tuer. Vous n'avez que ce choix, mais pas du tout celui de vivre après comme avant. C'est juste ou faux, je m'en fiche. C'est ce que je sens et ce que je pense.

Ce n'est naturellement pas du tout ça que je raconte aux Edmond. Ils m'ont fait entrer dans leur chambre qui sent une autre sorte de vie. Tous les goûts sont dans la nature. Je casse le morceau sans m'embarrasser de fioritures, en regardant M. Edmond bien en face. J'aime toujours procéder par allusions voilées. Je lui dis qu'il faut qu'il s'habille, qu'il sorte la camionnette. J'en ai besoin. Il a de la peine à reprendre son souffle. Il n'est pas l'homme de deux heures du matin. Par contre la dame est dans son élément. Je prévois qu'il va y avoir de la tablature. Je n'ai pas le temps d'être poli. Je fonce droit sur elle. J'ai assez entendu de leurs disputes pour donner l'illusion que j'en sais long.

D'ailleurs, c'est réglé comme un papier à musique. Pendant que je parle, M. Edmond s'habille comme si c'était tout naturel (et ça l'est dans la nature où l'on est).

La dame se recouche, et lui descend avec moi. J'ai eu le temps et l'esprit de faire un beau sourire de paix à la patronne. Et il est arrivé à son adresse.

L'artiste n'a pas bougé, mais il a les yeux ouverts et il respire fort comme quelqu'un qui s'est mis à l'ouvrage.

Qu'est-ce que je veux au juste ? demande M. Edmond. Le sortir d'ici et sortir d'ici. Est-ce qu'il connaît un endroit où il y a un docteur ? Il y a M. Martel à Pont. Non, pas M. Martel à Pont, plus loin. Alors, il faut aller jusqu'à Sainte-Jeanne. C'est où ? Dix kilomètres après Châteauneuf. Est-ce que c'est sur la grand-route ? Oui. Alors, c'est parfait. C'est là qu'on va. Encore une question. Est-ce que c'est grand, ce patelin ? C'est chef-lieu de canton : quinze cents habitants. Au poil. En avant ! Voilà comme c'est combiné : je vais conduire, bien entendu, parce que la route est méchante en descendant. Mais il vient avec nous car il faudra retourner la voiture. Non, moi je ne reviendrai pas. Il me faudra rester avec ce type-là qui est mal arrangé, comme il peut le voir. Certes je regrette (et je suis sincère, du fond du cœur je suis sincère !), je regrette le moulin et vous, monsieur Edmond, vous êtes un chic type. Non, la question du type maigre je m'en fous, et tout le monde a plus ou moins un type maigre à ses trousses. Non, je l'ai fait avec plaisir ; les chics types sont faits comme vous. Et même Mme Edmond est gentille. Il en convient. Il ne regrette pas trop d'avoir été réveillé en sursaut. Ça vaut le coup à n'importe quelle heure du jour et de la nuit de savoir qu'il y a au moins un être au monde (et peut-être plusieurs — c'est l'espoir !) qui vous considère comme un chic type.

Ah ! Encore une question. Il y en a toujours en suspens. Est-ce qu'il connaît des gens à Sainte-Jeanne pour qu'il puisse un peu nous recommander ? On est juste dans l'état d'avoir besoin de ça. Il dit oui et qu'on ne s'en fasse pas.

Il ne manquerait plus qu'un truc pour que je sois en plein malheur : ce serait que Mme Edmond se soit levée en douce et ait pensé à nous faire du café. Mais cette épreuve m'est épargnée, et j'ai plaisir à imaginer ce petit vinaigre en chemise de nuit qui roupille égoïstement là-haut avec ses fesses calées dans l'édredon pendant que nous fichons le camp.

On a mis les chaînes et, comme je conduis avec prudence, nous glissons sans l'ombre d'un pépin jusqu'au fond de la vallée, à travers les forêts endormies sous des monceaux de neige. Ça a l'air de se passer dans la planète Mars ; j'ai la tête vide. Je me dis qu'il sera temps de la remplir quand je serai de nouveau sur la terre.

Nous sommes à Sainte-Jeanne avant le jour, mais il y a déjà un bistrot éclairé et qui fonctionne. M. Edmond nous dit que c'est l'arrêt du car qui passe à six heures du matin. On a bien besoin de quelque chose de chaud. Je demande du punch. J'en porte un godet à mon artiste qui ne se fait pas prier et se l'enfile.

Question auberge, il faudrait s'en occuper tout de suite. On ne peut pas laisser le blessé dehors dans la voiture jusqu'au jour. Le type du bar se mêle à la conversation. Je lui en dis tout ce qu'il faut pour qu'il s'intéresse à nous, sans plus toutefois. Nous sommes dans la vallée, sur le chemin de la plaine ; les gens vont être de plus en plus curieux et de plus en plus bavards. Il faut faire gaffe. Je suis assez à la coule dans cette sorte de boulot.

Total, il nous donne un tuyau qui vaut son pesant d'or. Il y a ici une maison de petites sœurs. C'est debout à toute heure, des êtres comme ça. Je dis « minute » et j'y vais. C'est à deux pas.

En effet, j'entre sans discussion. C'est une vieille en cornette, avec les mains les plus blanches que j'aie jamais vues de ma vie. Ma barbe l'impressionne en bien ; et aussi tout ce que je sais faire pour me rendre mâle et viril. Je fais tout. Elle m'appelle aussitôt « mon petit ». Et je sais que c'est gagné.

Est-ce que le blessé peut payer ? Je réponds qu'il peut mais pas trop, parce que c'est moi qui paye. Est-ce que c'est un de mes parents ? Oui, c'est mon frère. Il s'est blessé comment ? Je m'excuse d'abord ; ensuite je raconte une histoire de jalousie qu'elle puisse comprendre. Sans prononcer le mot de femme, je gaze, et la chose lui vient tout naturellement à l'esprit. Elle est loin de pouvoir imaginer autre chose. C'est pour ça qu'elle s'est emboîté la tête dans sa cornette. J'oublie de dire qu'entre-temps elle m'a payé le café.

Elle est terrestre jusqu'au bout des ongles. C'est épatant. Je m'endormirais.

Elle va voir la supérieure et voilà, en fin de compte, à quoi on arrive. Elles ont deux chambres pour les malades. La communauté est très petite, elles ne sont que six. Si je crois pouvoir payer trois cents francs par jour, elles prendront mon frère. Non seulement je crois, mais je suis sûr.

Je cavale au bistrot, je reprends M. Edmond et la voiture. Nous faisons le transbordement. La présence du patron qui fait bourgeois par habitude met beaucoup d'huile dans les rouages.

Mon artiste une fois installé avec trois femmes noires autour de lui, je raccompagne M. Edmond à la camionnette tout en bourrant une pipe. Je le remercie, et surtout je coupe les ponts. Je lui dis carrément de quoi il s'agit, et que les gros comme Nestor, Ovide, Ferréol, etc., sont dans le coup. Donc, motus ; il ne sait pas où nous sommes. Il a juste la pétoche qu'il faut ; il la bouclera. Il me dit même qu'il va rentrer avant le jour : ni vu ni connu. Il ne s'inquiète que des Chauvin. Ils ont peut-être entendu le moteur quand nous sommes partis. Je lui dis que, s'il réfléchit au type maigre, il a sans doute de quoi faire tenir les Chauvin tranquilles. Je lui raconte l'histoire de l'écurie ouverte où j'ai eu la conversation avec la charmante jeune fille. D'ailleurs, les Chauvin n'ont rien entendu sûrement.

Malgré le froid, la nuit et tout ce que je viens de dire, nous étirons un peu les adieux. Je lui fais des tas de recommandations pour les chaînes en remontant. Enfin, brusquement, il a sa peur pour compagne et il démarre. Je regarde disparaître son feu rouge. Je reste planté un moment là avec qui sait quel compagnon ? Est-ce que le jour finira par se lever aujourd'hui ?

On me permet de rester là pour le premier matin. Je m'endors sur un canapé du salon de réception. Une irrésistible odeur de soupe aux choux me réveille. Il fait grand jour. Je sais déjà que nous ne resterons pas ici. Je l'ai su en dormant et ce que je vois au réveil me le confirme. Dire ce que je vois n'intéresserait personne ; je ne vois rien d'inquiétant ; tout est astiqué, silencieux, paisible, sinon que ça ne colle en rien.

Courant de l'après-midi je cherche ce qu'il nous faut et je le trouve. C'est une mère Lantifle comme celles dont nous avons l'habitude. Elle a sa turne à la sortie du village, sur le chemin des bois. Question température, il faut dire qu'ici c'est le rêve. À peine s'il y a un doigt de neige sur les prés. Le village lui-même ou plutôt, pardon, la ville (car c'est comme ça qu'on dit ici, et j'ai tout lieu de faire semblant de le croire), la ville donc est autre chose que l'endroit d'où nous venons. Ici, c'est respectabilité et honneur sur toute la ligne. C'est bien ce que j'ai compris dans le parloir ce matin en me réveillant. C'est ce que, de pas en pas, je constate en cherchant ce qu'il nous faut. À un point que je désespère. Rien qu'à voir les façades on sait qu'on est dans un pays où tu ne fais rien de bon qu'à la sauvette et les yeux fermés. Tout le monde a installé son confessionnal pignon sur rue. Impossible de quitter son caleçon en dehors du lit conjugal et des droits de l'homme, avec des façades de cette netteté-là. C'est déjà inscrit comme au cimetière : bon père et bon époux, devant chaque porte à coups de balai. Des coups de balai que nous, que moi j'ai l'habitude, dans ces cas-là, de recevoir dans les fesses.

Je ne me fais pas faute de promener dans tout ça ma barbe frisée (et blonde), mes yeux d'innocence et le côté mâle et viril que j'ai inauguré avec de si bons résultats près de la petite sœur. Il faut bien donner un peu de distractions à toutes ces bourgeoises. Elles me reluquent et rentrent chez elles avec de quoi irriter leur dent creuse.

Je fais le patelin du haut en bas, en croix, et même en croix de Saint-André, sans oser mettre le nez dans la moindre embrasure de porte. Je sais ce qu'il y a derrière. Enfin, à la sortie vers les bois, je tombe sur un caboulot qui me paraît convenable. Dès que j'entre, la mère Truc est tout à fait à mon goût. C'est la femme idéale pour soigner les blessures. Elle a de la moustache et un ventre qui fait des plis. J'adore ça. Elle parle et je suis aux anges. D'abord, elle n'est pas polie, mais alors, pas du tout. Et, ce qu'elle me raconte d'entrée est sûrement prohibé partout, même chez les singes. Elle a une façon de supputer mon poids et mes pectoraux qui me tire les larmes des yeux.

Dès que je me mets à table pour l'histoire du copain, elle entre en transes, c'est son boulot, je le savais. Cinq minutes, mignonne, et nous arrivons. Elle ne me cache pas que cinq minutes c'est trop. Et est-ce que j'en suis encore aux bonnes sœurs, me dit-elle en rugissant au moment où je décampe ? Je suis déjà à cent mètres que je l'entends encore rigoler et s'expliquer avec sa batterie de cuisine.

Je n'ai qu'une peur : c'est qu'elle en fasse trop. Dans l'état où nous sommes il n'en faut ni trop ni pas assez. C'est ça le difficile. Les gens ne comprennent jamais. Il faut dire qu'en effet c'est toujours très compliqué.

Et ce que j'ai à faire chez les petites sœurs l'est aussi. Elles nous ont pris sous leurs bonnets. Elles nous ont aimés spontanément. Un blessé, un barbu blond aux larges épaules, à la démarche chaloupée, c'est du nanan malgré les cornettes, pour ces femmes qui vivent seules, *en économie fermée*, à la lisière des bois.

Dès que j'arrive, je suis chouchouté. Je constate aussi qu'elles ont fait un grand jeu extraordinaire à l'artiste. Dès qu'il a ouvert les yeux dans ce jour nouveau de souffrance, elles ont fait voltiger au ras de son nez une multitude de cartes royales qu'il n'avait jamais vues. Il a perdu trop de sang pour ne pas en être baba. C'est ce qu'il est. J'ai envie de lui dire : « Tu vois que tu n'es pas le seul ! »

Mais je suis gentil : je fais joujou avec les circonstances. Je m'assois à la tête du lit. J'ai l'air de poser pour une gravure. Dès que je suis seul avec lui, je vais à l'essentiel. « Comment te sens-tu ? » Il dit : « Bien. » Ça ne signifie pas grand-chose.

Je vais discuter le coup avec les dames. Je sais qu'elles vont m'en faire voir de toutes les couleurs. Ça ne manque pas. La supérieure avec laquelle je parle est rondelette et ressemble pas mal à la mère Lantifle qui est en train de m'attendre. Propre dedans et dehors, bien entendu, mais poursuivant les mêmes buts, et presque par les mêmes moyens. Mesurées toutes les deux au vrai décimètre, elles n'ont pas un millimètre d'écart. Ce sont des mères de famille nombreuse.

Elle est sur le point de m'avoir. Elle en a même un petit bout. Elle me dit que mon frère est *intransportable*. Ce mot me ravit et je ne peux pas m'empêcher de rigoler, tellement je comprends qu'elle et moi nous parlons de porte à porte. Elle ignore ce qu'il y a chez moi et je ne sais pas comment c'est fait chez elle. Elle me demande pourquoi je souris. C'est que je pense à la façon dont j'ai transporté l'artiste, la nuit passée, du bistrot au moulin. Mais je lui raconte une histoire dans laquelle il est question de mon inquiétude, émotion, et de ce que j'ai mal dormi. Elle me fait apporter un grand bol de tilleul.

Le docteur est venu, a vu mon frère. Les blessures de la tête sont insignifiantes. Elles font un effet spectaculaire parce qu'elles avoisinent et intéressent le siège de la coquetterie (c'est elle qui parle) mais tout ça va assez vite s'arranger. Il n'en est pas de même des parties nobles (j'avoue que, lorsqu'elle parle des *parties nobles,* elle m'en fiche un bon coup). Ni surtout des blessures des mains. Ces dernières en particulier sont extrêmement graves. On ne sait pas s'il pourra encore s'en servir ; peut-être pour des usages simples, tout au plus. Il a de la fièvre, en outre.

Me voilà bien embêté. Elle a le don de mettre des bâtons dans les roues. Qu'est-ce que je décide ? (c'est moi qui me pose la question. Pour elle, il n'y a pas de question). Je ne sais pas. Elle ne m'apprend rien de nouveau sur *les parties nobles* et sur les mains. J'ai vu clair tout de suite. Et j'ajoute qu'il n'est plus du tout question de médecin dans cette affaire-là.

Elle me demande si mon frère est aux Assurances sociales. Ça, c'est le bouquet.

Enfin, je fais de toute cette histoire un pain mal coupé dont elle se cale les joues avec bon appétit. C'est l'essentiel pour le moment. Et je retourne à mon caboulot.

— Alors, me dit la dame, ce zèbre en pièces détachées, tu me l'amènes, oui ou non ?

Là aussi je discute à n'en plus finir, dans l'incompréhension mutuelle et totale. Mais ici je peux faire la forte gueule et, au bout d'un petit moment, ça rend. Qu'est-ce qui se passerait si, par exemple, on laissait l'artiste en religion pendant, disons une semaine, et que moi je prenne pension ici de ce temps-là ?

— Il se passerait qu'elles vont te l'abrutir, me dit la dame. Remarque, poursuit-elle, que je ne prêche pas pour ma poche. Tu restes : j'ai la bonne part.

Question d'abrutir, reste à savoir si c'est si important que ça ? Et, au fond, est-ce que ça m'est désagréable ? Il faut bien qu'il commence à apprendre certaines choses, et le plus tôt c'est le mieux. Un peu de teinture de tournesol ne fera pas mal dans le tableau.

Je finis donc par être d'accord avec tout le monde. Brusquement, je pense qu'il y a quelque chose qui ne tourne pas rond, et de taille : est-ce qu'il y a des gendarmes ici ?

Oui.

Là-dessus, la nuit ; qui est venue.

Incapable de mettre sur pied quelque chose qui tienne debout. La mère Lantifle rôde autour de moi sans piper mot. Je me tiens comme il me plaît à côté de son fourneau, en train de me chauffer les fesses. L'endroit le plus succulent du monde. Vide et sans goût pour rien. Je suis tout entier là-bas dans la chambre de l'ordre et de la mesure avec mon artiste de désordre et de démesure, abandonné à la merci du premier venu. Je me représente cent fois la scène. La petite sœur des pauvres et le gendarme. La rencontre des autorités reconnues. Le mélange détonant dans quoi tout ce qui me tient à cœur va partir en bombe. Ils voudront savoir pourquoi il a les mains écrasées ; pourquoi les ayant il ne fait pas appel à la loi pour demander par exemple des dommages et intérêts.

J'ai une vague idée. J'interpelle la mère Lantifle. Est-ce qu'on aime la rigolade dans ce patelin ? Qu'est-ce que j'entends par rigolade ? Le péché, bien entendu. On l'aime comme partout. Est-ce qu'elle en connaît des cas ? Si elle disait ce qu'elle sait, ce que tout le monde sait mais ne dit pas, de beaux uns et de beaux unes chercheraient les trous de taupes pour se cacher. « Donc, dis-je, l'important ici c'est de ne rien dire ? — Ici comme partout, fiston », dit-elle. Elle s'étonne que je ne le sache pas, et moi en effet de ne pas y avoir pensé plus tôt.

Je mets ma belle casquette et je m'apprête à sortir. Ça la vexe et elle me dit qu'elle n'aime pas le lapin.

— C'est cependant ce que tu fais cuire.

— Oui ! dit-elle humblement, je me promettais un peu de rigolade, en tout bien tout honneur.

Je lui dis que j'en ai pour cinq minutes.

Je vais chez les sœurs. Je demande la supérieure. Elle arrive. J'attaque d'entrée. Son costume, sa qualité m'engagent à lui parler à cœur ouvert ; ce que je me reproche de ne pas avoir fait ce matin. Mais la réputation de trop de gens honorables est en jeu. Je veux la déposer entre ses mains (j'ai plusieurs façons de parler, et notamment de *me* parler. On ne s'en est pas encore aperçu parce que c'est un langage que j'emploie surtout au printemps et en été, quand je suis entouré de fleurs, de soleil, de bons vents, et que je veux attirer mon attention sur la chance que j'ai de vivre en cette compagnie. Je parle maintenant à Mme la Supérieure comme je parle alors aux êtres inanimés si charmants et aux nuages). Elle a le droit de connaître les circonstances dans lesquelles mon frère a été blessé de cette façon. Dois-je appeler les choses par leur nom (elle fait oui, gravement, de la tête). Alors voilà : il a conté fleurette à une dame mariée.

— Le démon, dit Mme la Supérieure.

J'approuve, et je poursuis. Une femme mariée qui a une très bonne situation. Je précise, je joue pendant un petit moment avec l'agréable sentiment de sécurité des gens en place qui suivent les évolutions des gens dehors. La supérieure est sûrement sensible au fait que, dans sa situation à elle, elle ne court plus ce risque. C'est au fond son cinéma. Je lui en donne une bonne séance jusqu'au moment où je peux dire l'essentiel. Si les gendarmes mettaient le nez dans cette affaire, Dieu sait dans quelle histoire cette pauvre femme serait ! Le mot n'est pas tombé dans l'oreille d'un sourd.

— Dieu sait, dit-elle, et ne condamne pas. Il a depuis longtemps pardonné à la femme adultère.

J'ai mon idée sur la question, mais je n'en souffle pas mot. Le reste est du velours. À la fin de quoi, elle-même parle de secret *professionnel.* J'ai envie de me dresser au garde-à-vous et de faire le salut militaire. C'est parce que je blague quand je suis content. En tout cas, chapeau ! La société a tout prévu dans certains cas.

Je vais voir l'artiste. Il dort. Je ne le réveille pas.

Je suppose que secret professionnel signifie quelque chose. Je suis surtout rassuré parce que j'ai mis en branle le système *secret* de protection automatique des sociétés. Je suis sûr que Mme la Supérieure la bouclera, et même que, le cas échéant, elle se servira du *pieux mensonge* (qui également n'a pas été fait pour les chiens). Elle sait qu'il ne faut pas toucher à la hache. À peine, peut-être pour son plaisir et son édification, est-elle en train de se demander où habite et comment s'appelle la pécheresse ? Peut-être même ne se demande-t-elle rien, parce que c'est une sainte authentique qui est à sa place dans ce poste avancé et exécute les ordres, service, service, sans chercher à comprendre ?

Avec la mère Lantifle non plus, nous ne cherchons pas à comprendre, dans ce premier soir, cette nuit apaisée, moins noire maintenant, moins froide. Nous mangeons le civet de lapin (qui est sans doute du chat). Nous buvons notre litre chacun, puis encore un ; puis nous nous faisons du vin chaud et après, nous rebuvons un petit coup de vin froid. Puis, j'obtiens ce que je veux : c'est-à-dire qu'elle est saoule comme une grive, tellement écœurée qu'elle va se coucher sans demander son reste. Il faut toujours faire comprendre les choses aux gens, petit à petit. Je n'ai jamais été cassant avec personne.

Au réveil, l'idée gendarme me revient. J'ai cinq minutes de trouille, puis reprends conscience de tout le fourbi arabe qui nous protège. Je fais un petit inventaire. Je n'ai pas pensé à réclamer ma dernière quinzaine à M. Edmond et il a oublié de me la régler. J'ai dix-sept mille francs. J'ai eu beau fouiller l'artiste : peau de balle et balai de crin.

La mère Lantifle fait le café. Il y a aussi avec elle dans la cuisine un gars du bâtiment qui est en train de se chauffer les fesses au fourneau, exactement à la place que je prends partout d'habitude, et exactement dans ma position habituelle. Ça me le rend sympathique. Je me colle un peu à côté et nous taillons une bavette. J'aurais voulu avoir des nouvelles du pays, c'est-à-dire du vaste monde, mais il ne peut pas m'en donner. Il est d'ici et n'en est jamais sorti. Tout ce qu'il sait, c'est l'horaire des cars. À tout hasard nous en parlons. C'est un drôle de gars. Je le croyais maçon. Et qu'est-ce qu'il est ? Il n'est rien. Ça, c'est bien. C'est la situation la plus épatante. Qu'est-ce qu'il fait alors toute la sainte journée ? Il faut bien qu'il ait un peu de braise. Il fait les corvées. Et ça consiste ? Cinquante mille choses : rentrer du bois, sortir du bois, fendre du bois, porter des colis, aller chercher des colis. Il m'explique qu'il lui faut des boulots qui finissent vite. Ce qu'il aime le plus, c'est se chauffer les fesses. Ma foi, je suis de son avis.

J'asticote la mère Machin pour avoir ma tasse de café.

— T'en connais des trucs, toi, dit-elle. Bien moi, j'en connais aussi.

Mais c'est pure galanterie, et elle me sert mon kahoua brûlant comme un diable. Je l'avale tel que. Ça la souffle. Je lui dis qu'elle a raté son coup, que je suis l'invalide à la tête de bois.

La porte s'ouvre et paraît un petit minus qui interpelle le gars.

— Dis donc, André, tu viens un peu ?

— Qu'est-ce que c'est ?

— Faudrait que tu m'aides à porter un lit-cage au car de huit heures.

— T'es pas assez bon pour le porter seul ?

— Fais pas l'andouille. Tu voudrais pas que j'aie les roulettes marquées dans les reins ?

— Ça t'irait pas plus mal. Et pour qui que c'est le lit-cage ?

— Pour moi. Je l'envoie à ma fille.

— Elle s'est accouchée ?

— Sur le point. Ça craque. Faut que le Félix couche quelque part. Amène-toi.

— Ce qu'il faut faire de sa peau quand même ! Voilà que je sers aux accouchements à cette heure.

Il démarre du poêle et je prends sa place. Maintenant que nous sommes en famille, j'explique un peu mon truc d'hier soir à la mère Lantifle qui est une personne de sens.

— Tu es comme une chatte qui ne sait plus où planquer son chat, dit-elle.

C'est un peu ça. À son avis, primo, je me suis inquiété à tort, et ensuite j'ai fait malgré tout du bon boulot. Le docteur est un vieux ramolli qui s'intéresse aux rombières, qu'il lui faut jeunes, au surplus. Il se gardera bien de fourrer son nez où il ne faut pas. Quant aux sœurs, c'est réglo. Est-ce que j'ai déjà vu des sœurs qui ne soient pas réglo ? Je n'ai jamais beaucoup fréquenté ces sortes d'orphelinats. Elle me dit que, les gendarmes chez les bonnes sœurs, ça serait tout à fait comme des cheveux sur la soupe. On ne le pardonnerait pas. Est-ce que je sais au juste ce qu'ils font les gendarmes, ici comme ailleurs ? Je prétends que je m'en doute. Elle dit que je fais tort à mon jugement. Les gendarmes sont au croisement de la route et ils chassent les procès-verbaux. Ce qui les intéresse ce sont les autos. Tout ça me paraît frappé au coin du bon sens.

Autre question : au cas où nous resterions quelque temps ici, est-ce qu'il y aurait un boulot dans les parages pour ma pomme ?

— Pourquoi au cas ? dit-elle.

— Façon de parler.

— Tu es chez toi. Tu n'as pas à t'en faire.

La question n'est pas là. Je passe mon temps à faire admettre mes raisons aux autres. C'est un jeu de dupes. Argent mis à part, il faut que je m'occupe. Disons par exemple que c'est pour la santé : gymnastique suédoise, tiens ! Tu comprends ça ?

— Alors, écoute : tu vas aller chez Robertet, cuirs et peaux. Naturellement, en cette saison, tu ne trouveras nulle part un travail suivi, mais là, il y a peut-être quelque chose.

— Dans quel genre ?

— Je ne sais pas au juste, mais ça serait pour rouler des cuirs verts que ça ne m'étonnerait pas.

En réalité, c'est ça. Ce n'est pas du dernier folichon mais c'est sans concurrence. J'y reste deux jours, puis, ça pue vraiment un peu trop et j'abandonne. Parce que j'ai trouvé un autre petit boulot bien plus convenable, dans le garage de l'endroit.

C'était moche d'aller chez les sœurs en sortant des cuirs verts. L'artiste m'a dit : « C'est toi qui schlingues, ou c'est moi ? »

Je lui ai dit : « T'en fais pas, c'est moi. »

Mais j'ai fait une petite virée du côté du garage et j'ai trouvé une combine bien meilleure.

Je dis à la mère Lantifle : « Tu ne m'avais pas parlé du garagiste.

— Je n'y avais pas pensé. »

Elle y avait pensé mais, la vache !... les cuirs verts faisaient mieux son affaire. À cause de l'odeur elle m'avait mieux. Elle sait que je sais. Elle rit jaune dans sa barbe.

Le patron est tout seul. Et c'est un gars qui s'y entend. Même un peu trop. Sa passion, c'est d'aller tout le temps plein gaz. Les bricoles, il s'en tamponne.

Il les expédie et fort bien parce qu'il a le don de la mécanique, mais rien ne l'intéresse que de monter dans sa guimbarde et de faire de la vitesse sur les routes qui sont comme des patinoires. Il a carrossé une Daimler avec des boîtes à savon et, pour avoir l'occasion de la sortir, il s'est intitulé taxi. Faut voir si ça barde. On sort les types de son outil à moitié évanouis. Il est tout le temps en train de bouffer des grains de café pour se maintenir au poil. Je lui dis : « Manquerait plus que vous ayez un petit quelque chose au cœur. »

Il me répond que j'ai tombé pile et que c'est exactement ce qu'il a. La vie est belle, somme toute !

Question régularité, je lui dis : « Tous les bordels qu'il faudrait que vous payiez au gouvernement pour ma pomme, assurances et tout le bazar, je vous en dispense. Vous n'avez qu'à dire que je suis votre cousin et que je vous donne un coup de main. On est bien en république, jusqu'à nouvel ordre ? Personne n'a rien à voir là-dedans. Ça me fait un répondant : c'est d'une pierre deux coups. »

Je répare les vélos et les motos. Il n'y a pas tant que ça de bagnoles, à part la petite Simca d'une poule et d'un mec qui a l'air d'être sous sa coupe et qui n'entend que dal à la mécanique. Ils viennent trois fois par semaine pour se faire déboucher le gicleur ou redresser les phares qui biglent. Je leur demande sérieusement s'ils ne veulent pas aussi que je brosse les gentils petits coussins écossais. Ils sont tellement noix qu'ils me prennent au mot. Et je suis tellement noix que je m'exécute. À part ça, je ne vois pas grand-chose. Ou alors, on bosse à deux sur un camion. Et tous les jours le patron s'envole pour une paire d'heures. Il faut qu'il ait sa ration de coco-vitesse.

Enfin, tout ça, ça étale. Je ne cherche pas à trop me mélanger avec l'indigène. Je fais ce qu'il faut, mais je n'en remets pas. Par exemple, je fréquente le coiffeur pour de petites tailles de gentleman, quoique personnellement je préfère et de beaucoup garder mes poils à la Tolstoï. Enfin je nage. Et pas mal. La question galette est tout à fait arrangée.

Je paye chez les sœurs et chaque fois j'ajoute un petit quelque chose pour leur chapelle. Je suis organisé, quoi ! L'artiste engraisse et il est gras comme un lard. Ça ne m'avait pas frappé parce que je le vois chaque jour, le matin et le soir. Je lui porte le journal et des Gauloises qu'il m'a d'abord jetées à la figure. Puis il s'y est fait. Le docteur a l'air d'être un sacré rigolo si j'en juge par le bouquin qu'il a apporté à l'artiste, histoire de le distraire : *L'Esprit des lois.* Peut-être qu'il n'avait que ça. Bien entendu, c'était laissé pour compte sur la table de nuit. J'ai sauté dessus. Je lis ça.

L'artiste tient sa cigarette avec les doigts qui dépassent de ses pansements. Et même, pour bien me montrer comment il va, il les agite. Je m'attendais à plus de casse. Je suis peut-être déçu. C'est difficile à dire. De toute façon, c'est marrant de voir les bonnes sœurs si fières de cette réussite. C'est le cas ou jamais de dire que les voies du Seigneur sont impénétrables. Je suis interloqué par tous mes sentiments contradictoires.

Le visage, à part quelques cicatrices profondes qui certes ne font pas bien dans le tableau, n'a pas changé. Le regard est toujours le même, mais je me demande comment seront vraiment les mains, à la fin ? Et, selon comme elles seront, qu'est-ce qu'il y aura, en plus ou en moins, dans le regard ?

Pour mettre ces choses-là au point, je prends prétexte de *L'Esprit des lois* et je vais rendre le livre au docteur. J'ai payé ses soins aux bonnes sœurs mais je tiens à le remercier personnellement et à marquer le coup. Est-ce qu'il serait amateur de ce lièvre-ci, par exemple (que j'ai acheté au célèbre André qui le tenait je ne sais de qui) ? La mère Lantifle m'avait bien dit qu'il était porté sur la gueule comme sur le sexe, mais j'ai l'impression que j'ai mis dans le mille. Nous sommes tout de suite amis comme cochons et il me paye l'anis.

D'abord, *L'Esprit des lois,* c'est une blague. Je m'en doutais. Les bonnes sœurs le bassinaient pour qu'il apporte de la lecture au malade car le journal que j'ai laissé tous les matins était vivement escamoté. Il paraît que j'ai justement choisi le journal rouge. Je n'ai pas eu la main heureuse.

Il allume sa bouffarde et moi la mienne. Nous avons une conversation comme je les aime. Je lui dis que j'ai été en quelque sorte valet de chambre du docteur Ch. de Paris, un type qui s'occupait des mabouls ou des poules qui ne raisonnent pas plus haut que leur cul. Il me dit le mot (que je savais) un psychiatre. Je lui raconte comment le fameux docteur avait acheté un domaine dans les bois, près de Marseille, où il vivait à poil en toute saison. Un peu piqué, même beaucoup. Que j'en suis parti, parce que cette façon de comprendre la vie me pompait l'air.

C'est à propos de *L'Esprit des lois* qu'il s'étonne de me voir lire, et pour lui faire comprendre en douce (et admettre) que je connais aussi quelques autres personnages comme Balzac, que j'adore, et Alexandre Dumas, Victor Hugo, Lamartine, et même des modernes. Le docteur Ch. me passait des bouquins et même m'obligeait à les lire. Je suppose qu'il pensait ainsi faire des expériences intéressantes car il m'interrogeait sur eux, et il était visible comme le nez au milieu de la figure qu'il voulait se rendre compte si ces lectures avaient de l'importance, par la suite, dans ma manière de vivre. En quoi il se fourrait le doigt dans l'œil jusqu'au coude.

Mon type s'intéresse beaucoup à ce que je dis. Nous remettons ça sur l'anis. Il essaie en douce de me pousser un peu plus loin sur la question. Je le vois très bien venir avec ses gros pieds et je marche puisque ça lui fait plaisir. D'autant qu'à mon avis nous sommes, précisément, sur ce qui m'intéresse.

Je lui raconte comme quoi mon zèbre faisait recruter des poules à Marseille par son chauffeur (un beau gars). Il les voulait d'une certaine catégorie. Son gars était tchèque et costaud ; il touchait un peu à la peinture. Il lui avait loué un petit atelier qui donnait chez un tailleur pour dames. Celui-là palpait des bakchichs, bien entendu. Dès qu'il en voyait une propice, il lui faisait le grand jeu de l'art, de l'artiste, et il soulevait la portière : « Passez, madame » ; passez muscade. Le Tchèque se l'envoyait et nous l'envoyait. Chez nous, c'était pas méchant ; mon zèbre étudiait l'esprit de prostitution. Il avait trouvé que ce n'était pas du tout une affaire de tempérament ou de galette, mais de ce qu'il appelait : le complexe de l'explorateur ou complexe de Livingstone. Il m'en a assez corné les oreilles. Le Tchèque faisait aussi l'accostage de rue sous les traits de l'étudiant ébloui, l'ouvrier, le satyre, et mon zèbre avait en plus un autre recruteur qui faisait les salles de danse, un gros type chauve dans les cinquante ans à qui il avait été recommandé d'être surtout médiocre, mais bien élevé. Ce n'était pas celui-là qui s'envoyait les plus moches. Toutes ces dames étaient classées. Et on les renvoyait sans dommage après un petit week-end aimable. Enfin, c'était fait scientifiquement.

— Dites donc, me dit mon type, vous connaissez beaucoup de choses, et même des termes techniques. Je n'ai jamais eu de conversation aussi intéressante.

Alors, je lui demande ce qu'il pense de l'artiste, ce qui va arriver à ses mains.

En principe, rien d'extraordinaire. En temps normal, il l'aurait expédié dans un hôpital mais, au moment où il l'a trouvé chez les sœurs, c'était impossible. Pas d'ambulance, quarante de fièvre et moins neuf dehors. Rien à faire. Ajoutez qu'il n'était pas aux assurances. Et on m'a dit aussi qu'il y avait je ne sais quoi avec quoi il fallait être prudent. Je me suis donc débrouillé avec les moyens du bord. À ne rien me dissimuler, il en est assez fier. Il restera à l'artiste, mettons dix pour cent d'incapacité, peut-être même cinq pour cent. Qu'est-ce qu'il fait dans le civil ?

Je gaze. Je dis que c'est moins son *métier* qui, évidemment... avec le métier on peut toujours se débrouiller. Il s'agit de ce qu'il aime, et il aime la finesse et l'habileté. Il avait l'habitude de faire de ses doigts des choses habiles. Est-ce qu'il pourra toujours ?

— J'ai rarement vu par ici des frères aussi attentionnés, me dit mon zèbre. À son avis, il faudra voir. Il n'en sait rien. C'est une question de volonté. J'ai vu la volonté faire des miracles. Moi aussi, et dans tous les sens. Je sors Gros-Jean comme devant. Sauf que, dans trois, quatre jours, mon artiste sera d'aplomb sur ses pattes avec un bulletin de sortie. Nous pourrons aller nous faire pendre ailleurs. C'est, au fond, l'essentiel en tout, Livingstone ou quel que soit le nom qu'on donne au peu de chose qu'on est.

Je mets de l'ordre dans nos affaires. Je règle en cinq sec le côté financier et maternel de la mère Lantifle. Elle sent que je n'ai pas de temps à perdre (certainement même elle le comprend. Elle recommence à avoir des attentions pour André. Et d'ailleurs, la route passe à sa droite ; pour départementale qu'elle soit, elle apportera toujours quelque chose). Je vais ensuite voir les petites sœurs avec du miel dans toutes les entournures. Je me fais expliquer ce qu'il faut continuer à faire à ces mains. On me les montre. Je les trouve bien. J'insiste cependant pour que l'artiste continue à porter ses pansements. Elles sont tout à fait de cet avis.

J'explique à l'artiste, en confidence, quelque chose de tout à fait magnifique, tout à fait compliqué et tout à fait faux. J'ai mis toute la sauce et il me croit. Nous sommes mercredi. Qu'il soit prêt pour vendredi matin. Je reviens une heure après ; changement de programme, nous partons samedi à trois heures de l'après-midi.

C'est un nommé Barruol qui nous porte. J'ai réparé son camion il y a huit jours. Il descend dans le Midi avec du fret pour les transports de primeurs. Ce qui m'intéresse, c'est qu'il ne fait pas exactement la grand-route connue. Il la suit jusqu'à un certain point ; de là il pique à travers la Drôme sur un itinéraire qui lui fait économiser cent litres.

Je cherche. J'explore. Il y a des vies dans lesquelles ne pas faire la putain serait un péché mortel.

Après entente avec le Barruol nous partons à pattes, l'artiste et moi, samedi vers deux heures. Le camion nous ramassera sur la route. Il fait blanc, sans neige ni froid. L'artiste a l'air de fonctionner assez bien. Il faut qu'il perde cette graisse, bon Dieu ; on dirait un abbé ! Il a des bajoues jusque sur le col de sa chemise.

On fait deux, trois kilomètres peinards, puis le Barruol nous rattrape. On se passe un litre, on boit un coup et, vogue la galère.

Deux heures après, on a retrouvé l'hiver sec. L'herbe est rousse. Les villages sont entourés de petits jardins potagers noirs comme l'encre. La route est redevenue roulable. On est déjà engagé dans ces traverses qui vont sans doute nous mener vers ce que je désire. Je cherche un petit endroit paisible et confortable où je puisse, moi, trouver du travail, où l'artiste se retapera peu à peu. Je ne sais pas du tout ce qu'il faut espérer de ce côté. Parfois, je me demande ce qu'il va faire. La plupart du temps je me dis qu'on est, somme toute, sorti avec les honneurs de la guerre ; que pour le reste on verra, le moment venu.

Le premier soir nous couchons à Saint-Michel. Le lendemain, qui est dimanche, nous entrons dans un pays un peu plus sauvage. Ce sont de hautes collines et, quand nous sommes au sommet d'une bosse, nous voyons des collines entassées de tous les côtés. Les villages sont rares et, dans l'intervalle, nous ne rencontrons pas grand monde. Nous nous arrêtons à Entrepierre où il faut décharger une partie du fret qui est du bois de charpente. Mais naturellement il nous faut attendre au lundi matin. Il n'y a pas d'hommes. Ils jouent aux boules près du bistrot. Barruol a dû calculer son coup. On est là depuis cinq minutes qu'il fait déjà partie d'une équipe. Il fait frisquet. Nous entrons au bistrot l'artiste et moi. Nous tirons des plans en buvant du vin chaud. D'après lui nous devrions quitter Barruol et aller un peu le nez au vent. Je suis très content qu'il s'intéresse à la question. Il n'a pas du tout envie de descendre franchement dans le Midi. Je lui demande pourquoi. Il ne voudrait pas encore aller dans un endroit où il y a trop de monde. À cause de quoi ? Rien de précis, une idée comme une autre. Je suis libre. Lui, en tout cas, c'est ce qu'il va faire. Faire quoi ? Se débiner. Se débiner de quoi ? De moi ? Bien sûr.

Je ne m'emballe pas. Je pose les faits tranquillement devant nous deux bien en évidence, sur la table de marbre. Et d'abord une première chose : il a dit que j'étais libre, c'est la vérité. Il l'est aussi. Je ne tiens pas à l'accaparer. Il veut partir ; la route est large. Qui le retiendra ? Pas moi. Je suis une trop vieille cloche pour ne pas connaître sur le bout des doigts toutes les raisons qu'on a de foutre le camp. Voilà pour une. Deux : il n'a pas le rond. Je partage. J'ai vingt-trois mille francs. En voilà treize. Il me demande où est passé tout l'argent qu'il avait sur lui. Je lui réponds que, quand je l'ai trouvé dans la souillarde en train de geler à côté du pot de chambre, il n'avait pas un rond dans les poches. Sauf ce couteau que je lui rends.

— Que tu m'as pris ?

— Que je ne t'ai pas pris. Que je t'ai emprunté pour les besoins de la cause.

J'attends qu'il me dise que je lui ai également emprunté sa galette pour les besoins de la cause. Mais il ne le dit pas. Je suis même certain qu'il ne le pense pas. Mais la pensée des autres nous ne la connaissons jamais. Nous l'inventons. C'est déjà bien.

Chapitre argent c'est terminé. Il me dit : donne. Je ne me dégonfle pas, je lui donne treize mille balles.

Maintenant, est-ce qu'il me permet d'expliquer mon idée ? Rien n'empêche. Quitter Barruol, j'y pensais. Les endroits où il y a trop de monde, j'y pensais aussi. Tout ce que je cherchais, c'est un patelin tiède. Certainement pas pour moi : pour lui. Il est assez grand garçon pour se le chercher tout seul, je n'en doute pas. Voilà ce que je lui propose : il va se chercher ce qu'il veut et je vais me chercher ce que je veux. Ceci posé, est-ce que quelque chose nous empêche de chercher ensemble ? Non, rien. Quittons Barruol puisque c'est notre idée à l'un comme à l'autre. Filons ensemble puisque rien ne nous en empêche. S'il trouve quelque chose à sa convenance et qui ne soit pas à la mienne, il y reste et je continue. Si je trouve et que ça ne lui plaise pas, je reste et il va où il veut. Est-ce que comme ça, ça lui plaît ? D'accord.

Dire que je suis content serait excessif, mais peut-être que je connais ses raisons : il doit avoir besoin de croire qu'il est quelqu'un.

Le lendemain, je lui laisse choisir sa route et nous partons à pied. Nous parlons de choses et d'autres et, au bout d'une heure, *ex abrupto,* il me dit très gentiment : « Tu es une vieille noix. » Je suis ravi. Je trouve que le jour est charmant. Il ne fait pas froid du tout, mais le pays a vraiment une sale gueule.

Sur le soir, qui tombe vers quatre heures, nous nous installons à un carrefour et nous avons la chance d'être ramassés par une camionnette qui transporte les ouvriers d'une carrière de plâtre. Elle nous mène à un village que sans elle nous n'aurions jamais vu, caché dans une forêt d'yeuses. Une dizaine de maisons à rats et à renards avec les bois tout autour. On nous y reçoit très bien. Nous mangeons la soupe d'un dénommé Arthur et nous couchons dans son étable, avec les chèvres.

Je fais très attention dans la conversation de bien séparer mes projets des siens. Je dis : « Arrivé là, je ferai ci ou ça », comme s'il n'existait pas. Et je lui demande : « Et toi ? » Il me répond invariablement : « Je verrai. » Qu'il ait du plaisir avec moi, c'est évident, et il ne me le cache pas. Mais il ne veut pas d'attache. Nous parlons en marchant sur la route ou à l'étape, toujours d'une façon très amicale. Souvent il m'appelle vieille noix. Je lui raconte des histoires et le temps passe agréablement. J'achète régulièrement de quoi manger pour tous les deux. Il me dit : « Si on traverse une petite ville, paye-moi une autre guitare. » J'y avais déjà pensé. Ces moments-là comptent parmi les plus heureux.

Nous ne rencontrons pas beaucoup de monde de ce côté. De temps en temps un paysan avec une vieille voiture qui nous porte pendant cinq ou six kilomètres, puis il tourne court dans un de ces petits villages cachés sous les chênes verts. Mais la balade est très épatante. À côté du temps de la montagne celui d'ici est du gâteau. Le ciel est sale, mais très haut. Il ne gèle que la nuit et le matin de bonne heure ; dans le courant du jour et dès qu'on s'est réchauffé par un peu de marche, il fait bon.

On n'a plus besoin de soigner les mains. Plus de pansements. Je les trouve correctes. Je les vois fonctionner comme des mains ; aussi bien que les miennes. Malgré la marche, l'artiste reste cependant encore un peu bouffi.

Nous menons une assez belle vie. Nous rencontrons des quantités de vieux châteaux dans des pins, sur des collines. Je me turlupine un peu sur la question boulot. Il ne faut pas se laisser impressionner par la tiédeur : le fond de l'air reste frais et il y a encore au moins trois bons mois avant le vrai printemps. Je parle de celui sans pluie ni vent. J'ai déjà vadrouillé en cette saison dans des pays à peu près pareils et je sais qu'il faut encore s'attendre à de la musique.

J'ai également décidé une chose. Il veut être libre, il le sera. Je n'aime pas les types collants ; je ne veux pas en être un. J'ai un peu de rancune. On rattrape un piéton. Il nous dit : « Salut ! » On engage la conversation. Il n'est pas trimard. C'est un type d'ici. Qu'est-ce qu'il fiche, à pied sur les routes ? Il fait un tour. Je l'interroge sur le pays et il nous parle des quatre horizons pendant un bon moment. Il nous accompagne un bout de temps, puis il prend un chemin de terre et rentre à sa ferme. On la voit de la route. Elle est trapue et basse ; sans doute riche en cochons. Elle sent fort. Elle est presque enterrée dans des tas de fumier jaune. Il y remonte après son petit tour comme un type qui a du foin dans ses bottes.

Subitement, un matin, j'en ai marre. Je demande quoi, somme toute ? Un peu d'amitié, ce n'est pas le diable ! Je suis, je crois, impressionné par les déserts gris que nous traversons et par le mauvais temps qui arrive. Le regard de l'artiste est laid : d'accord. J'ai eu le temps de le voir se promener sur les choses et sur moi. Je ne lui demande pas d'être moins répugnant. Je m'en accommode. J'aimerais... je ne sais pas quoi ! Si je me dis que j'aimerais la gentillesse, je reconnais tout de suite qu'il a le droit de n'être pas gentil, et d'ailleurs il l'est, à sa manière. Si je me dis que j'aimerais avoir un peu d'attention, je pense tout de suite que je suis un sacré couillon d'attacher de l'importance à des mômeries qu'il pourrait très bien faire sans y penser, et qu'il fait d'ailleurs. Si je me dis que j'aimerais sentir un peu d'amitié, je me demande ce que c'est l'amitié, puisque j'en ai pour lui et que ça signifie quoi ? Je ne sais pas ce que j'aimerais mais, ce que j'ai, j'en ai marre. Je voudrais qu'il trouve tout seul ce qu'il faudrait faire. J'ai l'impression que, si une chose semblable arrivait, le soleil et la lune se mettraient à danser ensemble.

Et nous faisons notre route, sans autre forme de procès.

Au premier village que nous rencontrons, je prends ma décision et je dis, sec, qu'il faut que je travaille. C'est un village tout en longueur ; au bout des maisons la route est large ouverte et tout le monde peut s'engager dans l'ouverture. Cela s'appelle la vacherie. C'est peut-être ici qu'elle va m'arriver. J'ai besoin que quelque chose de valable en bien ou en mal me tombe sur le poil. Je ne peux plus fournir quoi que ce soit de moi-même par moi-même et, plutôt que de ne plus rien fournir, je veux qu'un événement quelconque me donne un tour de vis dans n'importe quel sens. Si l'artiste me quitte, il me quittera. Un point et ce sera tout.

Je me dis ces belles paroles et quelques autres pendant que, mou comme un sac de son, je fais le dur. Et je m'avance vers trois types qui sont devant la porte du bistrot. Mais, bien entendu, ils n'ont pas de travail à me confier. Ils sont trois, plantés devant la porte de leur bistrot familier. Ils ont, à portée de la main, leur chaise, leur tapis de cartes, leur sciure où cracher, et un poêle rond qu'on garnit jusqu'à la gueule quand ils ont froid. Ils ont chacun deux bons amis à côté d'eux dont ils connaissent le cœur simple et les habitudes. Ils sont à l'ancre et il n'y a rien à faire pour moi. Ils sont étonnés que je demande à les aider dans leur boulot. Ils le font eux-mêmes assez facilement. Et ils me disent que, dans tout ce village ouvert, il n'y a rien à faire pour moi nulle part.

Je commence à être touché par des choses auxquelles je sais par expérience qu'on fait attention dans les grands moments. Par exemple les jardins d'hiver : les potagers avec leurs choux brûlés de gel, les céleris buttés dans leur pain de sucre de terre, les chicots de légumes noirs, la hampe pourrie des roses trémières. Les traces d'un homme qui cherche le bonheur sur place avec des objets soumis, faciles à comprendre et qui, obéissant aux saisons, semblent vous obéir, aimant le soleil et la pluie semblent vous aimer, accomplissant leur destinée vous comblent, par surcroît, sans manière, avec fidélité. Je suis en ce moment sensible à tout ce qui donne une certitude, quelle qu'elle soit. Et j'envie ceux qui sont arrivés à confier leur besoin de certitude à la terre et aux quatre saisons.

Que je sois en train de discuter la question travail (dans laquelle je mets tant de choses secrètes) avec les bonshommes du bistrot ou que, planté devant les jardins potagers je parle de choses et d'autres, l'artiste reste paisiblement à côté de moi à attendre que j'aie fini. Et en effet, quand j'ai fini, quand on me répond qu'il n'y a rien à faire, ou quand je suis bien persuadé que ce rosier ne refleurira pas pour moi, je retrouve mon artiste et nous nous remettons en route, sans avancer d'un pas : côte à côte, ennemis intimes et d'autant plus inséparables.

Nous voyons de cette façon-là encore deux ou trois villages. Ce qui fait, dans ce pays désert, au moins quarante bons kilomètres. Le vent est devenu très fort. Nous décidons de rejoindre le plus vite possible une grand-route, n'importe laquelle, et de prendre n'importe quel camion pour n'importe où. L'artiste est d'accord cent pour cent. Il dit : « Oui, n'importe où. » Je lui réponds : « Essuie-toi la bouche. » Il a de plus en plus tendance à saliver. Sa joie égoïste me fait plaisir. Et même à la réflexion, quand je me suis bien gargarisé de ces « n'importe comment et n'importe où » je vois dans son acceptation cent pour cent une sorte d'attachement. Ce n'est pas moi qui trouverai jamais la mariée trop belle.

On tombe sur un facteur qui fait sa tournée. Je lui demande où est la route nationale. Encore trois kilomètres sur le plateau, prendre le chemin à gauche, descendre, traverser le village, continuer à descendre ; elle est au fond, dans la vallée. Il commence à nous expliquer les raccourcis, mais je lui dis qu'on n'est pas pressé.

Les trois kilomètres une fois faits, on n'a plus besoin d'explications. On est devant un grand découvert. À nos pieds, assez loin en dessous, une vallée étroite où la route passe. Au-delà, un autre plateau du tonnerre que, grâce au vent, on voit dans tout son large jusque très loin, à l'endroit où il bute contre les montagnes bleues.

Tout le pays est net, sec, clair ; blanc comme un os. Nous pourrions descendre droit vers la nationale en dévalant la pente, mais on décide d'aller au village. J'ai envie d'arranger d'abord pas mal de choses en moi avec un litre de vin.

Il fait froid. On se frotte les mains. On fait le gros dos. Le village est à un kilomètre dans des détours. On y descend.

On entre au bistrot comme des obus. La femme est une brune qui en est bleu marine à force de noir partout, autour des yeux vifs et même ses lèvres. Elle rit en nous voyant entrer, le vent au cul, et fermer la porte comme un lion. J'ai un bon grand frisson qui me secoue de la tête aux pieds quand j'étends mes deux mains ouvertes au-dessus du poêle qui ronfle. Je siffle et je dis : « Bordel de temps ! Qu'est-ce que vous en pensez, madame ? » Elle pense exactement comme moi.

L'artiste se chauffe les mains aussi. Elles sont blêmes et les cicatrices vertes les ficellent de tous les côtés. La dame demande où c'est qu'il s'est fait mal comme ça.

C'est une luronne solide, roulée comme un cœur. Elle se chauffe avec nous. Nous gigotons dans nos vestes. La femme et la chaleur, c'est au poil dans l'état actuel. Je liquide d'un seul coup pas mal de ces jardins d'hiver que je rumine.

Content de ne pas avoir trop négligé ma barbe. Est-ce que cette dame pourrait nous faire à manger ?

Je dis qu'on a eu une sacrément bonne idée de ne pas descendre droit à la route comme des cloches. Nous coquetons sur cette idée, la femme et moi. L'artiste reluque un tapis de cartes étalé sur son marbre. Il me dit : « Vieille noix, il faut que tu m'achètes un jeu de cartes. — Oui, tu parles, j'y pense. C'est le plus pressé. Est-ce qu'il y en a ici au bureau de tabac ? — Mais j'en ai des cartes », dit la dame. L'artiste lui explique qu'il veut un jeu neuf, que d'ailleurs c'est un cadeau que je dois lui faire.

— Vous êtes un type qui fait des cadeaux ?

Je dis que c'est exactement ça, à un point qu'elle n'imagine pas.

Elle appelle son moutard. Elle l'envoie chez la mère François prendre un jeu de cinquante-deux. Je sors ma bourse, je donne mille balles au gosse (il ne faut jamais se fier entièrement à la beauté d'une barbe. Les billets de mille font toujours partie des raisons du cœur. Je m'arrange pour montrer les cinq qui me restent).

On déguste un café qui est l'occasion de mille galanteries. J'accuse quelqu'un de faire du café d'orge ; ce quelqu'un va chercher la boîte du café, m'y fait fourrer le nez et me dit : « Et ça, est-ce que c'est de l'orge ? » Et nous sommes dans un de ces moments où ce qu'on dit ne signifie rien. Le gosse retourne avec les cartes. L'artiste fourre le paquet cacheté et la monnaie dans sa poche. Je donne dix francs au gosse.

Est-ce que nous aimerions avoir tout à l'heure un plat de tripes ? Tu parles ! Je fais un laïus sur les tripes. C'est ce que j'aime le plus au monde (le plus drôle c'est que c'est vrai). Je dis comment on est bien ici, et à quel point. Et je fais une allusion voilée, délicate et sensible à cette cochonnerie de vie qui a failli nous faire passer à côté.

J'écoute le vent avec grand plaisir. Il fait les cent coups. À travers les vitres je vois la place déserte, deux ou trois enfilades de rues désertes, ce village désert et blanc.

Nous bavardons. Je surveille l'artiste, attendant qu'il tire le paquet de cartes neuves de sa poche, mais il ne le fait pas.

La table est mise près du poêle (on entend le vent jusque dans les tuyaux). Vers midi le mari de la dame arrive. C'est un petit blond. Ils ne se font pas beaucoup de mamours. Il va à son assiette et il y reste. Tout le temps qu'il est là, elle lui trace à haute voix tout ce qu'elle aimerait qu'il fasse pour elle après-midi. Il ne dit ni oui ni non. Et dès qu'il a mangé il y part, sans pipe ni café. Il y a des types qui m'étonneront toujours.

Il a le regard léger des gens qui s'en foutent. Pendant qu'on digère et que la femme fait sa vaisselle dans la cuisine, je dis à l'artiste : « Alors, sors un peu ton paquet de cartes neuves, qu'on les regarde. » Il me dit : « Non pas maintenant. » Je lui demande bêtement : « Comment vont tes mains ? » Et il me jette un regard désagréable et dur. Puis il se détourne de moi et il regarde le village au-delà des vitres avec le même regard désagréable et dur.

Nous ne disons plus rien d'un moment. De sa cuisine, la femme nous interpelle et nous demande si nous sommes morts. Je lui dis que non et nous continuons à nous taire.

Quand elle a fini avec ses assiettes elle arrive. Toutes les femmes qui sont venues vers moi s'essuyaient les mains à leur tablier. Elle n'est pas bête. Elle ne prend pas notre silence à la blague. Elle va chercher la bouteille de marc et trois verres. Elle nous sert sans dire un mot, elle se sert, s'assoit avec nous et se met à regarder comme nous le village blanc et désert. Cette façon de faire me va droit au cœur. Il en faut peu. À certains, ce peu est facile ; à d'autres, vous pouvez vous tuer à le demander pendant cent ans de carême.

Au bout d'un instant elle dit : « Qu'est-ce que je vais vous faire manger ce soir ? »

Elle ne nous interroge pas du tout : elle se parle à elle-même. Elle a mis la question sur le tapis, sans plus. Elle sait qu'à partir de là les choses se feront toutes seules si elles doivent se faire.

— Des tripes, s'il en reste, répond l'artiste.

La dame me regarde pour voir si ça colle.

Je fais juste un petit oui de la tête. Nous sommes tous les trois dans un moment où, moins l'on parle, mieux ça vaut.

Et d'ailleurs ainsi tout est dit. De ce qui compte en tout cas.

Restent comme toujours à régler les questions matérielles, la cinquième roue de la charrette.

A-t-elle des chambres ? La maison attenante au café appartient à sa belle-mère, et c'est là que sont les chambres. « À trois pas », dit-elle.

En parlant de belle-mère, qu'est-ce qu'il fabrique son mari ? Qu'est-ce que c'est son boulot ? Qu'est-ce qu'il y a comme boulot dans le patelin ? Est-ce qu'il est comme ça tout le temps parti ? On l'a à peine aperçu. Ou bien est-ce qu'il s'occupe un peu lui aussi du bistrot ? Pas du tout. Il est tout le temps parti. On ne l'aperçoit jamais plus qu'aujourd'hui. En fait même, aujourd'hui serait plutôt un jour où on l'a beaucoup vu. Il travaille aux bêtes. Il travaille à quoi ? Il travaille aux bêtes. Qu'est-ce que ça veut dire ? Est-ce qu'on connaît un peu la région ? Pas du tout. Vous n'avez pas vu le château ? Pas plus de château que de beurre aux fesses. Vous veniez d'où ? On lui parle du plateau qu'on a traversé et du vent. Précisément : dans un endroit abrité du vent et qu'on ne peut pas voir de là-haut, il y a le château de M. Albert. M. Albert s'occupe de l'élevage du gibier pour les grandes chasses ; même les chasses présidentielles. C'est un truc qui fonctionne sous le contrôle des Domaines et des Forêts. Il y a des parcs immenses dans les collines, entourés de treillis. On cultive les faisans, les coqs, les perdreaux, les lièvres, et même les sangliers, et même les cerfs.

Cette industrie m'en bouche un coin.

L'après-midi s'est avancé. Je constate qu'ici le soir est blanc comme le reste du jour. On n'a pas vu un seul indigène, à part le vent.

Nous voyons passer une bagnole grand sport, entièrement décapotée. C'est une poule minuscule qui conduit, seule, le menton haut comme les gens qui font profession de manger du vent.

— Voilà Mme Albert.

Puisqu'on est sur ce chapitre, je cherche du boulot, moi, au fond. Est-ce que je ne pourrais pas travailler aux bêtes, moi aussi ? Si je suis spécialiste ? Oui. Non. C'est la seule chose que je ne sois pas. À moins qu'il s'agisse de mécanique. Là, évidemment, je me défends quand c'est nécessaire. Est-ce que vous savez conduire les autos ? En première. Je me fouille et je sors mes papiers. J'exhibe mon permis poids lourds.

— Vous avez un joli prénom, dit-elle.

— Oh ! vous savez, il est plutôt simple.

— Il me plaît.

J'attire surtout son attention sur ce que signifie mon permis. Et je lui raconte à elle et à l'artiste quelques petites histoires en ma faveur, de l'époque où je faisais le cuirassier sur les routes de Savoie avec des chargements de fromages. Le fromage n'est pas flatteur, mais j'y mets du charme.

Elle regarde ma photo et elle me dit que je suis aussi très bien sans barbe. Je lui fais remarquer que, sur les photos d'identité, on a toujours des gueules de bagnard. Ce n'est pas son avis pour celle-là.

Ceci étant, elle croit que j'ai une chance. Le type qui faisait le ravitaillement avec la camionnette et qui s'occupait des voitures est parti depuis deux jours. Si on ne l'a pas encore remplacé, ça pourrait coller. Je dis que, si on avait su, ça aurait valu le coup d'en toucher un mot au passage à la poule qui conduisait, menton haut. Elle doit bien la connaître ? Elle la connaît mais n'en dit pas plus. Sinon que la poule ne s'occupe pas de ces choses-là.

— Le mieux est d'attendre le retour de mon mari. Ce soir, il doit rentrer.

— Car il y a des soirs où il ne rentre pas ?

— Souvent.

Il arrive vers les sept heures.

Nous avons été les seuls clients pendant longtemps, puis les habitués du soir sont venus l'un après l'autre. Il y a cinq ou six types de mon âge : tous, semble-t-il, des fervents de la moustache. Ils ont de ces bacchantes de poils gris ! Des merveilles. Leurs mentons sont tout petits dans ces monstruosités. Sortis du vent et entrés ici ils frétillent pendant un bon petit moment comme des poissons sur le sable avant de s'asseoir.

Je guette le moment où les parties de belote vont commencer. Pendant que je me tire vers la cuisine pour mon fameux chauffage de fesses habituel, je vois l'artiste qui s'approche des joueurs et qui s'apprête à suivre le jeu par-dessus les épaules.

La cuisine est toute petite. Au lieu de m'installer carrément sans rien dire comme toujours, je demande poliment la permission. Qu'on me donne. On est obligé de passer très près de moi pour s'occuper, et on le fait ; et je trouve qu'on s'occupe beaucoup, ce qui est loin de m'être désagréable. J'ai cette femme très à la bonne. Je lui demande son prénom. C'est Catherine. C'est joli. Je passe une heure sans même me souvenir que l'artiste est en train de regarder par-dessus l'épaule des joueurs de cartes. Puis j'y pense, et je décolle illico de mon poêle pour aller voir. Il est toujours debout, planté. Il ne s'est mêlé de rien.

Le petit blond qui s'en fout arrive donc vers les sept heures. Je ne me dérange pas de ma place. J'aime que cette question de chauffage de fesses soit bien posée dès le départ. Je regarde comment il réagit à ça. Zéro. Il considère visiblement qu'il n'y a pas de question du tout. Savez-vous ce que je pense ? (Pour bien me connaître, il faut le savoir.) Je pense que je l'envie.

Mais, on ne se refait pas ; il faut s'utiliser tel qu'on est. Ça ne s'adapte pas toujours. De là les peines.

D'habitude, avec des trucs comme la place du château, il faut tourner cent sept ans autour du pot. Ici, en cinq sec on me l'empaquette et on me la fourre dans les mains. C'est si rapide que je suis le seul à faire des manières.

Il n'y a pas à en faire. Je la veux ? Elle est à moi. Il n'y a qu'à aller au château tout de suite. Le petit blond m'accompagne. C'est à huit cents mètres. Ce serait à huit cents kilomètres que je sauterais sur l'aubaine sans biscuits, tellement j'ai l'impression que les choses tournent rond.

J'en glisse un mot à l'artiste dans le tuyau de l'oreille en passant. Et j'ajoute : « Essuie-toi la bouche. » (Il est en train de saliver dur en regardant jouer aux cartes.)

Le petit gars blond est un gars bien. Même très bien. Tout en marchant dans le noir et le vent, il me dit cinq à six phrases justes qui vont où il faut et y font ce qu'il faut. Puis il la boucle. Il me laisse tout mon temps pour faire mes comptes. Puis il recommence. Il me fournit les données d'un autre problème. C'est du travail sans filet et sans chiqué. Pour ce qui nous intéresse tous les deux en particulier et tout le monde en général, il s'est choisi une place ; il s'y tient et il laisse tourner ce qui doit tourner.

Personne ne peut rien lui prendre. Juste ou faux, je me fais cette réflexion à tout hasard.

Nous entrons dans une cour. Il parle aux chiens qui se taisent. Dans la nuit, c'est imposant. Il y a même des tours. (Et certainement des alentours.) Par contre, je n'en mène pas large.

Il tire un pied-de-biche. On entend sonner une cloche dans des couloirs. Une femme vient ouvrir, à qui il dit Marthe. Est-ce que le patron est là ? Il y est. Montez au premier.

On enfile un des couloirs. C'est à peine éclairé, mais j'y vois assez pour me rendre compte qu'on a tout à fait changé de crémerie. C'est tableaux, armures, panoplies et compagnie. Tapis et etc.

Nous montons. On entend de la musique. Un type chante. Ça doit être un gros et gras. Il débite des insinuations en italien. Il dit qu'en Espagne il y en a déjà mille et trois. Mais la musique alors, pardon, c'est quelque chose ! Je n'y entends rien mais elle me fait plaisir. Je pense que c'est la radio.

On attend sur le palier que la chanson soit finie, puis on frappe. Nous entrons dans un hall de gare. Il n'y a qu'une toute petite étincelle de lumière et, sous l'abat-jour, un type qui change le disque à un électrophone pareil à celui du docteur Ch.

Ce que je pense tiendrait sur une pointe d'épingle. Si c'est le patron, il est grand et fort, sans trop ; souple et imitant très bien le maigre. C'est le patron. Le petit blond fait son numéro avec une aisance remarquable. Je me dis que, si ça colle, dans quelques jours je ferai pareil. Pour le moment, je jette des coups d'œil sur cette immensité obscure, dans des murs de livres ; sur cet homme dont les yeux sont clairs, le visage dur et amer (une amertume à vous foutre les foies), les tempes blanches. Il a au moins dix ans de plus que moi ; dans les cinquante-cinq, soixante. Je le trouve sympathique. Il me serre la main.

C'est un personnage à ne pas quitter de l'œil. Plus on le regarde, plus on l'aime. Est-ce que c'est pareil quand on le connaît ? Ça ne doit pas avoir d'importance. J'aime l'endroit où il se tient, ce qu'il était en train d'y faire, la façon qu'il a de ne pas employer son amertume à l'usage externe. Il me parle gentiment et juste pour aplanir mes difficultés.

Je suis embauché depuis longtemps qu'il continue à me donner de l'espoir, sans bavardage et sans limite. J'ai l'impression que je tiens la queue de l'âge d'or. Il n'y a plus qu'à s'y cramponner et à laisser gambader la vache.

Le soir même j'ai une conversation de famille avec l'artiste. Pour le moment, nous avons deux lits dans la même chambre. Demain, on nous mettra chacun chez nous. Nous nous fourrons dans le pieu, nous éteignons et je parle.

Deux mots d'abord sur la question château, réception, boulot, tout le bazar. Puis, j'entame le plat de résistance mollo-mollo et en soufflant soigneusement sur la cuiller. Le plumard prédispose à la diplomatie. Qu'est-ce qu'il pense du patelin ? Rien. C'est bon signe. Nous y avons des rentes. C'est une partie de l'essentiel. Question de faire quelque chose de ce rien, c'est dans nos cordes. Et ça me paraît l'enfance de l'art.

J'écoute rugir le vent contre les murs. Et je laisse tout son temps à l'artiste pour qu'il l'écoute aussi. Ça fait partie de mes arguments.

Qu'est-ce qu'il dit de ces draps qui sont d'une propreté !... Je n'ai jamais vu de draps aussi blancs. Il n'en dit rien. Parfait. Est-ce qu'il a chaud ? Il a très chaud, il est très bien. Il ajoute : « Boucle-la ; je roupille. »

Ça n'est pas tout à fait vrai. Nous le savons tous les deux ; nous ne trompons personne. Je le laisse cinq minutes sur son gril, du même côté.

Question galette, j'annonce la couleur : c'est florissant au possible. On peut tout se payer ; vivre comme des milords jusqu'à ce que le temps permette mieux. La route nationale est toujours à sa place : personne ne nous la prendra. Si on la veut, elle est toujours là tous les jours ; on n'a pas besoin de s'en faire, ni d'abandonner quoi que ce soit de notre façon de comprendre la vie. Si tout ça tombe dans l'oreille d'un sourd, tant pis ; mais je ne voudrais pas.

Je sais qu'il m'écoute. Il sait qu'il n'a pas besoin de répondre, à moins de vouloir dire une vacherie.

J'explique de quelle façon j'ai fait combine pour nous deux avec Catherine et le petit blond. Tout un côté de l'existence est réglé comme du papier à musique.

Silence. Un peu de vent. Beaucoup de vent (il en faudrait des tas ; plus encore).

Je suis extrêmement bien dans mon plumard. J'ai fourré mes mains entre mes cuisses. J'ai chaud. Dans cette position-là et pendant que le sommeil me gagne, je ne suis pas en état de faire les quatre cents coups, bien entendu, mais je voudrais savoir s'il a essayé ses mains. Est-ce qu'il peut encore tricher avec elles ? Cela me paraît être une sorte de garantie.

Je me pose des quantités de questions, toutes plus bêtes les unes que les autres. Est-ce qu'il trouvera dans ce patelin un matériel nécessaire pour jouer sa peau ? À part ses mains. Si toutefois elles ne pouvaient plus fonctionner à cet usage.

Je suis très bien dans mes couettes. Couché plat-dos je ne changerais pas de place pour tout l'or du monde. Ce n'est tellement pas drôle d'être inquiet dans cette situation que ma propre chaleur me force à ne plus l'être.

Je m'imagine qu'il dort. C'est beau l'amitié ! Je l'entends respirer et cela me suffit. Il doit penser à des choses semblables, à sa manière, car il me dit d'une voix très claire :

— Tu m'achèteras une guitare.

Je me précipite pour lui répondre oui. Tu parles ! Mais je dors. Et je passe toute la nuit à lui répondre. C'est épatant des nuits comme ça !

Je me réveille à cinq heures. Je m'habille en vitesse dans l'obscurité. Je descends. Le train-train a déjà commencé dans la cuisine. Catherine moud le café entre ses cuisses. Le poêle ronfle. C'est une des plus belles cuisines de ma vie.

Le petit blond est, paraît-il, déjà parti.

Je fais un brin de toilette dans l'évier. Je mets aussi ma barbe à l'unisson de Catherine, de ce pays, de ce patron et de tout le bazar. Je la taille un peu plus près du menton, lui laissant juste de quoi friser. Je prends mon air de feu pendant que Catherine est en pleine représentation théâtrale. Elle joue la douce compagne sensible et tendre, et c'est du nanan. Nous parlons de choses et d'autres, c'est-à-dire d'elle et de moi, et nous faisons avec ça un petit cachet d'aspirine contre le vent (qui continue) et tous ces ossements de village et de rocher qui, d'ici une heure, vont sortir de la nuit fiers comme Artaban.

Elle touche ma barbe, et je fais celui qui va lui mordre les doigts. Elle est ravie de crier de peur comme une petite fille. Il y a de la ressource dans l'être humain.

J'arrive au château avec le jour et je fais le planton devant les chiens qui ne me connaissent pas encore. Un type s'amène. Il est au courant à mon sujet. Il me fait entrer dans une cahute qui tient lieu de corps de garde. Il y a déjà là deux forestiers qui se chauffent. Nous parlons du pays.

J'apprends que je vais aller chercher de la provende : graines, tourteaux et sésame à D. C'est à seize kilomètres. On me donne une liste des fournisseurs. Tout est marqué : poids et qualités. Est-ce que je me débrouillerai ? Je leur dis que souvent j'ai fait mieux. Il me semble que mon prédécesseur ait été l'idiot du village. Ils me font cinquante recommandations. Ils sont anciens et je suis bleu. Ils plastronnent. C'est juste. Je leur en laisse volontiers les étrennes.

Je fais connaissance avec mon engin. On a négligé de couvrir le moteur et j'ai du mal à démarrer. Le garage est au nord.

De jour, le château a une gueule invraisemblable. C'est un truc qui est vieux comme Hérode. J'aperçois aussi, ce dont je ne m'étais pas douté hier dans la nuit, des terrasses qui descendent en escalier avec des bassins et des balustrades blanches. On a l'impression d'être roulé dans de la dentelle.

Sur la nationale, le vent me prend de plein fouet. Je sens dans le volant que c'est loin d'être de la rigolade.

J'arrive à D. dans une ville endormie. De par sa situation dans une cuvette, l'ombre de l'aube est encore dans ses rues. Tous les magasins sont fermés. Je défile jusqu'à un bistrot ouvert sur une place où il y a un départ de cars. Je bois un jus de chaussettes avec des gens blêmes, sur leur trente et un. Ils ont tous le mal de mer du petit matin. Toutes ces poules (qu'on aime peut-être ailleurs) et ces commis voyageurs dégagent une forte odeur de dent cariée.

Je vais prendre l'air (qui pique). En attendant le moment où les sédentaires se décideront à sortir du lit, je fais un tour dans ce patelin qui est une préfecture. Je m'agite un peu le sang dans ces rues désertes où tout est bouclé : devantures et fenêtres. Je pense à toutes ces chambres à coucher remplies d'époux. Ça doit être un fameux galimatias ! Bel orphéon de tiroir-caisse et du donnant-donnant. Ça doit en fabriquer de la prostitution et du tapin, ces dix mille âmes ! Disons à jets continus, pour être polis.

Il paraîtrait que je suis amer, mais pas du tout, au contraire : l'indulgence même et la compréhension. Je suis le type le plus *compréhensif* de la terre. Je reconnais qu'à première vue il faut leur donner le bon Dieu sans confession.

Il y a des types qui partent musette au dos pour des usines. Je leur demande où c'est qu'ils vont. Il y a une fabrique de cartonnages dans les environs, une petite filature et un ramassage de lait où l'on fait du faux camembert. C'est ma tournée des grands-ducs, ce matin. Je me délasse.

Tout compte fait, les types couchés dont je viens de penser pis que pendre finissent par se lever. Ils entrebâillent les boutiques, puis ils les ouvrent. Ils ont tous de bonnes bouilles, pour dire la vérité. On met de la literie aux fenêtres : draps, couvertures, édredons. Les femmes qui se montrent là-haut avec cet attirail ne sont pas si moches que ça. Ils pourraient me répondre, les uns et les autres, qu'il faut tenir le coup ; si je connais un meilleur moyen que le leur, je n'ai qu'à le dire. Non, je n'en connais pas.

Je dis des gentillesses à une petite brune boiteuse qui sort des cageots de légumes pour son étalage. Elle a des yeux de velours. Elle est infirme, et je lui donne un petit coup de main pour ranger ses caisses. Je le fais pour ses yeux qui sont agréables à regarder. Ils sont doux et soumis. Je reste avec elle tant que je ne la vois pas sourire.

Puis je passe dans une rue et je reluque un pâté en croûte à la vitrine d'un rôtisseur. J'entre et je l'achète. Je le fais empaqueter pour l'artiste. Ça lui fera une petite surprise agréable. Moi je m'envoie deux chaussons à la farce qui descendent comme une lettre à la poste. Et après ça, je bourre une bouffarde maison.

Mes tourteaux, graines et sésames, sont chargés en un clin d'œil. En même temps on me fait une commission : on a téléphoné du château pour me dire d'aller prendre les journaux, puis de passer chez une nommée Mme Anita qui me donnera un paquet pour Mme Albert.

Je vais chez l'Anita. C'est une couturière en chambre. Il faut monter au premier dans une maison qui sent un peu le bordel. La dame fait un chichi du diable pour plier dans du papier de soie une veste écossaise si menue que je me demande comment un être vivant va pouvoir tenir à l'aise là-dedans.

Malgré l'heure matinale, Mme Anita est poudrée, peignée, fardée, tirée à quatre épingles et parfumée comme un bosquet de lilas. Elle est dodue et en montre un peu. Ce qu'on en voit est couleur « délices de sous-préfet ». Elle parle de la gorge. Elle est d'accord à en crier avec son escalier : ténébreux, silencieux, discret, aux doubles portes. Moi, ces trucs-là me font revenir vingt ans en arrière à l'époque des illusions. Il a dû s'en perdre dans cette baraque ; on les sent grouiller.

Je me débine en vitesse dès que la veste de naine est empaquetée.

J'attendais un « au revoir, beau blond » mais l'Anita me souffle simplement : « Dites à Mme Albert que j'ai besoin d'elle pour les essayages cette semaine. » La commission sera faite.

Je mets le carton d'Anita sur le siège à côté de moi. Je démarre et je me débine.

Je fais mon boulot de chauffeur à la manque pendant deux ou trois jours. Ce n'est pas sorcier. À part le voyage à D. tous les matins, le reste du temps je me les roule. Je ne compte vraiment pas comme travail le coup de chiffon à la décapotable de la dame et le coup de pied que je donne dans les pneus pour voir s'ils n'ont pas besoin d'un peu de remontant. Je mets mon garage sur son trente et un. Je vérifie la moto du seigneur. Je fais les pleins ; je graisse. Enfin, rien pour un type comme moi qui préférerais plutôt être occupé.

J'ai beau chasser le travail dans tous les coins, j'ai encore trop de temps pour réfléchir à l'artiste.

Je suis très collet monté sur certaines choses. Par exemple je déteste fouiller dans les poches des autres. J'en fais un monde. Mais un matin que l'artiste roupille, le nez contre le mur, je fouille sa veste. Le paquet de cartes neuves me trotte par la cervelle. Je veux voir ce qu'il en a fait. Il n'en a rien fait. Le paquet est encore intact.

Au château, je suis obligé de me rendre compte d'un tas de choses, à force de flemmarder. La petite poule sort en bagnole tous les jours à la même heure : disons trois heures de l'après-midi. Chaque fois, M. Albert assiste au départ, soit debout sur le perron, soit derrière ses vitres à l'étage. Elle sort la voiture, s'installe et file comme si elle avait le feu au cul. Moi, si j'étais elle, je me retournerais et je ferais un petit bonjour de tendresse vers le perron ou vers les vitres. Mais elle n'est pas moi et elle ne le fait pas. Je suppose qu'elle va à D. En tout cas elle en prend la route.

Dimanche après-midi on part, l'artiste et moi, faire une petite balade. Ça ne nous ressemble guère. Nous avons l'air fin, après toutes les balades pour arriver ici, de passer notre campo à déambuler dans ce pays. Mais c'est encore ce que nous trouvons de mieux à faire.

On va, le nez au vent, comme des bourgeois. C'est qu'on a des sentiments de bourgeois. On dirait que je vois le monde pour la première fois de ma vie ; je le regarde et il m'ennuie. Je ne prends aucun plaisir. Nous faisons aller nos jambes comme si le docteur nous l'avait recommandé, et nous pensons à autre chose. Ça ne peut vraiment pas s'appeler une distraction. C'est quoi, somme toute ? Je pense à tous ceux qui font pareil. Je me dis que nous devons être très nombreux dans cette situation sur la surface du globe.

Finalement, nous trouvons un abri et nous nous couchons au dos d'un talus. Il y a comme toujours beaucoup de vent et un soleil gris. Je fais tout ce qu'il est humainement possible de faire : j'essaye de dormir, je suce un bout de romarin, je regarde attentivement un pays dont je me fous comme de ma première chaussette. Tout ça ne me chauffe pas beaucoup les cuisses.

Je demande à l'artiste s'il aime beaucoup le fric. Il me répond que tout le monde l'aime. Je suis de son avis mais, par exemple, moi je n'y tiens pas tant que ça. J'y tiens dans la mesure où j'en ai besoin. « Ce qui ne t'a pas empêché, dit-il, de me faire les poches. » Je serais plutôt dans un jour où je me fâche. Je lui explique pourtant posément pour quelle raison je l'ai fouillé, là-haut, dans la montagne. Je voulais le couteau. Pendant que je parle, je revois la souillarde, et le sang, et je me retrouve pour deux minutes dans l'état d'esprit où j'étais pendant que je descendais l'artiste sur mon dos. Ça me réchauffe. C'est très agréable. Puis ça s'en va et je suis là à essayer de lui faire comprendre qu'il n'avait pas un sou sur lui. Il est buté ; il ne le croit pas.

Je lui demande s'il s'imagine que je suis un type dans ce genre-là. Il me répond que tous les types sont dans ce genre-là. Admettons. Je ne suis pas de ceux qui croient au père Noël ; j'en ai trop vu. Mais, si on était dans la position inverse ? Qu'on m'ait cassé la gueule et qu'il vienne à mon secours, est-ce qu'il en profiterait pour me faire les poches ? D'abord, dit-il, je n'irais pas à ton secours. Les affaires des autres ne me regardent pas. Et si par hasard j'y allais, je te ferais peut-être les poches. Je ne vois pas pourquoi je m'en priverais.

Admettons encore. Je sais très bien que l'argent est un besoin physique (j'ai envie d'ajouter que c'est même un *besoin naturel*) mais il y a des cas où on le fait passer volontiers après beaucoup d'autres choses. Ça, dit-il, c'est des bobards ; et des bobards, depuis qu'il est né on lui en sert.

Des bobards, pas tant que ça. Et les pères de famille, tiens, est-ce qu'ils ne donnent pas la paye à leur bourgeoise pour les gosses et tout le saint-frusquin ? Il me répond non. Ils donnent la paye parce qu'ils sont obligés. Et quand ils ne sont pas obligés, c'est qu'il y a des combines. Quelles combines ? Ils y trouvent leur intérêt.

Alors, je prends par exemple moi. Je lui ai donné treize mille francs. Il croit que c'est pourquoi ? Parce que je lui ai barboté plus que ça. Il ne voit pas autre chose ? Non.

Ce n'est pas la peine de se fâcher. J'essaye de lui faire comprendre, d'abord que je ne lui ai rien barboté du tout ; ensuite qu'il y a des cas où on est bien plus content de donner que de garder, de partager que d'être seul à avoir ; qu'il y a des cas où l'on a plaisir à donner ; qu'avec le même fric on ne pourrait rien se payer de meilleur. Puis, je m'aperçois que j'apporte de l'eau à son moulin et je la boucle un certain temps.

Il n'est pas si con que ça. Il s'est bien rendu compte que je viens de me mordre la langue. Il a un petit sourire mauvais, et il me laisse tout le temps de faire un tour de l'horizon. Le bled où nous sommes est d'un moche complètement fini. C'est torché. Le vent et rien ; impossible de se raccrocher à quoi que ce soit. Obligé de chercher en soi-même.

J'ai connu des quantités d'endroits où il en faut peu pour se changer les idées : un oiseau, une sauterelle, même le vent. Je vois bien, à force de regarder, qu'ici aussi il y a des sauterelles : les oiseaux ne manquent pas, même ils doivent être drôles dans ce vent si fort où ils rament, mais je me fous de ce qu'ils font et de ce qu'ils sont ; je suis dans un drôle d'état d'esprit. C'est loin d'être rigolo.

Au fond, ce que je voudrais doit venir de l'artiste. Et ce que je voudrais, je n'en sais rien. J'en suis toujours au même point. Je voudrais faire amitié, et qu'on ne parle plus de rien, qu'il n'en soit plus question, que ce soit sûr, qu'on ne soit plus tout le temps à se demander si c'est du lard ou du cochon.

Le truc qu'il croit : que je lui ai barboté son fric, ça ne me gêne pas tant que ça. C'est d'ailleurs la raison pour laquelle ça ne me fout pas en rogne. Au contraire, dans un certain sens ça me plaît parce qu'il y croit vraiment. *Il n'a pas d'ennui à ce sujet.*

Je n'ai pas du tout envie qu'il se mette à faire des chichis. Tel qu'il est il me plaît. Et tel qu'il me plaît, il est à côté de moi maintenant. Je me demande ce que je réclame.

Son regard est mauvais plus que méchant. J'en connais qui préféreraient, et qui préfèrent en être loin que près : Catherine par exemple, le petit blond par exemple, le patron par exemple qui m'a déjà demandé qui était ce personnage que je traînais avec moi. Je ne peux pas dire que j'aime ce regard-là ; personne ne peut l'aimer. Il n'annonce rien de bon. Il vous juge à son profit. Et moi je sais que celui qui a ce regard, et l'envie de profiter de tout le monde, ne peut plus profiter de personne.

Je crois qu'au début, les premiers temps où j'ai préféré ce regard répugnant à d'autres, je m'étais rendu compte que l'homme qui avait ce regard ne pouvait profiter des gens et de moi-même qu'au prix d'une combinaison extraordinaire. J'ai pris en somme plaisir à lui faciliter les choses (et en ce qui me concerne je continue à lui faciliter les choses). Est-ce cela l'amitié ?

Quand j'ai bien ruminé, que je me suis bien imbibé du pays vide qui nous entoure, je demande à l'artiste s'il ne va pas finalement se décider à jouer encore un peu aux cartes. Il me répond : est-ce que j'en ai déjà marre de payer la pension pour lui ? Je m'empresse de lui dire que pas un cheveu de ma tête n'a pensé à cette chose-là. C'est la vérité. J'ajoute (et ça n'est pas vrai) que Catherine me donne la nourriture et le logement à l'œil. « Tu la payes en nature ? » dit-il. Ça me gêne de dire oui, mais je dis oui si ça peut le rassurer. Non, la chose m'intéresse en tant que *spectacle d'art*. Il me répond qu'il ne joue pas pour son plaisir, ni pour le plaisir des autres.

Pourtant, le soir où j'ai participé au système, là-haut dans la montagne, il avait l'air de se prendre son pied.

Il me regarde d'un œil méprisant.

— Je n'ai pas besoin de descendre à la cave avec des gonzesses pour prendre mon pied.

Je ne relève pas l'allusion.

Alors, qu'est-ce qu'il raconte qu'il ne joue pas pour son plaisir ?

C'est tout son visage qui me méprise maintenant, et probablement tout son corps qui me méprise de la tête aux pieds.

— Tu fais tout pour ton plaisir, toi ? dit-il.

Et certes, ce que je fais maintenant, je ne le fais pas pour mon plaisir, cependant je ne peux rien faire de mieux. Je sens qu'il m'a percé à jour, et qu'il essaye de me faire comprendre quelque chose de très grave et de très important sur quoi les hommes ne sont jamais d'accord ni avec eux-mêmes ni avec personne.

C'est un drôle de dimanche !

J'ai un peu peur de tout ce qu'il comprend, qui est énorme. Mais moi aussi, je comprends des quantités de choses, et notamment tout ce qu'il vient de dire, tout ce qu'il m'a dit depuis que je le connais, dans quoi il n'y a jamais eu un mot aimable. Il triche là aussi. J'ai l'impression d'être heureux.

Je dis : « Mais tu triches ! » (Est-ce que je parle des cartes ou de lui et moi ?)

Il me répond : « Naturellement, je triche. Est-ce que tu voudrais que je joue comme tout le monde ? »

J'ai envie de lui dire non, mais je ne le dis pas.

Est-ce que je suis sur les routes par force ou, comme lui, parce qu'il n'y a rien d'autre à faire ? (Comme lui, exactement comme lui, même si parfois j'ai envie d'autre chose.) Est-ce que je marche dans les combines des uns et des autres ? Il voit bien que non. Est-ce qu'il a fait quoi que ce soit pour rester avec moi ? Non. Est-ce qu'il m'a demandé quoi que ce soit ? Je dis : « Une fois. — Quand ? — Le soir de la foire. » Quand je suis entré, qu'on le tabassait, il s'est mis derrière moi.

Il a son mauvais sourire.

Il triche parce que c'est aussi une combine. Et que cette combine est la sienne. Il s'est mis derrière moi. D'accord. Mais, quand je suis arrivé, est-ce qu'il était derrière quelqu'un ?

Je lui dis le plus gentiment que je peux : « Non, mon vieux, tu n'étais derrière personne. »

Je le regarde. Il ne comprend pas, parce qu'il faut qu'il pense à sa combine.

Et pourquoi lui demander plus ? Est-ce que je me demande plus ?

Nous revenons à notre point de départ. C'est un truc dont je n'ai pas l'habitude. Il est rare que je refasse les routes en sens inverse et que je rentre au bercail. Le ciel est blanc. Je suis étonné d'y voir quelques oiseaux. En approchant du village j'entends le vent qui gronde dans les rues désertes.

Je m'aperçois qu'au fond, aujourd'hui il a fait froid. Dans le bistrot, il y a trois tablées de belote. L'artiste prend sa faction debout, à côté d'une de ces tables. Il regarde le jeu par-dessus les épaules des joueurs.

Je vais me chauffer à la cuisine. Catherine me demande où j'étais passé. J'ai vite assez de tout ce que j'ai là. Je retourne dans la *salle de consommation* et je vais m'asseoir à côté du père Burle le cantonnier. Il tire sur sa pipe, ce qui me fait penser que je n'ai pas fumé la mienne. Il lit le journal. Je lui demande si les nouvelles sont bonnes. Il me dit non. Il me fait voir les titres. Je regarde l'artiste du coin de l'œil.

Nous avons après quelques jours très froids, et le vent charrie une pluie raide. Je fais chaque matin ma balade à D. pour la provende. Je retrouve chaque fois dans l'aube, au bistrot où j'étais allé le premier jour, toute cette bande de zèbres et de gonzesses glacés qui attendent le départ du premier car. Ils sont verts comme des malades, et les poules se sont mis du rouge à côté des lèvres plus que dessus. Ils se ratatinent dans des canadiennes et des vestes en peau de mouton. Ils tapent du pied. Ils vont mettre le nez cinquante fois à la vitre et frotter la buée pour voir si le car est sur la place, puis ils retournent au comptoir sucer un petit godet de café au cirage. Je ne sais pas si c'est parce que le lit les a dégorgés un peu tôt : ils sont rudement moches et ils sentent fort. Je ne sais pas combien il y a là-dedans de bons pères, bons époux et de couples unis, mais le plus clair, c'est que chacun d'entre eux donnerait tout le reste de la société pour un petit œuf de chaud entre ses cuisses. Sauf une femme, qui sent la dent cariée comme tout le monde, mais qui serre contre elle un petit lardon. Elle s'est découverte pour le couvrir. On ne lui arracherait pas son os !

Je viens ici exprès pour toute cette paisible chiennerie. J'ai besoin de naturel. Je fais les commissions du château chez les fournisseurs ; j'adore aussi le timbre des tiroirs-caisses. C'est mon chant d'oiseau. Chacun a besoin de se remettre de temps en temps le cœur en place et emploie des trucs. C'en est un.

Je vais aussi presque chaque fois chez l'Anita. Il y a toujours quelque chose à prendre ou à apporter. J'en ai vu des vestes et des jupes, des corsages et des pulls, et jusqu'à des culottes de soie noire. Je me demande ce que l'Anita peut bien cacher de particulièrement dégueulasse sous sa lotion à la violette ; une sorte de bombe atomique dont elle doit s'asperger au saut du lit. Ça sent depuis le palier. Je ne me le demande même pas ; après avoir fait tout ce qu'elle a pu (et ça n'est pas peu de chose) elle a dû décider que j'étais châtré.

Elle empaquette des trucs et je les porte. Un point c'est tout. Elle a beau me montrer sur toutes les coutures ce qu'elle met dans les paquets sous prétexte d'en prendre soin à l'extrême. Si la chose avait le moindre intérêt, je verrais nettement la femme du patron à poil, tellement l'Anita me passe sous le nez de combinaisons, de culottes, de soutiens-gorge : noirs, roses et même verts (elle m'explique que c'est pour aller avec le hâle), même rouge sang. C'est la première fois de ma vie que je vois un truc de ce genre-là, et je lui dis que ça fait boucherie chevaline. Total : je mets ça sur le siège de la camionnette, à côté de moi, et je rentre à la maison.

Le reste du temps, je trafique au milieu du vent et, ces temps-ci, au milieu du vent, de la pluie raide et glacée. Je vais me dégourdir les doigts au poêle du corps de garde. Il y a deux ou trois forestiers qui sont de bons zigues avec lesquels je dis deux mots.

Je fais le plein de la *buveuse de vent.* Je lui astique sa décapotable. Elle sort tous les jours et à découvert malgré la pluie. Elle sortirait à découvert dans le déluge. Elle a tout un attirail d'imperméables américains et de suroîts qu'elle se fourre les uns sur les autres, par-dessus ses jupes écossaises, ses vestes écossaises ou de laine blanche comme la neige, par-dessus ses culottes-combines et soutiens-choses en ratata noirs, verts ou rouges. Ça finit par lui faire une sorte de corps. Et la voilà partie. Elle va à D. ; ou au diable ; ou aux deux.

Là-haut, à sa vitre, le patron la regarde foutre le camp. J'ai acheté de mes sous à D. quatre jattes en terre et j'ai mis en pots pour ce type-là une trentaine d'oignons de crocus. Ils pointent bien déjà. Dans quinze jours il aura quelques fleurs à se mettre sous la dent.

Je ne sais pas pourquoi j'ai pensé aux crocus, mais c'est une bonne idée. Ça me réjouit moi-même. Je les chouchoute avec grand plaisir. Je bêche leur terre avec une vieille fourchette, je les arrose. À la pointe des bourgeons il y a déjà une trace de vert.

Un après-midi, vers deux heures, je suis en train de les soigner dans l'appentis derrière le garage ; il fait toujours un temps de cochon ; j'entends marcher. Deux pas paisibles côte à côte, un beau, large, avec des bottes ; un petit trot avec des talons Louis XV. Je n'ai pas le temps de faire comprendre que je suis là, et d'ailleurs, c'est moche, un type à barbe qui salive devant des oignons à fleurs. Je risque un œil et je me tiens peinard. C'est le patron et sa poule. Elle va à son engin. Elle tapote ses coussins. Elle tripote des trucs, ouvre son sac, cherche la clé de contact. Le patron est debout à côté d'elle, bien d'aplomb dans ses bottes, les jambes un peu écartées. J'ai un sentiment pour ce zèbre. Si je pouvais parler, je lui dirais : « Fous-lui ton pied au cul. » On sait toujours très bien démerder les affaires des autres.

Elle monte, s'installe et claque la portière. Il pose la pointe de sa botte sur le marchepied, il se penche. J'aime les cheveux gris de ce type et sa façon de cuire dans son jus. Il dit à la poule : « Vous me haïssez : vous allez enfin m'être fidèle. On ne peut pas tromper celui qu'on hait, parce qu'on ne veut pas, que ça n'est pas agréable. » Elle appuie sur le démarreur et je n'entends pas ce qu'il ajoute. Ses lèvres bougent encore sur deux ou trois mots, puis il la boucle. Elle sort en marche arrière, mais cette fois elle le regarde. Dehors, elle tourne et elle part. Lui aussi, avec le même pas que tout à l'heure.

Dès que je suis seul, je me dépêche de revenir à un endroit plus catholique. Il fait vraiment un temps de cochon. Ce pays sans pluie, c'est zéro ; avec la pluie c'est encore moins, mais on se débrouille mieux avec des *manques* qu'avec rien.

Un soir, avant de me fourrer au pieu, je vais à la porte de l'artiste. J'écoute. Je demande : « Tu es là ? » Il me répond : « Où veux-tu que je sois ? » J'entre. Il est couché.

Qu'est-ce que je veux ? Rien et tout. Comme d'habitude. Il me regarde d'un drôle d'air. C'est au sujet de la conversation de l'autre jour. Quelle conversation ? Est-ce que je perds la boule ou est-ce que je suis saoul ? Non, je ne perds pas la boule et je ne suis pas saoul : l'autre jour il s'est un peu dégonflé. Dégonflé ? J'ai des visions. Qu'est-ce qu'il a fait pour se dégonfler ? Il m'a parlé gentiment, s'il veut tout savoir ; il m'a parlé gentiment de ses combines aux cartes. J'aimerais bien qu'il me fasse quelques tours comme le jour où nous avons cassé la croûte près de la fontaine. Je ne demande pas la mort d'un homme ? Pas la mort d'un homme ! Qu'est-ce que je raconte ? Ça n'a rien à voir. Justement, puisque ça n'a rien à voir, pourquoi faire tant d'histoires ? Il me répond que ça n'est pas le moment, puis il me dit très gentiment que je vais me geler les burnes. Alors j'insiste et il me répond qu'il ne montre pas ses tours et la manière de s'en servir. Je lui dis très gentiment moi aussi que je me fiche de la manière de s'en servir, que je suis assez grand garçon pour m'en servir à ma façon et que, tout ce que je veux, c'est qu'il fasse ses tours pour moi, comme il a fait souvent jusqu'ici pour me distraire. Et je lui dis, bien en face, que j'ai bougrement besoin de me distraire. J'ai l'impression que ça la lui coupe. J'ai honte d'avoir le dessus et je mets de l'eau dans mon vin. Je ne suis pas fait pour gagner.

Je suis en bannière et j'ai juste mis une veste sur mes épaules. Il me dit que, si je tiens à me frigorifier, il n'y voit pas d'inconvénients, que tous les goûts sont dans la nature. Il a appris ce qu'il sait en tôle. Pour apprendre quoi que ce soit, il faut toujours un endroit où on ait le temps. Là c'est le rêve. Plus on est renfermé, plus on se renferme. C'est le cas. Qu'est-ce que tu veux regarder ? Il n'y a rien à voir que des murs. On est seul pour se jouer sa petite comédie ; on va jusqu'au bout. Le bonneteau, par exemple, imbattable. Faire filer la bonne carte dans des endroits où tout le monde jurerait sur la tête de sa mère qu'elle n'y est pas, ça ne s'apprend pas en cinq minutes. J'y ai joué trois cents francs et je les ai perdus ; j'en aurais joué cent mille, je les aurais perdus.

Je lui dis : « Montre encore un coup. » Il me répond : « Non, ce n'est pas le moment. » Et il ajoute : « Ce ne serait pas commode sur ce lit et je n'ai pas envie de me lever : il gèle. »

Je m'en fous qu'il gèle. Donc, d'après ce qu'il dit — et je le crois sur parole — (oh ! dit-il, sur parole ! Je t'ai fait le coup à ton nez et à ta barbe et tu n'y as vu que du feu !). Je le crois sur parole donc, il peut faire filer la bonne carte dans des endroits où personne ne la chercherait. Qu'est-ce que tu demandes, dit-il, je te l'ai prouvé, et je t'ai fait le coup sous le nez plus de vingt fois ? Pour tirer trois cents francs à un type comme moi qui mise des clopes, il en faut des coups ! Si ça ne me suffit pas, qu'est-ce qu'il me faut ? Je dis que la question n'est pas là. Il fait filer la bonne carte, donc c'est qu'il y a une bonne carte ? Il me demande si je ne suis pas un peu tapé ! Bien sûr qu'il y a une bonne carte ! Il y a toujours une bonne carte puisque c'est sur celle-là qu'on fait ponter le cave ; le tout est de la mettre où personne ne va la chercher.

Je vais dans ma chambre et je reviens après avoir passé un pantalon. Ce soir, il ne fait finalement pas trop la vache. Il me dit : « Tu te gèles ! Je t'avais prévenu. » Je réponds : « Ne t'en fais pas ; je suis un gars qui se réchauffe vite. » J'ajoute que j'ai un sang du tonnerre. Alors, il me demande comment je fais mon compte avec ce sang du tonnerre pour travailler chez les gens, sage comme une image. Il n'a jamais compris, là-haut dans la montagne, mon truc de rester au moulin. Et ici, qu'est-ce que je fabrique à ce château avec ma camionnette ? Lui, s'il était comme moi mécanicien ou chauffeur, il ne pourrait pas se contenter de ça. Je réponds que, moi non plus, je suis loin de m'en contenter ; que d'ailleurs tout le monde en est là ; que s'il entend quelqu'un raconter qu'il se contente avec des trucs de ce genre, il lui dise qu'il est un menteur. En réalité, mon vieux, nous sommes tous pareils. J'ai assez roulé ma bosse pour savoir ce que parler veut dire. Il n'y a pas cent façons de s'occuper ici-bas ; s'il y en a trois ou quatre, c'est le bout du monde. Nous sommes tous sur le même boulot. Il n'y a que la façon de le faire qui change. Et encore ! La plupart des types vont au plus facile. Il y a des tables de multiplication : deux fois deux quatre, deux fois six douze. On fait ça en série, les uns derrière les autres. Ça règle tout.

Je lui raconte un peu les histoires de D. : les phénomènes qui attendent le car du matin et l'Anita. Ça fait plus de cent petits bordels de quatre à cinq mille habitants que je connais. « Je te fiche mon billet que je n'ai pas trouvé une invention quelconque en quoi que ce soit. Tu as vu des tiroirs-caisses qui jouent *La Fille de Mme Angot,* toi ? Qui jouent la fille de l'air avec un inventeur, oui, mais dans les mains du propriétaire ça fait ding ! Un point c'est tout. Ils passent leurs jours à faire ça. J'aimerais avoir un orchestre de clarinettes dans un coin et, chaque fois que la clientèle me payerait la facture, je lui ferais jouer *Ramona* ou *Boléro*. Tu verrais leur gueule ! »

Il rigole. Il me dit : « Tu connais des chiées de trucs. » Je lui réponds : « Tu parles ! » Et on s'en paye une tranche.

« L'Anita, elle a beau se coller des barils de violette où je pense, elle n'en a qu'un comme tout le monde. » Il me répond : « Deux au grand maximum, et il faut qu'elle se débrouille avec ce qu'elle a. » Nous disons une sacrée volée de cochonneries bien raides. Ça fait entrer de l'air. Je pense à ma *buveuse de vent* et à son type qui a du gris perle sur le citron. S'il était là, il verrait les choses comme elles sont.

Mais je suis là et j'y vois goutte. C'est la première fois que nous ne nous cherchons pas chicane.

Il me dit : « Ils m'ont poissé un coup, mais je me suis promis de les baiser et je tiens parole. Ils m'ont foutu en cabane. C'est en cabane que j'ai appris à les baiser. Ils m'ont eu parce que, à l'époque, j'étais un pauvre minus, un trou du cul immonde. Maintenant, ils peuvent s'aligner ! »

À mesure qu'il parle il perd son souffle. Il était parti pour aller plus loin, mais il se tait. Il aspire le peu de salive qu'il avait au coin de la lèvre.

Je me dis : parlons du passé. Je le ramène en arrière, à l'époque où il était le roi des montagnes. Je remets sur le tapis cette fameuse soirée chez les types de là-haut. Qu'on l'ait battu (et même plus), je sais qu'il s'en fout. C'est même une preuve qu'on ne pouvait pas mettre fin autrement à ce qu'il est. Qu'on l'ait finalement jeté dans son sang, avec ses mains écrasées, près du pot de chambre de la mère Lantifle, qu'on ait été obligé d'en arriver là, c'est sa victoire. Du moins, je crois. Et je ne me trompe pas car il commence à saliver à mesure qu'il m'écoute. Il va redevenir insolent et salaud, ça ne va pas tarder.

Mettre fin ? S'il faut en arriver à le tuer pour mettre fin, c'est qu'il les a finalement baisés autant que Dieu le Père ; qu'il les a eus jusqu'au trognon. Qui n'aimerait pas qu'on lui mette fin comme ça ?

Je lui parle donc de la soirée chez Ferréol, et nous y sommes. Je vois qu'il est aussi à ces mille et mille soirées et journées de jeu qu'il a vécues depuis qu'il est sorti de tôle. Il dit que c'est lui qui a donné l'habitude aux types de là-haut de jouer sans plafond. Avant qu'il arrive, ils limitaient leurs pertes. Il ne faut pas limiter sa perte. Chaque fois qu'il a joué, avec qui que ce soit et à n'importe quel jeu, c'est la seule règle qu'il ait.

— Contre celle-là, tu ne triches pas ?

— Tu rigoles, dit-il, c'est moi qui la veux. Je ne triche pas contre moi. Tu me prends pour qui ?

Je le prends pour un petit gars marrant. Il ment comme un arracheur de dents. Ça doit être bougrement rupin de tricher contre soi-même. Je me suis à peine fait cette réflexion que j'aperçois son regard mauvais et sa bouche fleurie de pâquerettes.

Sans plafond, évidemment, ça donne de l'espace. Je sais ce que c'est, la vie sans plafond et même sans murs. Il y a toujours l'horizon. Et là, on bute.

J'ai rigolé de me savoir bouclé là-dedans. À quel point j'ai rigolé jaune, qui le sait ? Sinon moi, qui suis maintenant en train de réfléchir dur comme fer à ce truc de tricher contre soi-même. Sur le coup, j'en vois les trente-six chandelles. Mais j'entrevois que, de ce côté, on peut aller jusqu'à perpette droit devant soi sans risquer de s'embarrasser les panards dans la stratosphère.

Peut-être que, jusqu'à présent (mais alors, bon Dieu de bois, c'est manque de réflexion, je vous le jure) j'ai cherché à limiter mes pertes.

Ce que c'est d'être né de père et mère connus ! On se conduit comme un Poincaré par habitude et ça ne colle jamais avec les vrais besoins du troufion.

Je lui dis que j'ai vu toutes les finesses. De quoi ? Bien entendu du jeu qu'il jouait chez Ferréol. Je ne parle pas d'autre chose.

Qu'est-ce qu'on voyait de ses mains ? Ce qu'on voyait des mains de Ferréol, de Fil de fer, de Nestor et de son serviteur : des mains qui faisaient le geste de prendre une carte et de la jeter sur le tapis. Ce qu'elles avaient fait avant, ce qu'elles faisaient pendant et après : l'important, c'était invisible. Je m'extasie.

Il m'explique coup après coup. Toutes les combinaisons sont marquées dans son citron et je comprends à quel point c'est sa vie. Comment le roi est arrivé à point nommé, et comment l'as s'est trouvé enjamber le dix de pique le coup du gros pot ; et comment toute cette histoire était la conséquence de l'agilité invisible de son index exactement trois secondes avant, pendant que tout le monde avait les yeux fixés sur les cartes qui s'abattaient ; c'est maintenant clair comme le jour ; et je comprends qu'on ne pouvait pas plus s'en soucier que du fait qu'il respirait, parce que cela se faisait aussi naturellement, aussi simplement, aussi nécessairement.

On ne pouvait pas voir qu'il trichait, une fois qu'on avait vu qu'il vivait, on avait tout vu : le reste coulait de source.

Et qui aurait pu être assez mal informé pour se méfier d'une source semblable ? Pourtant, un soir, ils l'ont pris. « Ils jouaient gros », dit-il. Du fric, est-ce que c'est gros ? Si on le décide, c'est aussi gros que n'importe quoi.

Est-ce que c'est à la suite de ce que, moi, j'appelle une de ses *imprudences* (faute de trouver mieux), c'est-à-dire à la suite de ces tricheries décomposées au ralenti qui déjà, cette fois où j'étais avec lui, m'avaient fait froid dans le dos ? Il s'ajoute triomphalement une grosse pâquerette de salive au coin de la bouche. Il est ravi que j'aie vu ça. Je lui dis : « Tu jouais avec le feu. » Il me répond : « Naturellement ! » (Je retiens ce mot-là.) « Avec quoi veux-tu qu'on joue ? »

Non. Ce n'est pas à la suite. Ce soir-là, dit-il, il a été encore plus invisible que d'habitude. Alors ? Trop invisible : il fallait bien qu'ils trouvent un truc. De guerre lasse, ils l'ont accusé de tricher, au hasard. Et c'était vrai. Alors ils l'ont vu.

Tout de suite, il recommence à m'expliquer les coups. Fut un temps où il n'expliquait pas les coups. Il était debout près de la fontaine, plus roi de carte que les rois de cartes dans lesquels ses mains voltigeaient. Maintenant, ses mains sont à plat sur les couvertures et il parle. Il est, comme on dit, de ceux qui ne sont rien : il a tout à la langue.

— Dis la vérité : est-ce que tu peux encore te servir de tes mains ?

— Non. (Il n'a pas hésité. Il a dit ça bien gentiment.)

— Est-ce que tu as essayé ?

— Oui.

— Tu n'as pas décacheté mon paquet de cartes.

— Je m'en suis acheté un autre.

Il sort de dessous son traversin mon paquet de cartes encore intact dans son enveloppe cachetée, et l'autre usagé.

Je demande : « Qu'est-ce qu'on peut faire ? » Il me répond : « Je m'en occupe. »

Là-dessus, je vais me coucher et je dors comme un plomb.

Le lendemain, brusquement, il fait chaud. Le ciel est tellement couvert que je me trompe d'heure. À peine si j'ai le temps d'une toute petite politesse à Catherine, et encore parce que, pour la première fois, elle insiste. Je suis en retard. Je cavale comme un dératé.

Il n'y a pas de casse. Au château ils sont encore en plein cirage. Je suis obligé d'allumer les phares pour sortir et virer sur le terre-plein. Je ne les éteins que sur la route nationale où, d'ailleurs, au bout de cinq minutes, par précaution, je les rallume.

Les nuages sont bas à les toucher de la main. Je n'en ai jamais vu d'aussi noirs. L'allée de platanes qui m'accompagne jusqu'à D. n'en mène pas large.

La ville a son aspect de minuit. Pas un chat. Et, au-dessus des toits, ces tas de charbon qui, d'une minute à l'autre, ont l'air de vouloir s'écrouler.

J'ai juste le temps d'arriver à mon bistrot habituel. Il pète un de ces tonnerres qui me font de l'électricité dans les oreilles. J'entre en vitesse me mettre à l'abri.

Là-dedans, on y voit à peine le bout de son nez. Ils s'éclairent à la bougie. L'usine électrique a coupé le jus. Il y a toujours mes partants habituels, et qui sont en train de se dire qu'aujourd'hui ça ne va pas être drôle mais, contrairement aux autres jours, ils font comme s'ils trouvaient ça amusant. C'est la première fois qu'ils sont de bonne humeur.

Nous allons tous coller nos nez aux vitres parce qu'il est en train d'en tomber à seaux. C'est un spectacle. Tout d'un coup, c'est de la grêle raide comme une colère du feu de Dieu. Tout le monde pousse des cris. Les grêlons sont gros comme des billes. Ils vont me crever la bâche de la camionnette. Mais quoi faire ? Ce n'est pas le moment de sortir.

Le tonnerre s'est remis en train. Il met tout son magasin de tôles à feu et à sang. Ça roule comme un express. Je n'aurais jamais imaginé qu'il y avait tant d'échos dans le pays. Où va-t-il les chercher ? Si les gars qui sont dans les piaules continuent à dormir, il faut qu'ils aient vraiment la conscience tranquille ! Il doit y avoir un sacré micmac dans les lits !

On s'extasie parce que ça dure, même, ça augmente. Il fait vilain à un point que j'ai rarement vu, mais tiède, et même, par moments, chaud. On se sent deux fois plus gros que d'habitude. Les poules parlent à tout le monde, même à moi. Je pense, je ne sais pas pourquoi, qu'il faudra me tailler un peu la barbe. Ça n'a évidemment aucun rapport, mais c'est comme ça.

Enfin, il en pète un qui nous enfonce les casquettes jusqu'aux oreilles ! Et la grêle s'arrête comme si on l'avait fauchée. Je vais voir si je n'ai pas de dégâts. Non, mais c'est un miracle. On ne peut plus appeler ça des grêlons : il y a de quoi assommer un bœuf ! Je mets une couverture sur le capot et je rentre à l'abri parce que, ce qui roule au-dessus des toits a vraiment une sale gueule. D'ailleurs, des gouttes larges comme des pièces de cent sous recommencent à claquer.

Le tonnerre n'est plus au-dessus de nous. Il fait le tour des environs. Qu'est-ce qu'il découvre de tous les côtés comme vallées profondes ! J'étais loin de me douter qu'il y avait tant de ressources dans les alentours.

Les gens qui sont avec moi se demandent si le car partira malgré le mauvais temps. Les avis sont partagés et tout le monde prend beaucoup de plaisir à les partager. Ça frétille dur.

On souffle les bougies. Le jour a monté par la force des choses. Ce n'est toujours pas brillant. On reste entre chien et loup. Il continue à pleuvoir raide, avec des rages qui nous mettent constamment à deux doigts de la colère de tout à l'heure.

Enfin, voilà le car. Les gens y courent. Je me demande si mon type des tourteaux a mis le nez hors de ses draps de lit et s'il a ouvert sa baraque. Je me donne encore cinq minutes de congé, que je passe avec le garçon du bar, à son comptoir où, pour l'occasion, je m'enfile un rhum. Ce temps noir, ce tonnerre qui fait claquer ses placards et qui met en l'air tous les échos de ses vallées, ces éclairs qui partent des toits comme des vols de perdreaux, et même la pluie, ça fait fête. En réalité, je crois que c'est surtout la chaleur qui donne du regain et, en ce qui me concerne, le rhum que j'y ajoute.

Je déchante quand je mets les pieds dehors. La pluie, ça mouille. Je pars malgré tout au quart de tour. Je suis content de ne pas avoir de commission chez l'Anita ce matin. Il fait trop chaud. C'est fou comme c'est venu tout d'un coup. C'est pour ça qu'on l'apprécie tant, et aussi parce qu'au fond de ce chaud il y a le vieux froid qui n'a pas dit son dernier mot.

Tu parles ! Avec la flotte qui tombe et ce que nous réserve le ciel qui est sur ma tête, ce serait le diable si le chaud durait. On n'est jamais que début mars.

Je suis obligé de me tenir à carreau pour conduire. Les rues sont des rivières. Malgré l'essuie-glace je ne vois pas la moitié de mes misères.

Le type des provendes a ouvert boutique. Il est même fort excité. Il ne tient pas en place. Il me raconte des histoires qui ne me regardent pas. Il rigole à chaque coup de tonnerre. Il me dit que cette fois c'est le printemps, et que ça en fout un sacré coup.

En fait de sacré coup, je m'en rends compte en retournant. Il fait noir comme dans un four. J'en ai plein les bras. Pour la première fois depuis des mois je mouille la chemise de sueur. Les essuie-glaces, les fameux balais à cyclone qui se baladent sur mon pare-brise, les superbes couche-typhons en caoutchouc chromé se balancent devant mon nez sans rien éclaircir, balayer ou coucher quoi que ce soit. J'y vois comme dans un aquarium une route qui se gondole. À chaque instant je suis obligé de me demander si c'est vrai. Je sors dix fois pour essuyer la glace par-dehors. C'est comme si je chantais. J'ai de l'eau presque jusqu'au chapeau de roue. Je commence à me dire que, si je reste là, il faudra qu'on vienne me dépanner en bateau. Finalement, je pisse sur un chiffon, je frotte la vitre et j'ai un peu de jour. Assez pour aller jusqu'à l'embranchement.

Là, merde, c'est un lac ! Je n'ose pas me lancer là-dedans. Je me range contre un tas de gravillon des ponts et chaussées et je me dis que je vais essayer de tenir le coup. La route qui monte chez nous est comme les chutes du Niagara. Le pays est sens dessus dessous et les éclairs n'arrêtent pas de lui voler dans les plumes.

Je bourre une pipe et je me tire au milieu de ma cabane parce que le joint des glaces crache comme un avocat. J'ai laissé le moteur en marche.

Je reste là une bonne demi-heure, puis la bourrasque va s'occuper d'un autre endroit en laissant ici en sentinelle une petite pluie de derrière les fagots. Mais celle-là, on en est maître. J'attends que le lac se soit un peu écoulé. Je me lance au pas. Je traverse et j'entame la montée.

Notre route communale en a pris un bon coup. Le père Burle a du pain sur la planche ; jamais il ne s'en sortira. C'est raviné sur trente centimètres de profondeur. J'ai l'impression d'être sur un torpilleur par gros temps.

Le gros temps en tout cas est là. Du côté du château et du village, c'est noir comme de l'encre. Les roulements de tonnerre ne cessent pas, et à chaque instant le ciel se fêle en long et en large comme une assiette sous un coup de marteau.

J'arrive au milieu du mauvais qui recommence. On me dit qu'on était inquiet. Il y avait de quoi. Ici d'où l'on surplombe, on voit des kilomètres de catastrophes qui ont l'air de se concentrer sur nous. Ailleurs, on doit avoir la même impression, mais ça n'arrange pas nos affaires.

Vers midi, je profite d'une éclaircie de rien du tout pour filer bouffer là-haut. Je me suis tâté dix fois pour m'y décider. J'avale la montée en un rien de temps, la grêle au cul et je fais une entrée réussie au bistrot. Je suis incapable d'avaler un brin d'air pendant une bonne minute. Je me vois dans la glace rouge comme un coq et les yeux hors de la tête, pendant que Catherine rigole et me flanque des tapes dans le dos.

Nous mangeons tous les trois avec elle et l'artiste pour la première fois loin du poêle. On a du ragoût de riz. Catherine me verse des rasades à n'en plus finir parce que, dit-elle, le riz naît dans l'eau et veut mourir dans le vin. Ça me met dans un état très agréable. Je trouve que ce temps met pas mal de variété dans les choses et que, somme toute, le monde est bien fait.

Il se trouve que je peux redescendre au château entre deux averses sans prendre les jambes à mon cou. Une fois au garage, je vais voir mes crocus. Ils pointent ferme.

Le tonnerre ne cesse pas, de tout le jour, de sauter de côté et d'autre comme un chien dans un jeu de quilles. Sur le soir, pendant qu'il continue, le ciel s'ouvre d'un seul coup du haut en bas. Apparaît un large espace bleu. Des arcs-en-ciel jaillissent de terre.

Nous sommes quatre ou cinq à profiter de l'aubaine sur la terrasse. On ne sait plus où donner de la tête pour s'en foutre plein la lampe. On se dirait aux feux d'artifice. Nous crions à la belle bleue, à la belle verte à mesure que le soleil qui se couche lance des feux de tous les côtés, comme un poulain qui se baigne.

Mais la foudre tombe à cent mètres devant nous sur un chêne. Nous galopons abasourdis vers le corps de garde, dans des décombres détruits. J'en reste sourd cinq minutes. J'ai la bouche pleine de phosphore comme si j'avais sucé des allumettes. Quand nous cessons de voir trente-six chandelles, le ciel s'est fermé à un point qu'il est impossible d'imaginer un soleil quelconque.

La nuit tombe. À chaque éclat nous voyons le corps de l'orage de plus en plus épais qui tourne au-dessus de nous comme un nuage de corbeaux. Qu'est-ce qu'il y a comme tam-tam dans l'atmosphère ! Et des coups de rouge qui en soulèvent des discussions là-haut ! À n'en plus finir. Ça n'a pas l'air de s'arranger. Au contraire !

J'attends cependant mon heure et je file comme un dard au village. Mahomet éclaire le chemin avec des phares qu'il a oubliés de mettre en code. Je risque cent fois de me casser la gueule.

D'habitude le bistrot est vide. Ce soir il est plein de monde. Et tout ça a l'air d'être sur pied pour un pique-nique. Tout a été si épastrouillant que j'ai oublié de me rendre compte qu'il continue, malgré la nuit, à faire tiède, même chaud. Tout le monde s'est mis à boire de l'anis. Ça fait été à un tel point que j'étouffe. Je m'en envoie deux, coup sur coup, avec l'artiste.

Je vais faire un tour à la cuisine. Catherine se marre comme une bossue. Elle est fraîche comme une rose ; la rougeur lui va bien. Un rien la chatouille. J'adoucis les basses et je retourne déguster.

Dehors, ça ne cesse pas de monter de ton. Et ici dedans ça se met à l'unisson à un point qu'on n'entend plus les tonnerres. J'ai une envie folle de couper ma barbe. Je le dis à Catherine. Elle s'esclaffe. Elle m'apporte des ciseaux et tout le monde se met de la partie. Je commence à me la couper à la rigolade : je fais Richelieu et Napoléon III. On m'en réclame des bouts et je la distribue. Finalement, l'artiste va chercher du savon et un Gillette. Je me barbouille ; c'est l'occasion de coller de la mousse sur tous les becs et de faire un chahut qui nous rassure.

Je vais me terminer à la cuisine ; il n'y a pas un rasoir qui garantirait sa sûreté au milieu de ces zèbres qui se foutent des ramponneaux à défoncer les armoires. Je me débarbouille à l'évier. Je sors de la cuvette lisse et net, avec mon menton volontaire, ma bouche mince et dure dévoilée, ma gueule de printemps.

— Ce que je t'aime comme ça, dit Catherine.

Elle m'étrenne et resterait plus volontiers à ce truc-là (moi aussi) qu'au bistrot où il faut retourner si j'en juge par le boucan.

Nous soupons vite, sur le pouce, pas très intéressés par la mangeaille. Intéressés surtout les uns par les autres : par ceux qui entrent et sortent sur des coups de tonnerre et des éclairs. On entend la pluie chaude qui fait vacarme sur les toitures, dans les chéneaux, contre les vitres où elle vient frapper si fort qu'on a peur qu'elle finisse par les crever.

Le bistrot ne désemplit pas. Je vois des gars que je n'avais jamais vus. Ils avaient dû rester jusque-là autour de leur poêle, sans sortir. Ils arrivent. Ils ouvrent leur porte-monnaie, ils se payent un anis ou deux et ils regardent leur verre comme si c'était le messie.

Je demande à Catherine où est passé son mari qu'on ne voit pas. Elle me répond qu'il ne faut pas compter sur lui. Alors quoi ? Elle me dit qu'il a sa passion et qu'il s'en contente. Il est parti surveiller les parcs à faisans dans les collines. Elle l'a vu tout à l'heure prendre son ciré et sortir. Il ne rentrera pas de la nuit.

Je l'imagine tout seul dans un bled, à sept ou huit kilomètres, en train de se glisser à travers les taillis de chênes verts, comme un scarabée avec son imperméable noir, sous les éclairs, les tonnerres et la pluie.

On commence à jouer à la belote. On propose à l'artiste de faire le quatrième. Il dit oui et s'assoit à une table.

Moi, comme chaque fois à cette saison, je fume une pipe ou deux, très amères.

Nous allons finalement tous nous coucher. Nous avons épuisé tout ce qu'il y avait à faire. L'orage continue, ou plutôt on ne peut plus appeler ça un orage : le temps continue. Il ne se fatigue pas. Au moment où je me fourre dans mes draps, il est toujours en train de forger on ne sait pas quoi, à coups de marteau, sur le pays. Tout étincelle.

Je m'endors ; pas longtemps. Je me réveille. Je vais voir Catherine.

Je suis cependant debout bien avant l'heure. Il pleut toujours. J'ai déchiré mon imperméable américain hier soir, en revenant du château. Je suis en train d'y mettre un point quand Catherine descend. Elle allume le poêle, met le café en train et me prend le travail des mains. Elle est toute tendre.

Nous faisons des projets, gentils, sans aucune importance ; simplement à cause des tonnerres qui continuent à rouler dans le lointain, en ébranlant les vitres de la fenêtre. Je suis en train de penser à toutes ces vallées profondes, larges, ouvertes, où la foudre circule. Catherine aussi, de son côté.

J'arrive au château, trempé comme une soupe. Je me fais sécher près du poêle. On me demande ce que j'ai fait de ma barbe. Il a cessé de tonner, mais il pleut à torrents et le ciel est tellement noir que je pars encore avec les phares.

Au retour de D. le patron me convoque. La cuisinière m'a préparé un casse-croûte. Il me faut repartir tout de suite et je ne rentrerai pas à midi. Il s'agit, pour faire vite, de transporter, par la route, quatre gardes à quatre endroits qu'il me montre sur la carte.

Du point où je les déposerai les uns après les autres, ils iront inspecter les parcs pour voir comment les bêtes ont supporté l'orage.

Lui file devant avec sa moto. Il me prévient que la route est mauvaise. En fait, c'est un chemin de terre, mais je suis content d'avoir quelque chose à faire. Il ne tonne plus. La pluie est lourde, chaude. Elle ne cesse pas. On dirait qu'elle est partie pour durer toute une vie.

Je rentre seul à la nuit après m'être décarcassé tout le jour dans la mouscaille. On est allé dans des endroits perdus. Il a fallu, à diverses reprises, riper la camionnette qui donnait de la bande vers les ravins et fourrer de la ramure sous les roues qui patinaient.

Je suis encore à deux bons kilomètres du château quand dans mes phares je vois le patron debout, à côté de sa moto. Qu'est-ce qui lui est arrivé ? Peu de chose : il a de la gadouille jusqu'aux yeux ; ses roues coincent dans le garde-boue. Nous chargeons son engin dans la camionnette et lui monte à côté de moi.

On dit quelques mots sur la pluie et le beau temps.

En rentrant il vient avec moi au corps de garde. Nous sommes tout étonnés de le trouver plein de monde. Il est arrivé, paraît-il, une drôle d'histoire au village. On a étranglé la vieille Sophie ! On se demande tout de suite pourquoi ? Elle n'a pas le rond : elle vit de deux chèvres, et elle a quatre-vingts ans. Ce n'est pas possible. Cependant si.

Je monte au village. Le patron me dit : « Attendez-moi. » Il m'accompagne.

Il y a déjà les gendarmes et l'auto du docteur. On nous dit qu'elle n'est pas morte. Tout le village est sur pied ; c'est une histoire du feu de Dieu.

Nous entrons chez Catherine, le patron et moi. Là, j'apprends que l'assassin, c'est l'artiste. Le père Bertrand qui marchait tête baissée à cause de la pluie l'a tamponné sur le seuil de chez Sophie, vers les quatre heures de l'après-midi. Ils se sont vus nez à nez. L'artiste était nu-tête et il est parti en courant sans dire un mot.

Sa casquette arrive au bout d'un moment aux mains d'un gendarme. Celui-là me demande si je la connais. Je dis oui. Elle était à côté de Sophie. On a déjà perquisitionné ici. On me montre son couteau à cran d'arrêt qu'il a laissé, et les deux paquets de jeu de cartes ; le mien toujours intact. L'autorité me demande si l'artiste vivait des cartes. Je dis oui.

Il s'appelait en réalité Victor André, né à Alger, de père et mère inconnus.

Mon patron parle à l'autorité qui, avec lui, n'en mène pas large et après, elle me fout la paix.

Arrive le docteur. Il annonce rondo que Sophie est morte. « Plutôt de saisissement que d'autre chose », ajoute-t-il. Le type n'était même pas capable d'étrangler un poulet. Tout le monde est d'accord pour dire que, n'empêche, c'est un assassin. « Un fou », dit le docteur ; il n'y a pas l'ombre d'un *mobile*.

Les routes sont gardées. On a déjà téléphoné. Il doit être dans les collines. « Il peut encore faire du mal », dit-on. Il y a des fermes perdues où, avec ce temps, s'il frappe on le fera entrer. Je fais remarquer qu'il a laissé son couteau. On ne me regarde pas tout à fait de travers, mais pas tout à fait d'aplomb.

On raconte l'histoire d'un type qui, en 1912, dans la région, en a tué sept à la ferme des Richard. Et ça n'était pas un type très costaud, ni armé. Il les a tués à coups de trique ; probablement parce que lui aussi était fou. Ça lui avait rapporté vingt-trois francs. On l'a guillotiné à D. Le gendarme, qui fume de pluie comme un cheval, n'est pas pressé de sortir. Il décide pourtant qu'il faudrait faire une battue.

Ça ne tombe pas dans l'oreille d'un sourd.

Mon patron me touche le bras et me dit : « Venez ! » Il me ramène au château. Il me fait monter dans la grande pièce où je l'ai vu pour la première fois.

Il tire ses bottes et il met des pantoufles. Il bourre une pipe ; moi aussi.

Il me demande si c'était un bon copain. Je lui réponds que je ne sais pas très exactement ce qu'il était. C'est curieux, mais je m'en fichais. J'ai appris son nom tout à l'heure.

D'après le patron, il faudrait que j'aille participer à cette battue.

— Je vous ai amené ici pour vous y décider.

Je comprends la phrase après coup et, au lieu de lui déclarer que j'étais déjà décidé, je réponds : « D'accord !

— Je vais vous obliger à prendre un fusil », dit-il.

Je ne réponds pas.

— Je sais que vous n'en voulez pas. Vous refusez. Et c'est moi qui vous oblige.

Je dis : « Vous comprenez, c'est un copain ; je ne vais pas le bousiller parce qu'il a fait une connerie, d'autant plus que la vieille a passé finalement l'arme à gauche tout à fait pour d'autres raisons. »

Il m'écoute attentivement. Il quitte le ton théâtre.

— Ce que vous venez de dire est excellent, murmure-t-il.

Il va à un placard. Il en sort un hammerless à deux coups. Il me le donne et je le prends.

Je fais remarquer :

— Je ne sais même pas si elle est chargée.

— Moi non plus, dit-il. Quand vous êtes parti dans la nuit pour vous joindre aux autres (qui sont armés de leur fusil de chasse, soyez-en sûr) après que mes insistances vous aient forcé à le faire, je vous ai également obligé à emporter cette carabine comme j'aurais obligé un ami à prendre un parapluie. Nous n'avons pensé à rien, ni vous ni moi. Peut-être moi, ai-je pensé à une garantie morale. Juste au moment de partir. Instinctivement. Parce que je vous apprécie. Que j'ai beaucoup d'estime...

Je dis : « C'est le moment de partir. »

Et je le fais.

Je suis sur la porte quand j'ajoute :

— Je vous les donnerai demain, de toute façon, mais il y a trois pots de crocus pour vous au garage, derrière la touque d'essence.

— Je sais. Vous me les donnerez à votre retour.

Je remonte au village. Sur la place, ils sont encore cinq ou six rayés de pluie, avec leurs lampes tempête. Je les entrevois en train de prendre les champs, en direction du plateau. Je vais essayer d'un autre système.

Je passe devant la maison de Sophie et je continue. C'est par là qu'il a cavalé. Au bout de la rue, on arrive sur des aires adossées d'un côté au flanc qui monte vers les collines et surplombe les pentes qui descendent dans un ravin.

S'il a cru avoir tué la vieille, il a pris par le haut. S'il s'est rendu compte qu'il n'a même pas pu y arriver, il a pris par le bas. Je me sers du fait qu'il courait en sortant de faire son coup. Je prends par le bas.

Je n'ai pas besoin de lanterne, au contraire, je me laisse aller comme un plomb. Je mets assez longtemps avant d'arriver au fond. Les taillis sont épais. Je ne m'inquiète pas du bruit que je fais : le bruit de la pluie le couvre. Et il n'est certainement pas resté dans ces taillis. Je ne m'inquiète pas de la pluie non plus. Ni du ruisseau qui est en bas, que je traverse. Et je prends pied sur un petit chemin.

Je m'oriente. C'est assez difficile. J'y arrive en entendant sonner le clocher. Qu'est-ce qu'ils font là-haut ? Est-ce qu'ils seraient assez bêtes pour avoir recours au tocsin ? Non, c'est une bénédiction quelconque. Elle me guide. Par rapport à moi, la route nationale est du côté du village. Je n'ai qu'à aller en sens inverse. C'est sûrement par là qu'il a pris.

Je suis assez satisfait de constater que, dans la direction que j'ai décidé de suivre, le chemin monte doucement. Il a dû être satisfait de le constater, lui aussi, après être arrivé ici au fond avec, d'un côté, la route nationale qui a dû lui faire horreur, et ce petit chemin forestier qui monte *tout doucement.*

S'il a pensé que les gendarmes feraient surveiller la route nationale (et je ne crois pas qu'il y ait pensé) cela n'a pas dû fortement l'impressionner. Au point où il en est, les gendarmes ne comptent pas. Ce qui compte c'est ce chemin. L'artiste avait sûrement besoin de monter quelque part sans fatigue.

Je comprends très bien ce qu'il a fait. Je suis dans sa peau. Il n'a pas dû rester plus de cinq minutes cramponné au cou de Sophie, à essayer de faire obéir ses doigts. La tête pleine de choses magnifiques (pas du tout *à la portée de tout le monde*) et rien pour les mettre à exécution. Obligé désormais de se faire croire sur parole ! Il est sorti en courant avec l'idée de se précipiter dans n'importe quoi, à condition qu'il y tombe de son propre poids. (C'est pourquoi certains types — et surtout des femmes — se jettent du haut des ponts dans des rivières. Ce n'est pas à la rencontre de l'eau qu'elles vont : c'est vers tout ce qui leur manque. Elles savent bien que ce n'est pas dans l'eau, *au contraire,* mais comment résister au plaisir d'aller enfin vers n'importe quoi, sans effort, de son propre poids ? Ce qui est chouette, c'est le temps qu'on met à tomber du pont.)

Une fois en bas, le plaisir est fini ; on voudrait remonter. C'est trop tard. L'artiste a eu toute sa vie de la chance. Et cette fois encore il en a eu. Je suis bien content pour lui.

Il s'est jeté dans la pente du ravin, à travers les taillis. S'il faisait jour, s'il n'y avait pas cette sacrée pluie nocturne, mais seulement un peu de lune, je parie que j'aurais vu ses traces. Il a dû se laisser rouler comme un sanglier devant les chiens. Et il a atterri sur le chemin où je suis.

Une fois là, il s'est retrouvé vivant. (Ça compte ; on a beau dire et beau faire : c'est un type verni. J'éprouve un très grand plaisir à imaginer qu'ici même, *après tout,* il a bien *profité de la vie.* Il a eu un bon moment de trente secondes. Qui peut se flatter d'en avoir eu plus, ou même autant ? Je parle de ce qu'un homme digne de ce nom appelle un bon moment.) Règle générale, on est dupe toute la vie à courir après ces bons moments-là. Il en a eu un. Je suis content pour lui.

Et content de sentir, pendant que je m'avance à tâtons, que le chemin continue tout doucement à monter (il n'a pas pu résister à ça : impossible) et qu'en outre, c'est un chemin pierreux, sans boue aucune, une échelle de Jacob pour rupins. Il est soigné, le gars. C'est pour dire que le dieu de nos pères n'abandonne jamais ses créatures.

Je monte, moi aussi, à sa suite. Certainement pas avec les mêmes compagnons que lui. Sans bannière ni musique. Je suis obligé d'écouter tous les bruits et d'en tenir compte. Non pas que je croie le trouver brusquement devant mes pas. J'espère bien qu'il a fait de la route. Mais, à travers le bruit de la pluie dans les feuilles sèches des petits chênes blancs (un bruit semblable à celui des vers à soie en train de manger les feuilles de mûrier avant la mue, dans les magnaneries) à travers le bruit de la pluie, moi, qui monte simplement par réflexion et combine, je guette le bruit du ruisseau dans lequel il ne faut pas que j'aille me casser la gueule.

Nous, nous n'avons pas les mêmes compagnons. Nous n'avons plus les mêmes compagnons. Je sens l'odeur d'un bosquet de pins sous lequel je passe, et j'entends le souffle étouffé de la pluie dans ses ramilles. Cette odeur et ce ronron de chat étaient là quand il est passé mais, comme il a dû s'en foutre ! Comme ce devait être le dernier de ses soucis ! Je n'ai pas mes yeux, moi, dans ce noir, mais j'ai mon nez et mes oreilles. Je suis toujours en communication avec ici-bas. Je n'ai rien fait pour qu'ici-bas soit relégué aux trente-sixièmes dessous. Je ne peux même pas savoir ce qui est venu prendre à côté de lui la place du bosquet de pins qui ne sentait rien, qui ne bruissait pas, de la pluie qui ne mouillait pas, ne crépitait pas dans ces étendues désertes de chênes blancs qui n'existaient pas. Il n'est plus dans la même nuit que moi. C'est tout ce que je sais. Y a-t-il des bosquets de pins dans la sienne ? Ou quelque chose qu'on puisse appeler de ce nom-là ? De la pluie, ou quelque chose d'approchant ? Qu'est-ce que ça sent ? Qu'est-ce que ça fait ? Je ne peux pas savoir à quoi ça peut ressembler. S'il n'était qu'une tête dans laquelle tout ce qui ne ressemble à rien de ce que je connais se reflète désormais, que tout cela dirige désormais, ce ne serait pas la peine d'essayer de le rattraper. Personne ne pourrait le rattraper. Mais il a un corps, des bras et des jambes, et tout ce que je peux imaginer, c'est la façon dont il va être obligé de se servir de ces ustensiles, de ces outils qui ne servent qu'à un usage bien défini. Eux ne peuvent rien faire d'autre que de rester ici-bas. Ils ne marchent pas dans sa combine. Le drôle, c'est qu'il y a six mois, ses mains en savaient plus que sa tête ; maintenant c'est le contraire. C'est d'ailleurs ce qu'il a voulu. Et c'est avec ça qu'il faut que je me débrouille.

C'est ainsi que j'arrive sur le plateau. J'en suis prévenu par ce coup de contrebasse de l'espace, par les milliers de pluies qui piétinent ici dessus librement.

J'aperçois, loin sur ma gauche, quelques lanternes. Puis il s'en découvre d'autres. Ils sont tout de même arrivés à cet endroit-là, eux aussi. Il faut dire que, jusqu'ici, c'est facile.

Je les regarde faire quelque chose de tout à fait idiot : c'est-à-dire s'avancer en ligne de bataille. Ils s'imaginent être à Valmy. Nous sommes loin de la France et de l'étranger.

Je ne les perds pas de vue. Ils ne savent pas qu'ils sont en train de faire quelque chose de très important. Ou plutôt si, ils en sont persuadés. Ils sont fiers comme Artaban. Ils ont le doigt sur la gâchette. Ils veulent venger la mort de la vieille andouille. Quand elle était vivante, ils ne lui auraient pas donné une assiettée de soupe. Maintenant, ils sont résolus et graves parce qu'ils sont en train de s'occuper d'eux-mêmes. Ils ne donneraient pas leur place pour un boulet de canon. Ils sont loin de se douter de la chose importante qu'ils font.

Je n'ai qu'à fuir devant eux pour aller dans la même direction que l'artiste.

Je suis sûr que les gendarmes sont en train de leur faire prendre des formations savantes en nasse ou en filet à poissons. Qu'est-ce qu'ils croient avoir à prendre ? Un filtre de papier gris aurait encore la trame trop grosse.

Ils ne se rendent pas compte que l'artiste est arrivé ici à la fin du jour avec des mains *inexistantes*. Et que la nuit est tombée là-dessus. Que peuvent lui faire quelques lanternes de plus ou de moins ? S'il fout le camp de l'autre côté, c'est que l'ombre et le noir lui promettent plus et lui donnent à chaque pas.

Ce qu'ils sont en train de déployer sur le plateau avec des lenteurs d'ânes, c'est un filet à madrague, un filet pour les thons, les grosses pièces. Mais mon artiste, en temps normal, qu'est-ce que c'était déjà ? Un souffle, un rien. Je parie que ce n'est pas le gros Nestor ni Ferréol et ses quatre-vingt-dix kilos qui lui ont écrasé les mains dans la montagne, mais très probablement Fil de fer en tout et pour tout ; le léger Fil de fer. Les trucs avec lesquels les hommes font leur bonheur, pas besoin de marteau-pilon pour en venir à bout. Et ceux qui ont tout perdu, quel papier-filtre en ramassera la goutte qui *compte encore* ? Si c'est celle-là que vous voulez, mes beaux messieurs, mais je vous fais l'injure de croire que pas un cheveu de votre tête n'y pense. Alors, chargez, lanterne au poing et doigt sur la gâchette, tant qu'il vous plaira, pour le palmarès des journaux quotidiens.

J'ai d'autres chats à fouetter sur cette lande rase, moi qui suis pourtant obligé de guetter le bruit qui se fait et le bruit que je fais (le moment n'est cependant pas encore venu d'épier le bruit d'une respiration haletante), je vous perds en un rien de temps. La pluie vous couvre et vous efface, puis la nuit vous ensevelit.

Voilà un beau moment. Je suis payé de mes peines. Nous sommes seuls, l'artiste et moi. Chaque pas me rapproche de lui ; je sais que nous allons régler cette affaire à l'amiable.

Je marche d'abord assez vite dans une direction générale. Je n'ai plus à me méfier, comme dans le ravin, de mettre le pied au hasard un peu à droite ou un peu à gauche ; le sol porte de tous les côtés. Mais il me manque les indications que me donnait la pente du chemin, ce besoin de monter si attirant que je suivais comme un chien à la piste. Ici, il n'y a plus rien de précis.

Comme il a dû être heureux d'arriver enfin à un endroit où il n'y avait plus rien de précis.

J'entends brusquement quelque chose de suspect devant moi. C'est un peu plus bas qu'à hauteur d'homme. La pluie frappe sur je ne sais quoi qui est en travers de ma route. Je m'arrête. J'écoute. Je rage contre le bruit que la pluie fait sur moi. Il me semble qu'il doit retentir, qu'il m'annonce en oubliant de dire l'essentiel. Je suis là, c'est entendu, mais je suis là, bon comme le pain.

La chose en face a l'air de s'en foutre. J'ai peur. Si c'est lui, ses nouveaux compagnons l'ont-ils changé en pierre ou en arbre ? Est-ce le sort de ceux qui n'ont plus de chez-soi ici-bas ? J'ai peur qu'il ait disparu à ce point.

Je m'approche. Je *prends sur moi* de tendre la main le premier. C'est une barrière de bois sur laquelle la pluie frappe. Je la caresse. Je la flatte de la main comme un patron flatte son chien.

Je mets un nom connu sur ce qui est devant moi, avec des gargouillements de chevaux, le crépitement d'un toit de tuiles sous l'averse. Je sens une très légère odeur de fumier délavé. C'est une maison.

J'en fais le tour ; j'en touche le mur. J'arrive devant l'encadrement doré d'une porte. Je ne bouge plus, comme un oiseau devant le serpent.

Il faut me laisser le temps de revenir de très loin. Je ne peux pas comprendre le point de vue de ces gens-là tout de suite.

Enfin je frappe. On m'ouvre et je dis ce que j'ai à dire. Un enfant tousse au fond de la pièce illuminée de rouge par une simple lampe à pétrole. Je m'en vais pendant qu'ils se barricadent et qu'ils éteignent.

Je marche vite. Cette porte me gêne dans mon dos. Je m'en fous.

Comme le plateau serait beau sans moi, cette nuit-ci !

Je compte trop ; mon imperméable américain crépite comme une tôle sous la pluie. J'ai l'air de promener le saint sacrement. Et ce n'est que moi. Animé de bonnes intentions, mais il n'y a pas de quoi en faire une histoire.

Je cherche un corps étranger. C'est la première fois de ma vie.

J'ai déjà trouvé la maison. Longtemps après, j'en trouve encore un. Ce n'est toujours pas le bon. C'est une vallée. J'ai traversé le plateau dans le sens de la largeur ; je suis sur l'autre rebord.

J'écoute la pluie parler des arbres qu'elle rencontre en bas. Elle piétine sur une route et frappe sur des toitures. Elle fait silence sur des éteules, des champs labourés, des prairies. Elle gronde sur des hangars. Elle remue les jardins comme une bêche. Je sens l'odeur des vieilles feuilles de choux qu'elle déterre.

Je me détourne de ça comme il s'en est détourné. Je reprends la marche en sens inverse.

Finalement, je trouve ce que je cherche.

J'ai d'abord entendu devant moi un espace sur lequel la pluie parlait gravement. Je me suis approché pas à pas. J'ai compris qu'il y avait là un creux, une sorte de bol dont j'ai fait le tour, où la végétation était plus épaisse et plus haute. J'ai senti l'odeur des genévriers, des lauriers sauvages, des noyers ; des essences à sève noire. Je suis d'abord resté longtemps immobile jusqu'à ce que la pluie, tombant sur moi, se mette aussi à parler d'une voix grave. Tant que je n'ai pas eu la certitude de faire partie de cet endroit, je n'ai pas bougé de place. Puis, je suis descendu dans le bol. Mais, Dieu lui-même devait m'admirer.

Je me suis approché du premier buisson jusqu'à le toucher, je suis entré peu à peu dans ses branches. Si lentement que pas une n'a fait de bruit.

L'imperméable américain est devenu comme ma peau : sensible et prudent. C'est ainsi que j'ai traversé le premier buisson (c'était un genévrier) et me suis approché du deuxième. C'était une touffe de rejetons de noyers qui avaient poussé autour d'une vieille souche. Je l'ai traversé insensiblement.

Je prends des précautions autant pour lui que pour moi. J'ai toujours été timide. Je n'aime pas déranger les gens. Si c'est un chic type, encore moins.

L'odeur des taillis est forte et amère, mais je connais bien l'odeur de sa veste mouillée. C'est celle que je cherche.

J'écoute aussi. Le laurier sifflote, le genévrier pétille, le noyer claque, la pluie murmure sur le plateau. C'est un concert comme il y en a un dès qu'un homme est quelque part. Dans la maison là-bas, il y avait le ronflement du poêle, l'enfant qui toussait, un craquement de lit dans l'alcôve. Si je ne me trompe pas, il doit y avoir, tout près de moi, dans un rayon de cinq à six mètres, un corps étranger silencieux.

Et je me trompe. J'entends quelqu'un qui respire. C'est beaucoup plus compliqué que ce que je croyais.

Je reste longtemps immobile. C'est la respiration de quelqu'un qui court. Je ne peux pas croire que c'est la sienne. Cependant, je sens l'odeur de sa veste mouillée et j'entends même le bruit de la pluie sur cette veste.

Je reconnais absolument tout. Il n'a pas changé.

Je ne bouge pas. Il est à trois pas devant moi. Nous faisons ensemble la balade la plus extraordinaire. Il refait cent fois le chemin du village ici. Il étrangle cent fois la vieille andouille. Il la manque cent fois, court dans la rue, se jette dans le ravin, halète dans le chemin qui monte, court sur le plateau, va buter contre les lanternes, va buter contre la maison, va buter contre la vallée, vient se glisser sous les taillis amers. Et sans me fatiguer, je l'accompagne. S'il avait le temps d'écouter, il m'entendrait haleter près de lui, mais il n'est pas plutôt couché ici sous les lauriers qu'il repart, qu'il retourne au bistrot de Catherine, qu'il en sort, ferme la porte, traverse la place, s'engage dans la ruelle, monte chez Sophie, se précipite sur elle. Je l'étrangle avec lui. Puis de nouveau, il sort, tamponne le père Bertrand, court dans la rue, traverse les aires, se jette dans le ravin comme du haut d'un pont, atterrit en bas sur le chemin, bute sur les arbres paisibles, les pins qui s'épanouissent dans la première pluie tiède du printemps, les forêts de chênes blancs qui ont perdu leurs feuilles mortes sous l'averse et soulèvent précisément au bout de branches énormes de minuscules bourgeons verts. Je cours à trois pas de lui, de toutes mes forces. Je ne bouge pas. Lui non plus. Nous tournons sans arrêt dans un bol amer fait de terre, de genévriers, de lauriers, de buis et de tout ce que nous avons fait, le refaisant sans cesse, avec une envie de dormir irrésistible.

Et je m'endors, debout, adossé à un baliveau.

C'est moins le jour qui me réveille que son regard fixé sur moi. Les jours d'amour sont meilleurs que les nuits d'amour. Il ne bouge pas pendant que je me prépare. Je lui lâche mes deux coups de fusil en pleine poire. Je les vois faire mouche.

C'est beau, l'amitié !

J'ai été finalement félicité par les gendarmes.

Tout de suite après, je liquide la situation en vingt-quatre heures.

Catherine est tendre mais convenable.

Je descends à pied vers la route nationale. J'oublierai celui-là comme j'en ai oublié d'autres. Le soleil n'est jamais si beau qu'un jour où l'on se met en route.

Le Moulin de Pologne

CHAPITRE PREMIER

A wondrous necessary man, my lord.

The Changeling.

Le domaine du Moulin de Pologne, si orgueilleux jadis, tomba entre les mains d'un homme que tout le monde appelait M. Joseph.

C'était un grand gaillard alerte d'une quarantaine d'années. Il avait une courte barbe noire, de larges yeux d'un très beau marron un peu vert, le nez parfait qu'on voit seulement dans les visages de race.

Il était arrivé ici un de ces jours d'hiver miséricordieux aux âmes sensibles. Il ne nous fit pas beaucoup de bonnes manières. Il fréquenta à peine, vint tout juste au café pour faire un bésigue, presque sans parler. S'il avait choisi ses partenaires de jeu, on aurait pu dire qu'il était intrigant. Il jouait toujours avec des gens importants. Mais il ne choisissait pas : on le choisissait. Il ne faisait d'avances à personne. Au bout de trois mois, il fut évident qu'il ne cherchait rien d'autre que d'être à sa place en paix.

On se demanda de quoi il vivait. Il était toujours bien mis, sans aucun luxe, mais avec une certaine recherche. Ses vestons, de velours l'hiver, d'alpaga l'été, étaient manifestement à la fin d'un long usage mais très finement raccommodés et entretenus avec soin. Ils prenaient sur lui une très grande qualité. Il portait de petits souliers craquants. Tous ses pas étaient accompagnés de ce craquement quand il marchait sur les trottoirs.

Il logeait chez des cordonniers, impasse des Rogations. Le ménage qui lui donnait le gîte et le couvert n'était pas la fleur des pois : lui se soûlait et elle aussi. Quand ils étaient soûls, ils ne se battaient pas, c'était beaucoup plus grave : ils chantaient. Ils avaient des voix horribles, et ils pouvaient s'en servir pendant des jours et des nuits entières sans repos. Nous ne sommes pas très *regardants* sur le chapitre de l'ennui et il nous en faut beaucoup pour nous mettre les nerfs en pelote. Ces cordonniers-là y arrivaient.

L'impasse des Rogations borde d'un côté les jardins d'un ancien couvent. D'énormes platanes dépassent de plus de trente mètres les murs de clôture et font, avec leurs feuillages épais, une énorme voûte sous laquelle le chant de ces deux ivrognes retentissait comme dans une église. On avait fait mille plaintes à ce sujet et notre homme de police était allé plus de cent fois frapper contre la porte ou contre les volets avec la poignée de son sabre. On n'avait jamais rien fait que changer la bacchanale en intarissables litanies d'une grossièreté révoltante. Ces gens étaient doués pour le scandale à haute voix.

À partir du moment où M. Joseph logea chez eux, ils devinrent doux comme des agneaux.

On ne s'expliquait pas pourquoi il était allé se loger chez les Cabrot (c'était le nom de ce cordonnier). L'impasse des Rogations n'était pas renommée comme un endroit agréable à habiter, et, pour si pauvre que pouvait être M. Joseph, il ne manquait pas d'endroits, disait-on, où il aurait pu se loger plus à son aise, et en meilleure compagnie. On lui fit même de flatteuses avances ; notamment les deux sœurs d'un petit clerc de notaire, chicots d'une vieille bonne famille, demoiselles à salon en housses à grande maison vermoulue et donnant sur la place de l'Église. Elles furent pendant longtemps tout sourire et toute révérence, toujours appâtées par le grand salut du chapeau de feutre noir en réponse. Mais il ne fut jamais question de quitter les Cabrot.

On savait même, de façon certaine, qu'il mangeait à leur table. Pour un homme qui, chaque soir, faisait froidement sa partie de cartes avec tout ce que nous comptions comme gratin, il y avait de quoi penser. On fut bien obligé d'en prendre l'habitude comme celle de voir, chaque semaine, la mère Cabrot laver au lavoir public une grande nappe de table et trois serviettes damassées marquées, croyait-on, d'une sorte de couronne. En fin de compte, on prit le parti de reconnaître que le jardin de l'ancien couvent était fort beau, et qu'il devait être très agréable de l'avoir sous ses fenêtres.

Pendant les premiers mois de son installation chez nous, le ménage de M. Joseph fut fait par la mère Cabrot. Elle en tirait gloire et, bien entendu, il ne fut question pour personne de l'interroger sur ce qui intriguait, à savoir : est-ce que cet homme était *bien de chez lui* ? Avait-il de beaux meubles en plus du beau linge ? Avait-il été marié ? Ce dont il est facile de s'apercevoir en comptant le nombre de ses draps de lit et en mesurant la surface. Mais il ne pouvait pas être question d'interroger là-dessus la mère Cabrot qui était renommée pour sa verdeur quand elle n'avait pas envie de répondre.

La mère Cabrot était fine. Elle avait toujours compris tout ce qu'on ne disait pas. Elle parla de notre curiosité à son pensionnaire sur ce ton de complice passionné que prennent les gens longtemps rebutés pour déclarer leur amour à ceux qu'ils aiment. Elle eut ainsi le plus beau moment de sa vie : une longue conversation de plusieurs heures avec cet homme aimable. « Il m'a fait venir les choses de très loin », disait-elle. Car, cette aventure-là, elle ne put pas se tenir de la raconter ; sans d'ailleurs vraiment rien dire ; s'en tenant surtout à montrer l'honneur qui lui avait été fait (elle avait une longue liste de mépris à faire payer). Et le lendemain de cette fameuse conversation elle chercha elle-même une femme de ménage pour s'occuper de M. Joseph. Elle en choisit une — et qui n'était même pas son amie, au contraire —, la plus bavarde et la plus indiscrète. À cette occasion-là, d'ailleurs, nous fûmes surpris des manières de la mère Cabrot ; elle avait l'air d'être en possession d'un secret et de se moquer de nous.

La nouvelle femme de ménage expliqua les choses clairement en long et en large. M. Joseph vivait entre une table de bois blanc, une chaise et un lit de fer. Il avait deux draps, trois chemises dont une qui pouvait à la rigueur être empesée si c'était nécessaire, six mouchoirs, deux serviettes de toilette, trois pipes, en terre d'ailleurs, et un livre. On ne sut pas lequel : elle ne savait pas lire.

Il fut évident qu'il dissimulait quelque chose. Jamais la méchanceté, qui nous est naturelle ici, à nous qui vivons dans un pays ennuyeux, ne s'exerça cependant contre lui ; enfin, ne s'exerça vraiment ; nous pouvons être tellement habiles, nous arrivons à des résultats si extraordinaires quand nous prenons la peine d'être méchants, qu'en ce qui le concerne on peut dire non. Les garçons qu'on envoya jouer dans le jardin du vieux couvent et à qui on recommanda de grimper dans les platanes jusqu'aux branches d'où l'on pouvait voir dans la chambre de M. Joseph, rapportèrent qu'il se promenait paisiblement de long en large, ou bien qu'assis sur sa chaise, il lisait à longueur d'après-midi ce fameux livre dont on ne savait pas le titre.

Malgré tout son mystère, il n'inquiétait pas. Ceci est assez difficile à expliquer. À dire vrai, il inquiétait. Mais il ne faisait pas peur. Quand je m'en aperçus, je fus bien plus étonné de voir que la méchanceté ne s'exerçait pas contre lui. Enfin, pas vraiment.

Nous avons ici deux sociétés musicales — rivales, naturellement. Quand il fut question de renouveler les cartes de membres honoraires, on en fit porter une chez M. Joseph. Il la prit de bonne grâce et paya trois francs. L'autre société fit également porter une carte qu'il prit aussi et paya trois francs. On fut cette fois assez vexé de cette indifférence. D'ordinaire, nous ne la pardonnons pas. On ne peut pas dire que nous pardonnâmes. Mais on ne sait par quel prodige il nous obligea à ne pas avoir de suite dans les idées. Si tous les canons qu'on avait braqués sur lui étaient partis, il aurait été réduit en poussière. Quelque chose mouillait la poudre.

Nous étions surtout, il faut le dire, retenus dans nos élans naturels par un peu de crainte. Sinon, malgré tout son charme, il aurait payé comme tout le monde. Les nappes et les serviettes damassées que la mère Cabrot lessivait toutes les semaines au lavoir public nous donnaient à penser. C'était un magnifique linge de table. Personne n'en avait jamais eu de plus beau ici. Cela parlait d'un train de vie inimaginable et d'une puissance correspondante. Nous étions trop prudents pour nous frotter sans plus ample informé à quelqu'un qui avait été de cette puissance-là. On le jugea sournois et hypocrite, mais c'était exactement ce qu'il fallait pour qu'il soit respecté. Surtout en face. Et c'était tout ce à quoi il avait l'air de tenir.

Nous étions terrorisés par la désinvolture avec laquelle il consacrait à la table d'un cordonnier ces damasseries royales. Il ne faut pas croire que nous soyons ici des gens ordinaires qui ne sont jamais sortis de chez eux, qui n'ont jamais rien vu et s'étonnent de peu, ou s'effraient facilement. Tout notre haut du pavé est allé faire fortune au Mexique. Il faut traverser l'océan sur lequel il y a des tempêtes ; il faut habiter des villes dans lesquelles on a le mal des montagnes ; il faut voyager armé et même dormir armé dans ce pays où il y a plus de bandits et de serpents que partout ailleurs. Mais nous craignons moins les couteaux et les fauves qu'une façon de vivre qui ne correspond pas à l'idée que nous nous faisons de la vie. Cela détruit tout ce que nous possédons plus sûrement que la révolution de Pancho Villa. Il s'agissait donc, avec M. Joseph, d'être très diplomate.

Il semble bien qu'il ait été, pendant plus de deux ans, le souci de notre petite ville. Nous avons nos habitudes, nous vivons ici avec elles. Il était très désagréable d'avoir maintenant constamment sous les yeux quelqu'un qui vivait de façon différente, et fort bien. Il avait l'air de nous donner des leçons. Nous n'aimons pas ça. Sans le linge damassé et l'expérience que nous avons de la vie, il aurait couru les plus grands dangers. Il les courait, en vérité, mais impunément, ce qui était encore plus désagréable.

Nous avons évidemment des atouts pour gagner ; le plus puissant est ce qu'on appelle « *la force des choses* ». Et, en ce qui concernait M. Joseph, cet atout-là était particulièrement bon. Cette barbe d'œillet, ces yeux dans lesquels la moindre vivacité allumait des éclats verts, cette stature, cette démarche virile et souple qui faisait penser à la mer, tout cela, joint au mystère romanesque, au damas et à la table de bois blanc, enflamma la tête des femmes. Il était dans le bel âge et d'une salubrité attirante. Je ne parle pas de nos *frivoles*. Celles-là, bien sûr, s'étaient tout de suite jetées à corps perdu dans l'entreprise. Il est évident qu'un scandale dans ce sens-là nous aurait bien servis. Nous en avions de très élégantes qui avaient eu des succès à Paris et même dans d'autres capitales du monde ; elles étaient habiles et très flatteuses. Mais il fallut vite perdre tout espoir. Le sourire de M. Joseph en disait trop long. Nous n'avions vraiment pas compté marquer un point de cette façon-là. Par contre, nous comptions bien sur nos *petites filles*. Certes, les grosses héritières étaient depuis longtemps en usage ou soigneusement chambrées, mais il en restait pas mal d'autres et, comme on dit : d'un âge correspondant. Bien faites, la plupart : un peu alourdies ou un peu maigres, mais de beaux yeux ; enfin, en tout cas, des yeux très occupés. Des partis solides, du comptant : beaucoup plus de comptant, par exemple, que ce que pouvait représenter le Moulin de Pologne où la peste s'était mise. Et enfin, des filles bien élevées et de devoir.

Ce sens du devoir chez les femmes sur quoi nous sommes le plus intransigeants et dont nos *petites filles* sont l'expression la plus parfaite était, je le dis sans honte, la chose sur laquelle nous comptions le plus fermement pour faire de M. Joseph un des nôtres. Il faut avoir le courage de faire entrevoir carrément pantoufles, tisanes et buis bénit aux hommes d'un certain âge.

M. Joseph dut sentir tout le sérieux de notre attaque ; il y répondit avec une habileté contre laquelle nous n'avions pas d'arme. Aucun de nous n'aurait pu se permettre de refuser les *petites filles* qu'il refusa. Rien qu'à y penser, j'en avais l'échine glacée. Les pères étaient tous patrons, propriétaires, ou du conseil de fabrique, et si on faisait tant que de se représenter tous les tenants et les aboutissants de leur puissance, on voyait toutes les rues, places et carrefours barrés de chaînes, comme au Moyen Âge.

Il manœuvra de telle façon qu'il n'y eut pas de chaînes pour lui, pas de rues barrées : au contraire.

Je ne peux pas me flatter d'avoir été très mondain, mais la stricte vérité m'oblige à dire que la bonne société de notre petite ville n'a jamais dédaigné mon humble personne. Et cette bonne société n'est pas la première venue. Nous avons ici des salons qui, sans fatuité, peuvent rivaliser avec ceux de la capitale en esprit, en élégance et en puissance politique. Nous avons des têtes qui, tout comme là-haut, sont au courant des secrets d'État et jouent un rôle de premier plan dans la coulisse.

Un soir, une de ces têtes, M. de K..., me tira à l'écart et me dit : « Les bourgeois font une terrible bévue. Savez-vous qui il est en réalité ? C'est un jésuite de robe courte. Il a même un grade élevé. » J'en fus tout ébahi et vraiment effrayé. L'air de légère ironie, qui était à demeure en soleil autour des yeux de M. Joseph, prenait un sens : et un sens bien inquiétant. « Je ne prétends pas que c'est le général, continua M. de K... à qui mon émotion n'avait pas échappé, mais personne ne peut se permettre de faire d'impair avec un homme de cet acabit. Or, il me semble que ces pauvres gens à vue courte sont en train d'agiter des jupons sous son nez. » Je ne pus que balbutier : « Comment le savez-vous ? — Quoi, les jupons ? dit-il. — Non, non, dis-je, les jupons, je le sais, c'est visible, mais le reste ? » J'étais troublé au possible. Un jésuite de robe courte est un juge, et nous avions tant de raisons d'être tous jugés.

M. de K... était un homme de sang-froid. Je l'avais vu souvent dans des adjudications, par exemple, aller au danger par les biais les plus sûrs, avec une décision immédiatement réfléchie. Il n'avait pas l'habitude de prendre des vessies pour des lanternes. C'était l'homme le plus averti que nous ayons. Il fit le mystérieux : ce qui était le signe évident du danger que nous courions. M. Joseph s'était, paraît-il, trahi — et sans aucun doute trahi volontairement, car les hommes de son genre ne font rien par faiblesse — il avait fait quelques allusions furtives au cours de sa partie de bésigue avec M. Nestor B... Allusions furtives sur lesquelles, à diverses reprises et avec une insistance caractéristique, M. Joseph était revenu de soir en soir. « Et enfin, dit M. de K..., l'avez-vous jamais vu à la messe ? »

Cela faisait trop de preuves pour douter.

On rentra brusquement les *petites filles* dans leurs boîtes. Et, à la lettre, il y eut, autour de M. Joseph, une explosion de révérences et de coups de chapeau.

Tout s'expliquait : la table de bois blanc, le lit de fer, le linge damassé, la pauvreté dont il n'avait point honte. (Fallait-il qu'il soit puissant pour n'avoir point honte de la pauvreté !) Pauvreté, comprîmes-nous enfin, pauvreté consentie, cherchée ; pauvreté construite. Il avait été percé à jour par M. de K..., une de nos têtes, mais nous nous reprochions amèrement de n'avoir pas vu ce qui nous crevait les yeux.

Pendant la période de chasse au mari, on avait imprudemment avancé deux de nos *petites filles* : Éléonore H... et Sophie T... On eut beau les rentrer plus vite que les autres, elles avaient occupé des places si importantes sur l'échiquier que leur ombre y resta visible. Cela leur attira beaucoup de sarcasmes. Car, nécessité n'a pas de loi, nous nous portâmes tous du côté de M. Joseph en un clin d'œil. Il avait un trop gros bâton entre les mains.

Éléonore et Sophie, quoique montées en graine, étaient fort tendres. Il était très dur pour elles de continuer à se montrer et à sourire comme si de rien n'était. Leurs familles glacées de peur, et peur en face de laquelle ces pauvres *petites filles* ne comptaient plus que comme la cinquième roue de la charrette, les deux familles : pères, mères, frères, tantes et même cousins au cinquième degré, obligèrent Éléonore et Sophie à sortir, à faire des visites, à paraître en public, à la promenade, partout. On leur faisait sans cesse la leçon à la maison et, dès qu'elles paraissaient sur le cours ou dans les salons, on les lorgnait sans vergogne d'un œil qui ne dissimulait rien. Elles savaient très bien ce qu'il y avait dans ces regards ; elles avaient souvent regardé les gens de cette façon-là. Le rouge de la honte ne quittait plus leurs fronts. Il était facile de prévoir qu'elles allaient finir par en tomber malades. Tout le monde se réjouissait beaucoup.

Si j'avais eu la légèreté de ne pas croire dur comme fer aux confidences d'une de nos *têtes* — ce qui n'avait jamais été le cas, et cette fois-ci moins que jamais —, le comportement de M. Joseph vis-à-vis d'Éléonore et de Sophie aurait suffi à m'éclairer. Il m'eût été sans doute impossible d'aller aussi profond que M. de K... et de qualifier exactement la position sociale de cet homme étrange, mais j'eusse été prévenu par mon instinct de sa valeur extraordinaire. En effet, il ne nous restait plus qu'à attendre le délabrement nerveux de nos deux *petites filles* quand tout fut remis en place avec un brio qui nous laissa bouche bée et très inquiets, car nous ne sûmes plus à quel clou pendre notre lampe.

Chaque dimanche, à deux heures de l'après-midi, tout ce qui comptait ici allait en grand équipage faire promenade sur une sorte de terrasse plantée d'ormes qui domine la plaine d'une cinquantaine de mètres. Cette magnifique esplanade qui s'étale sur les débris de nos anciens remparts est l'œuvre d'un de nos édiles,

M. Bonbonne, qui, il y a une soixantaine d'années, mena à bien à la fois l'enrichissement de notre territoire avec un canal d'irrigation, et l'embellissement de nos résidences avec cette esplanade digne d'une grande ville. On l'appelle Bellevue. Ce qui s'accorde avec l'élégance qui s'y déploie.

Nous étions en mai. C'étaient des jours tièdes et gris, très amollissants, où il est si agréable d'être cruel sans danger. On s'en donnait à cœur joie avec Éléonore et Sophie. Les familles les exhibaient avec soin à Bellevue. C'était une façon de proclamer que tout était pour le mieux dans le meilleur des mondes. Personne n'en croyait rien et le montrait ouvertement. Nous savions que c'était de la comédie. Nous sifflions les acteurs à cœur ouvert.

M. Joseph n'était jamais venu à la promenade. Il y vint. Nous le saluâmes avec empressement. Sa présence sous nos ormeaux était, à mon avis, une bonne note qu'il nous donnait, même si son coup de chapeau était un peu sec. Il avait bien le droit, tout en nous faisant de bonnes manières, de souligner sa puissance.

Même avec le recul du temps, je ne peux pas me représenter exactement ce qu'il fit. C'était si loin de ce que nous pouvions comprendre. J'ai parlé de ses coups de chapeau un peu secs. Ce qui est clair, c'est qu'il répondit à peine à nos saluts et qu'en réalité il passa, raide comme la justice, devant M. de K..., Mme T..., la famille M... et tous nos gros bonnets comme devant une pépinière de poiriers. Il salua très bas Éléonore au milieu de ses parents, puis, par une volte-face qui envoûta tout le monde, il salua très bas la malheureuse Sophie qui titubait entre son père et sa mère. L'instant d'après, et sans qu'il soit possible de dire comment cela s'était fait, il avait Éléonore à son bras droit, Sophie à son bras gauche et tous les trois se promenaient sous nos ormeaux, comme si la chose était toute naturelle.

Nous étions pétrifiés. Nous aurions vu Sodome et Gomorrhe, nous ne l'aurions pas été plus. Je revois encore M. B... avec sa bouche en trou sous ses moustaches et Mme R... que l'événement avait surprise en train d'ouvrir son ombrelle et qui continuait à l'ouvrir, comme dans un tableau. Seuls, lui et les deux pauvres filles continuaient à vivre. Lui, l'œil cette fois entièrement vert et étincelant, le sourcil froncé, mais dans sa barbe d'où, semblait-il, il était en train de parler, des sourires très blancs, elles, toutes deux redressées, ayant cambré un peu la taille, marchaient en ayant l'esprit de faire de beaux pas. On voit tout de suite quand quelqu'un est à son aise : on a en soi-même une sorte d'inquiétude qui nous en prévient. C'était exactement ce qui se passait, et pour elles et pour nous.

M. de K... me rencontra le soir de ce jour-là. Il ne m'avait jamais parlé dans la rue. Il me dit : « Avais-je vu clair ? » Je fis beaucoup d'éloges à sa perspicacité, mais nous avions reçu la volée de bois vert. « S'incliner, me dit-il, s'incliner, courber l'échine, voilà le conseil que je donne. Nous ne sommes pas de taille. Il a toute la confrérie derrière lui. » Je reconnus qu'en effet, pour se risquer à faire une chose semblable, pour nous défier de cette sorte, il fallait qu'il se sente soutenu en haut lieu. « Mieux que soutenu, me dit M. de K... — et il dressa son index : Mieux que soutenu : obéi. Souvenez-vous de ce que je vous dis : en haut lieu on ne le soutient pas, on lui obéit. »

Nous étions arrêtés sur le trottoir, devant la mercerie des sœurs Atanase et on nous regardait à travers les vitres ; on avait même un peu entrebâillé la porte pour suivre notre conversation. « Venez », me dit M. de K... et nous fîmes quelques pas en direction de l'hôtel des postes. « Il faut être extrêmement prudents », me dit-il. Je répondis avec une voix embarrassée que nous l'avions toujours été. Je ne sais ce qui me bouleversait le plus, du fait que M. de K... me traitait de pair à compagnon en pleine rue ou de l'aventure dangereuse que nous étions en train de vivre. « Nous n'avons jamais été imprudents, en effet, me dit-il, sinon entre nous. Et, entre nous, cela est sans importance. Nous nous connaissons assez pour n'être imprudents qu'à coup sûr. » Nous vivions des temps si exceptionnels que j'osai poser une question à M. de K... « Que vient-il faire ici ? » Il leva les bras au ciel. « Que font ces gens-là d'ordinaire, où qu'ils soient ? » me répondit-il. Il se pencha vers mon oreille et il ajouta : « Nous abaisser, voilà ce qu'ils font. » Nous continuâmes à faire quelques pas mais en silence. C'était un adorable soir gris perle semblable à ceux qui me troublaient le cœur quand j'étais enfant. Le train du monde ne permet plus de jouir de cet innocent romanesque.

Je ne suis pas un esprit pénétrant et universel comme M. de K... mais, quand ma propre sécurité est en jeu, j'ai une jugeote qui rend bien de petits services. Je me dis : « Le plus simple est, comme toujours, de calquer ta façon de faire sur celle des autres. Tu ne risqueras pas plus qu'eux. Si le ciel tombe, tu es prévenu, il te sera peut-être possible, au dernier moment, de faire l'écart pour te sauver. Écoute, regarde et fais-en ton profit. »

On disait qu'au moment où ils se séparèrent, Sophie avait baisé les mains à M. Joseph. Si elle l'avait fait, et ainsi devant tout le monde à Bellevue, il y avait eu une exaltation étrange dans cette *petite fille* qui avait été toujours très effacée. Il paraissait même qu'elle s'était « précipitée sur ses mains ».

On en dit toujours plus qu'il n'y en a, dans ces cas-là, mais je ne pouvais pas exercer mon sens critique, la scène s'était passée loin de moi, loin de tout ce qui comptait. Tout le temps que dura la promenade de ces trois personnes, nous nous étions serrés les uns contre les autres et réfugiés, pourrions-nous presque dire, à l'extrême bout de l'esplanade, autour du buste de M. Bonbonne. La chose avait été rapportée par ces gens sans importance que rien ne peut jamais inquiéter.

Devant cette « précipitation », Éléonore avait eu, paraît-il, un haut-le-corps et elle avait fait un pas en arrière. Mais, l'instant d'après — si on en croit toujours ces gens du commun sans imagination —, elle s'était « précipitée » elle aussi, mais sur Sophie qu'elle avait embrassée avec les marques de la tendresse la plus passionnée. Il y avait là matière à réflexion. Il faut bien connaître notre milieu pour comprendre ce que ces événements avaient d'effrayant et de miraculeux.

Sophie était la fille unique d'un marchand de fer qui n'avait jamais fait vraiment partie des *gros bonnets.* Il avait simplement réussi quatre ou cinq adjudications conséquentes à l'époque où l'on faisait des ponts métalliques. Le train-train l'avait lancé ; il avait été considéré longtemps comme une des fortunes de notre région. À cette époque, Sophie, quoique sans grâce mais avec la fraîcheur de vingt ans, côtoyait la jeunesse dorée. Elle n'en faisait pas partie : elle en touchait les bords. Quand les beaux jeunes hommes et les belles demoiselles partaient en char à bancs avec des violons pour aller goûter et danser sous les charmilles, toute la compagnie saluait gentiment Sophie si on la rencontrait sur la route en train de faire les cent pas. Quant à l'inviter à monter, c'était une autre affaire à laquelle personne ne pensait. Sophie avait-elle mal fait son compte en pensant à l'argent du marchand de fer ? Sa bouche, qu'elle avait large et épaisse, devint amère ; elle rentra la tête dans les épaules et elle finit par regarder obstinément la pointe de ses souliers. Elle avait aussi commencé à grossir quand elle eut une brève intrigue avec un des commis voyageurs de son père. Puis, il y eut encore au moins dix ans de regards baissés et elle se rendit une deuxième fois ridicule pour un père blanc qui était venu prêcher à notre paroisse de Saint-Sauveur au sujet de la croix qu'on a, depuis, érigée au sommet de notre plus haute colline : à plus de trois cents mètres au-dessus du niveau de la mer.

J'ai dit tout à l'heure que Sophie était effacée. En effet, ces deux fois où on parla d'elle, en réalité on n'eut pas grand-chose à en dire. Le commis voyageur avait été flanqué à la porte subitement avec des mots un peu vifs. C'est nous qui tirâmes la conclusion. Pour le père blanc c'était un peu plus net. On ne pouvait pas nier l'assiduité de Sophie aux prêches ni le soin qu'elle mit à se placer chaque fois, juste dessous la chaire, et finalement on sut, de façon certaine, que c'était sur sa propre insistance que le père T... se décida à fournir gratuitement le fer de la croix.

De toute façon, les affaires du père étaient restées dans un statique sans gloire. Sophie s'était arrondie et commençait déjà parfois à marcher comme les canards. C'était pour nous la grenouille qui veut se faire plus grosse que le bœuf. Les mieux intentionnés disaient d'elle : « Elle a de la tête. » Nous répondions invariablement : « Elle ferait mieux de ne pas en avoir. » C'était une spirituelle allusion à son visage sans grâce. Au surplus, nous la savions sensible et deux ou trois traits de son caractère auraient été en sa faveur s'ils ne l'avaient poussée à des manifestations de sensiblerie fort inconvenantes. On doit laisser l'exercice de la charité à ceux que la naissance a désignés pour cet usage.

Éléonore était tout à fait autre chose. Avec elle, il fallait continuer à prendre des gants. D'abord, les H...

étaient apparentés à d'anciennes familles solides et dont la fortune ne venait ni du commerce ni du travail. C'était une petite cousine — par les femmes — de M. de K... et la bonne nièce de Philippe de Beauvoir qui faisait toujours la pluie et le beau temps à la sous-préfecture. Elle avait, en outre, de qui tenir. Sa mère avait toujours mené tout le monde tambour battant, sauf son mari qui, lui, la faisait sérieusement danser sur une musique tout à fait personnelle. Il buvait, il était coureur. C'était un grand, gros homme, toujours vêtu d'un rase-pet mastic et de culottes de cheval. Il portait bottes en tout temps. Il avait une tête en boule à peau violette, les yeux en œuf ; il s'accrochait dans les cœurs faciles avec ses superbes moustaches en croc. Éléonore tenait de lui une façon brutale d'obéir aveuglément à soi-même, mais elle tenait de sa mère le goût de l'attitude. Madame, haute et corpulente au pied large, était corsetée tous les jours à six heures du matin ; et corsetée serré. Elle ne reposait que debout. Son énorme poitrine surplombait le vide et, à force de compression et de retenue sans défaut, elle avait fait passer son ventre dans ses fesses. Elle portait lorgnon, non pas par myopie, mais pour les besoins de la cause ; et je soupçonne même que l'assez forte moustache noire qui ornait sa lèvre lui était venue par volonté. Elle et Éléonore étaient capables de passer en plein jour à côté de M. H... vautré dans le ruisseau, et couvert de vomi, sans presser le pas ni détourner les yeux. Elles avaient subi leur part d'avanies avec une telle insensibilité que nous nous étions lassés les premiers.

Si M. de K... m'avait raconté la « précipitation » de Sophie et l'embrassement « passionné » d'Éléonore (on prétendait même qu'elle avait balbutié : « Ma chérie, oh ! ma chérie ! » et qu'elle avait les larmes aux yeux), malgré tout le respect naturel que je me devais d'avoir pour lui et pour son esprit (et que j'avais), j'aurais pensé qu'il inventait. Mais le fait avait été rapporté comme je l'ai dit par des boutiquiers sans aucune importance. Comment croire que ces gens-là pouvaient imaginer ? À mon avis, les choses s'étaient bien passées de cette façon-là. Et les conséquences étaient d'une extrême gravité. Ce n'était rien moins que la mise en pièces de notre monde habituel. Tout ce que nous avions pensé et construit sur notre pensée s'écroulait. Les révolutions dont on parle tant ne sont pas autre chose.

Les soucis que je laisse voir n'embarrassaient pas tout le monde. C'était l'amère prérogative des meilleurs d'entre nous. Je ne les partageais qu'avec nos « *têtes* » : M. de K... et les autres. Et Dieu sait si nous en étions assombris !

Quant à Éléonore et à Sophie, depuis la fameuse promenade, elles ne se quittaient plus. On les voyait partout en pleine passion d'amitié. En d'autres occasions, on n'aurait pas manqué de chansonner ces deux vieilles tourterelles, mais j'avoue que tout cela nous effrayait à juste titre et que nous nous contentions, entre nous, de nous regarder sans avoir envie de rire et avec des mines fort longues. Plus nous réfléchissions à la chose, plus nous sentions qu'un bouleversement général était en train de s'opérer, à quoi nous n'avions rien à gagner et tout à perdre. On commençait aussi à faire beaucoup d'éloges de M. Joseph, chez les gens du commun ; et ceux-là, s'ils n'ont pas l'esprit, ont le nombre.

Ils avaient été enthousiasmés par les manières si peu délicates de M. Joseph et surtout par le dédain dont il nous avait accablés. Ils disaient que c'était un « chevalier » (comme quoi, même ceux qui en nient la valeur en viennent à se réclamer d'une hiérarchie aristocratique).

Le « chevalier », comme nous l'appelâmes (strictement entre nous, à voix basse), continua à vivre de son train ordinaire. Il récoltait beaucoup de saluts, y compris les nôtres que nous ne lui ménagions pas. Il répondit à tous avec bonne grâce. Il ne manqua pas une partie de bésigue.

J'eus encore une conversation dans la rue avec M. de K... Je l'écourtai le plus possible et lui fis remarquer que ces conciliabules pouvaient être compromettants. Il en convint. « D'autant, me dit-il, que j'ai essayé de voir si on pouvait pousser le Clergé en avant, plus pour me rendre compte de la valeur de mes déductions que pour la chose elle-même. J'ai trouvé ces messieurs de plomb ; ils ne veulent entendre parler de rien. J'ai eu beau leur montrer toute l'importance que cet homme prenait dans le parti de la rue. Ils n'en ignorent rien, mais ils m'ont cité l'Évangile. À moi ! C'est vous dire si, en réalité, la situation est grave. »

Nous nous séparâmes rapidement.

Cependant, pour des esprits superficiels, tout paraissait être rentré dans l'ordre. Ils purent le croire jusqu'à la nuit du scandale.

CHAPITRE II

*Fourrez vos soucis dans un vieux sac
et perdez le sac.*

L'anonyme.

Je vais faire un assez long détour en arrière avant d'en arriver à cette fameuse nuit.

La femme qui va nous intéresser maintenant était évidemment exceptionnelle. Je vais essayer de la faire comprendre.

Le Moulin de Pologne est un domaine de plaisance situé à un kilomètre à peine de nos faubourgs ouest par la route. En réalité, la promenade de Bellevue le surplombe exactement. Si on le voulait on pourrait cracher sur la toiture du château.

Moulin de Pologne, pourquoi ce nom ? Personne n'en sait rien. Les uns prétendent qu'un pèlerin polonais allant à Rome s'établit jadis à cet endroit-là dans une cabane.

Un peu après la chute de l'Empire, un nommé Coste acheta le terrain, fit construire la maison de maître et les dépendances qu'on voit encore.

Coste était un enfant du pays, mais il y revenait après un long séjour au Mexique. C'était, paraît-il, un homme maigre et silencieux. On se souvient surtout de ce qui le caractérisa : des sautes d'humeur violentes qui le faisaient passer sans transition d'une bonté de pain à une cruauté famélique. Il semblait être aux prises avec un problème qu'il essayait de résoudre de deux façons différentes sans jamais y arriver.

Il était veuf, mais il avait deux filles. On parle encore de leur beauté. Elles étaient, à peu de chose près, du même âge. À m'entendre, comme à entendre tous ceux qui en parlent, on croirait que nous les avons connues. Tous leurs contemporains sont morts et il est cependant de notoriété publique qu'elles étaient brunes à peau de lait, que leurs yeux énormes, d'un bleu d'acier, regardaient les choses avec une extrême lenteur. On parle aussi de l'ovale ravissant de leur visage et de leur démarche qui, à ce qu'on dit, vous laissait bouche bée.

Anaïs et Clara firent des ravages considérables parmi la gent masculine. Il était très difficile de les approcher. Elles ne fréquentaient pas.

Elles furent demandées en mariage. Ce qu'on demande toujours en mariage, ici, c'est l'argent. Coste paraissait en avoir à *revendre*. Malgré la beauté des deux filles, on ne pouvait pas se tromper sur le sens des premiers pas qu'on fit à leur sujet. La famille qui s'avançait était huppée et arrogante, comme il se doit. Elle fit comprendre sans équivoque qu'elle cherchait purement et simplement un moyen de prouver que deux et deux faisaient quatre.

On employa à ces premières escarmouches les marieuses habituelles, notamment une Mlle Hortense dont il va être souvent question.

C'était une femme forte comme un cheval, de corps et d'âme et, à ce qu'il semble, capable de prendre indéfiniment ressource en elle-même. On la représente comme mangeant de la viande saignante, buvant sec, se crottant sans souci et portant ostensiblement du toc par esprit combatif ; bien entendu, fine comme l'ambre. Elle emmenait toujours avec elle, dans ses ambassades, trois pauvres petites bécasses sorties du meilleur monde et habillées comme des gravures de mode. « C'est pour la tapisserie, disait-elle. Sans tapisserie, pas de diplomatie. Je n'ai toute ma valeur que rehaussée par l'alentour. »

Toutes ces dames sortirent d'entre les mains de Coste légèrement défrisées. Il les avait reçues avec une grâce, un brio, une gentillesse exquise. Cet homme sec et qui avait, disait-on, arpenté des déserts, portait le costume comme un roi. Ce silencieux avait le don d'un sourire éblouissant et, quand il se donnait la peine de parler, il parlait d'or. En cette occasion, il s'était donné, semble-t-il, cette peine.

Les matrones s'attendaient à trouver du nègre sous tous les fauteuils du Moulin de Pologne. Elles étaient loin d'être préparées au charme de cet homme et à la tristesse de son cœur. Faiblesse qu'il leur dévoila sans vergogne, comme à des domestiques devant lesquels on peut se promener tout nu. Mais ce qui les mit à plate couture, c'est surtout le tour que Coste donna à l'affaire.

L'entretien eut lieu dans le grand salon. J'ai eu, depuis, l'occasion de vivre (on verra comment) dans cette pièce qui donne par six portes-fenêtres sur la forêt de sycomores. J'ai plaisir à imaginer que cet entretien eut lieu en novembre. Dieu qui fait bien les choses avait dû le réserver pour cette époque de l'année où le reflet des feuilles rouges colore même l'ombre.

Le mur qui fait face aux portes-fenêtres était presque tout entier occupé par un immense tableau. Je l'ai revu récemment quand j'ai eu l'esprit de m'intéresser aux fins de cette malheureuse famille. Il est, maintenant, roulé dans les archives de maître Didier, notaire. « Vous regardez, m'a dit celui-ci, le drapeau des Amalécites ? »

C'est une peinture grossièrement dessinée et grossièrement coloriée sur du papier. Je ne me pose pas en artiste ; je donne mon avis. Cela représente une femme en pied, bien plus grande que nature, dans un vaste paysage de collines, de palmiers, de cactus, d'oiseaux exotiques, de serpents et de villes en pyramides. Dans le visage de la femme, dans la façon dont elle porte son corps, dans la couleur de ses yeux, le poids de son regard, la ligne de sa bouche et de ses sourcils, le déroulement de ses bras, l'attache de sa gorge, la plénitude de ses hanches, le mouvement de ses cuisses de reine, visible sous une jupe paysanne à longues raies vertes et rouges, on avait, paraît-il, souligné jusqu'à l'absurde la ressemblance avec Anaïs et Clara. En plus des serpents, des oiseaux et des villes, cette *mère* d'Anaïs et de Clara est entourée de scènes semblables à celles que l'on voit dans les ex-voto pendus aux murs des chapelles miraculeuses pour remercier le Seigneur d'avoir échappé à l'infortune de la terre et de la mer : roues brisées, brancards rompus, chevaux emballés, canots crevés, vaisseaux submergés (dans le tableau ils sont submergés par des nuages), maisons vomissant des flammes par portes et fenêtres, chiens enragés mâchant du savon, fusils éclatés, robes en feu, explosions de lampes à pétrole et même rochers tombant du ciel. Il y a en outre comme les instruments de la passion dans les tableaux religieux : des béquilles, des cannes à corbin, des souliers de pied bot, des attelles, des brancards et un cercueil. Tout est peint en couleurs vives : rouges, verts, bleus et beaucoup d'un jaune très étincelant qui voisine avec un noir de goudron.

Je connais assez maintenant les personnages du drame pour imaginer sans trop y mettre du mien leur conversation et leurs gestes.

« Parlons un peu de ces de M... qui veulent mes filles, a dû dire Coste. Je ne vous cache pas, mesdames, que je fais une affaire. » Et, comme la vieille Mlle Hortense, se rengorgeant dans son jabot de dinde, allait entonner son morceau de bravoure, il l'interrompit et fit apporter un gros flacon de kummel.

Je sais ce qu'à ce moment-là Mlle Hortense ne savait pas. Un matin, à la pointe de l'aube, le fermier des de M... avait rencontré Coste en train de rôder autour des bâtiments du château et de la ferme. Ils parlèrent de la pluie et du beau temps, comme il se doit, puis des deux frères qu'on destinait aux deux sœurs. De fil en aiguille, Coste posa des questions un peu particulières. Il s'intéressait aux accidents que les petits de M... avaient pu avoir. Il demanda s'ils ne s'étaient jamais cassé les bras ou les jambes. Cela pouvait très bien arriver à deux gros garçons qui montaient à cheval et qui avaient du sang à fatiguer. « Ah ! Je t'en fous, dit le fermier, ils ne sont pas de ce bord-là. Ce n'est pas faute d'y courir après, soyez tranquille, mais il y a un dieu pour les ivrognes... »

Coste fut très généreux de son kummel. Il le servait dans de grands verres et ces dames se dirent avec de petits clins d'œil qu'il fallait faire à la guerre comme à la guerre.

Alors, Coste dit : « Je peux payer. Aussi cher qu'on voudra. Il n'y a pas de raison que nous ne puissions nous mettre d'accord si vous avez à vendre ce que précisément j'ai envie d'acheter. Les de M... que vous me proposez, est-ce que ce sont des gens oubliés de Dieu ? »

Ni cette façon de procéder, ni le kummel ne durent pouvoir empêcher Mlle Hortense d'employer sa voix de basse noble pour déclarer solennellement que Dieu lui-même ne pouvait se permettre d'oublier les de M...

Coste répond qu'il n'est pas de cet avis ; que c'est d'ailleurs pourquoi ils n'en restent pas là ; qu'il a de bonnes raisons pour poursuivre l'entretien. Il va préciser sa pensée. Il est, lui, Coste, un homme que Dieu n'oublie pas. Ce n'est ni le lieu ni l'heure de leur raconter la chose en détail. Qu'elles le croient simplement sur parole. Il est payé pour savoir de quoi il parle. Il est formel. Il marie ses filles volontiers et il leur donne tout. Mais il exige pour les y placer une famille ou des familles auxquelles Dieu ne pense pas, qu'il a laissées dans quelque coin et qu'il a totalement oubliées, avec lesquelles il ne pensera jamais à faire quelque chose, suivant sa méthode. Il connaît cette méthode. Dieu se sert constamment de lui pour des épreuves d'endurance ou de courage ou de fermeté ou d'un tas de choses semblables. Lui, c'est parfait, il en a pris son parti maintenant, mais ses filles c'est une autre histoire. Il les aime. Elles sont tout ce qui lui reste, il ne veut pas que Dieu passe son temps à leur demander les yeux de la tête. Elles ont deux bras, deux jambes et le reste. Qu'on leur foute la paix pour qu'elles puissent se servir de ce qu'elles ont en toute tranquillité. Voilà son opinion. Il n'en démordra pas. Garantissez-moi que vous m'offrez bien ce que je cherche et l'affaire est conclue.

Mlle Hortense avait beau en être à la discussion de son deux centième mariage, elle fut complètement désarçonnée et crut un moment qu'il s'agissait d'église. Ces filles nées au-delà des mers appartenaient peut-être à quelque secte païenne ?

Coste la détrompa. « Il était loin d'être question de ça. » Elles étaient chrétiennes comme tout le monde. Il assura au surplus, froidement, que si la chose était possible il marierait volontiers ses filles à des curés. « Ce sont exactement les gens qu'il me faut. Il ne leur arrive jamais rien, ils meurent entiers et de vieillesse : c'est parfait. Voilà ce que je veux. Ne parlons pas de ceux-là puisqu'on nous rirait au nez, mais vendez-moi l'équivalent et j'achète à n'importe quel prix. »

Mlle Hortense avoua plus tard que, sortant de chez Coste, elle se dit : « C'est dans le lac. » Mais elle n'était pas femme à lâcher le morceau facilement. Elle s'interrogea, arriva à la conclusion que cet homme prenait Dieu à rebours et se dit : « Tâchons de voir clair. S'il tient à ce que les petits de M... ne soient pas des aigles, il est servi. Quant à Dieu, qu'est-ce qu'il veut que j'y fasse ? C'est bien la première fois qu'on me demande une chose pareille. Il doit avoir ses raisons. Il n'a pas l'air d'un imbécile. » Et elle se mit à flairer du côté du Moulin de Pologne.

Tout le monde était au courant de ce que je vais dire ; Mlle Hortense aussi, bien entendu, mais, ce qu'elle avait pris jusqu'ici pour une fantaisie mexicaine lui parut être éclairé d'un autre jour.

Chaque après-midi que Dieu faisait — c'est bien ici le cas de le dire — on attelait deux chevaux entiers à un léger dog-cart. La voiture donnait une impression de fragilité insupportable. Pendant qu'on contenait les chevaux à pleins bras, Anaïs et Clara prenaient place dans le dog-cart, ensevelissant le petit siège d'osier sous le bouillonné de leurs robes. On leur donnait les rênes et le fouet. Dès que les deux garçons d'écurie s'écartaient, elles cinglaient les chevaux qui partaient comme le vent. Et, pendant deux heures sur les grand-routes, et même dans les landes, elles conduisaient à bride abattue et *les yeux fermés*.

On parlait partout de *ces yeux fermés*. Il est de fait qu'en voyant arriver ce tourbillon de poussière, ce carrosse de paille entraîné par deux brutes folles, ces satins volants, ces catogans dénoués, on regardait au visage ces deux femmes emportées. Tout le monde s'accordait à dire qu'elles avaient *les yeux fermés*. Tenant les rênes à pleins poings, environnées de falbalas échevelés (elles perdaient chaque jour par les chemins pour plus de six francs de galons et de rubans que les garçons s'en allaient chercher comme de l'or dans l'herbe des routes), traînant leurs longs cheveux comme des comètes, ces deux filles fermaient les yeux.

« Que tu es bête, se dit Mlle Hortense, il y a quelque chose là. » Elle en apprit davantage un jour où elle assista à la rentrée du dog-cart. Les chevaux étaient fourbus et couverts d'écume. Coste attendait devant l'écurie. Il aida ses filles à descendre. Quand il les eut posées toutes les deux à terre, il alla à un carton cloué contre une porte et il marqua quelque chose. Mlle Hortense attendit que la cour fût déserte. Elle vint regarder la pancarte. C'était un calendrier sur lequel Coste barrait les jours : un jour de plus où ses deux filles avaient échappé au destin, *cependant défié.*

Elle revint au Moulin de Pologne, mais seule cette fois.

Elle dit : « Nous sommes entre hommes. Puisque Dieu il y a, parlons de Dieu. Qu'est-ce qu'il vous a fait ? Vous pouvez me le dire, ça ne sortira pas d'ici. »

Elle était comme un gros paysan mal soigné et son petit toquet de peluche se baladait sur ses rudes cheveux gris. Il y avait dans ses lèvres noires et dans ses yeux de porc une tendresse virile à laquelle Coste fut très sensible.

Il lui raconta la mort de sa femme, puis celle de ses deux fils. Ils avaient été frappés tous les trois et l'un après l'autre, à quelque temps d'intervalle, par des morts accidentelles très spectaculaires. La première fois, Coste s'était dit : « C'est le sort commun. La mort, quelle qu'elle soit, est le sort commun. » La seconde fois, il ne dit rien. La troisième fois il dit : « Non, je refuse. »

— Vous n'êtes pas Job, dit Mlle Hortense.

— Non, je ne suis pas Job, dit Coste.

Ce qui l'avait révolté, c'était moins la mort que le constant appareil dans lequel elle se présentait.

Chaque fois c'était brusquement, et dans une sorte d'aurore boréale ; une exception, rouge et théâtrale. Il ne pouvait pas oublier. Il était comme un homme qui avance pas à pas sur des cartouches de dynamite. À chaque instant il s'attendait à sauter ou à voir sauter ce qu'il aimait. Il s'était rendu compte qu'on ne prend le destin dans aucune malice. Et que le plus terrible, c'est d'attendre. De là ses colères. Il était bien certain, hélas, que ses filles portaient en elles-mêmes le destin, mais il avait réfléchi qu'en mettant de l'eau dans du vin on le détrempe. En procédant de la même façon pour ce sort exceptionnel, on pouvait peut-être en diminuer l'alcool. Les femmes subissent l'empreinte de leurs maris. Il en était à s'accrocher à tout. Il y avait peut-être là un moyen de faire une sorte de piquette sans danger. Attaquer Dieu avec un sabre c'est se jeter la tête contre un mur, mais la médiocrité, qu'est-ce que vous en dites ? Une ruse, bien entendu, mais celle-là il la croyait efficace. C'est la raison pour laquelle il était revenu ici. Il nous connaissait. Il en était arrivé à considérer ceci : rien n'est plus beau *que faire* son *beurre.* Il voulait que ses filles *fassent leur beurre* sans autre forme de procès.

Ce discours réveilla la finesse de Mlle Hortense. « La médiocrité, dit-elle, mais, cher ami, vous n'y allez pas de main morte ! C'est le Pérou que vous demandez, ni plus ni moins. Je suis obligée de vous donner raison. Je n'ai jamais vu de bonheur qu'à des gens médiocres mais la médiocrité n'est pas à la portée de tout le monde, il ne faut pas vous imaginer ça. »

Elle fit à son propre sujet une brève confidence ironique mais très amère et où l'on sentait beaucoup de sincérité.

— Enfin, dit-elle, je me sers de votre propre image et la sagesse des nations est d'accord avec elle. Si j'ai bien compris l'allusion, ce qu'il vous faut pour vos petites, ce sont deux garçons qui n'ont surtout pas inventé *le fil à couper le beurre*. C'est précisément ce que j'ai en magasin. Tout ce qu'ils pourront leur faire, ce sont des enfants ; ah ! dame ! il y a un minimum à quoi il faut vous attendre. Mais, pour ce qui vient de Dieu, zéro. À ce point de vue, je vous les garantis sur facture. Prenez-les par la peau du cou et flanquez-les dans un volcan, ils en sortiront frais comme la rose et sans y avoir rien compris. On ne peut même pas dire qu'ils aient de la chance. S'ils en avaient, je ne vous les proposerais pas : ils ne rempliraient pas les conditions. Ils n'ont ni chance ni malchance et c'est héréditaire. Réfléchissez deux minutes à ce que je vous dis là. Ce sont des gens à qui, depuis plus de mille ans, il n'est jamais rien arrivé. En fait de médiocrité, dites mieux !

— Est-ce que c'est prouvé ? dit Coste.

— Archi-prouvé, dit-elle. Ils seront ravis de vous montrer les papiers sur lesquels c'est écrit. Depuis huit cents ans ils possèdent la terre qu'ils habitent. Elle s'est transmise par héritage sans sortir de la famille jusqu'à nos jours. S'ils avaient eu, de tout ce temps-là, un centime de chance, ils auraient agrandi leur territoire ; un milligramme de malchance, ils l'auraient perdu. Si vous pouvez placer, dans ces huit cents ans, gros comme un pois d'initiative ou d'esprit, il leur manquerait un bouton de guêtre ou ils en auraient un de trop. Or, vous le constaterez comme moi, tous leurs boutons se boutonnent et il n'y a pas une boutonnière de vide. En huit cents ans, si Dieu veut vraiment vous proposer quelque chose, il me semble qu'il a le temps d'y penser. Admettons que Dieu pense à vos filles. Mouillez son vin à cette fontaine et il en sera dégoûté pour la vie. Ou alors il n'y entend rien. Ce que je ne crois pas.

« Maintenant, si vous étiez gentil, vous feriez apporter votre cognac. Je déteste les liqueurs de femme. Nous allons nous soulager le cœur. Nous en avons besoin tous les deux. »

Ils eurent à différentes reprises de longues conversations au cours desquelles ces deux personnages qui, à des titres divers, avaient une idée particulière du monde, *tirèrent des plans*. L'extraordinaire figure de Mlle Hortense dissimulait une âme sensible, effarouchée et *méprisante à force d'amour*. Elle n'avait fait commerce de mariages qu'à bout de ressources morales et pour « blaguer » l'essentiel. C'est souvent le cas pour ces hommasses qui n'en sont pas moins femmes plus longtemps qu'on ne croit. Les révoltes à l'échelle de l'individu sont aussi passionnantes et passionnées que les autres. Elles adoucissent les amertumes par les mêmes moyens : l'illusion du pouvoir. Dans notre société bourgeoise, à l'époque où se place cette partie de mon histoire, il n'y avait aucune liberté possible pour des femmes de la taille et de l'aspect extérieur de Mlle Hortense. Obligées de mettre leur cœur dans la poche, elles ne pouvaient se satisfaire que dans la religion : « Et encore, en parents pauvres, disait-elle, nous ne pouvons pas être prêtres. Nous n'avons pas accès à la distribution des *puissances de remplacement*. C'est pourquoi j'ai choisi un sacerdoce civil. De mauvais aloi, je le reconnais, mais je n'étais pas taillée pour me contenter de peu. » Elle trouva dans la bataille des Coste un commandement à sa mesure.

Anaïs et Clara Coste épousèrent donc Pierre et Paul de M...

— Vous me garantissez les deux ? dit Coste.

— Je vous garantis les deux, dit-elle.

— Paul a les yeux un peu plus vifs que son frère.

— Clara aura peut-être un peu plus de plaisir que sa sœur, dit Mlle Hortense, mais pas des tas.

Anaïs et Pierre, les deux cadets, s'établirent au Moulin de Pologne. Clara et Paul, les aînés, gardèrent la terre ancestrale des de M..., la Commanderie, à huit kilomètres d'ici. Coste abandonna toute la grande maison au nouveau ménage et il s'installa en garçon dans un pavillon de chasse de l'autre côté du bois de sycomores au bord de l'étang.

— Achetez des calendriers pour dix mille ans, dit Mlle Hortense ; la muscade est passée.

Elle était cependant trop fine pour s'abandonner à une tranquillité sans raison. Incontestablement, en prenant part à ce combat et à un poste éminent — car elle n'oubliait pas que tout s'était fait sur sa garantie — elle satisfaisait enfin de façon honorable, non seulement son besoin de puissance mais encore un autre besoin plus intime, plus difficile à assouvir et qui, paradoxalement existait à côté du premier : son besoin féminin d'être soumise et assujettie à une force. Son orgueil la désirait inéluctable : elle était servie. Rien ne pouvait l'être plus que le destin avec lequel elle venait d'engager le fer. Elle en venait à bénir sa disgrâce physique qui lui avait évité la soumission à un époux. Quoi de plus risible qu'un époux en face de ce qu'elle affrontait ? C'est le sentiment intime de la petitesse de l'homme qui a fait la pensée bourgeoise si mesquine ; dès qu'on s'en échappe, on tombe dans des paroxysmes destructeurs. Tel était le cas de Mlle Hortense. Elle ne s'occupa plus de rien d'autre que d'Anaïs et de Clara. « Ce mariage, dit-elle en parlant des deux, est mon bâton de maréchal. Je ferme boutique et je vis de mes rentes. »

Elle venait au pavillon le matin et y restait jusqu'au soir. « Je ne suis pas plus compromettante qu'un cocher », disait-elle.

Coste avait accepté sa compagnie. Tiré à quatre épingles dès la pointe de l'aube, il donnait l'impression de passer ses nuits à se raser de près, à poncer ses joues olivâtres, à cirer sa petite moustache de jais. Il essaya du dog-cart.

— Non, dit Mlle Hortense. Voulez-vous vraiment défier le destin ? Pêchez à la ligne.

— Je sais nager, dit-il.

— Raison de plus, répondit-elle.

— Peut-être, dit-il.

— Sûr, dit-elle. Vous tenez vos cartes comme un enfant. Tous ceux qui se jettent dans la gueule du loup en réchappent. Jouez serré ; alors, c'est vraiment tenter Dieu. Et s'il n'en profite pas, c'est une preuve.

— Nous tournons en rond, dit Coste. On ne peut pas jouer plus serré que ce que nous avons fait avec les petites ; c'est vous-même qui l'avez dit. Elles courent donc les plus grands dangers ?

— Sans aucun doute, si Dieu est bête, dit-elle. J'y ai pensé avant vous, mais il n'y a même pas une chance sur mille. Malgré tout votre *beurre* vous ne m'avez pas trompée. Vous n'aimeriez pas d'un jeu où l'on gagne à coup sûr.

Coste releva ses sourcils sur des yeux ironiques.

— Vous êtes fine, dit-il.

Il acheta un pliant et des cannes à pêche.

L'étang brillait à cent mètres de la porte du pavillon.

— Nous faisons Dieu plus gros qu'il n'est, dit Mlle Hortense un jour de calme. Il sort tout armé du malheur et des alarmes.

— Mettez de la fantaisie sur ça, si vous pouvez, répondit Coste, moi je ne peux pas.

Anaïs et Clara attendirent un enfant chacune presque en même temps. D'après leur compte, elles devaient accoucher à quelques jours d'intervalle. À la fin, il parut bien que Clara allait devancer sa sœur.

Mlle Hortense fila à la Commanderie comme la foudre. Tout se passa très bien. C'était un garçon.

Coste attendait dans le grand salon au Moulin de Pologne, à côté d'Anaïs énorme et blême.

— En cinq sec, dit Mlle Hortense en rentrant. Je vous l'avais bien dit.

Elle ajouta cependant :

— Sortez le cognac, ou mieux, si vous avez.

Trois semaines après, Anaïs eut également un fils avec juste ce qu'il faut de cris.

La maternité convint aux jeunes femmes. Elles gagnèrent en solidité et en assurance. Elles n'avaient jamais eu, à vrai dire, le duvet des jeunes filles. Leur charme était fait d'une fragilité différente. Après la naissance des enfants, on commença à les voir comme si elles sortaient des halliers qui brouillaient leur figure.

Nous allons avoir l'occasion de parler de Pierre de M..., le mari d'Anaïs ; mais, en ce qui le concerne, aussi bien lui que son frère Paul, on peut dire tout de suite que c'étaient de bons gros garçons. Bien charpentés, épais, gros mangeurs, rougeauds : la description de cent propriétaires fonciers de la région leur convient. Ils ont une seule malice : ils placent leur orgueil dans des positions faciles à défendre : l'élevage des chevaux, des chiens de chasse ou l'habileté à tirer du fusil.

Anaïs et Clara s'étaient avancées d'abord avec beaucoup de précaution dans le monde nouveau. Les deux accouchements faciles, coup sur coup, furent des traits de lumière. Tout le temps de leur grossesse elles avaient fatalement porté aussi l'espoir ; elles le fabriquaient automatiquement en elles-mêmes, le trouvaient dans tous leurs alanguissements et, debout près d'elles, à chaque réveil. Les deux heures de coliques qui avaient terminé l'affaire n'étaient vraiment pas la mer à boire.

Elles eurent ensuite à tenir leur rang : recevoir et être reçues. La compagnie fut très nombreuse et très variée. On avait appétit à connaître ces jeunes femmes qu'on disait si belles et si curieuses. La jeunesse dorée envia les maris, se mit sur les rangs. Il ne manqua pas de beaux ténébreux. Anaïs et Clara eurent des romanesques extraordinaires pendant plusieurs mois, se crurent amoureuses de l'un ou de l'autre, se firent des confidences, rirent comme des folles, dégustèrent des mélancolies fort savoureuses et devinrent éblouissantes de beauté et d'ardeur.

Elles apprirent également à goûter les vieilles gens dont la famille fourmillait. Par les longues journées d'hiver, elles entendaient arriver, jusqu'à leur perron, les bogheis grinçants avec la pluie tambourinant leur capote de cuir. On introduisait une vieille tante à marmotine ou un vieux beau qui se trouvait être leur oncle. Avec ces héros elles galopaient dans les souvenirs d'une vieille chasse au bonheur. La vie se faisait connaître, non plus comme quelqu'un qui écrit des lettres de loin, mais en venant s'asseoir au foyer d'Anaïs et de Clara, en écartant ses fichus et en déboutonnant son gilet.

La vie des autres, avec ses vicissitudes, ses malheurs, ses défaites, est extrêmement agréable à regarder. Il s'agissait, comme toujours, de belles haines, de splendides méchancetés, d'égoïsmes, d'ambitions. Celles-là d'autant plus démesurées qu'il n'y avait rien à atteindre à des centaines de kilomètres à la ronde. (Je sais bien de quoi je parle !) Il s'agissait de fatuité, d'orgueil, de détresse (cette détresse qui, je l'ai remarqué, rend les gens exquis et invisibles), d'avarice (bien entendu on fait ici un très gros usage de vices de tout repos). Il s'agissait de passions qui n'avaient pas attendu Anaïs et Clara pour flamber mais qui cuisaient depuis longtemps le pain de tous. Elles arrivèrent ainsi à une vue cavalière si étendue et si nette du sort commun qu'elles commencèrent à voir les choses avec un certain sens du comique. Leurs gros taureaux de maris avaient réussi à faire naître en elles une sensualité toujours comblée qui leur donnait une bienheureuse épaisseur d'esprit, un égoïsme très confortable, une confiance totale dans le corps au sujet du bonheur. Tout notre petit théâtre trouvait au fond d'Anaïs et de Clara des acteurs prêts à interpréter les scènes familières : tout était leçon, spectacle, proverbe, jeu de société, sans séparation d'aucune sorte entre la scène et la salle. Elles avaient eu un nouvel enfant chacune : Anaïs une fille, Clara un autre garçon. Leurs beaux-parents étaient morts à leur date et de mort naturelle. Il n'y avait que du naturel partout sous la calotte des cieux.

Je suis persuadé que les gens de l'époque les considéraient comme *des nôtres*.

Un matin, Coste ferra un brochet muselé et, en le décrochant, se planta le gros hameçon dans le doigt. Mlle Hortense, assise dans les joncs, se dressa comme un grand chien devant sa niche.

— Vous croyez ? dit Coste.

L'hameçon était enfoncé dans le pouce jusqu'au-delà de sa courbe, la pointe sortait plus bas.

— N'allons pas chez vous, dit Mlle Hortense, allons en Pologne.

Pour dégager tout le dard, le docteur dut couper profondément avec son bistouri. Une fois pansé, Coste rentra au pavillon.

C'était le soir.

— Je ne vous quitte pas, dit Mlle Hortense. Il était dit qu'au moins un homme me verrait en camisole de nuit.

Elle se mit à l'aise sans vergogne et s'installa dans un fauteuil devant la fenêtre ouverte.

Je pense à cette veillée d'armes de Mlle Hortense chaque fois que je sors dans la nuit d'été. Le chant des courtilières grésille comme de l'huile à la poêle. La rumeur des blés mûrs tient les chiens éveillés. Les charbonniers des collines jouent du piston près des feux de camp. Le silence gagne l'étendue : on entend gronder les fontaines. Il fait une chaleur étouffante.

— J'ai froid, dit Coste.

— Il faudrait qu'on ait un remède, dit le docteur. Si j'avais seulement un trocart...

Coste montrait les dents.

— C'est le rire tétanique, dit l'homme de science.

— Tétanique ou pas, dit Mlle Hortense, il rit. C'est l'essentiel.

Coste finit par ne plus toucher le lit que de la nuque et des talons. Il agonisait, raidi, en arc, comme les poissons qu'il avait tirés de l'étang. Ses yeux encore lumineux et mobiles cherchèrent Mlle Hortense. Elle se pencha sur lui.

— Et quand ce serait ! dit-elle. On s'y attendait bien un peu. La preuve ne vaut que pour vous. Le reste, je le garantis toujours. Rigolez, vous en avez le droit.

La mort de Coste fit un certain bruit. On parla surtout de l'hameçon. C'était une bien petite chose pour avoir pêché un homme si important.

Chose curieuse, l'événement troubla surtout les de M... de la Commanderie. Ils se calfeutrèrent presque tout de suite chez eux. Ceux du Moulin de Pologne n'y virent pas malice tout de suite. Anaïs attendait un troisième enfant.

Ici, je suis un peu embarrassé par la vérité. Je le répète une seconde fois : je ne pose pas à l'artiste, je n'ai jamais voulu perdre mon temps ni pour critiquer les œuvres d'art ni pour essayer d'en créer moi-même, mais je connais le cœur humain. Rien ne lui paraît plus cocasse que le récit de malheurs accumulés. Or, c'est précisément ce que je dois faire et je ne voudrais pas qu'il y ait de quoi rire. Je sais qu'avec un peu d'habileté certains feraient autour de ces faits une sauce assez piquante et qui réussirait à les faire avaler avec art. Ce n'est ni dans mon rôle ni dans mes intentions. Je me borne à dire ce que je sais de source certaine et le plus simplement du monde.

Anaïs attendait donc. Elle avait dû se tromper dans son compte. Fin mai elle était énorme mais rien ne venait. Pour parer cependant à toute éventualité (comme dit son mari) on décida de mener les enfants à la Commanderie, chez leurs oncle et tante. On attela le dog-cart et ils partirent avec le père. L'aîné, le garçon, avait neuf ans, la cadette, Marie, trois ans. C'était, j'imagine, un jour vert dans les nouvelles feuilles.

Une heure après, Marie était morte. Elle s'était étouffée avec une de ces grosses cerises dures qu'on appelle cœur-de-lion. Ils avaient rencontré, au bord de la route, un cerisier avec ses premiers fruits rouges. Marie avait crié de joie qu'elle en voulait. Pierre serait allé lui chercher la lune (la petite fille avait déjà la beauté de sa mère). Il fit tomber quelques fruits du bout de son fouet.

Le dog-cart était rentré, bride abattue, les chevaux sanglants de coups, mais trop tard. Quand on put se soucier d'Anaïs, on la chercha de tous les côtés. Finalement, on la trouva cachée dans une souillarde où, vautrée sur des linges sales, elle essayait d'accoucher dans des convulsions horribles.

Le docteur s'escrima, disant :

— Il faut toujours sauver la mère.

— Nous n'avons pas besoin d'opinions, lui répondit Mlle Hortense.

Enfin, il fut comme un boucher, et elle ajouta :

— Alors, avez-vous choisi ? Qui sauvez-vous, somme toute ?

Il n'en savait rien. Ce fut l'enfant : un garçon né avant terme, malingre, la tête toute déchirée par les fers.

Les de M... de la Commanderie assistèrent aux obsèques, mais sitôt la cérémonie terminée, ils disparurent. Pierre reçut une lettre de son frère. C'était sans doute la première. Je ne les vois pas s'écrire de huit kilomètres, à la campagne, quand il est si facile d'atteler un cheval. Il lui disait : « Clara est devenue comme folle. Elle ne veut plus avoir aucun rapport avec vous : c'est une idée fixe, il n'y a rien à faire. Moi, bien sûr, si tu avais besoin de quelque chose, je suis toujours ton frère et, si je peux, en évitant que ça se sache, je ferai ce que je pourrai. Mais, tu le comprends : je suis obligé de faire passer ma femme et mes enfants avant tout. »

Le petit qui avait tué sa mère fut appelé Jacques.

Mlle Hortense se chargea de lui. Il devint fin et racé. Il garda, de ses blessures de naissance, une cicatrice fort romantique au milieu du front. Elle se perdait dans sa chevelure noire en faisant tourbillonner ses cheveux. Il ressemblait à Anaïs en plus frémissant. Il avait d'elle une lenteur de regard qui pesait longtemps sur les choses mais, derrière cette lenteur, il y avait également ce qu'il tenait de son père. Mlle Hortense s'en aperçut vite.

Il semble bien qu'à partir de la mort d'Anaïs, Mlle Hortense se soit installée à demeure au Moulin de Pologne. Elle y fit sans doute ce ménage qu'on rencontre souvent : sans salaire, mangeant ses propres rentes au profit d'un commandement qu'elle exerçait sans contrôle.

Pierre de M... était en retard de cent ans sur les événements. Il s'était mis à vivre à reculons à partir de la mort de la petite Marie. Il s'était éloigné de toutes ses forces de ce moment où il avait secoué sa petite fille comme un sac, la tête en bas, pour tenter de lui faire dégorger la cerise ; de cette époque où il avait reçu la lettre de son frère. Il la portait dans le gousset de son gilet, sans jamais la relire, mais il la tâtait souvent. Il se parfumait à l'opopanax, mouillait ses cheveux pour se faire la raie et sortait toutes les nuits par la porte de derrière.

Le fils aîné avait pris la carrure de son père et sa sensualité rudimentaire. C'était un gros mangeur qui ne se rassasiait jamais.

Jacques *contemplait*. Il n'avait pas de rapports avec son aîné. Il était docile, inoffensif et très attirant. Il semblait incapable de trouver le moindre attrait au futur, à l'avenir, à ce que demain pouvait apporter, à ce qu'un pas de côté, ou en avant, ou en arrière permettait d'atteindre, de voir ou de sentir. Il avait le visage clair, très lisible, des torsades de cheveux noirs, une cicatrice romantique, une belle peau de marbre gris.

Il ne sembla s'animer qu'une fois. Les de M... de la Commanderie n'avaient jamais plus donné signe de vie, mais les fils de Clara, André et Antoine, étaient des garçons très brillants, la coqueluche de tout ce qui se faisait de mieux en fait d'héritières et de roses des bals. Beaux cavaliers, ils menaient mille petites intrigues dont quelques-unes les attiraient, malgré tout, dans les parages du Moulin de Pologne. Toutefois, ils prenaient toujours des chemins qui les détournaient très au large. Un jour, Jacques, debout à sa contemplation dans un champ, vit passer un de ses cousins germains sur la route. Il ne le quitta pas des yeux et tourna même la tête pour ne pas le perdre du regard.

Le Moulin de Pologne avait noirci en même temps que le visage de la petite Marie ; son cœur s'était arrêté de battre en même temps que le cœur d'Anaïs ; la peur était née en même temps que Jacques. Au cours des hivers où le ciel traîne sur la terre, il y avait parfois entre ces murs des silences insupportables dont le pas, la voix, le tapotement de la canne de Mlle Hortense délivraient. Sa taille de grenadier, son énorme visage, la moue de sa lèvre poilue, ses yeux de porc avec leur petite flamme bien abritée que rien ne pouvait souffler, et surtout la force physique que dénotait le mouvement incessant de ses jambes, le transport continu de cet obélisque de chair, abritaient la maison.

On crut un certain temps que Pierre de M... se remarierait, mais il n'allait qu'au plus pressé et les plus rusées en furent pour leurs frais.

J'ai trouvé des signes de dérangement chez lui bien longtemps à l'avance. Ainsi, il vivait silencieusement et sans un mot, mais un matin, il entra tout de go chez Mlle Hortense et il lui dit : « Qui attendez-vous ? » Elle le connaissait fort bien. Elle lui laissa soigneusement le temps de comprendre ce qu'il venait de dire d'impromptu, puis elle lui répondit : « Est-ce que tu bois ? Ou est-ce que tu arrives à dire ça de ton propre génie ? »

C'était de son propre génie. La souffrance peut tout animer. Mais Mlle Hortense fut finalement préoccupée d'un véritable entretien qu'elle eut avec le fils aîné. Elle le vit brusquement chez elle sans l'avoir entendu entrer. Il était dans la pénombre et elle fut sur le point de prononcer le nom d'Anaïs. Ainsi, aux trois quarts dissimulé, cet homme ressemblait d'une façon frappante à sa mère. Quand il s'avança, il redevint ce qu'il était, c'est-à-dire difforme, engoncé dans des cuirasses, des hausse-cols, des cuissards et des brassards de graisse. Il se mit tout de suite à parler avec une délicatesse très surprenante. Il n'y avait aucun rapport entre son être et ses propos. C'était la voix d'un inconnu pitoyable et sensible.

La conversation fut cependant prudente des deux côtés. L'aîné ne se livra pas. Il passait toutefois sur son front de minotaure une grosse main tragique.

« S'il fallait faire la part du feu, se dit Mlle Hortense à la fin, est-ce lui qu'il faudrait sauver ? »

De toute façon, la question fut rapidement réglée. L'aîné ne rentra pas d'une de ses promenades habituelles.

Cette disparition fit beaucoup de bruit. Ici, on ne disparaît pas. C'est parfois triste pour tout le monde, mais on reste jusqu'au bout. La rumeur courut qu'il s'était détruit dans quelque coin. On le chercha. Il apparut à divers endroits, parfois en même temps. Ce n'était naturellement jamais lui. Tous les trimards un peu gros étaient arraisonnés par les gendarmes. On prétendit même qu'on l'avait trouvé à Alger.

— Alger ? dit Mlle Hortense... Il ne nous manquerait plus qu'un renégat. Qu'est-ce qu'Alger vient faire dans cette histoire ?

— S'il avait perdu la raison ? lui dit-on.

— Perdu la raison ? dit-elle. J'ai déjà bien assez envie de l'aimer. Ne me faites pas croire, au surplus, qu'il a trouvé grâce.

Ce bruit qui subsista, se déforma, prit mille tonalités diverses et — dans lequel les gens de l'époque ont dû s'en donner à cœur joie — semble avoir d'un seul coup affolé les de M... de la Commanderie. En tout cas, il leur fit prendre brusquement une décision qui eut des conséquences incalculables. Décision dont on a des traces indiscutables et datées, puisqu'elles se sont inscrites dans un acte notarié. C'est bien vingt jours après le procès-verbal de disparition de l'aîné du Moulin de Pologne, et sans doute au plein moment où tout le monde devait en parler, que la Commanderie fut mise en vente et vendue. Une terre d'ancêtres vendue comme une vieille poule ! Avant même qu'on ait eu le temps de comprendre ou simplement d'être stupéfait, Clara, son mari et leurs deux fils avaient quitté la région.

Si, depuis quelque temps, on regardait d'un mauvais œil (comme il est naturel) ceux du Moulin de Pologne sur lesquels le malheur s'acharnait, on aimait, paraît-il, beaucoup ceux de la Commanderie. Leur chance faisait contrepoids. Ils étaient superbes et les deux fils fiancés. Les fiancés exultèrent et répandirent partout la nouvelle : ceux de la Commanderie allaient se fixer à Paris. Paris jouit d'un grand prestige. On les voyait à l'avance dans des milieux magnifiques. Voilà des gens qui savaient lutter victorieusement contre le destin. Ils avaient raison, il n'y a qu'un remède : la fuite. Et d'ailleurs, pour fuir, désormais, on avait les chemins de fer.

C'est ainsi que les de M... de la Commanderie furent abattus tous les quatre, d'un seul coup. Ils périrent dans la catastrophe du train de Versailles qui coûta la vie à Dumont d'Urville. Comme cet homme célèbre, ils avaient été enfermés à clef dans des wagons de bois. Sur cette voie courte, on avait fait l'essai de trains très rapides qui faisaient plus de quarante à l'heure. Il fallait se précautionner contre cette vitesse qui donnait le vertige et même, prétendait-on, des accès de folie. Au départ, on verrouillait les portières avec des écrous. Un frein qui chauffait enflamma les boiseries. Il y eut vingt personnes carbonisées en plus des nôtres.

Ce fut un tollé général dans tout le canton. Le destin des Coste prenait une importance historique. Il venait d'être démontré, d'abord qu'il ne se démentait jamais, qu'il pouvait paraître endormi un certain temps, mais que, fatalement, il frappait toujours, à un moment ou à un autre ; ensuite, que rien ne pouvait lui résister : ni le train de Versailles, ni Dumont d'Urville lui-même, donc ni la science ni le courage ; enfin, qu'il était assez furieux pour entraîner dans la mort, non seulement ceux qui touchaient les Coste de près mais même ceux qui les approchaient par hasard au moment où il avait décidé de frapper. Cette dernière constatation enragea tout le monde. On ne se cacha pas pour dire que ça n'était pas de jeu. On n'a jamais fait d'esprit avec la peur par ici. C'est un sentiment qu'on prend très au sérieux. On est capable de courage, mais jamais de témérité. On ne supportait pas l'idée d'avoir la main ainsi forcée. Qui pouvait être assuré de ne jamais être « *à côté d'un Coste* » ? Tout le monde était menacé. On envisagea très sérieusement d'aller faire un charivari au Moulin de Pologne pour forcer les derniers alliés et descendants des Coste (Pierre de M... et son fils Jacques) à fermer boutique et à décamper ; à aller se faire pendre ailleurs, c'est bien le cas de le dire. On fut retenu, non pas par le fait qu'ils étaient en grand deuil, mais à la pensée que cette entreprise faisait précisément courir un affreux danger à ceux qui s'approcheraient ainsi du *centre du destin.* Tout le monde était d'accord pour chasser les Coste, mais personne ne voulait *toucher à la hache* de peur d'être foudroyé à travers le manche. On disait que le spectacle des cadavres de Versailles recroquevillés et charbonneux était horrible, que le célèbre explorateur, épargné des vents, des requins et des Zoulous, perdait sa graisse comme un rôti tombé de sa broche, après avoir partagé, *par hasard,* le destin des Coste. On disait que Clara, ayant fait effort pour s'échapper au dernier moment en crevant la vitre à coups de tête, avait été ouverte en deux par un gros éclat de verre, de la gorge au ventre et qu'elle montra, quand on put s'en approcher, un cœur noir comme une motte de suie. On brodait. Mais quand on le fait avec cette virtuosité (c'est un sentiment que j'ai éprouvé) c'est qu'on veut se donner de bonnes raisons. Il semble bien qu'il y eut dans la ville, à cette époque, une peur comparable à celle qu'on a en période d'épidémie ; avec cette différence que l'épidémie avait un nom de famille, se promenait sur ses deux pieds, bien visible comme vous ou moi. Insulter le choléra ne sert pas à grand-chose et cependant on l'a fait ; c'est dire qu'on ne se fit pas faute d'insulter les Coste. Jamais pape ne proclama d'excommunication plus efficace que celle qui fut ainsi proclamée par l'instinct de conservation.

Quand je me suis intéressé à l'histoire, j'ai cherché et trouvé de vieux numéros de la *Gazette* et du *National,* pleins de dessins horribles et d'articles bien propres à faire réfléchir les bourgeois et même les êtres les plus nobles. Ces enchevêtrements de cadavres et d'éclats de bois, ces ballasts imbibés de sang, ces momies de ramoneurs qui avaient servi de torches, et dans lesquelles il était désormais impossible de distinguer un amiral d'un convoyeur : personne ici ne les mettait au compte du prétendu frein qui avait chauffé ; tout le monde les chargeait sur le dos des Coste. On ne lisait les journaux qu'entre les lignes. Quant aux gravures, les regarder et savoir que le Moulin de Pologne n'était qu'à huit cents mètres et contenait encore deux *Coste* capables de vous faire à chaque instant participer à de semblables horreurs était plus qu'on ne pouvait supporter. On retrouve des traces de ce sentiment unanime dans un dossier qui se trouve encore à la préfecture et qui est bourré de lettres de dénonciations, d'accusations, de plaintes, toutes anonymes.

À en voir le nombre, la différence d'écriture, de style, d'orthographe, de rédaction, il faut que toute la ville et toute la campagne s'y soient employées. J'étais loin de me douter que mes concitoyens, dans lesquels je me plais à reconnaître un sens rassis et une froideur entendue, pouvaient être capables, même poussés à bout, sinon de donner dans ces vertiges, en tout cas de faire de la poésie. L'un d'eux écrit ceci, que je trouve admirable jusqu'à un certain point : « *Je crains la mort apportée par un astre !* »

Une fois sur la piste des lettres anonymes, je m'étonnai de ne pas avoir pensé plus tôt à ces manifestations si naturelles. Il ne me fallut pas grand effort pour en trouver d'autres dans les vieux papiers de notre commissariat de police. Ces dernières, je dois l'avouer, étaient d'une autre encre. Ordurières à souhait, elles émanaient de gens qui ne voyaient pas plus haut que le commissaire de police dans la hiérarchie des valeurs.

Au lieu de se perdre dans *les astres*, elles signalaient à ce fonctionnaire des faits qui étaient humblement de sa compétence. On y dévoile les turpitudes de Pierre de M... Il paraît qu'il court la gueuse. Et qu'il met dans cet exercice jusque-là non répréhensible une fougue qui, si elle n'est pas inventée, donne en effet à réfléchir. Et même à réfléchir dans plusieurs sens, car il n'y a pas une seule plainte de victimes. Or, pour certains noms de femmes citées, les lettres anonymes disent vrai et sont confirmées par la rumeur publique, car les faits se passent au grand jour, personne ne se cache et les dénonciateurs n'enfoncent que des portes ouvertes. Ils ne font qu'ajouter de l'ordure à ce qui en comporte sa bonne petite ration naturelle. Le dossier du commissaire contient aussi les accusations les plus folles au sujet de Mlle Hortense qui continue à vivre au Moulin de Pologne. Mais, si je compte bien, elle devait avoir à cette époque près de soixante-quinze ans. De toute façon, quand on accuse quelqu'un de choses horribles, par expérience je sais qu'il ne faut jamais dire non. Il n'y a pas d'innocents. Ce n'est que mon avis, mais c'est mon avis. Je me suis donc efforcé de connaître un peu mieux le fond des choses.

On sait ce qu'il en est de ces descriptions de caractères qu'on reçoit de seconde et même de troisième main. Les événements dont je parle avaient accompli leur œuvre bien avant que je puisse prendre conscience des réalités ; c'est-à-dire avant que j'aie pu faire passer les faits lentement sous mon lorgnon comme j'ai fait depuis.

Voilà ce que je connais et que je peux dire. Tout de suite après la catastrophe du train de Versailles, le Moulin de Pologne semble frappé à mort. Les domestiques font leurs paquets et décampent. Il ne reste que la vieille nourrice de Jacques. Celle-là, d'après ce qu'on en dit, est une paysanne au visage idiot mais lumineux. C'est la seule du domaine, semble-t-il, qui continue à avoir quelques rapports avec l'extérieur. Rapports qui se bornent aux commissions qu'elle fait. Les commerçants la sermonnent en long et en large et même la mettent en quarantaine : elle continue à faire son train. D'autant que la quarantaine des commerçants, c'est simplement ce qu'on appelle de la mauvaise humeur ; au surplus, on continue à la servir et à accepter ses sous. Toutes les terres du Moulin de Pologne restent en jachère. On vend le bétail.

Fait symptomatique et qui peut donner une idée de l'état d'esprit dans lequel étaient nos personnages principaux : on trouve trace d'un procès qui a été intenté au Moulin de Pologne par les propriétaires des vergers avoisinant le domaine. Ces derniers déclarent que l'abandon des terres et des bâtiments à usage de ferme est si total que la sauvagine y pullule et leur cause d'importants dommages. On parle de troupes de rats et même de blaireaux qui auraient, paraît-il, poussé leurs terriers jusqu'au perron de la terrasse d'honneur.

Mais mon attention a été attirée par un détail que je n'ai jamais retrouvé nulle part ailleurs. Les plaignants signalent en effet que tous les fruits de leurs pommeraies, toute la récolte de leurs vignes sont pillés jusqu'aux pépins par les innombrables essaims de guêpes qui ont installé leurs nids dans toutes les fenêtres et toutes les portes qu'on n'ouvre même plus au Moulin de Pologne. Suit en effet une déclaration du garde-champêtre, du commissaire et des gendarmes qui, disent-ils, n'ont pu approcher des vergers. Je vois les autorités terrifiées par ces nuages d'or bourdonnants. C'est ce qu'était tout le pays autour du destin des Coste. Mais eux ? Ou tout au moins, les deux qui restaient, que faisaient-ils au sein même de ces nuages ?

On peut croire qu'avec la corpulence et le bloc de sang qu'on lui voit, Pierre de M... se contente de la gueuse qu'il court. Toute la légende qui s'occupe de lui traite en effet de ce sujet. Cependant, nous le voyons agir une fois ou deux de façon telle qu'il fait penser à une sorte d'élégance d'esprit, notamment en ce qui concerne la sauvagine qui pille les vergers. Il écrit (sa lettre est au dossier) : « Il est de mon devoir de me nommer lieutenant de louveterie sur mes propres terres et de débarrasser moi-même le monde de la vermine. » Sa lettre, d'une écriture enfantine mais très appliquée, est comme une rose quand on a parcouru le dossier d'ordures précédent. J'avoue que j'ai été touché par le mot « *devoir* » et par « *débarrasser moi-même le monde de la vermine* ». Cela est généreux.

À mon idée, c'est un gros rustaud, mais dont la rusticité est faite d'une longue hérédité de bonheur, de l'usage d'une abondance sans limite, de gros repas, de gros sommeil, d'une sagesse simple qui limite les désirs à la longueur du bras ; rustique à la façon d'une colline ; tout étant en place, il est un magnifique mécanisme de transformation de matière et il ne voit pas plus loin. On ne peut pas dire qu'il pense mais il sent que son devoir est simplement *d'être*, car, ce n'est pas par hasard qu'il emploie le mot *devoir* dans sa lettre ; c'est un homme de devoir ; ce n'est même que ça.

Mlle Hortense a beau dire : il ne suffit pas d'être dépourvu de tout esprit d'entreprise pour garder un domaine comme la Commanderie intact pendant huit cents ans. Il faut de la lourdeur ; il faut être difficile à déplacer. Et c'est le sens du devoir qui donne la lourdeur. (Bien entendu, il s'agit ici du seul devoir pour lequel je consente à être ridicule, c'est-à-dire *le devoir envers soi-même.*) Il peut très bien faire le bonheur des autres ; il le fait. Pierre de M... fait ce qu'il doit avec Clara. Il fait ce qu'il doit avec la petite Marie quand il abat les cerises avec son fouet et même quand il secoue la petite fille la tête en bas pour lui faire dégorger la cerise. Il a été peut-être à un millimètre de réussir, qui sait ? À partir de là, de toute évidence il n'est plus dans son élément, son élément qui est la certitude absolue, la paix sans conteste dans laquelle depuis huit cents ans l'intelligence de ses ancêtres, la sienne, ont fait leur lit. Brusquement, ce château de la Belle au bois dormant est pris d'assaut. Comment voulez-vous qu'il résiste ? Avant même d'être réveillé, il est démantelé, blessé et réduit. Il déteste Jacques dont la naissance a tué sa mère. Il le déteste, mais comme un homme de *devoir.* Il n'aime pas sa présence, ni son air, ni son regard, ni sa vie. Il ne peut avoir de ce côté-là que douleur. Il le supporte. Son fils aîné lui donne plus. Il ne se trompe pas sur ce qu'il peut attendre de celui-là. Sa goinfrerie, il la comprend, il sait pourquoi elle est là et ce qu'elle s'efforce de faire peu à peu : atteindre la lourdeur par les moyens du bord ; redevenir difficile à manier. Mais, même sans intelligence, il sait que ce n'est pas de cette façon-là qu'on l'obtient. La disparition de l'aîné ne le prend donc pas au dépourvu : il l'attendait. La mort des de M... de la Commanderie le laisse froid, car au moment où elle arrive il est en train, pour la première fois depuis la mort de Clara et de Marie, d'imaginer quelque chose qui l'intéresse beaucoup.

Ceux qui prennent Pierre de M... pour un simple balourd se trompent. Je vous accorde qu'il fait ses classes trop tard, mais il les fait. Il est sur les bancs de l'école. Les garces qu'il court sont un assez joli exercice de style, si on y fait attention. Mettez l'un quelconque de ses dix ou douze grands-pères à sa place. Qu'est-ce qu'il fera ? Il reprendra du poil de la bête ; c'est la science de la famille. C'est dans du *poil de la bête* qu'ils ont conservé le domaine. Cherchez, vous trouverez qu'ils sont tous morts d'apoplexie, et j'ajoute de mon cru, sans craindre d'être démenti par les faits : d'apoplexie foudroyante. Les plus sensibles — je veux dire ceux dont l'âme trouve douceur à suivre les mouvements de la chair — sont sans doute allés jusqu'à l'arthritisme, peut-être jusqu'à la goutte, mais jamais jusqu'à l'amour. Ils n'ont pas de passion, ils ont des maladies qui en tiennent lieu.

C'est la maladie qui donne à leur sang la disposition qu'il faut pour avoir du courage, de la haine, de la frousse, de la jalousie : tout le nécessaire pour *amuser le tapis*. Eux ne s'amusent jamais.

Pierre de M... brusquement emploie la méthode inverse. Je n'irai pas jusqu'à dire qu'il a aimé Clara malgré l'extrême beauté de cette femme. (Si cette beauté était un piège du destin, il a fait long feu ; c'est Mlle Hortense, la machine de Dieu.) La beauté n'a pas de puissance sur lui ; ce qu'il désire, la laideur peut aussi bien le lui donner. Mais il a aimé la petite Marie (c'est ici que le destin a joué carrément le jeu). Le sang de Pierre de M... a pris les dispositions de la passion, et Pierre de M... s'est dit : « Je suis malade. »

Je suis persuadé qu'au lieu d'un crêpe il a pris une canne, comme tous les de M... qui ont eu des douleurs avant lui. Il va aux garces comme un poitrinaire va au piano et aux poèmes. Je vois très bien les pouffiasses qu'il devait utiliser quoique certaines aient laissé le souvenir de rustaudes bien roulées, mais un homme de quatre-vingt-dix kilos, et qui a huit cents ans de placidité derrière lui, ne se procure pas la mélancolie par les mêmes moyens que les fiévreux de quarante kilos. Il lui faut d'abord de bonnes hémorragies de substances : il faut qu'il s'applique périodiquement des sangsues sans amadou. Après quoi, il pourra *tournoyer tant qu'il voudra dans les coups de la fortune.*

J'essaie de me débrouiller avec un bonhomme qui n'a pas d'âme et pour qui les passions sont (à l'exemple des maladies) déterminées par plus ou moins d'urée, ou de sel, ou de sucre dans le sang ; plus ou moins de relâchement des fibres. Je juge de Pierre de M..., mort longtemps avant que je naisse, par les modèles que j'ai eus par la suite sous les yeux.

Il croit un certain temps que *l'infirmité* dans laquelle les événements tragiques le mettent va désormais l'empêcher de jouir de la vie. Puis, il s'aperçoit qu'il y a des accommodements. J'incline à penser que tout se passe pour lui comme tout s'est passé pour les de M... qui l'ont précédé. Ils n'ont pas été atteints de « destin » mais quelques-uns ont été atteints de paralysie.

Il utilise la vie que lui laisse son *destin* comme ses grands-parents utilisaient la vie que leur laissait leur paralysie.

Les ouï-dire (mais on sait de quoi ils sont faits après un certain nombre d'années) le représentent rouge comme un coq et d'extérieur monstrueux. « Suant le désir par tous les pores », disent-ils. Ce n'est pas le premier mastodonte que je connais dont le suint dérègle les imaginations. Je suis, on a dû s'en rendre compte, dans une situation d'esprit qui ne fait crédit à personne ni en bien ni en mal. Il y a fort longtemps que je ne classe plus les monstres d'après la carrure ou l'abondance de la transpiration. J'en connais de fluets, secs, et qu'on croit de bonne compagnie.

Je doute que les véritables désirs de ce corps-là puissent le faire suer. Pierre de M... est presque un saint. Il n'y faudrait qu'un peu de largeur de vue pour le découvrir tout de suite. Ce qui prouve que je ne me trompe pas (s'il faut une preuve) c'est qu'on le voit très vite lâcher les femmes pour employer un procédé d'investigation plus rapide. Il se met à l'alcool. Il s'y met avec une violence et une allégresse qui ne manquent pas de majesté.

Il commença noblement par un demi-litre de cognac. Il se dépêcha de s'habituer à cette dose. Il arriva rapidement à consommer un litre et même plus par jour. Il réussit ainsi à se remplir les yeux de sang. Ses prunelles qu'il avait bleu d'azur, noyées maintenant dans une cornée du plus beau pourpre, lui mettaient dans le visage comme deux gros morceaux de vitrail. Il déambulait, raide comme la justice. Il avait avalé son sabre.

Mlle Hortense sembla prendre la chose très à la légère. Ses facultés avaient peut-être baissé. Je dis peut-être, car, à mon avis, il ne faut pas exclure ses idées de derrière la tête. Les lettres anonymes, évidemment, l'accusent de fornications abominables, l'anonyme étant toujours plein de candeur. L'idée à laquelle je pense (et qu'elle était bien capable d'avoir) est horrible, mais l'intérieur des familles et les combats qu'on y mène au ralenti sont d'une pureté de glace et dépouillés de toute pitié. Si les intentions tuaient, nos salles à manger, nos chambres à coucher, nos rues seraient jonchées de morts comme au temps de la peste.

Mlle Hortense n'était pas femme à s'embarrasser toute la vie (qui est courte) avec quatre-vingt-dix kilos de viande de M..., s'il était en travers de sa route. Il semble bien que, depuis longtemps, tout l'intérêt et tous les soins de Mlle Hortense s'étaient portés sur Jacques. Elle l'avait, comme elle disait, *reçu dans son tablier et séché dans sa robe.* Il était, en outre, aimable, frais, jeune et touchant avec sa beauté mâle à laquelle le destin qui le menaçait ajoutait ce tendre intérêt auquel nulle femme ne résiste.

Jacques était un adorable piège d'amour auquel Mlle Hortense ne pouvait pas échapper. L'anonyme comprend vaguement qu'il s'agit d'une ténébreuse affaire de viscères et d'organes où il a, comme toujours, son mot à dire, mais il est en retard sur l'événement. C'est la passion maternelle qui fait comploter Mlle Hortense. Je ne crois pas à la diminution des facultés intellectuelles de la vieille demoiselle. Je suis sûr que la solitude presque totale dans laquelle elle s'était enfermée était occupée d'un aguet constant. Même quand elle fermait les yeux et dodelinait près de son feu, j'ai plaisir à imaginer qu'elle ne faisait qu'*imiter* les vieillards, jouer la comédie à l'entourage, et qu'elle protégeait ainsi la retraite d'où elle dirigeait son combat. Si, au début de son accointance avec les Coste, elle avait défié le destin par besoin de soumission, je suis certain qu'elle demeurait maintenant dans son défi par obéissance aux lois générales, et qu'elle combattait pour le bonheur de sa vie. Elle employait naturellement des armes terribles et même interdites. Si on l'en avait accusée, elle aurait été la première à demander de bonne foi : « Interdites par qui ? Et pourquoi ? »

La vie (loin des centres) ne permet pas l'usage des scrupules. Il faut aller droit au but.

C'est pourquoi Mlle Hortense ne prit pas la peine d'imiter la tristesse ou l'étonnement quand un beau soir Pierre de M..., ficelé et écumant, couché sur la paille d'une charrette, fut emmené à l'hospice. Deux jours après, toutes les pièces officielles étaient signées pour qu'il soit provisoirement interné à l'asile départemental. L'opinion du docteur, et de tout le monde, fut que ce provisoire était définitif.

Mlle Hortense voyait juste. Le Moulin de Pologne sembla délivré. Presque tout de suite après l'internement de son père, Jacques commença à prendre des initiatives. Il se mit à élever des chiens de chasse.

Les biens de son frère aîné disparu et dont on n'avait jamais retrouvé trace étaient sous séquestre. La succession des de M... de la Commanderie, emmêlée comme un peloton de laine avec lequel un chat a joué, donnait à boire et à manger à trop de monde pour qu'il soit possible d'imaginer son règlement. Quant à la succession de Pierre de M..., elle ne pouvait même pas être ouverte ; fou, mais bien vivant, il coûtait de l'argent mais n'en libérait pas.

Jacques délivra la maison des guêpes et des blaireaux. Il transforma une partie des écuries en chenil. Il y a toujours des gens qui se moquent du destin comme de l'an quarante et à qui rien ne répugne, pourvu qu'on soit accommodant pour leurs sordides châteaux en Espagne (généralement une bonne cuite par semaine). Jacques engagea facilement trois de ces hommes. Ils se toquèrent pour leur patron. Eux et les chiens firent un groupe joyeux fort sympathique. Et sans doute même très dangereux pour l'anonyme, car il ne pipe plus mot.

Je vois à peu près ce qu'il devait en être. Élever des chiens n'est pas ordinaire. Les trois lascars devaient considérer ce travail comme lettres de noblesse. Qui pourrait affronter ces frotteurs d'oreilles fiers comme

Artaban ? En trois mois, Jacques, dans leur compagnie, fut méconnaissable. Il semble avoir pris un brio étonnant. Il voyage. Il va jusqu'en Angleterre acheter des reproducteurs de race pure. Il apprend des lascars ce que personne ne sait. Il met la main à la pâte.

C'est le règne de Mlle Hortense. Non pas régente mais reine. Tout lui sert, même sa vieillesse, même la faiblesse que lui donne, enfin, le bonheur ! Que semble lui donner le bonheur. Elle trône au Moulin de Pologne. Elle doit souvent penser à Coste. Elle doit parler à cette ombre inquiète et lui dire : « Ma garantie est de plus en plus valable. J'ai la bride en main. »

Elle se moquait de la matérielle, vivant de panades et de verres d'eau, portait encore les vieilles robes du temps de Coste, et même avait la maladresse savante d'accrocher de guingois, dans ses hardes, ses anciens bijoux de plomb, de glisser à ses doigts noueux des anneaux de rideau, comme en dérision des insignes de l'ordre. À quoi il était facile de voir qu'elle tenait fortement à son sceptre. C'est ce qu'elle voulait qu'on vît, car son intérêt était ailleurs. Mariée avec le destin, elle le brimait comme elle aurait brimé un époux. Elle lui rognait son argent de poche, contestait sa liberté, lui mettait des bâtons dans les roues, gâchait ses joies et ne pouvait avoir de cesse avant de le posséder comme un taon possède un bœuf. Si on donne au verbe la valeur qu'il a d'ordinaire, elle n'aimait pas Jacques. Elle l'aimait comme la vieille bourgeoise aime les vêpres : pour avoir de bonnes raisons de geindre contre le mari qui va au café pendant ce temps sacré.

Elle se comportait envers le destin avec ce donjuanisme des vieilles femmes laides qui continuent à *tirer matière* du conjoint jusqu'au bout, jusqu'à la mort, et au-delà de la mort ; perfection à laquelle l'homme le plus séduisant n'atteint jamais avec les femmes les plus totalement données ; appareil de précision indéréglable pour des possessions si majestueuses, qu'après les cadavres et les squelettes elles continuent à jouir des tombes, des cimetières et des souvenirs. Si le destin l'eût permis, elle eût été une prodigieuse *veuve du destin*. Elle aurait trôné sur sa tombe ; il n'y aurait plus eu de destin pour personne ; elle aurait été la propriétaire du destin pour l'éternité des siècles, anéantissant dans sa propre mort jusqu'au dernier milligramme de substance qui pouvait rester dans le souvenir même de son époux. Ah ! Elle avait finalement trouvé un mari à sa taille ! Elle pouvait exercer magistralement ses monstrueuses qualités maritales. Malgré sa carrure, dans sa jeunesse elle avait dû regarder les hommes, et même parfois désirer la promenade d'un de ces petits nains sur son corps de géante. Cela n'avait servi qu'à lui faire prendre une conscience plus exacte de son grand format.

Quand je pense à elle, je me dis avec humour qu'elle était devant une alternative bien simple : devenir ogre ou Moïse. Elle a dû comprendre que, les hommes n'étant pas assez dangereux pour elle, elle se fatiguerait vite d'en dévorer des douzaines. Quand elle rencontra le destin (des Coste) elle eut le coup de foudre. Voilà enfin celui dont il serait voluptueux de craindre et de mater le *delirium tremens* ! Dans son fauteuil d'impotente elle savourait l'orgueil d'être, plus que quiconque, *femme jusqu'au bout des ongles*.

Si, à son sujet, et à propos de Jacques, je parle de passion maternelle (loin de moi de parler d'amour maternel) c'est que Mlle Hortense n'inventait pas de sentiments nouveaux mais employait (comme nous y sommes toujours obligés) les sentiments ordinaires dans ses desseins exceptionnels. Je n'ai pas besoin de faire appel à l'inhumain. Aussi bien, me serais-je sans doute désintéressé de cette histoire si j'avais eu l'impression d'avoir affaire en quelque partie que ce soit de ce récit (et ici en particulier) à un monstre ou à des monstres.

Que Mlle Hortense aime Jacques, quoi de plus naturel, me semble-t-il ? Je n'ai jamais été embarrassé par l'amour : je ne sais pas ce que c'est. Je n'y vois rien de grandiose ; en tout cas, je n'y voyais rien de grandiose jusqu'au moment où j'ai été témoin de ce que je dirai par la suite. C'est donc avec un esprit non prévenu et fort difficile à tromper que j'ai fait passer sous mon lorgnon la façon dont Mlle Hortense jouissait de Jacques.

Il paraît que l'amour est un don de soi. Des gens qui semblent à première vue bien informés me l'ont dit. S'il s'agit vraiment de cette opération, on peut affirmer que Mlle Hortense n'aimait ni Jacques ni personne. C'était l'être le plus purement incapable de se donner à qui que ce soit, sauf à elle-même. Elle avait besoin de Jacques. Elle en avait besoin pour *brimer* le destin, comme les femmes ont besoin de fils pour *brimer* les maris et, à défaut de fils, font servir au même usage la religion et, d'une façon générale, tout ce qui peut leur *donner barre*.

L'égoïsme, dans son extrême pureté, a le visage même de l'amour. C'est pourquoi on dit que Mlle Hortense mourut d'amour et que sa mort a été inscrite au compte de Jacques. Il venait de lui annoncer l'intention où il était de se marier.

Elle essaya de courir après lui, qui fuyait un torrent de mots impossibles à entendre ; roula dans l'escalier et se brisa les reins. Son dernier cri fut pour parler en hurlant de la garantie qu'elle avait donnée.

Jacques se maria tout de suite sans prendre aucun deuil. Il eut même un mot cruel. Il dit : « Elle n'était pas de la famille. »

Il épousait Joséphine, sa sœur de lait. Elle habitait chez un frère aîné, dans une petite ferme des environs du domaine. Il l'avait vue deux ou trois fois en allant y mener la nounou avec le dog-cart. C'était, chaque fois, par une très belle matinée de printemps, ou qui paraissait l'être.

La nounou aimait de tout son cœur sa fille cadette et disait : « Elle tient de moi. » Elle tenait aussi beaucoup de tout ce qu'on apprend dans ces fermes isolées. Joséphine avait longtemps gardé les moutons dans des soirs admirables.

Tout de suite, Jacques fut son dieu. Après la naissance de son premier enfant, Joséphine perdit sa fraîcheur. En réalité, il ne lui resta rien que son cœur, mais, celui-là, quelle merveille ! Elle ne se soignait guère, ayant à peine assez de vingt-quatre heures pour soigner les autres. Mais rien ne pouvait altérer le rayonnement de son visage. Il était loin d'être beau, mais on ne pouvait s'empêcher de le regarder et de trouver du bonheur à le regarder. Sur lui, tout était paisible et bon ; c'était un des rares visages sur lequel la loyauté, cependant inscrite clairement, n'était un reproche pour personne.

Dès la première visite de Jacques à sa petite ferme, comme on en avait fait une fête, très modeste mais bien franche, elle avait chanté au dessert, non pas comme on le fait d'habitude mais avec beaucoup d'âme. Et une voix très juste. À certaines façons de parler, depuis, et à certains remèdes qu'elle apportait au souci des autres on pouvait facilement comprendre qu'elle contenait un romantisme très riche composé de volupté de sacrifice. Ce sentiment des valeurs spirituelles se perfectionnait en elle chaque jour. Jacques, au plein du bonheur depuis son mariage, avait retrouvé tout à son aise son goût de la contemplation et de l'immobilité. C'était pour le suivre partout que Joséphine se servait ainsi, et de mieux en mieux, du plus secret d'elle-même. Cela empêcha sa volonté de devenir bonasse. Son corps épais, sans aucun charme, on le savait soudain habité par ce que venait de dévoiler une de ces phrases comme seules peuvent en dire les très grandes dames au courant de la passion et, brusquement, on ne la voyait plus telle qu'elle était, ou plutôt, on la voyait alors telle qu'elle était, c'est-à-dire la femme la plus mystérieuse et la plus attachante qui soit !

Elle fut, comme il se doit, folle de son premier-né : Jean. Le garçon, dès ses premiers pas, râblé et têtu, avait également la bonté d'âme de sa mère, mais sujet à la colère, et colère qui dépassait les rages d'enfants, il avait des accès de fureur qui le laissaient frémissant et honteux.

Jean avait six ans quand Joséphine eut un autre enfant, une fille : Julie.

C'est cette Julie que j'ai bien connue. À l'époque où se place la première enfance de Julie, j'étais, moi, un tout petit jeune homme avec déjà des soucis. J'avais classé les gens en deux catégories bien distinctes : ceux qui pouvaient me servir et ceux qui ne pouvaient pas me servir. Je ne m'occupais que des premiers. C'est tout juste si je connaissais du Moulin de Pologne ce que tout le monde en connaissait. Je ne m'intéressais pas du tout à cette petite fille de dix ans qui allait à l'école chez les sœurs de la Présentation.

Un après-midi, vers trois heures, je passais dans la ruelle qui borde les jardins de l'école et je vis sortir par la petite porte Joséphine qui, littéralement, *emportait* Julie. Le visage de la petite fille était mâchuré de larmes et de marques encore plus profondes et plus noires, comme s'il sortait de la gueule d'un loup. Je vis aussi le visage de Joséphine, — Mme de M... maintenant, somme toute. Il était fermé et résolu. Elle regardait droit devant elle sans rien voir.

Les choses avaient commencé quand Jean avait été mis à l'école. Nous étions à peu près du même âge. Je ne fus cependant son condisciple que pendant un an. Je fus obligé de gagner ma vie de bonne heure. J'ai dit quel était le caractère de ce petit garçon, sans parler de son courage. C'était celui du lion. Il ne calculait pas et affrontait n'importe quel adversaire. Dès que les garçons de l'école commencèrent à reprocher à Jean son nom et le destin qui y était attaché, il se jeta sur eux et leur imposa sa façon de régler les incidents de cette sorte. Je crois bien qu'une fois ou deux je fus personnellement de la partie. Je n'en ai pas gardé bon souvenir. Tout le monde se le tint pour dit.

Les enfants de nos écoles forment plus tard la société. Dans notre société, on n'oublie jamais les avanies et les défaites ; on s'ingénie à s'en venger par des biais quand on a peur du face à face. Nous détestâmes le petit Jean de M... On lui trouva des surnoms désobligeants ; on les inscrivait sur les murs. On l'appela *le mort*. Or, il n'était pas mort du tout. Il avait la tête en boule, le front bas et bombé de Joséphine, et sur les lèvres la moue de Coste, paraît-il, c'est-à-dire de quoi affronter pas mal de choses. Mais il était seul, et contre tous, ce qui, dans ces natures intransigeantes et sensibles à l'injustice, exaspère l'orgueil. Il fit payer durement à tous ce qu'il payait durement lui-même. Terrible pour sa bonté naturelle, cette nécessité le poussait au mal, sur une pente où rien ne pouvait l'arrêter.

Avec Julie, c'était tout à fait autre chose. On avait choyé ses premiers pas au Moulin de Pologne avec d'autant plus de folie qu'elle était de toute beauté. Elle avait réuni les traits de sa grand-mère Anaïs à travers son père, et le rayonnement de Joséphine. Je me souviens d'une adorable petite fille étonnée, avec de très grands yeux veloutés couleur de marron d'Inde, et d'étonnants cheveux, noirs comme du goudron. Je crois qu'elle faisait le paon avec un très grand plaisir, à quoi s'ajoutait surtout celui d'être agréable à tout le monde et de se faire aimer.

Elle alla aux sœurs de la Présentation comme à une fête, et en plus, hélas, habillée comme une princesse. Elle y fut accueillie par plus de cent fillettes très au courant de tout ce qui se passait chez les garçons à propos de Jean. On la toisa. Elle essaya de gagner par l'amour, puis par des mines, enfin, à bout de forces, par de petites lâchetés. Elle était trop la fille de sa mère et trop précoce pour ne pas souffrir de ce qu'elle était ainsi obligée de faire.

On l'appela aussi *la morte*. Mais, comme ici il s'agissait de femmes, on alla plus loin. Les grandes s'amusèrent à lui faire des avances. Elle n'en voyait pas le cocasse et s'y donnait tout de suite. On l'attirait alors dans un coin et on lui racontait l'histoire des Coste avec beaucoup d'embellissements. Les filles se délectaient de cette horreur où elles pouvaient enfin mettre du leur. Elles se faisaient peur à elles-mêmes. Julie leur fut vite indispensable. On ne joua plus ni à la marelle, ni à la balle, ni au saut à la corde. On joua à un jeu dix fois plus savoureux et qui s'adressait au secret : se faire peur et faire peur à Julie. Tout le plaisir était de terroriser *la morte* et de se terroriser avec elle.

Cet apprentissage de volupté devint rapidement exigeant et trouva vite son intelligence. Les mots ne suffirent plus. À force de tout se passer en mots, le plaisir restait en suspens, on s'énervait à attendre l'essentiel. Il fallait aller plus loin. Quel bonheur de s'approcher coûte que coûte de ce paroxysme ! Le jardin des Présentines où ces demoiselles prenaient ainsi leurs récréations devint un tel lieu de délices que les femmes qui en sont sorties (et que je connais bien) s'en souviennent encore avec du rêve dans la voix. Julie ne put plus s'asseoir que sur des bancs qui brusquement se renversaient, et ne marcher qu'en trébuchant sur des crocs-en-jambe. On fit éclater brusquement près de son oreille des sacs en papier ; elle en eut des crises nerveuses de plus en plus graves que ces demoiselles contemplaient en secret. Enfin, il y eut un évanouissement si long qu'on ne put pas le dissimuler aux sœurs.

Joséphine retira sa fille de l'école.

Au Moulin de Pologne, Julie n'eut pas la paix. Le moindre bruit la faisait maintenant sursauter. Elle était devenue sournoise et se méfiait de tout le monde, même de son père dont elle fuyait les bras, et même de sa mère dont les mots simples cependant, et si savants dans leur simplicité, étaient pour elle désormais sans signification et sans rapport avec la réalité qu'elle connaissait. Un jour, sans penser à elle, on tira brusquement un coup de fusil sur des corbeaux qui volaient la viande des chenils. À la détonation, et comme si elle avait été atteinte elle-même en plein corps par la décharge, Julie tomba dans des convulsions qui durèrent trois jours et dont elle sortit louche.

La destruction de sa beauté, pour n'être que partielle, n'en fut que plus insupportable. D'un côté elle restait belle ; de l'autre, elle était horrible avec son gros œil chaviré et le coin de sa bouche tordu. Joséphine cajola inlassablement une sorte de statue de sel.

Elle resta fermée à tout jusqu'à quinze ans. Elle avait passé toutes ces années dans l'étonnement et la stupeur. Elle était poursuivie de bruits insupportables.

Son frère, alors un grand gaillard de vingt ans, à front de bœuf, une sorte d'Ajax, était à la fois plein d'amour et de fureur, sans la moindre trace de bonté. Au fond, Julie avait le même caractère que son frère, en tout cas le même courage. Il faut croire qu'à force d'avoir peur des bruits (et tout en continuant soigneusement à en avoir peur, c'est là, j'estime pour ma part, qu'il faut chercher l'origine de ce pouvoir mystérieux qu'elle eut ensuite sur les sons) elle finit par les aimer. Il lui arrivait quelquefois maintenant d'écouter l'aboiement des chiens. Elle portait toujours, noué autour de sa tête, un foulard qui lui couvrait les oreilles. C'est au travers de ce foulard qu'elle osa prendre contact avec ce qui l'effrayait le plus. Ce fut une période où, sans cesser d'être altérée d'elle-même, elle se préoccupa d'une certaine partie du monde.

Joséphine en fut prévenue tout de suite. Depuis le coup de fusil, elle ne perdait plus Julie du regard. Elle s'aperçut que, les jours de grand vent, sa fille aimait rester dans le couloir du premier étage. C'était un endroit sonore où les bruits prenaient un velouté extraordinaire. Joséphine avait un grand sens paysan, c'est-à-dire qu'elle allait droit aux choses sans aucun mélange. Elle avait très bien compris que sa fille pouvait perdre l'envie de se servir du monde suivant le mode habituel. Elle l'avait redouté pendant cinq ans. Elle savait de quoi étaient faits les idiots de village. Elle sut tout de suite qu'il ne fallait pas lésiner sur le choix des moyens. Elle fut frappée en constatant que Julie s'intéressait précisément à ce qui avait le plus durement frappé sa sensibilité.

Après qui sait combien de temps d'approches patientes, certainement effarouchées mais obstinées, Julie fut non seulement habituée aux bruits mais aguerrie. Comme le font toujours les êtres de qualité, elle était arrivée à employer les éléments qui la combattaient, à l'enchantement de sa vie.

Elle commença à chanter. Dans la maison silencieuse du plein été on entendait une voix contenue, mais pure et très souple, qui vocalisait lentement, passant d'une note à l'autre avec prudence.

Il se trouva qu'il y avait en ville une sœur (pas très bien notée, d'ailleurs) qui tenait les orgues d'une façon magistrale.

Je peux dire que je suis nul en musique. Elle ne m'apporte rien. Je suis d'autant plus libre pour attirer l'attention sur le fait que certaines improvisations de cette sœur musicienne coloraient parfois les messes d'un rouge infernal (d'après M. de K... ; conversation de salon). C'est le professeur que Joséphine donna à sa fille.

Julie devint un ogre de musique. Elle s'empara des instruments avec une telle fureur, paraît-il (c'est la suite de la conversation de salon), que sœur Séraphine devait souvent se cacher le visage dans les mains. Mme R... prétend que c'est parce qu'elle se sentait alors dévoilée et donc honteuse (peut-être même ravie, ajoute-t-elle), cette façon de jouir étant aussi dans son âme. Mais Julie n'était contenue par aucune règle ; elle émergeait de ténèbres trop profondes pour pouvoir croire à autre chose qu'à sa joie. Dès que son instinct lui faisait pressentir un moyen d'augmenter son plaisir, elle l'employait avec une ardeur sauvage, sans retenue.

Portée par une telle passion, Julie sut rapidement, non pas se servir des orgues, mais les dominer. Son père lui acheta un piano. Elle resta enfermée avec lui pendant plus de six mois. Mais elle se servait surtout de sa voix. Maintenant, travaillée et très soigneusement placée par sœur Séraphine, cette voix, dit-on, faisait *fuir le sang* (je cite mes auteurs : Mme T... *dixit*).

Il y eut une certaine messe de Pâques dont on parle encore (à mots couverts, je ne sais pourquoi) où Julie chanta des chants dits « *appropriés* » : un *alleluia* ou un *In dulcis jubilo* ; un *chantez maintenant et soyez gais* ; *je m'en vais en paix et joie* ; *du ciel vient la foule des anges* ; enfin, des thèmes de tout repos et bien éprouvés. On ne pouvait reprocher que l'utilisation à ces fins d'un instrument comme cette voix. Il y eut un scandale ; étouffé, comme il se doit, rumeurs et visages indignés tournés brusquement vers la galerie. Sœur Séraphine eut sur les doigts ; on ne pouvait imaginer que cela s'était fait sans son assentiment. Elle en convint d'ailleurs, très calmement. Trop calmement, au gré de tout le monde.

Il ne fallait pas traiter ce scandale à la légère et imaginer qu'il était simplement le fait d'âmes paisibles, dérangées dans leur dévotion. Nous sommes des chrétiens, bien sûr, mais il ne faut jamais trop demander à personne. Notre âme a été neuve (plus ou moins longtemps selon les tempéraments), elle a servi de miroir aux forêts et au ciel ; elle a joué familièrement avec l'inconnaissable. Mais, nous avons dû rapidement nous rendre compte que ces reflets et ces jeux ne nous servaient à rien pour acquérir, conserver ou améliorer notre position sociale. Or, c'est elle qui fait bouillir notre marmite.

À partir de ce moment-là, on s'organisa sérieusement contre Julie. On ne se mit pas, tout au moins ouvertement, à faire des allusions désobligeantes à son œil blanc et à sa joue mâchurée. On jugeait cette façon de procéder inélégante et surtout inefficace, et qui ne touchait pas au vif. On critiqua très sévèrement son chant qu'on appela *des cris*. L'émotion contre laquelle il fallait *se gendarmer* et l'admiration forcée firent trouver et prononcer des phrases fort méchantes.

Je participais à la chose plus par politique que par passion personnelle. Je dois avouer que nous en fûmes pour notre courte honte. Julie semblait vivre dans un monde où pas plus nous que nos phrases avions accès.

Elle continua imperturbablement à faire ses propres délices d'elle-même. Elle était, d'autre part, si parfaitement belle de corps et *d'un côté de son visage,* que la solitude dans laquelle nous nous imaginions la tenir était une insulte pour nous.

C'étaient déjà d'excellentes raisons pour haïr Julie. Il y en avait d'autres. J'ai dit que notre promenade de Bellevue surplombe le Moulin de Pologne de telle façon que, si on le voulait, on pourrait cracher sur les toits. Souvent, le soir, on voyait des groupes ou des silhouettes solitaires se glisser sous l'ombre des ormeaux et venir s'accouder aux remparts pour écouter Julie qui chantait, en bas, toutes fenêtres ouvertes. Tout *blindé* que je sois, avec le recul de l'âge et de l'expérience, je m'aperçois maintenant que cette voix était un prodigieux appareil de séduction.

Si je disais qui j'ai vus, là, sous les ormeaux, en pleine nuit, immobiles, muets, en train d'écouter avec passion !... Des gens qu'un coup de canon n'aurait pas tirés de chez eux, qui avaient fait litière de leur salut éternel pour avoir le droit de *posséder* !... et qui venaient, dans l'ombre, comme des voleurs (qu'ils étaient), sans vergogne pour le rang où ils s'étaient hissés, s'accouder au rempart à côté d'autres ombres en peine ! Si je disais qui j'ai vus, ainsi subjugués, je ferais comprendre les autres raisons que nous avions tous de haïr et de brocarder cette jeune fille.

C'est pourquoi nous fûmes soulagés quand Jacques de M... mourut. Ainsi, elle allait se taire. Nous avions au moins cette ressource. Tout le monde trouva le destin des Coste bien rassurant.

Jacques de M... mourut brusquement, sans préavis, un matin au clair soleil, en faisant un simple pas. Il traversait la cour pour se rendre aux chenils quand il s'abattit d'une pièce, face contre terre. Il avait quarante-deux ans. Il fit un pas et fut mort.

Joséphine traîna deux mois, hors de sens, n'ayant plus que les yeux de vivants, s'efforçant de les fermer. À quoi elle finit par arriver, un soir, avec un grand soupir.

J'ai tout à l'heure comparé Julie à Jean, son frère. Sans avoir la pénétration intéressée de Mme T... ou de Mme R..., je dis que Jean était en quelque sorte un musicien : un musicien de la fureur. Ses colères, *inspirées,* étaient semblables à la voix de Julie qui montait sans effort et se tenait sans fin à des hauteurs où la passion tient lieu d'univers pur. Il était construit, lui aussi, pour vivre dans le vertige. Les assauts furieux qu'il menait contre tout, et le vent, étaient aussi séduisants, aussi attirants que la voix de Julie. Il était beau et d'une noirceur lumineuse. Les femmes l'aimaient. Il se précipitait en elles comme à des vengeances et détruisait tout : l'amour et lui-même. Il mena les affaires et la vie ordinaire avec cette vigueur démesurée. Mais on ne peut posséder à la hussarde, ni de compte en banque, ni la soupe. La flambée dura un an dans des herbes, des forêts, des collines et des ciels pourpres. Le Moulin de Pologne volait en lambeaux ; et les cœurs ; et la sauvage tendresse de Jean. Il dévalait dans les chemins et les champs et dans les jardins secrets de notre ville, traînant, accrochées à lui, des grappes d'huissiers et de jaloux, comme un sanglier traîne les chiens qui ont mordu dans son cuir.

Sa mort fut bien accueillie par tout le monde. On le trouva étendu dans un bosquet de genêts, défiguré par un coup de feu qui avait dû être tiré presque à bout portant. Seuls étaient intacts son menton, toujours volontaire, et sa bouche maintenant paisible et légèrement ironique sous la bouillie de sang, de cervelle et d'os.

Les hommes de loi s'occupèrent du Moulin de Pologne. Avec Julie, ils avaient trouvé à qui parler, ou plus exactement, à qui ne pas parler. Elle les entretint d'un monde bleu où ils n'avaient que faire. Suivant qu'elle leur montrait le bon ou le mauvais côté de son visage, ils étaient enclins à diminuer ou à augmenter leurs pourcentages. Finalement, ils les augmentèrent ; ils étaient trop tentés par cette eau trouble autour de biens sans défense. Toutefois, malgré leurs fortes gueules, le morceau était trop gros, et la flambée de Jean avait été trop rapide : ils furent obligés, par la force des choses, de laisser la carcasse et même pas mal de viande autour.

Julie eut plusieurs rendez-vous avec le notaire qui avait les rentes des de M... en dépôt. C'est lui qui, tout de suite après la première entrevue, me donna son opinion sur Julie.

— Absolument incapable de s'occuper d'elle-même, me dit-il. Enfin, de s'en occuper comme vous, moi ou n'importe quelle personne raisonnable s'occupe de soi-même. Elle a des trous. Ce qui nous vient tout naturellement à l'idée ne lui vient jamais à elle.

Je demandai s'il lui restait de quoi vivre.

— Question d'argent, oui, me répondit-il. Maintenant que le grand-père est mort, elle n'a plus la charge de l'asile. Reste la succession du grand-oncle qui ne sera ouverte que dans cinq ans, je vous l'accorde. Les affaires de Paris se sont soldées par profits et pertes, mais Jean n'a pas fait tant de dettes que ça. Une fois tout réglé, avec ce qui restera sur le grand-livre, elle n'aura pas loin de cinq cents louis de revenus. C'est plus qu'il ne lui en faut.

Il avait l'air d'être surtout bouleversé par des sentiments extra-notariaux.

— Il y a une chose qui lui conviendrait parfaitement, me dit-il : c'est l'asile. Son grand-père a fini sa vie chez les fous ; c'est là qu'elle devrait faire la sienne.

Entourons la chose de fleurs tant que vous voudrez, mais voilà le fond de ma pensée.

Cet homme aimait faire des phrases, surtout devant un jeune homme qui *promettait* (et dont il avait besoin) mais, ce qu'il faut bien comprendre, c'est que nous ne la traitions pas sur un pied exceptionnel. Le mal que nous lui avons fait, nous l'aurions fait à n'importe qui, et nous n'en sommes pas responsables. Il ne faut pas nous juger à la légère et nous jeter la pierre avant de connaître le pourquoi de notre façon de faire. L'essentiel n'est pas de vivre : c'est d'avoir une raison de vivre. Et cela n'est pas facile à trouver. Je sais bien qu'il y a des gens qui ont toujours *la grandeur à la bouche,* encore faut-il, pour trouver une raison de vivre dans la grandeur, avoir les éléments de cette grandeur en soi ou autour de soi. En nous-même, il est impossible qu'il y en ait. Et je vais vous dire très simplement pourquoi. Tout notre temps est pris par la recherche du nécessaire matériel. Plus que tout le monde, mais disons, si vous le préférez, comme tout le monde, il nous faut manger avant d'être vertueux. Neuf fois sur dix nous constatons que, pour nous emplir la bouche, il faut vider celle du voisin. À ce régime, celui qui porterait en lui les éléments de la grandeur crèverait, la bouche vide, comme doivent mourir les plus faibles. Aussi bien ceux d'entre nous (et il y en a, hélas !) qui ont été dotés de certains éléments de grandeur s'empressent de s'en débarrasser, sinon ce serait un suicide. D'instinct, on va aux choses capables de nous conserver la vie. C'est ce que nous faisons. C'est pourquoi, en nous comme autour de nous, tout est petit. Et je vous garantis que, de cette façon, le monde va. Il n'a qu'un défaut, ce monde-là : manger n'est pas une raison de vivre suffisante, puisque la faim s'assouvit. Il faut trouver une raison qui ne s'assouvisse pas et se renouvelle. Voilà le secret de ce que des esprits trop indulgents pour eux-mêmes appellent notre cruauté.

Nous sommes humbles par nécessité ; nos joies sont modestes. Nous sommes les premiers à le regretter et à les désirer plus riches, mais il faudrait y consacrer du temps et des efforts coûteux. Celui qui a la chance de pouvoir aimer, qui peut saigner et souffrir sans regret, n'a pas le droit de nous reprocher la joie que nous éprouvons à haïr quand c'est *la seule* qui soit (ou qui reste) à la portée de notre cœur. Après tout, nous donnons parfois à nos victimes des gloires qui nous sont refusées.

C'est ainsi que nous avons *utilisé* Julie. Qu'aurions-nous pu faire d'autre de cette fille ? Elle n'avait qu'une moitié de beauté et cette moitié avait plus de pouvoir qu'il n'était possible d'en supporter. Au surplus, Julie prêtait le flanc avec une bonne grâce qui pouvait laisser supposer en elle cette complicité du partenaire, indispensable au bon assouvissement des passions humaines. Sommes-nous jamais sûrs de ne pas procurer à nos victimes, en plus des gloires dont je viens de parler, des joies dont nous ne pouvons pas avoir idée ?

Julie vieillissait. Elle atteignait maintenant presque la trentaine. Son visage, même du beau côté (qui cependant n'y avait rien perdu) s'était obscurci et fermé. Par contre, son corps s'était épanoui et semblait lui donner de violents soucis. Elle avait, pour ce corps qui s'était mis à compter, des attentions déraisonnables. Elle l'habillait de vieilles dentelles de famille, de mousselines, d'oripeaux de couleurs vives. Elle en jouait comme elle pouvait, en attendant mieux. Pour des esprits de notre trempe, il y avait dans cet état matière à procès sans chercher midi à quatorze heures. Quand il s'agit de femmes, nous aimons beaucoup tout ce qui se rapporte au tempérament. Le travail de notre plaisir se fait dans cette matière sans effort. Elle n'était protégée que par son œil blanc. Combien de fois n'avons-nous pas regretté cet accident de jeunesse qui nous privait d'une de ces conclusions en feu d'artifice que nous aimons tant. Nous enragions de voir de si bonne poudre se perdre en de longs feux.

Elle continuait à nous saluer fort bas chaque fois qu'elle nous rencontrait. Maintenant, quand elle nous voyait venir, elle se rangeait au bord du trottoir et se courbait très humblement sur notre passage. Tous les commerçants se mettaient sur le seuil des boutiques pour contempler ce délicieux spectacle. Nous lui avions enfin appris la politesse. Elle avait, malheureusement pour elle, des lèvres charmantes du bon côté, et son sourire triste qui s'accordait avec la déformation de sa bouche était plus lumineux que celui de n'importe qui. Elle perdait le peu de sens qu'elle avait encore. Il n'était plus question pour elle de mettre une mesure quelconque dans quoi que ce soit. Elle semblait passer son temps dans nos rues et nos chemins à guetter notre passage pour se courber et s'humilier devant nous. Cela finissait par nous atteindre en contrecoup. Elle avait dans ses entreprises particulières l'implacable audace de son frère Jean. Elle poudra son visage d'une poudre de riz très épaisse, toute blanche, et fut la première de toute la région à se peindre fortement les lèvres en rouge. Elle frisait ses cheveux « *à la mouton* » et les remplissait de rubans. Je crois qu'une sorte de malice lui faisait choisir ce qui pouvait le mieux nous hérisser. Elle n'avait plus aucun autre rapport, non seulement avec nous, mais avec le siècle. Elle était comme le fragment détaché d'une planète autre que la terre ; une comète qui tournait autour de nous en nous ébahissant. Nous la détestions maintenant pour des raisons beaucoup plus éminentes. Pour tout dire, nous souhaitions du fond du cœur la voir disparaître en charbon dans les ténèbres.

C'est ainsi qu'on arriva à cette nuit que j'ai appelée la nuit du scandale. Je vais enfin pouvoir en parler. Pour l'instant, j'ajouterai seulement qu'il advint une chose si inattendue, l'impression produite en ville fut tellement étrange qu'aujourd'hui encore, après cependant tant d'années, le souvenir de cette nuit où tout alla à l'encontre de l'espérance générale reste gravé dans toutes les mémoires.

CHAPITRE III

Herba voglio non existe ne anche nel giardino del re.

L'anonyme piémontais.

Au milieu de chaque hiver nous nous consacrons à la fraternité. Nos sociétés musicales, de secours mutuels, pompiers, dames de la sainte parole, toutes les entreprises de bonnes œuvres que nous avons créées pour notre distraction, et même pour le bien commun, réunissent leurs adhérents (c'est-à-dire toute la ville) en un bal fraternel. Cela se place toujours bien avant le Carnaval. L'époque du Carnaval manque de sérieux. Les masques, les déguisements permettent des fantaisies douteuses qui (on s'en est mordu les doigts une fois) vont à l'encontre de ce que l'on désire faire avec ce bal : c'est-à-dire la réunion amicale de tout le monde. Il y a toujours des esprits portés au mal que ces magnifiques vertus de concorde et de fraternité laissent froids. La fois à laquelle je viens de faire allusion et où l'on avait placé le bal en plein carnaval, certaines personnes avaient cru spirituel de se faire des têtes caricaturales et même obscènes représentant des personnes de notre meilleur monde qui étaient là, d'ailleurs, je dois le dire, déguisées elles-mêmes en grotesque ressemblance d'autres personnages qu'elles détestaient. Chacun pouvait ainsi voir ses propres cornes sur la tête de son voisin. C'est très désagréable. L'étalage de ces sentiments intimes est tout le contraire de ce que nous nous efforçons de réaliser avec *le bal de l'amitié.* On en fixa donc la date une fois pour toutes dans la deuxième quinzaine de janvier ; jamais plus tard. Cette fois, c'était le 18.

On avait changé deux fois la date cette année-là. J'estime que ce sont des détails à connaître pour bien se pénétrer du caractère véritable de la cérémonie. Primitivement fixée au 15, on repoussa la nuit de l'amitié jusqu'au 17. La couturière des *dames* n'était pas prête. Rien n'est plus agréable que de savoir quelqu'un aux prises avec des difficultés insurmontables, surtout si l'on y voit du travail gâché, de l'argent perdu et des crises de nerfs. On avait tout ça avec la couturière. Cela faisait partie du plaisir que le bal donnait ainsi pendant plus de trois semaines. Les prétextes étaient excellents. Il était facile de répondre que, ni l'orphéon, ni la musique municipale, ni les pompiers ni tout le reste ne pouvaient être suspendus à une machine à coudre. On ne s'en priva pas. Mais, les robes de Mme de K..., de Mme de R..., de la petite M..., des demoiselles T... étaient suspendues à la machine à coudre. Si toutes ces dames n'avaient pas dû précisément se recouvrir de la tête aux pieds avec le taffetas, le satin, la soie, les merveilles de cette machine à coudre, elles se seraient elles-mêmes fort réjouies de l'aventure, mais il s'agissait de leur propre toilette et la toilette est sacrée. Ces dames avaient des pouvoirs très étendus. Malgré la cabale, elles triomphèrent. Le comité résista juste ce qu'il fallait pour faire porter le recul d'un jour à son crédit.

Mais, nouvelle histoire : il y avait la couturière du grand monde et il y avait la couturière du petit monde. Cette dernière voulut avoir sa satisfaction d'amour-propre. Avec celle-là, on n'allait pas prendre des gants ; on lui opposa une fin de non-recevoir cavalière et catégorique. Là-dessus, une de nos *têtes* fit remarquer une petite chose :

« On allait bien faire, comme d'habitude, une tombola au milieu du bal ? — Certes oui, vous savez bien que c'est le plus important. Il est surtout question de ramasser des fonds. — C'est là-dessus que j'attire votre attention, dit la *tête.* Le petit monde est du petit monde, je vous l'accorde, mais il fait nombre et, de plus, il prend cinq à six billets à la tombola. » La *tête* répéta plusieurs fois le mot « nombre ». C'était inutile : on avait compris. Officiellement, on se refusa à changer la date. On annonça simplement, avec la désinvolture voulue, que pour des raisons techniques (c'est un mot que nous commencions à aimer) le bal aurait lieu le 18. Sans plus. Et qu'on se le tienne pour dit, cette fois.

On ne peut pas se faire une idée exacte de la fièvre qui précède notre *bal de l'amitié.* On expose les lots de la tombola dans les vitrines des commerçants. Auparavant, il y a eu tout un accroissement d'allées et venues de groupes de garçons et de jeunes filles qui vont de porte en porte et de boutique en boutique quêter les dons pour cette tombola. Car, il faut le dire, cette cérémonie ne vit que de générosités. Les quêteurs et les quêteuses s'habillent du dimanche en pleine semaine et ils déploient beaucoup de zèle. On les fait entrer dans les galetas, dans les pièces de débarras ; ce ne sont pas des lieux où il est agréable de traîner des vêtements du dimanche. (Il y a ainsi mille sacrifices obscurs autour de notre généreuse entreprise.) C'est très réconfortant.

Cette fois-là, on pouvait contempler les vitrines d'exposition et se dire que jamais les choses n'étaient allées aussi loin. C'était un succès complet. On se pressait sur les trottoirs, on s'arrachait à regret à la contemplation et seulement parce que, plus loin, d'autres objets exposés sollicitaient encore l'attention.

On décorait aussi le Casino municipal. C'est difficile, car il n'est pas bien placé. Il est de biais à côté des Abattoirs, dans une petite rue excentrique. L'été, avec les issues de sang et de viscères qui coulent dans le ruisseau, ce quartier sent mauvais, mais en janvier c'est très supportable. Le biais de la façade est beaucoup plus gênant. On ne peut vraiment pas, sur cette surface, accomplir les miracles de décoration qu'on voudrait. On finit malgré tout par réaliser quelque chose avec des banderoles de buis tressé et des lanternes vénitiennes.

Mais par contre, à l'intérieur du Casino, on fait de grandes choses. C'est très vaste. C'est un ancien entrepôt de grains que les Domaines ont cédé à la ville pour une bouchée de pain. On l'a aménagé sur le modèle de la Scala de Milan ; plus petit, évidemment. Le rideau est une splendeur ; il a été offert par l'artificier qui fournit notre fête patronale en soleils et pièces à feu. Il représente une scène mythologique bien traitée. On a tout joué dans ce théâtre : *Les Cloches de Corneville, La Mascotte,* etc.

L'après-midi du 18 janvier, il y eut dans les rues une animation extraordinaire. Le temps s'était adouci et il pleuvait. Malgré la pluie, un défilé ininterrompu passait devant les boutiques où étaient exposés les lots. On remarqua Julie qui se glissait parmi les groupes et regardait avidement les vitrines. Elle jouait des coudes tant qu'elle n'était pas au premier rang, collait son nez à la vitre et, les mains en œillères, se perdait en contemplation.

C'était vraiment, comme je l'ai dit, la collecte la plus riche qu'on ait jamais faite. Mlle Meillan (j'ose dire son nom) avait enfin donné son fameux lampadaire (après l'avoir refusé trois années de suite). Je ne sais pourquoi tout le monde s'était déboutonné. Je remarquai moi-même un bocal à ludion dont, malgré toute ma connaissance de la ville, je ne pus imaginer la provenance. (Je sus après coup qu'il avait été donné par la receveuse des postes.) J'aime ce petit jeu paisible. J'avais très envie de cet objet-là.

Mais Julie semblait chercher vainement. Je la vis passer à côté de moi et filer vers la vitrine des Magasins Réunis. Je la suivis et pris intérêt à son manège. Elle était très excitée. Elle s'attarda devant toutes les expositions, sans souci de personne. Enfin, dans la foule je perdis de vue son béret vert et sa cape brune.

Je m'attardai. J'ai beaucoup de goût pour la pluie, surtout l'hiver et au crépuscule. Je rencontrai l'appariteur. Il était très ennuyé. Les illuminations du soir étaient fichues. Les lanternes vénitiennes dégoulinantes d'eau s'arrachaient des fils de fer. Il allait ramasser les chandelles. Le maire était, paraît-il, dans tous ses états. Le bal avait pour lui une grande importance politique. Il aimait trôner à la porte, dans la lumière des lampions.

Pour ma part, je raffolais de la boue le soir d'un bal. Je suis très mauvais danseur. Les toilettes souillées et les semelles humides me donnent de l'avantage.

Je rencontrai M. de K... qui flânait comme moi sous son parapluie.

— Alors, me dit-il, est-ce que notre homme viendra cette fois ?

Je me contentai de sourire finement.

— Ne soyez pas si sûr, me répondit la *tête* ; il pourrait y venir en service commandé ; commandé par sa conscience, bien entendu.

Il se réjouit avec moi de la catastrophe des lanternes vénitiennes.

— Mme de K... a trouvé, me dit-il, une combinaison charmante. Elle va faire comme Cendrillon, elle va arriver au bal en pantoufles. Non, je me trompe, ce n'est pas en Cendrillon, c'est le contraire. Enfin, elle portera ses souliers sous le bras, dans une boîte. Elle se chaussera au sec. Je dirai à Michel de raser le trottoir avec la voiture. Vous ne trouvez pas que c'est charmant ?

Je le trouvai en effet.

Ceci me donna l'idée, en quittant M. de K..., d'aller faire un petit tour du côté des fameuses couturières. La pluie avait dû plonger tout ce monde-là dans un désespoir fort cocasse. Il fallait voir ça.

On ne voyait pas grand-chose. Les ateliers étaient illuminés avec les grosses lampes à pétrole, et toutes ces demoiselles tiraient l'aiguille, fort sagement, semblait-il.

Je n'avais plus qu'à rentrer chez moi. Le feu de ma cheminée n'était pas éteint. Il me suffit de déposer artistement quelques brindilles pour qu'il reprenne. Je sais très bien faire le feu. Il paraît que c'est l'apanage des amoureux et des poètes. Je fis chauffer ma petite tambouille de célibataire. Je ne mangeais déjà pas beaucoup le soir. Je mis de l'eau à bouillir pour mon œuf à la cuiller et, en attendant, je me payai le luxe d'un quart d'heure de repos, les pieds sur les chenets. Je n'ai jamais fumé, mais j'aime la vue des flammes et l'odeur de la braise.

Je pris mon repas bien au chaud en le faisant traîner. Je ne suis pas de ces hommes seuls qui se dépêchent. Mon état m'a toujours plu. Il n'y a jamais eu aucune raison pour que je me hâte. Mes plus grandes joies, je les ai toutes eues dans ces lenteurs.

Après quoi, je songeai à la cérémonie où il me fallait paraître.

J'avais sorti et brossé mon costume noir. Ma chemise empesée, mes cols et mes manchettes étaient venus de chez la blanchisseuse à quatre heures de l'après-midi.

J'allai relever le rideau pour voir s'il pleuvait toujours. Il pleuvait toujours. Il y avait déjà quelques attelages en route. Ils passèrent luisants de pluie. Ce devaient être des louages qui faisaient le tour de quatre ou cinq maisons pour charger de la clientèle. Il ne me fut pas possible de mettre un nom sur les cochers.

La place Notre-Dame sur laquelle ma fenêtre donnait est évidemment assez éloignée de la rue de l'Abattoir (on aurait bien dû changer le nom) où se trouve le Casino. Mais ces attelages signifiaient que, dans presque chaque maison de la ville, il y avait, toutes proportions gardées, l'agitation qu'il y avait dans mon appartement. Je n'avais pas l'habitude de passer du beurre sur mes souliers vernis chaque soir. De l'autre côté de la place, toutes les fenêtres laissaient passer de la lumière par le joint des rideaux.

Il était dix heures moins le quart lorsque, fin prêt, je mis mon manteau. Il pleuvait toujours. Je pensai à Mme de K... Malgré mon parapluie, je me coiffai de ma casquette à oreillettes et enveloppai mon petit gibus dans un papier journal pour le porter sous le mantelet de mon mackintosh.

J'avais à peine fait quelques pas sur le trottoir que je fus dépassé par un attelage qui fit encore deux ou trois tours de roue et s'arrêta. Je reconnus Michel sur le siège du cocher en même temps que M. de K..., passant la tête par la portière, m'interpellait.

— Il me semblait bien que c'était vous, dit-il. Montez donc.

Et il abaissa le marchepied. La voiture sentait très fortement la violette. J'essayai de me caser en faisant beaucoup d'excuses, car mon manteau était mouillé, et je voyais dans l'ombre briller des soies et des fourrures grises.

— J'ai regardé votre fenêtre en passant, dit M. de K... Elle était éteinte. Cela m'a étonné, étant donné l'heure. Vous n'êtes pas homme à commettre la maladresse d'arriver en avance. Mon intention était de vous appeler.

Je le remerciai et me tins sur mes gardes. Il n'y a pas d'amabilités gratuites.

Nous rencontrions maintenant des quantités de gens qui se rendaient au Casino. Ils avaient l'air d'être trempés comme des soupes, mais ils s'obstinaient et paraissaient même joyeux.

Nous nous attendions à trouver la rue de l'Abattoir en pleine obscurité ou à peu près. Ce n'était pas le cas. Les de R... et les de S... avaient imaginé la déroute des lanternes vénitiennes et n'avaient pu supporter l'idée de débarquer dans l'ombre. Ils avaient fourré dans les mains de trois ou quatre garçons de ferme quelques-unes de ces torches de lavande raisinées qu'on réserve pour la Saint-Jean et, quand nous tournâmes le coin de la rue, toutes ces dames et demoiselles étaient en train de débarquer au perron dans les flammes et l'encens.

— Que d'esbroufe, dit M. de K..., qui devait penser à la boîte dans laquelle Mme de K... portait ses souliers.

Le spectacle était cependant assez extraordinaire. Il avait attiré une foule considérable sur le péristyle, et même les gens se pressaient sur les marches du grand escalier. Les de R... et les de S... faisaient une entrée triomphale. Au moment où notre voiture pénétrait au pas dans la rue de l'Abattoir, où Michel essayait de passer à travers une sorte de cohue de parapluies, de l'autre extrémité de la rue déboucha l'attelage bien connu des de L... Les six petites mules grises agitant leurs clochettes se frayèrent passage plus facilement que nous. Ceux-là aussi avaient des porteurs de torches. Si ces dames ne s'étaient pas donné le mot, elles s'étaient bien espionnées.

— Vous êtes toujours le dernier informé, dit aigrement Mme de K... en faisant claquer ses bracelets.

M. de K... frappa du poing à la vitre pour alerter Michel.

— Pressons, pressons, dit-il. — Et à moi : — Nous allons arriver en même temps que les de L... Nous profiterons de leurs lanternes.

En effet, mais la foule embarrassait le trottoir. M. de K... criait au cocher :

— Rasez, rasez !

Enfin, il apostropha carrément les gens qui embarrassaient l'entrée.

— Allez-vous-en, mesdemoiselles, enfin, allez-vous-en !

On nous obéit et nous pûmes débarquer à la lueur des flambeaux.

M. de K... se sépara de moi sans me serrer la main. J'avais d'ailleurs moi-même le souci de placer mon parapluie dans un endroit sûr.

Les danses devaient avoir commencé depuis un certain temps. On jouait une valse. Il ne restait que de toutes jeunes filles dans les couloirs. Elles étaient radieuses avec des teints éclatants et faisaient voler autour d'elles des regards excités comme si tout leur appartenait. Elles parlaient toutes à la fois, sans s'écouter mutuellement et gesticulaient avec une vivacité et une volubilité excessives où tombaient brusquement des silences, des immobilités de biches entendant le cor.

J'allai au buffet où l'on servait de la bière et de la limonade à des hommes de cinquante ans déjà ennuyés, et je confiai mon parapluie au patron. C'était un homme de sens à qui j'avais rendu des services.

Je fus surpris. La salle était magnifique. On avait utilisé des lampes Carcel et la lumière la plus vive inondait même les deuxièmes galeries. Le maire avait réussi, c'est le cas de le dire, un coup d'éclat. Les années précédentes, les galeries supérieures restaient toujours dans l'ombre et toutes les occupantes passaient dans *l'opposition.* Les lampes Carcel faisaient gagner au moins vingt voix à notre premier magistrat.

Le *petit monde,* dont les individualités montantes avaient installé bien en vue leurs femmes et leurs filles sur le devant de ces deuxièmes galeries inondées maintenant de lumière, montrait des soies, des moires et des satins aussi chers et aussi bien travaillés que ceux des premières galeries et, en plus, des visages en lune que j'aime : naïfs et rougeauds, figés dans un quant-à-soi un peu apeuré, mais qui prenait audace dans des corps robustes, pour la plupart assez bien faits.

Certes, notre beau monde avait néanmoins la palme. Il y avait là un brio à quoi les autres ne pouvaient pas prétendre. Les sourires n'y étaient pas instantanés mais duraient comme le soleil d'un beau jour dans des ovales bien émaillés, des joues romantiques, des yeux cernés par les ténèbres des plus belles passions. Il y avait là une science parfaite, une connaissance héréditaire des tenants et des aboutissants, une aisance à réussir les choses du premier coup qui, dans ce travail comme dans tous les autres, exige une longue pratique.

J'étais au parterre, en lisière de l'avancée des loges, et tous ces manèges se passaient à hauteur de mon œil. Les mouvements de robes m'encensaient, littéralement.

Au bal lui-même, je n'entendais rien. J'avais une méthode bien simple chaque fois. L'important était qu'on me voie ; même pas : qu'on m'aperçoive, plutôt. Je prenais donc soin, d'ordinaire, de participer avant la tombola à une ou deux contredanses (des polkas de préférence) ; après le tirage des lots, j'avais fait mon devoir, on m'avait vu, j'étais libre, j'allais me coucher.

Pour m'en tenir à ces bons principes qui donnaient d'excellents résultats, je cherchai une *petite fille* sans importance. Ce fut Alphonsine M..., la fille de « Cuirs et crépins ». Impossible de tirer la moindre conclusion de notre conjonction provisoire. Elle n'était ni rentée, ni attirante. C'était sans danger d'aucune sorte.

Je danse mal, mais je suis arrivé à danser la polka sans y penser. La polka n'est pas une danse de *grand monde,* cependant, tout en sautillant, je passai trois fois à côté de Mme B... qui sautillait aussi avec le petit ingénieur des Ponts et Chaussées. Je leur trouvai à tous deux l'air bizarre. Ils semblaient être perdus dans les bois, très effrayés et surtout préoccupés l'un de l'autre.

Je reconduisis Alphonsine à sa mère avec des ronds de jambe parfaits. Dans ce milieu de petits commerçants arrivés qui tapissaient les alentours du parterre, on papotait avec aisance et avec aigreur, malgré le brouhaha et l'orchestre. On ne me fit que des sourires *à l'élastique.* C'est que je faisais partie de la société musicale dite de *l'Orphéon,* et que tout ce monde faisait partie de la société musicale dite de *la Musique municipale.* J'avais adhéré naturellement au premier groupe où étaient agglomérés les nobles et les gens en vue de la ville. Les *libéraux* qui étaient du deuxième groupe auraient dû comprendre que mon choix s'imposait.

J'allai récolter quelques sourires plus appuyés du côté de mes coreligionnaires. Je ne veux pas parler des « de quelque chose », même pas des de K... Je savais très bien combien valait l'aune de leurs amabilités, mais il y avait des quantités de subalternes qui avaient adhéré à l'Orphéon pour des questions de gagne-pain. On les avait employés ce soir-là à diverses besognes honorifiques et gratuites, soit à l'orchestre (qui était alternativement de l'Orphéon puis de la Musique municipale), soit à la police aimable qui devait régner partout. Ils portaient, pour notre clan, des brassards bouton d'or.

Comme je viens de le dire, l'orchestre était tantôt composé des musiciens de l'Orphéon, tantôt des musiciens de la Municipale. Les uns cédaient la place aux autres après chaque quadrille. Cela donnait une animation très particulière au *bal de l'amitié*.

Nous employions plus particulièrement les cuivres, nous (nous étions une *fanfare*). Nous avions des pistons, des bugles, des trombones et même des cors qui faisaient un appel fort émouvant au début de chaque série de danses. La Municipale (qui était une *musique*) employait à la fois des cuivres (moins habiles que les nôtres) et des bois : clarinettes, flûtes, hautbois.

Dès qu'on entendait les cors, on voyait s'agiter les premières galeries de loges. Toutes ces dames se dressaient. C'était un flot de soies et de moires et de scintillements de bijoux qui descendait l'escalier. Les grands cygnes s'appliquaient contre les hannetons en habits noirs et notre galère commençait à voguer.

Dès que le hautbois ou la flûte lançaient leurs roulades, c'était un tohu-bohu dans les dernières galeries ; tout ça dévalait à la course et envahissait le parterre ; parfois même en poussant des cris.

Mais les choses n'étaient pas aussi tranchées que je le dis, et chaque fois des transfuges ou des hardis pénétraient dans le camp adverse.

Je fis un petit tour dans les couloirs circulaires. J'y trouvai une animation que ne justifiaient pas ces petits scandales habituels ; d'autant qu'à en juger par les visages, tous épanouis et rigolards, il s'agissait, semblait-il, d'une plaisanterie qui réjouissait de façon unanime.

J'ouvris l'œil et je mis l'oreille en éventail, mais je ne compris le fin mot qu'en arrivant au foyer. Je dus me frotter les yeux. Julie était là !

Et elle était là de façon très particulière.

Quand je l'aperçus, elle me montrait le mauvais côté de son visage. Je ne sais pas ce qui avait précédé mon arrivée mais ce mauvais côté n'avait jamais été aussi mauvais. La déformation de la bouche ravageait toute la joue et lançait comme pour attirer l'attention sur lui deux énormes rides noires vers l'œil exactement semblable à une cuillerée à soupe de lait caillé.

Elle était assise sur une chaise, contre le mur et, autour d'elle, à distance respectable, comme autour d'un cheval qui s'est abattu, toute une société chuchotante faisait demi-cercle.

Elle avait coiffé ses cheveux en tresses, fort bien, ma foi, à mon avis, et portait au cou un collier qui devait provenir de l'arrière-grand-père Coste, fait de grosses plaques de pierres vertes. Son corsage aussi était vert, très acide.

Je ne pus pas réfléchir congrûment sur cette présence. Le coup venait à peine de m'être donné que Julie se dressa, écarta comme sans les voir les gens qui l'entouraient et se dirigea vers le parterre. Je m'empressai, avec tout le monde, de la suivre.

C'était une valse qui commençait avec l'orchestre de l'Orphéon. Le parterre était des plus brillants. Ceux et celles qui étaient entrés en même temps que moi, à la suite de Julie, furent immédiatement séduits par la musique et par l'éclat. On peut dire qu'ils *s'accouplèrent* sur l'instant et se mirent à tourner. Moi, j'étais plus intéressé par ce qui, à mon avis, devait suivre.

Julie resta un moment, les bras ballants. Je ne voyais toujours que son mauvais côté, mais je supposais que son bon côté devait être en train de s'occuper de quelque chose. Je fus extrêmement bouleversé de comprendre, au bout d'un certain temps, qu'en effet il *s'occupait à séduire.*

Aurais-je eu le moindre doute à ce sujet que les visages m'auraient aussitôt renseigné. Ils riaient : les hommes avec une méchanceté dure (et même un tout petit peu désespérée) ; les femmes avec une méchanceté radieuse, délibérée, et qu'on sentait capable de durer cent ans. Manifestement, Julie désirait danser et appelait un danseur.

J'en ai assez dit sur moi-même pour ne pas courir le risque d'être accusé de sensiblerie. J'étais néanmoins mal à mon aise, et comme fâché avec moi-même à un point que, par instinct plus que par réflexion, je me surpris à me dire presque à haute voix : « Est-ce qu'elle ne serait pas en train de faire de l'œil ? »

Elle se tourna, non pas vers moi, mais de mon côté, et c'est de mon côté que les rires s'allumèrent. Elle nous montrait alors son beau profil, sa joue lisse comme un galet de rivière, sa moitié de bouche si désirable, son œil large et pur, non pas aguicheur comme je l'avais imaginé dans mon désarroi mais simplement au regard triste et pesant et comme chargé de reproches. Je compris les rires de tout le monde et j'esquissai moi-même un sourire.

Mais elle ne me laissa pas le temps de m'apitoyer plus avant si tant est que je me sois plus apitoyé que mis en défense. La valse en était à sa reprise et les valseurs, bien entraînés, tournaient sans y songer sur la lancée de leur ivresse. Je n'ai jamais pu comprendre pourquoi, à ces moments-là, ils ont des visages douloureux à force de plaisir. Julie devait le comprendre, ou tout au moins désirer changer de fatigue et prendre enfin celle qui soûlait ces couples tournoyants car, comme un oiseau attiré par un serpent, je m'aperçus qu'à tout petits pas et presque imperceptiblement elle s'approchait de la masse animée des danseurs. Enfin, elle fut si près que je vis, à la lettre, certains cheveux et certaines écharpes lui caresser le visage et le corps au passage. L'instant d'après, elle avait disparu. Et comme, avec l'ébahissement que j'ai toujours eu devant le comportement général des femmes, je la cherchais dans le groupe des spectateurs, me demandant où elle avait bien pu se faufiler et par quel miracle elle avait échappé brusquement à mon attention, certaines rumeurs inhabituelles m'apprirent qu'un fait vraiment insolite venait de se produire.

La valse même en semblait désorganisée. Le serpent ne s'entortillait plus sur sa joie mais soubresautait par endroits comme travaillé par son ventre. À côté de moi, le public se dressait sur la pointe des pieds et tendait le cou. Je voyais les gens de toutes les galeries se pencher avidement, suivre quelque chose du regard, se le désigner les uns aux autres et, au surplus, parler avec une animation qui commençait à faire un bruit plus fort que celui de l'orchestre. Les musiciens eux-mêmes quittaient l'embouchure pour rester la bouche en cul-de-poule.

Soudain, j'entendis un bruit effrayant. Instinctivement, je rentrai la tête dans les épaules. J'avais l'impression que le Casino s'écroulait. C'était un *tonnerre* d'applaudissements.

Je vis enfin ce qu'on désignait du doigt. C'était cette malheureuse Julie emportée par la valse et dansant toute seule, avec, sur son atroce visage isolé, l'extase des femmes accouplées. Je me sentis des opinions et des passions semblables à celles de tout le monde et j'éclatai de rire à la seconde même où le rire général éclata...

Si j'en juge par moi-même, ce rire fut une bénédiction pour tout le monde. Le spectacle de cette fille au visage déchiré et qui montrait ses désirs sans pudeur me brûlait comme un acide. On ne pouvait laisser faire sans courir le risque d'être dépouillé jusqu'à l'os, vêtements et chair, falbalas et jupons, plastrons et manchettes. Qui n'a pas ses désespoirs ? Que serions-nous devenus si nous avions été forcés, nous aussi, de ne plus jouer la comédie ? Le rire avec son bruit de torrent était la façon la plus simple de mouiller la brûlure et de l'étendre d'eau. On y alla bon cœur bon argent.

Pourquoi ? Je n'en sais rien. Nous ne manquions pas de filles laides, Dieu merci ! Julie n'était pas d'une laideur à faire rire ; il s'en fallait ! Aujourd'hui je ne vois même plus rien de risible dans cet événement du Casino. Que se passait-il de si extraordinaire ? Julie dansait seule. De n'importe qui d'autre cela aurait passé pour une boutade. Admettez que la fantaisie en ait pris à Alphonsine M..., la petite fille que j'avais fait danser un peu auparavant : on aurait à peine souri. Le rire qui accompagnait la valse de Julie faisait un bruit régulier et bourgeois qui me rappela le raclement des cuillers et des fourchettes sur les assiettes dans un réfectoire de collège. Disons pour être plus juste qu'on ricanait. Julie voguait au milieu des chignons de paille, des catogans de charbon, des yeux ardents, des lèvres avides. Son visage marqué du destin des Coste passait à hauteur des moustaches cirées, des bouches habituées aux bons cigares, offrant en vain sa marchandise gratuitement.

Il n'y avait rien de gratuit que la mort, je le sais depuis longtemps et de façon formelle. Le public du Casino n'était pas aussi fort que moi sur ce chapitre ; il était loin de mettre un nom sur la chose, mais il se rendait compte qu'en tout et pour tout Julie n'offrait que des *places au Paradis*.

Avouez qu'il y avait de quoi rire ! Si on ne riait pas à pleine gorge, et si les ricanements faisaient un bruit de cuiller raclant l'assiette, c'est d'abord que dans la vie courante (qui est la nôtre) il n'y a vraiment jamais de quoi rire à ventre déboutonné, notre corps n'en a pas l'habitude (tandis que ricaner, on sait le faire). C'est ensuite en raison des choses noires et impitoyables qui décharnaient Julie. Son corps aimable (car elle avait un corps dodu, très attirant — pour ceux qui aiment les corps), il y avait des moments (et celui de la valse plus que tout autre) où on l'imaginait fait d'une carcasse en osier gonflant et soutenant jupes et corsage autour de simples ossements. Julie eût-elle dansé sur une place publique comme elle dansait ce soir-là, tout le monde se serait écarté d'elle (les couples qui valsaient en même temps qu'elle s'écartaient et on la voyait bien, toute seule, en train de se donner au vide). Mais ici, au Casino, après tous nos préparatifs, nos combinaisons, nos efforts pour tâcher de prendre du plaisir, qui aurait abandonné la partie ?

La danse finie, pendant que les cavaliers reconduisaient leurs cavalières, Julie alla s'adosser à une des colonnes qui soutenaient les galeries. Les dames des premières loges se penchèrent pour la voir jusqu'à être en danger de tomber. Elle haletait et fermait les yeux.

Je remarquai qu'elle avait encore sur elle sa jupe d'après-midi aux volants noirs d'humidité et de boue. Je me demandais ce qu'elle avait bien pu faire entre le moment où elle passait la revue des vitrines et celui où elle était entrée au Casino. Ses cheveux, manifestement encore mouillés (quoique tressés en épis avec un soin et un goût auquel elle ne nous avait guère habitués), suggéraient que, ce temps-là, elle l'avait employé à parcourir les rues. S'était-elle peignée et coiffée dans une encoignure de porte ? C'était bien possible.

Elle était maintenant l'objet de la curiosité générale. Des jeunes filles couronnées de fleurs (par les soins du comité), bras dessus, bras dessous avec des jeunes gens aux fronts luisants de brillantine, venaient la regarder sous le nez. Des femmes, même parmi les dames membres de l'Orphéon, s'approchaient, sans avoir l'air d'y toucher, du pilier contre lequel Julie, adossée, continuait à fermer les yeux et à haleter. Des « officiels » à brassard se consultaient fort gravement.

Enfin, on prit la décision de commencer le quadrille et l'orchestre attaqua *Les Lanciers*. Le jeune Raoul B..., très important avec sa bonne grosse figure rouge, ses sourcils blancs et ses taches de son, se détacha du groupe des « officiels » et s'approcha de Julie, certainement *en mission*. Je le vis en effet en train de lui adresser la parole et même de parler assez longuement, mais elle n'ouvrit pas les yeux et continua à haleter comme si l'effort qu'elle avait fait pour valser l'avait essoufflée pour la vie.

Il n'était pas question pour moi d'en perdre une bouchée. Je me faufilai à travers les gens qui regardaient danser le quadrille et réussis à me placer assez près de Julie pour bien la voir, et assez dissimulé pour n'être pas remarqué. Avec la déformation de sa bouche, on ne pouvait jamais savoir si elle riait ou si elle pleurait. C'était très déconcertant. En cette occasion plus que jamais, impossible de se rendre compte si elle était touchée comme il se doit par ces ricanements dont elle était la cause, ou si nous avions affaire à l'Ajax dévastateur qu'elle pouvait être à l'occasion.

En tout cas, le quadrille se poursuivait sans incidents. Les figures succédaient aux figures. Julie, toujours adossée à son pilier et comme endormie, ne paraissait être émue ni par la musique, ni par les cris trop vifs pour n'être pas poussés surtout dans l'intention de la toucher, ni par les rires trop bruyants pour n'être pas destinés à la gifler. Cependant, on sait que la musique des *Lanciers* est très entraînante ; cris et rires, en raison même, pouvaient à la rigueur passer pour être naturels et innocents ; si vraiment tout à l'heure Julie ne s'était laissée emporter que par la valse, elle devait, à plus forte raison, se laisser emporter par le quadrille.

Or, je la regardais avec beaucoup d'attention, et je fus très vite persuadé qu'elle était à peine effleurée par l'entrain des *Lanciers,* tout à fait insensible aux cris et aux rires, et, violemment occupée, par contre, d'une *bagarre-Coste.* Ces mystérieux combats dans les ténèbres au cours desquels s'étaient perdus et brisés les arrière-grands-pères, grands-mères, grands-pères, père, mère, frère, oncles, tantes et cousins qui, jusqu'à présent, s'étaient passés loin de nous : voilà que, cette fois, il nous était donné de les voir sans pudeur se livrer sous nos yeux. Je ne dis pas seulement sous *mes* yeux (exercés et sagaces), mais sous les yeux de tous, au grand jour de la gaieté égoïste (et que voulez-vous qu'elle soit d'autre ?) qui éclairait le Casino du haut en bas. Car, je compris aux regards qu'on tournait sans cesse vers Julie, aux éclats grésillants des rires de plus en plus secs, qu'il était à la fois question de crainte et d'horreur pour tout le monde, que la moquerie qu'on affichait était un masque, et qu'il y avait moins de désinvolture que l'on voulait le faire croire dans les éventements évaporés, les visages cachés dans les mains, les chuchotements de bouche à oreille, dans tout le brouhaha goguenard des galeries et du parterre où, tout en suivant d'un œil les évolutions des danseurs, on ne *perdait pas de vue* Julie, comme endormie mais toujours haletante, adossée à son pilier. J'avais déjà vu une terreur, un dégoût et une avidité à les goûter semblables dans les regards des curieux autour d'un épileptique tombé sur le trottoir ou — pour si paradoxalement indécente que soit mon image à propos de Julie, endormie seule contre son pilier — dans l'attitude et le clin d'œil furtif des gens qui passent, au printemps, à côté de chiens collés.

Le quadrille se termina par un galop fort réussi, mais l'ampleur du scandale n'avait échappé à personne, même pas aux *officiels*, car, sans interruption, sans laisser le temps aux danseurs de se disperser, on fit battre le tambour à l'orchestre. Sur le coup, je compris avec un petit frisson dans le dos que les événements allaient se précipiter, qu'on n'avait pas l'intention de laisser les choses en l'état. Chacun pensa comme moi, car instantanément le silence s'établit à un tel point que le tambour lui-même embarrassa ses baguettes au dernier roulement. Cette fois, il ne s'agissait plus du petit Raoul B..., mais je vis (nous vîmes tous) Me P... en personne s'avancer sur le devant de la scène, en grand uniforme (c'est-à-dire frac et boutons de verre étincelants de feux au plastron). Il semblait très embarrassé lui-même et, ostensiblement tourné du côté opposé au sommeil de Julie, il annonça — simplement — qu'on allait tirer la tombola.

(Je dis simplement, mais en réalité le tirage de cette tombola se plaçait d'ordinaire bien plus avant dans la soirée, après quatre ou cinq quadrilles, à un moment où la fatigue commençait à se faire sentir. Ce soir-là, on en était à peine au deuxième quadrille et personne n'était fatigué. La *simplicité* de Me P... ne fit illusion à personne.)

Le silence continua, un tout petit peu plus tendu qu'un silence naturel et, d'instinct, tout le monde s'écarta du pied de la scène pour faire place au porteur du sac à malices dont on devait tirer les numéros gagnants. Mais le porteur du sac ne bougeait pas. On le voyait au pied du petit escalier, comme pétrifié. Me P... lui-même s'était immobilisé dans son frac en forme de manche de parapluie. Julie s'était mise en marche !

Voir l'appariteur, voir Me P..., voir Julie, cela se fit pour moi et pour le Casino tout entier d'un même coup d'œil. Si j'en juge par moi-même, nous eûmes tous une tringle d'acier dans l'échine avant que Julie ait atteint le centre du demi-cercle laissé libre devant la scène. Je me souviens seulement qu'elle marcha paisiblement et pas du tout d'une façon arrogante. Elle avait l'air d'une personne fatiguée qui cherche une chaise. C'est dans les romans que les grands gestes déplacent de l'air ; dans la vie, on les fait généralement à bout de forces.

Tout cela dura donc au maximum trente secondes. J'eus à peine le temps d'avaler ma salive et, dans le silence, cette fois total, nous entendîmes comme le grésillement d'un grillon solitaire. C'était Julie qui parlait. Elle s'adressait à Me P... qui se courba vers elle, les mains en éventail derrière ses oreilles et cria : « Quoi ? » d'un ton furieux. Sans ce cri, nous aurions pensé être sourds tant la voix de Julie était menue et incompréhensible. (Il me sembla toutefois entendre — comme par la suite il me fut confirmé — quelque chose qui ressemblait au mot « *bonheur* ».) Sur l'injonction de Me P... toujours tourné vers elle, les mains en éventail autour de sa tête, Julie « *grillonna* » de nouveau ce qui semblait être une demande. (J'entendis nettement le mot bonheur.)

Je me suis souvent demandé ce qui arriverait si certaines situations se prolongeaient, mais le fait est que celle-ci ne se prolongea pas jusqu'à détruire les règles d'une civilité puérile et honnête. Tout de suite Me P... se redressa et éclata de rire. Il ne s'agissait plus, cette fois-ci, de ricanements de sécheresse ou de petits spasmes menteurs : c'était du grand beau rire bourgeois, gras et puissant, qui vient du ventre, et pour lequel le verbe éclater est fait sur mesure. Jamais, de mémoire d'homme, on n'avait vu rire Me P..., je crois, mais même sans cette circonstance, on n'aurait pu résister au spectacle de ce notaire bien-pensant secoué de rire comme un prunier. En un clin d'œil, le rire échella jusqu'au plafond, enflamma les galeries l'une après l'autre. On le voyait courir de loge en loge avec la rapidité du feu.

J'eus beau participer de bon cœur à la chose, je ne perdis pas Julie de vue. Je suis le seul à pouvoir affirmer (sur les Évangiles s'il le faut) qu'à ce moment-là, quand tout le Casino riait d'elle, Julie se mit elle aussi à sourire ; malgré la déformation de ses lèvres, pour moi qui savais voir, je peux en jurer. Je n'attendais pas un sourire de gaieté, j'attendais un sourire de désespoir si on peut dire. Et l'on peut, puisque c'est celui-là que je vis, clair comme le jour.

Je peux, même après tant d'années, reconstituer tous les gestes de Julie. Ils sont gravés à jamais dans ma mémoire. J'étais persuadé d'avoir sous les yeux le destin en action. J'étais le seul à me douter que nous avions l'extraordinaire bonne fortune d'avoir sous les yeux le mouvement des Coste dans leur tombeau.

Personne ne fit attention à Julie. Elle traversa la foule qui continuait à se presser autour du demi-cercle où elle s'était fait montrer du doigt. Elle était obligée de pousser les uns et les autres. C'est ainsi, comme invisible à tous (sauf à moi), qu'elle gagna la porte et sortit. Je m'élançai à sa suite. J'eus la présence d'esprit de ne songer ni à mon manteau ni à mon parapluie.

Il ne pleuvait plus. Comme d'ordinaire en cette saison, quand la pluie cesse, un vent glacial s'était levé. Il avait éteint beaucoup de réverbères mais j'entendais sur le trottoir, devant moi, le bruit des talons Louis XV de Julie. Je l'aperçus dans la lueur qui sortait d'un fournil. Elle marchait d'un pas résolu mais sans se hâter.

Elle ne se dirigeait pas du tout du côté du Moulin de Pologne. Elle remonta la grand-rue, traversa en diagonale la place de l'Hôtel-de-Ville et prit une de ces petites rues qui conduisent aux lacis ténébreux des vieux quartiers. J'étais transpercé jusqu'aux os par la bise ; mon vêtement était léger, et mon plastron amidonné ne me garantissait pas du froid. Je pensais à la pneumonie, mais je n'aurais pas donné ma place pour tout l'or du monde.

Nous étions maintenant dans l'entortillement des ruelles autour de l'église Saint-Sauveur. À plusieurs reprises, Julie hésita dans sa marche à suivre. Elle s'engagea dans la rue Jean-Jacques-Rousseau, puis revint sur ses pas et passa à cinquante centimètres de l'encoignure de porte où je m'étais brusquement dissimulé. Je sentis son odeur de chien mouillé.

Après deux ou trois hésitations semblables qui ne me prirent jamais au dépourvu, elle sembla plus sûre de son chemin. Elle traversa la place du cimetière vieux, entra sous les voûtes des rues couvertes, déboucha dans la rue Kléber, tourna à gauche vers le marché à poisson, longea les anciennes halles, pendant que deux heures sonnaient au clocher de Notre-Dame, et prit si résolument d'un certain côté que je fus saisi d'un frisson qui ne venait pas du froid. Nous étions tout près de l'impasse des Rogations ; j'entendis le vent siffler dans les grands arbres nus du couvent.

C'est en effet là qu'elle allait. Je vis la chose se faire sans avoir l'esprit de penser à quoi que ce soit. Malgré l'heure tardive, il y avait de la lumière à la fenêtre de M. Joseph. La porte des Cabrot n'était jamais fermée. Julie s'appuya contre elle, sembla chercher à l'ouvrir ou à reprendre haleine, et elle entra.

À évoquer ce moment, j'en suis encore, comme à l'époque, vidé de sang et de force. Et pourtant, maintenant, je sais. Sur le coup, je n'eus que la pensée de détaler à toutes jambes. Ce que je ne fis pas cependant.

J'entendis frapper très résolument à une porte et une voix (celle de M. Joseph) répondre : « Entrez ! » Cette invitation à entrer, délibérée, spontanée, à deux heures du matin, au premier qui frappe à la porte, n'était-ce pas le fait d'un homme dont la puissance dépasse même l'idée que d'ordinaire on s'en fait ? Heureusement, sur-le-champ, je n'y pensai pas, j'étais hypnotisé par des événements si imprévus !

Je dois reconnaître que l'esprit me revint assez vite. J'eusse voulu être doué du don d'ubiquité : être en même temps au Casino pour crier la nouvelle à tout le monde et être ici pour voir la suite.

Il n'y avait rien à voir, sinon très rapidement une ombre qui passa devant la fenêtre. (Était-ce elle ou lui ?)

Il faut bien croire que le danger est une fontaine de Jouvence (c'est une de mes théories) car, si je n'étais pas devenu brusquement plus jeune que je n'avais jamais été, il ne me serait pas entré dans l'idée d'escalader le mur du vieux couvent (en plastron amidonné et avec mon meilleur vêtement sur le dos). C'est cependant ce que j'entrepris de faire. J'aurais pris pour un fou celui qui, quelques heures auparavant, m'aurait prédit que je ferais servir à cette gymnastique mes souliers vernis soigneusement passés au beurre. Ce qui prouve bien qu'il ne faut jamais dire : Fontaine...

De la crête du mur (heureusement assez large) je ne vis pas grand-chose. Je n'osais pas m'y tenir carrément debout, de peur d'être éclairé par les reflets de la lampe de M. Joseph, et la fenêtre étant au deuxième étage ; néanmoins, j'en vis assez. À en juger par la hauteur à laquelle se trouvait la chevelure de Julie, celle-ci devait être assise. M. Joseph était en face d'elle, debout ; je le voyais à mi-corps. Il la regardait, il ne disait rien ; elle devait être en train de parler et lui d'écouter.

Ceci me suffisait. Je restai cependant plus longtemps qu'il ne fallait devant ce spectacle ; disons cinq minutes, alors qu'en temps normal j'aurais fait mon compte en une minute. Ce fut le froid qui me rappela à mes devoirs. Il fallait, de toute urgence, prévenir M. de K...

Je ne sais plus si j'ai couru. Sans doute. Je ne me souviens que de l'extraordinaire sensation de vide que j'éprouvai en rentrant au Casino. Je ne sus pas tout de suite si on continuait à tirer la tombola ou si l'on avait fini. La seule chose dont je m'aperçus en montant les grands escaliers, puis en traversant le foyer, c'est qu'on ne dansait pas. Je n'entendais pas de musique.

Pour aller aux loges de première galerie où se trouvait M. de K..., il fallait traverser le parterre. Je poussai la porte qui y conduisait et me trouvai brusquement de nouveau dans notre beau Casino illuminé de lampes Carcel, avec tout notre beau monde installé sur ses étagères appropriées, mais, de toute évidence, il ne s'agissait plus de bal ou de quadrille (du moins pour le moment, car je crois savoir que, vers les quatre ou cinq heures du matin, sous l'impulsion de l'orchestre de la Musique municipale — l'Orphéon déclara forfait — on recommença cahin-caha à danser devant un public clairsemé, en tout cas sans les *grandes familles*). Il ne s'agissait plus, comme je le vis tout de suite, que de conversations fort animées qui se tenaient de groupe à groupe. On ne riait plus ; on parlait avec violence. J'entendais dire que c'était « intolérable ». Il me fut assez difficile d'arriver à la loge de M. de K... Les couloirs étaient littéralement obstrués de paquets de gens agglomérés et discutant avec animation. Ici, les *têtes* ne manquaient pas. Je crus comprendre que, sans être le moins du monde inquiet sur le sort de Julie, on parlait de son suicide, de la fin totale des Coste après ce scandale, qu'elle était allée sans doute se suicider sur-le-champ et qu'il n'y avait pas d'autre solution.

Chez M. de K..., celui-ci *tenait le crachoir* avec une aisance parfaite. Je vis qu'il prenait le temps de faire les gestes qu'il avait l'habitude de faire quand il était en représentation. Il parlait devant M. de T..., M. de S..., et déjà les dames ne l'écoutaient plus.

Il m'aperçut. Je devais avoir sur le visage certains signes. Il se tut et me regarda d'un air si interrogateur que toute la société se tourna vers moi. J'avais trop l'habitude de ce monde pour savoir qu'en aucun cas il ne fallait éclater ou montrer une émotion quelconque. J'avais d'ailleurs la gorge serrée. Mon silence me donna barre sur M. de K... et je l'entendis qui m'interrogeait.

— Savez-vous où elle est ? dis-je enfin.

Je ne reconnus pas ma voix. J'avais versé de l'huile sur le feu, mais avant de la voir s'embraser je dis (et cette fois fort naturellement) : « Elle est chez M. Joseph. »

On me regarda en chien de faïence, dans le plus grand silence.

Je racontai ma poursuite et même l'escalade du mur.

« Vous avez fait preuve du plus grand discernement », me dit M. de K... se dressant. (Malgré tous ses travers, cet homme savait prendre une décision.)

M. de T... et M. de S... étaient manifestement accablés. Ils avaient — Dieu me pardonne ! — l'air de m'en vouloir pour cette nouvelle, et même d'en vouloir à tout le monde si j'en juge par le regard que, se détournant de moi, ils jetèrent sur notre Casino illuminé.

— Mon manteau, dit M. de K...

Mais il était sur le dossier de son fauteuil et personne n'eut à le lui faire passer ; il le prit lui-même.

— Soyez prudent, Georges, dirent les dames.

Il eut un beau geste d'insouciance. M. de T... et M. de S... s'effacèrent pour nous laisser passer.

Cette fois, malgré tout, j'allai chercher mon mackintosh et mon parapluie.

— Ceci dépasse en fait notre compétence, dit M. de K...

Les rues étaient sinistres. Le vent avait forci. Les volets battaient partout la chamade.

— Savez-vous ce qu'elle a demandé tout à l'heure ? dit M. de K...

J'avouai que je n'avais rien compris.

— Il m'a semblé entendre qu'elle parlait de bonheur.

— Il n'y avait rien à comprendre, me dit-il, mais elle a en effet demandé à Me P... (de la bouche même duquel je le tiens) si à notre tombola on pouvait *gagner le bonheur.*

Nous arrivions à l'impasse des Rogations. De la rue on ne voyait rien, sauf cette lumière à la fenêtre. Il me fallut faire la courte échelle à M. de K... Il était fort lourd et, dans sa hâte à atteindre le sommet du mur, il m'écorcha le bras avec son talon.

— Tenez ferme, dit-il.

Je ne l'avais jamais vu aussi excité.

Nous ne restâmes pas longtemps sur le mur. D'après M. de K..., il y faisait froid et on n'y voyait pas grand-chose. Nos deux personnages là-haut n'avaient en effet pas changé de place.

— J'y perds mon latin, dit M. de K... ; je me demande ce qu'elle est en train de lui raconter. Vous qui êtes pétri de bon sens, êtes-vous d'avis, comme moi, que, somme toute, ce soir nous nous sommes très bien comportés à son égard ? À part de petites manifestations regrettables, je vous l'accorde, mais fort difficiles à éviter avec un public aussi mélangé. Je puis vous assurer par exemple qu'en ce qui me concerne, ma femme et moi nous avons à peine souri. C'est une chose que je dois dire.

Je lui répondis qu'en effet c'était un fait sur lequel il fallait attirer l'attention.

— Comment êtes-vous avec ce M. Joseph ? me dit-il.

— Je le connais à peine, comme vous, répondis-je.

— Je vous demande ça, poursuivit-il en passant son bras sous le mien, parce que j'apprécie votre entregent et le soin que vous prenez de ne jamais faire étalage de vos relations. Ce dont je vous félicite d'ailleurs, dit-il, voyant que je gardais le silence.

Il retira son bras de dessous le mien.

Nous étions retournés à l'entrée de l'impasse et, à notre grande surprise, nous trouvâmes là trois ombres que nous reconnûmes en approchant pour être Me P..., madame, et le neveu des de S... fort attaché au ménage.

— J'ai appris la nouvelle, dit Me P..., et savais que vous étiez là. Je suis tout de suite venu. Les autres n'ont pas voulu approcher et sont restés près des Halles. Que se passe-t-il ?

M. de K... fit le mystérieux et ajouta que, pour rien au monde, il ne fallait permettre à la « foule » de venir ici.

— Il ne s'agit pas de foule, dit Me P..., mais de quelques amis qui sont également les vôtres, et qui, je vous le répète, n'osent pas approcher, ou ont le tact de ne pas le faire.

— Ne nous disputons pas, André, dit M. de K...

Il avança et ils se mirent à chuchoter.

— Que se passe-t-il ? me demanda Mme P...

— Je n'en sais rien, madame, lui répondis-je.

C'était (en plus) l'absolue vérité.

— Venez, me dit M. de K... à la fin de sa messe basse.

Nous entrâmes de nouveau dans l'impasse et nous fîmes le pied de grue un bon quart d'heure. Les autres étaient partis. Le froid était piquant. Une demie sonna à l'horloge. Nous en étions à faire des suppositions fort ténébreuses. Maintenant, la fenêtre des Cabrot s'était éclairée. Moi qui ai l'ouïe fine et suis très attaché aux biens terrestres, j'entendais, malgré les grondements du vent, le bruit d'un moulin à café.

Sans le froid, j'aurais volontiers été spectateur jusqu'à la fin du monde. Mais étant donné les circonstances, je dis à mon compagnon que le plus sage était, je crois, d'aller nous coucher.

M. de K... ne fut pas de cet avis, et presque bruyamment. Je le suppliais d'être prudent quand la porte des Cabrot s'ouvrit et le père Cabrot portant une lanterne sortit, précédant M. Joseph.

Ce dernier se dirigea rapidement et droit sur nous comme s'il nous savait être là de toute éternité. Il nous tendit à la fois les deux mains et nous dit :

— Messieurs, c'est la Providence qui vous envoie. J'ai un grand service à vous demander.

Je vis avec joie qu'en prononçant cette phrase il s'était ostensiblement adressé à M. de K... qui gargouilla tout de suite une sorte d'acceptation assez humble.

— Je sais, dit M. Joseph, que vous êtes en très grande odeur de sainteté auprès de M. Grognard, le loueur de voitures. Voudriez-vous m'accompagner et me recommander à lui le plus chaleureusement possible ? J'ai besoin tout de suite du coupé le plus rapide et le plus confortable qui soit. Sans vous, à cette heure-ci, cela représente trop d'aléas et de paroles inutiles. Je suis pressé. Je vous en saurai un gré infini. Venez.

En toute autre occasion, l'attitude de M. de K... m'aurait comblé d'aise. Il ruait littéralement de la fesse.

M. Joseph se tourna vers moi.

— J'irai chez vous, sans doute dans la journée, dit-il. J'ai également besoin de vos services.

Il empoigna le bras de M. de K... et l'entraîna assez vite et à la façon, me sembla-t-il, d'un gendarme emmenant un condamné.

Le père Cabrot qui trottinait à leur côté me fit penser, je ne sais pourquoi, à un farouche sans-culotte ; sans doute à cause du bonnet de coton qu'il avait gardé.

Je rentrai fort mélancoliquement chez moi. Je ne pus dormir. Cette visite que M. Joseph m'avait promise me trottait par la tête. Je me fis d'amers reproches pour m'être mis ainsi le doigt entre deux pierres. J'enviais le reste de la ville qui, pour ne s'être mêlé de rien — que de rire — dormait maintenant bien en paix dans son lit.

J'attendais M. Joseph ; ce fut M. de K... qui arriva, et sur le coup de huit heures du matin. Il ne frappa même pas à la porte mais secoua la serrure sans arrêt malgré mes objurgations pendant que j'enfilais mon pantalon. Les yeux lui sortaient de la tête. De toute évidence, il ne s'était même pas couché.

J'eus la présence d'esprit de ne poser aucune question : cela lui aurait donné barre. Je gardai le plus profond silence et m'occupai à ranimer le feu. Le résultat fut surprenant.

— J'aimerais bien prendre un peu de café avec vous, dit M. de K... d'une voix mourante.

C'était une belle victoire, mais j'avais mes propres inquiétudes, je ne l'appréciai pas à sa juste valeur.

Je m'assis en face de M. de K... et, sans mot dire, je me mis à moudre le café.

— Il est allé porter plainte, dit enfin mon hôte.

— De quoi ? demandai-je bêtement.

— De tout, dit M. de K...

« Ah ! poursuivit-il, mon pauvre ami ! Vous voilà en train de tourner la manivelle de votre moulin à café pendant que tout ce qu'il y a de bien dans cette ville se ronge les poings ! Je sors de chez les P... Ils sont dans un état à faire peur. »

Je me sentais évidemment assez mal à mon aise. Dans n'importe quel cas, l'innocence est toujours impossible à démontrer. C'est dire s'il y avait de quoi être aigri contre ceux qui voulaient se comporter en juges. Je le dis timidement. M. de K... eut un geste pour signifier qu'en haut lieu c'était le moindre de leurs soucis.

Je mis de l'eau sur le feu et demandai d'une voix assez ferme les raisons de cet abattement général. Passons sur les événements du Casino (quoiqu'il fût encore possible de les réduire à leur juste valeur) ; quels sont les faits dont nous sommes sûrs ? Les seuls d'après lesquels un homme de bon sens peut espérer ou craindre ? Il a demandé un coupé rapide et confortable ; j'appuyais sur le mot confortable qui, à mon avis, n'est pas un mot effrayant.

— Vous n'y êtes pas du tout, me dit M. de K...

Et il prit haleine assez longuement.

— Hier soir, dit-il, ou plus exactement tout à l'heure, car il n'y a que quelques heures que cela s'est passé, vous m'avez vu partir dans la nuit avec cet homme terrible. Je veux croire que votre amitié pour moi s'en est alarmée, mais, auriez-vous eu le talent de Victor Hugo qu'il vous aurait été impossible d'imaginer quelles épreuves j'allais subir. D'abord, son séide n'a pas cessé de grogner sur mes talons comme un tigre. J'étais agrafé par une poigne de fer ; mon bras en est bleu et si, devant vous, on s'est comporté avec politesse, il a bien fallu néanmoins que, par la suite, je passe par où il voulait me faire passer. J'ai dû frapper de mon propre poing à la porte de ce Grognard, appeler de ma propre voix que tout le voisinage a entendue et reconnue, et recevoir en personne, devant vingt fenêtres ouvertes malgré le froid, les rebuffades de ce loueur de voitures mal embouché, qui s'est calmé d'ailleurs tout de suite, non pas à ma vue mais au nom seul de M. Joseph.

« Cela n'est déjà pas mal, comme on dit, et à mon sens est déjà trop, mais il m'a fallu boire le calice jusqu'à la lie, vous n'êtes pas au bout de vos étonnements. J'ai dû les suivre dans les écuries et, poussé par des invitations auxquelles il aurait été de la dernière imprudence de se dérober, choisir moi-même le coupé — et savez-vous lequel on m'a obligé de choisir ? Celui qui va chercher monseigneur, aux limites du canton, le jour de la confirmation solennelle ! Oui mon ami ! J'ai été accablé sous les signes les plus évidents de la puissance infernale, non de cet homme, mais de la confrérie à laquelle il appartient : et que peut-être il domine. J'ai très bien senti dans tout ça un plan parfaitement préconçu. Faites-moi la grâce de croire que, pour si grand que soit le danger que j'ai couru, que je cours encore, qui nous menace tous, je n'ai pas perdu une once de mon sang-froid et de mon jugement. Nous sommes perdus ! C'est moi qui vous le dis. »

L'air lui manqua et il fit une pause. J'étais évidemment très embêté, surtout à l'idée que cet homme m'avait promis sa visite pour aujourd'hui même.

M. de K... poursuivit :

— Je n'étais pas au bout de mes peines. On attela le coupé à trois chevaux, on le sortit. Cela fit du bruit sur les pavés. J'ai dit vingt fenêtres ? Que je ne bouge pas de place s'il n'y avait pas plus de cinquante personnes en train de regarder ce qui se passait quand, bien éclairé par la lanterne que Grognard élevait à bout de bras et celle que le séide me balançait sous le nez, on me fit monter dans le coupé. Tel que je vous le dis, mon ami ! Au su et au vu de tout le monde. Le diable s'installa près de moi, et nous voilà partis ; devant plus de cinquante paires d'yeux de toutes opinions, je vous le répète. Cabrot et le cocher faisaient sur le siège un bruit infernal. Et vous êtes-vous jamais rendu compte du tapage *invraisemblable* que font, à quatre heures du matin, sur nos gros pavés, dans nos rues désertes qui sonnent comme des tambours, trois chevaux ferrés de neuf qu'on oblige constamment à piaffer ? Voilà où nous en sommes.

« Et ce n'est pas fini. Je n'osais rien dire, bien entendu. Et je dois avouer que je ne bougeais pas plus qu'un terme. On passe par de drôles de moments, au cours d'une vie. La culture et l'intelligence sont des défauts et des faiblesses dans les grandes occasions. Vous dirai-je à quoi j'ai pensé ? Oui : à Pignerol, au masque de fer, au château d'If, à la Bastille. Ah ! ils ont le talent de vous arracher au train-train. Mais, je ne m'attendais pas au plus beau. C'est alors que cet homme diabolique a pris la parole. Que je meure à l'instant dans votre fauteuil si cela ne s'est pas passé exactement comme je vous le dis. Cet homme posa *amicalement* sa main sur mon genou, et d'une voix où personne, sauf vous, et moi bien entendu, n'aurait été capable de sentir tout le commandement, il me dit ceci qui sera gravé mot à mot dans mon âme jusqu'à la fin de mes jours :

« "J'avais besoin d'un homme de sens à côté de moi. Vous servez de témoin de moralité dans une affaire qui va passionner l'opinion publique et où il faut que l'opinion publique ne puisse pas divaguer. Vous en avez le soin. Je vais, dans quelques instants, *enlever* une demoiselle de la plus grande qualité et l'emmener au chef-lieu où j'ai des appuis suffisants pour pouvoir me marier avec elle sans attendre les délais habituels. Vous êtes ici pour certifier que tout s'est passé le plus noblement du monde." Et il ajouta *(in cauda venenum)* : "Je n'aimerais pas perdre la confiance que j'ai en vous." Textuel ! Comprenez à demi-mot. »

J'assurai M. de K... que je pouvais très bien comprendre le demi-mot quand il s'agissait de ma propre conservation.

— Bien entendu, me dit-il ! Vous avez également compris de qui il s'agissait ? C'est exactement ça. Nous sommes allés à l'impasse. Mlle de M..., accompagnée de la mère Cabrot qui l'escortait comme une châsse, est venue au coupé pendant que l'on m'en faisait descendre par l'autre portière. Je dois dire, en toute franchise que, — est-ce la nuit ou un arrangement quelconque ? — pour le peu que j'en ai aperçu, j'ai trouvé Mlle de M... charmante. J'ai eu l'esprit, d'ailleurs, de le lui glisser en quelques mots. Si je ne m'abuse, mon ami, elle est, permettez-moi de le dire, au comble du bonheur. Je crois aussi que ma façon de procéder avec elle a eu le meilleur effet sur cet homme, qui n'est peut-être pas dangereux si on prend soin de ne jamais traverser ses desseins. Il m'a dit : "Félicitez madame, cher ami." Ce que j'ai fait sans restrictions.

« Ils sont partis. Cabrot et sa femme sont rentrés chez eux et m'ont fermé la porte au nez comme à un paquet de linge sale. Et me voici. »

CHAPITRE IV

Walking next day upon the fatal shore among the slaughtered bodies of their men which the full-stomached sea had cast upon the sands...

La Tragédie de l'Athée.
Cyril Tourneur.

M. de K..., lesté de son café, n'eut pas plus tôt porté ses grègues ailleurs que je me précipitai sur mes vêtements. Il ne s'agissait plus de dormir. Même en coupant les ailes à toute imagination, l'événement était d'importance. Il ne me fallait pas oublier que cet homme *habile* avait rendez-vous le jour même avec moi.

J'étais du plus grand sang-froid. La nécessité de faire sa fortune en partant de rien durcit autrement l'âme qu'un nom à particule ou même des domaines hérités sans combat. J'entrai dans la petite souillarde où je tiens mes provisions de cuisine et je passai mon placard en revue.

Je pouvais aisément prétendre sans prêter le flanc à personne manquer de sucre, de riz et même de cannelle. (Il faisait froid et je pouvais désirer me faire du vin chaud. On voit que je ne négligeais rien.) Cela m'autorisait à aller dès les premières heures du matin dans deux épiceries et une droguerie. Je savais, bien entendu, lesquelles. Pour faire un compte rond et ne rien laisser au hasard, je sacrifiai mon pot à lait. Je le brisai sur le bord de l'évier et j'en enveloppai les morceaux dans une feuille de papier journal. Je les emportai comme pièce à conviction.

Il m'est difficile de dire que la ville avait ce matin-là un aspect brillant. Il se préparait la journée la plus noire de tout l'hiver. Le vent de la nuit avait entassé sur notre tête des nuages de charbon. Les rues étaient désertes. Ce qui ajoutait à la désolation. Comme je l'appris par la suite, le bal s'était tant bien que mal poursuivi jusqu'à cinq heures du matin et une bonne moitié de la ville dormait encore.

Les quelques boutiques ouvertes avaient allumé leurs lampes à pétrole. Je me dirigeai d'abord vers l'épicerie du sieur Marcellin. Je savais parfaitement ce que je faisais.

La boue durcie par le vent glacé était constellée de confetti et d'abominables tronçons de serpentins qui y grouillaient comme des vers. On avait également étripé sur les trottoirs des accessoires de cotillon de toutes sortes : faux nez, chapeaux de marquis et cette espèce de mirliton à moustache qu'on appelle langue de belle-mère et qui tire une langue longue d'un empan quand on souffle dedans.

Le sieur Marcellin était à son comptoir. Le contraire m'eût étonné, surtout ce matin-là. Il feignit fort galamment de croire à mon manque de sucre et prit son marteau pour m'en casser à un pain.

Le sieur Marcellin a été jusqu'à sa mort (je l'ai connu et pratiqué pendant au moins vingt-cinq ans) le porte-parole de l'opinion publique. J'oserais même dire : sa source. Connaître l'opinion de Marcellin à neuf heures du matin ce jour-là équivalait pour moi à un bon rapport d'état-major.

J'en appris assez pour savoir que la nouvelle avait déjà fait au moins trois fois le tour de la ville. J'eus également confirmation qu'une de mes petites idées de derrière la tête était juste. On commentait surtout — et avec une prudence qui semblait incliner vers l'approbation pure et simple — la présence et l'action *efficaces* de M. de K... dans toute l'histoire. À peine s'il était question, et encore ! pour les gens du commun, d'étonnement à ce sujet. Je supputai qu'on n'allait pas tarder à lui donner (à lui et, forcément, à quelques autres de son clan) les gants mêmes de la chose.

Je sifflotais en tribut d'admiration pour l'habileté consommée de M. Joseph. Je tirais mon chapeau. C'était du travail de premier ordre.

On me croira si on voudra mais, en songeant au rendez-vous qui m'attendait, le fait que j'allais avoir affaire à cette habileté suprême et de tant de bonheur me réchauffa et me réconforta. Je suis très difficile à abattre. Je crois que ce qui me glace le plus c'est la médiocrité (bavardages de M. de K... et sa frousse).

— Le morceau de sucre que vous achetez chez moi, dit Marcellin, est bien un peu gros. Avec quoi le cassez-vous, chez vous, sans offense ?

— Avec un pilon de bois que je me suis taillé au couteau, un soir d'hiver que je m'ennuyais, lui répondis-je.

— C'est bien mal commode, dit-il.

Je lui laissai faire sa pause.

— Vous devriez vous acheter un petit marteau, poursuivit-il. Vous ne le regretteriez pas. Allez donc voir chez Jules. Il en a.

L'avis n'était pas tombé dans l'oreille d'un sourd.

Jules, comme je m'en aperçus tout de suite, connaissait certains dessous des cartes. Il a toujours été beaucoup plus rond que Marcellin. Il se moqua de moi et de mon petit marteau avec une ironie assez lourde. Mais j'ai une patience d'ange et il m'en apprit certainement cent fois plus qu'il n'aurait voulu.

Tout le monde mettait l'accent sur la présence de M. de K... à l'enlèvement d'on ne disait déjà plus Julie, mais de Mlle de M... (ceci était significatif) ; présence qui avait été claironnée par Grognard, ses voisins, et (faites très attention à la chose comme je fis) par les Cabrot qui, depuis six heures du matin, faisaient les bistrots et les rues. À noter également que les Cabrot ne se payaient pas à boire avec des écus ou avec des louis mais avec des pièces de quarante sous au maximum et plus souvent avec des francs et même des dix centimes en bronze : tout cela sentait ostensiblement la poix. Impossible de prétendre ou tout au moins de prouver qu'ils avaient été payés pour. On racontait que, pour la circonstance, Mlle de M... était habillée comme une reine et, tenez-vous bien, par les soins *empressés* (je souligne car Jules appuya sur le mot) *empressés* de Mme de K... Il y avait une description complète des effusions pathétiques de ces dames (on y ajoutait Mme P... et Mme de S...) au moment du départ du coupé. Et on précisait que ces dames, brisées d'émotion, étaient à l'heure actuelle en train de sangloter sur leur lit sans même avoir pris le temps de délacer leur corset. (C'était à croire ; surtout si elles étaient au courant de ces racontars.) Jules tenait le renseignement de Michel qui, paraît-il, n'avait dételé qu'à cinq heures du matin après avoir ramené à la maison Mme de K... toute seule et manifestement hors d'elle-même. Avant d'en venir aux deux intéressés, M. Joseph et Mlle de M..., la rumeur publique s'occupait à fond de tout le clan de la bonne société ; elle distribuait à chacun un rôle de premier plan, citait des phrases textuelles, donnait des preuves indéniables et ajoutait d'une façon générale que la chose s'était passée sous ses yeux mêmes. Il n'y avait qu'à croire l'incroyable et à dire *amen*.

Pour ne rien avoir à me reprocher, j'allai à la droguerie et chez le faïencier mais je savais que je n'apprendrais rien de plus ; j'aurais pu m'éviter la dépense d'un pot à lait neuf. Ne regrettons rien, il faut ce qu'il faut.

Je rentrai chez moi et fis un peu d'ordre. Mais celui qui convenait. Voilà ce qu'il est impossible de faire comprendre aux femmes. Affublez-vous d'un être de cette espèce et votre fortune courra perpétuellement le risque d'être un beau jour compromise par une pâte au sabre, un plumeau ou un balai intempestif. Un ménage bien fait est un masque, et transparent qui plus est, pour lequel un adversaire de qualité vous méprisera toujours. Vous lui dévoilez ainsi le sens général de vos mensonges. Il est bien plus difficile d'interpréter les négligences. Qui va penser jusque-là ?

M. Joseph avait certainement envie de voir quelques livres de droit sur ma table. J'en disposai deux, artistement, trois auraient été une provocation. Je ne plaçai aucun travail soi-disant en train sur mon buvard. Il savait bien qu'en un tel jour mon intérêt était ailleurs. Il allait certainement être à l'affût de tout excès de zèle.

Ma table de travail organisée (et elle le fut jusqu'à la vieille bouteille d'encre), il me restait à composer pour M. Joseph le décorum qu'il attendait. Il ne s'agissait pas d'essayer de nous en conter l'un à l'autre. Il ne faisait pas de doute qu'il m'avait percé à jour. Son mot d'hier soir (ou, plus exactement de ce matin à la première heure) m'avait éclairé ; et il le savait, l'avait dit exprès pour me prévenir.

Il attendait évidemment de moi une de ces déclarations d'amour à l'espagnole ; et j'avais envie de la lui faire. C'est pourquoi je pris soin de mettre assez en évidence sur le dessus de la cheminée une assiette propre contenant un peu de menue monnaie, des boutons, quelques centimètres de mèche à briquet, les impedimenta d'une vie pauvre mais honnête et qui satisfait à ses modestes besoins. Je trouvai aisément dans mes tiroirs une chaussette douteuse mais bien trouée. J'eus le génie de piquer près du trou une aiguille et son aiguillée de coton. Cet appareil fut destiné à figurer *en demi-teinte* sur un coin de la commode, aux trois quarts dissimulé par le globe (cependant transparent) de la pendule.

Pour le surplus, je fis un ménage militaire : un lit carré où rien ne pouvait s'imaginer d'autre que le sommeil (et encore !) et je passai plus d'une heure à construire peu à peu dans mon âtre une *exagération de feu* (j'étais supposé être de sang blanc), tout en ménageant soigneusement ma cheminée qui n'avait pas été ramonée depuis deux ans. Je m'en tins à un amas de braises très impressionnant et fort beau.

Je ne l'attendais pas avant la nuit. En effet, il frappa à ma porte à cinq heures du soir. Son manteau, lourd de pluie, fumait. Il ne prononça pas un mot avant de se mettre à son aise. Il s'installa dans le fauteuil que j'avais préparé et allongea ses jambes vers le feu. Il me laissa le temps de remarquer comme il fallait la plus belle paire de bottes que j'aie jamais vues : sûrement de fabrication étrangère, fines, souples, luisantes et sans une trace de boue.

— Vous vous étonnez, me dit cet homme habile, de me voir revenir de quatre lieues par ce temps abominable pour le simple plaisir de vous consulter.

Il fit une pause et poursuivit :

— ... Je sais que vous appréciez à sa juste valeur la phrase que je viens de prononcer. Qu'elle serve d'épigraphe à notre entretien. Combien en effet de petits esprits pleins d'eux-mêmes ne s'étonneraient pas ? Je pourrais être votre père et l'endroit d'où je viens ne manque pas, vous le savez, de salons confortables à l'abri des vents coulis (c'est d'ailleurs dans un de ces salons que Mlle de M... se trouve, à l'heure actuelle, et m'attend), je vous félicite de votre étonnement et considérez comme un hommage à votre pénétration de jugement l'entretien que je vais avoir avec vous.

Il me demanda de lui raconter l'histoire des de M...

— Non pas ce que tout le monde sait, ajouta-t-il, mais ce que *vous* savez ; moins les faits que ce qu'ils vous ont appris à vous-même. Ce que je veux, c'est votre opinion.

Je lui fis le récit en partant des Coste, à peu près tel que je viens de l'écrire ; à peine si je dissimulai quelques-uns de mes sentiments intimes et seulement ceux que je m'expliquais mal à l'époque : c'est-à-dire certains sentiments qu'on pourrait appeler *bons* (si on ne connaissait pas l'homme). Pour ceux, prétendus *mauvais,* je fus de la plus grande clarté.

— On ne vous prendra pas sans vert, me dit-il, et j'en suis ravi, car il s'agit moins pour moi de vous prendre que de m'arranger pour que les autres ne vous prennent pas. Je vois sur votre table des livres de droit que vous n'aurez pas besoin de consulter. J'imagine que vous avez tout le repos nécessaire quant à la façon dont on a fixé la dévolution des décès des de M... de la Commanderie lors de la catastrophe de Versailles ?

Je lui répondis qu'en effet cette dévolution avait été fixée par des magistrats parisiens qui avaient poussé le scrupule jusqu'à considérer que, contrairement à ce que la loi ordonne du rapport de l'âge et de la qualité des décédés, le cadavre de Clara ayant été trouvé engagé jusqu'à mi-corps à travers la portière crevée, Clara devait être considérée comme morte la dernière. J'étais sur un terrain solide et de prédilection. J'ajoutai un récit des entreprises heureuses (à leur point de vue) que les créanciers parisiens de la Commanderie avaient faites sur le domaine dont à l'heure présente il ne restait plus rien.

— Me P... insoupçonnable, me dit-il.

Il fit une pause et bêtement j'allais répondre quand il ajouta :

— Ce n'est pas une question ; c'est une affirmation.

Ceci me mit dans la peau du pécheur sous le signe de l'absolution.

— J'aime beaucoup, dit-il, l'honnêteté qui a fait considérer dans une affaire d'argent jusqu'à ce cadavre sorti d'une boîte. Puisque nous sommes sur le chapitre des cadavres, restons-y, malgré le bruit lugubre que fait le vent sur votre palier et en passant sous votre porte.

J'allai boucher les joints de ma porte avec un torchon de cuisine.

— La médiocrité de vos concitoyens est-elle certaine ?

Cette question tout à trac, à ce moment-là, me coupa le souffle.

Je lui assurai à mots précipités qu'ils se servaient purement et simplement en toute occasion de ce qui leur tombait sous la main.

— C'est ce qu'on appelle une grâce d'état. Je m'en félicite. Donc, dit-il, quand ils apprendront que je désire abandonner mon nom et prendre celui de ma femme, ils concluront que je suis tenté par le titre, par le « *de* ».

— Que pourraient-ils croire d'autre ? dis-je.

— Ce que je vais vous découvrir et à quoi il ne faut pas qu'ils pensent.

Je protestai qu'il m'était impossible de porter une telle confidence.

— Ce que vous découvrirez donc tout seul, ajouta-t-il sans changer de visage, et que je désire vous voir considérer comme une confidence de ma part.

J'étais poussé dans un retranchement assez difficile à défendre. Je me contentai d'opiner du bonnet.

— D'ailleurs, poursuivit-il, nous voici au cœur du sujet. J'ai déclaré tout à l'heure à qui de droit que je voulais vous charger des démarches. On n'a pas compris immédiatement mais, ensuite, on m'a félicité de mon choix. C'est vous qui présenterez ma demande au garde des Sceaux. Quelles sont les pièces à fournir ?

Je sautai dans mon métier comme sur une bouée de sauvetage. J'énumérai les actes de naissance des deux époux, l'acte de mariage et je demandai juste à temps pour ne pas donner l'impression d'un hurluberlu s'il entendait prendre le nom seul des de M... ou lui ajouter le sien.

— Le mien pourrait prêter à confusion, supprimons-le, dit-il.

Il me fut ainsi permis de parler pendant dix minutes et en m'appuyant sur la loi (je n'ai jamais si bien compris et apprécié la sécurité d'une loi). Je lui dis que je me chargeais de tout. Je me gargarisais d'« *annonces légales* » et de « *Journal officiel* ». Cela constituait un terrain solide où je ne me lassais pas de me tenir. Il me dit que le Conseil d'État était prévenu et que l'arrêt du ministre ne faisait aucun doute.

— La requête, dis-je, doit contenir le motif invoqué.

— Invoquez celui-là, dit-il.

Et comme il me voyait l'œil rond et un mot à la bouche, il ajouta :

— Invoquez la tentation d'une route libre. Ceci dans un langage particulier peut prendre un aspect très décent.

Je compris qu'il voulait laisser une partie de la besogne non mâchée et m'attacher par une certaine responsabilité.

Il se dressa et me tendit la main.

— Nous voilà complices, dit-il.

Je remarquai son œil tendre.

C'est dans la plus grande confusion que je l'aidai à revêtir son manteau. La bure était toujours lourde de pluie et pesait terriblement dans mes mains. Je dus me hausser sur la pointe des pieds pour lui recouvrir les épaules.

CHAPITRE V

God knows, my son,
By what by-paths and indirect
Crooked ways
I met this crown.

Henry IV, Shakespeare.

Il me fallut de nombreuses années avant d'avoir une vue générale du caractère de M. Joseph : M. de M... devant la loi.

J'ai été, à partir du moment dont je viens de parler, intimement mêlé à sa vie. Eussé-je voulu me séparer de lui (l'idée ne m'en est jamais venue) qu'il eût été impossible de me détacher sans grand dommage pécuniaire de toutes les affaires dont il ne cessait pas de me charger. C'était, en langage d'ici, des affaires de quatre sous mais qu'il payait dix sous, et qui, surtout, contenaient toutes un levain d'esprit.

Il me jeta sur les pistes de la succession compliquée des de M... avec ses écrasés, ses fous et son disparu. J'étais pour ainsi dire employé à demeure, ou, plus exactement, il me servait à demeure une sorte de rente *pour mes beaux yeux,* car si les rapports que je lui fournissais contenaient, au début, un petit grain d'espoir, je me persuadai vite, à sa façon de m'accueillir dans son bureau, de m'écouter, de me congédier, qu'il était inutile de lui faire espérer quelque chose.

Je connais trop la nature humaine pour ne pas avoir pensé, les premiers temps, aux avantages que lui procurait ma sujétion. J'ai eu souvent des bouffées d'orgueil à l'idée que cet homme continuait à terroriser avec beaucoup de science notre bonne société, dépensait des trésors de vertus à se faire aimer des petites gens et me considérait si puissant en face de ses forces génératrices d'amour ou de terreur qu'il en était réduit avec moi à employer l'argent. Il ne fit jamais rien pour me détromper. Je me détrompai tout seul, peu à peu.

J'étais donc un familier du Moulin de Pologne et pas le seul : c'était un rendez-vous diplomatique où l'on vint d'abord se concilier le monstre, chercher des ordres ou asile ; puis, où l'on continua à venir par goût, intérêt d'esprit, habitude prise, sujétion définitive.

Ma situation était bien assise. Je le devais à cet homme. Cela ne faisait aucun doute pour personne. Les MM. de K... étaient, pour l'essentiel, à mes ordres et je pouvais tenir pour rien les dents qu'on faisait un peu grincer dans mon dos. Désormais, quand j'arrivais au Moulin de Pologne, il me suffisait d'entrer dans le grand salon pour goûter l'ambroisie de l'orgueil le plus délicat. Tout le beau monde était là, empressé à plaire aux maîtres de maison et, par contrecoup, à moi-même. Ce fut la période des « allons, cher ami » et des bras passés sous mon bras. Ceci n'était pas à dédaigner.

Quant à lui, il était d'une urbanité éblouissante. C'est le cas de le dire : tous les yeux en étaient aveuglés. Je savais qu'en réalité il tenait en piètre estime tous ces gens. Il en faisait seulement hommage à sa femme. Il les amenait à ses genoux, pieds et poings liés. Ils étaient pris comme à la glu dans l'excellence et l'extraordinaire de l'air qu'on respirait maintenant sur ces terres et dans ces murs. Ne pas venir au Moulin de Pologne aurait été vivre en exil.

Ce fut miracle de voir le travail matériel qui se fit. M. Joseph eut toutes les bonnes volontés qui lui étaient nécessaires. Il avait, par le tour de bâton le plus miraculeux, décidé un des fermiers les plus renommés de toute la région à venir se fixer au Moulin de Pologne. Quand on sut que Joséphin Burle prenait les terres, non pas même à fermage, mais *à moitié,* on se demanda si le monde continuait à être rond ! J'en connais qui courbèrent les épaules comme au sifflement d'un gros bâton au-dessus de leur tête. On vit également Burle entreprendre aussitôt des travaux dont il n'avait pas l'habitude (ni certainement l'idée). Aucun esprit ne pouvait ignorer qu'il y avait au-dessus de tout ça une fameuse tête.

Je ne restais jamais plus de deux jours d'affilée sans venir au Moulin de Pologne, et chaque fois j'étais saisi par des changements d'aspect étonnants. Ni Coste, ni Pierre de M..., ni Jacques n'avaient pensé au décor. M. Joseph fit tailler une allée dans le bois de bouleaux et l'étang se mit à luire au bout d'un couloir de reflets frémissants. Il fit planter des essences rapides, notamment des peupliers d'Italie ; non pas en allées, comme on le fait quelquefois ici, mais en bosquets. Ceci, évidemment, était de plus longue haleine mais, en même temps que je voyais certaines pièces de terre noircir ou verdir sous le travail de Burle, avec des pieds de vigne, du blé, du seigle, de l'avoine ou du sainfoin, j'étais, à chacune de ces premières visites, obligé de contourner de nouvelles pelouses qu'on retournait à la bêche, de corbeilles qu'on râtelait.

La maison elle-même fut habillée d'un lait de chaux éclatant, les boiseries extérieures repeintes dans un vert légèrement acide, les génoises redentelées et les terrasses balayées de toutes les feuilles mortes, qui, accumulées, y étaient restées en tapis à longueur d'année.

Il ne faut pas croire cependant que M. Joseph avait la condescendance de vouloir créer ainsi un miroir aux alouettes. S'il avait voulu remplir de ce que nous avions de *têtes* sa petite chambre chez les Cabrot, il l'aurait fait avec aisance. Il n'avait pas à prendre des pincettes. Il les tenait par la peau du cou, comme des petits chats, et il les déposait où il voulait, sans être griffé ni mordu. Tout ce que je sais de lui interdit qu'on puisse songer à une telle faiblesse de sa part. Ce n'était pas pour eux qu'il organisait la séduction. C'était pour Julie.

De toute évidence, il n'avait que faire pour son compte personnel de cette société pépiante et calamistrée à contresens. Si l'on avait eu le moindre doute à ce sujet il aurait suffi d'observer le maître de maison pendant ces réceptions qui avaient lieu trois fois par semaine en grand et tous les jours en petit.

Il éclatait manifestement de joie à un point qu'il réussissait à donner de profondes satisfactions de fatuité à ses hôtes (qui en étaient si friands). Je sais très bien que M. Joseph pouvait tout imiter à la perfection : la joie, la colère, l'intérêt, la satisfaction, l'aménité, la générosité même ! Tout : à s'y tromper. Je sais très bien qu'il pouvait délibérément offrir de la fatuité comme du café ; que ses calculs pouvaient aller jusqu'à laisser bâiller certains défauts de la cuirasse par fait exprès. Mais, plus nous parlerons d'ardeurs dans ce travail diplomatique et d'emploi de science, moins il nous sera possible d'en comprendre le pourquoi si nous n'admettons pas qu'il aimait Julie et qu'il voulait lui donner le plus de choses possible, et surtout ce qui lui avait manqué jusqu'à présent.

Il faut donc croire que c'était une variété d'amour (ce sentiment m'éberlue !).

Un soir — c'était à la fin de sa grossesse —, Julie eut devant nous quelques-uns de ces petits inconvénients de femme en cet état. Rien d'inquiétant : des bouffées de chaleur, quelques petits tortillements, j'imagine. Nous fûmes mis à la porte, tous en bloc, en moins de temps qu'il ne faut pour le dire. Il nous en aurait fait avaler les cuillers à café si ç'avait été nécessaire. Ce fut fait de main de maître. Je n'en revenais pas. Le plus drôle, c'est que je fus le seul à être éclairé par cet incident ; et même à remarquer la désinvolture insolente avec laquelle il venait de nous signifier notre totale absence d'importance. Personne ne lui en tenait rigueur. Même pas moi.

Nous traversions le parc pour rejoindre, qui son équipage, qui (comme moi et deux ou trois autres qui remontions simplement en ville) le sentier permettant de grimper en raccourci. Cabrot (employé maintenant à demeure au Moulin de Pologne) et trois valets escortaient la compagnie avec des flambeaux de très grand apparat. (Je fais remarquer tout de suite que cette cérémonie d'accompagnement était automatique et réglée une fois pour toutes très à l'avance. Il ne s'agissait aucunement de politesse ou de gentillesse. C'était comme ça. Il en avait décidé ainsi. Flambeaux ou café, c'était du même tabac : on ne pouvait rien en conclure de flatteur.) Sous cette lumière voletante le parc perdait ses frontières et paraissait occuper tout l'espace de la nuit noire. À chaque instant il découvrait des richesses inouïes qui, serties d'ombres, étincelaient d'un éclat incomparable. Des brasiers de roses pourpres à odeur de musc se mettaient à flamber sur notre passage. La fraîcheur du soir exaltait le parfum de pêche des rosiers blancs. À nos pieds, les tapis d'anémones, de renoncules, de pavots et d'iris élargissaient des dessins sinon tout à fait compréhensibles, en tout cas magiques, maintenant que la lumière rousse des flambeaux confondant les bleus et les rouges les faisait jouer en masses sombres au milieu des jaunes, des blancs et des verdures dont le luisant paraissait gris. J'ai ainsi vu moi-même des sortes d'animaux fantastiques : des léviathans de lilas d'Espagne, des mammouths de fuchsias et de pois de senteur, toutes les bêtes d'un blason inimaginable. Au-dessus de nos têtes, les sycomores balançaient des palmes, les acacias croulants de fleurs inclinaient vers nous les fontaines d'un parfum plus enivrant qu'un vin de miel. Un froissement étouffé mais plus fort que le craquement du gravier sous nos bottines et qui parcourait les buissons me faisait imaginer comme une escorte de grands chiens souples autour de nous. Cabrot lui-même, malgré sa petite taille de cordonnier, en était solennel. (À moins qu'il n'employât à guinder sa démarche une ironie méprisante. Il en était fort capable.)

Je regardais cette procession de *beau monde*. Nous étions une vingtaine, hommes et femmes, tous silencieux. Ils devaient être en train de se demander si ce congédiement brutal et maintenant cette brusque plongée dans l'enchantement des flammes, des feuillages et des fleurs étaient du lard ou du cochon. Ils n'avaient pas dû être longs à trouver en eux-mêmes les raisons de tout admirer. Il y avait là le super-gratin. Quelques femmes fort belles, pas du tout paysannes, choyées en bijoux, s'étaient, je le savais, véritablement éprises de Julie. (Question de finesse : en quoi j'ai toujours envié les femmes. Elles ont des sens très déliés qui vont comme des vrilles de vigne s'enrouler autour de ce qu'on croit être de l'ombre et se révèle être, par la suite, l'armature la plus solide du monde.) Elles chuchotaient entre elles. Trop de bagues et de colliers où les flambeaux arrachaient des feux leur faisaient envier la tendresse intransigeante de M. Joseph qui était la part de Julie.

Même quand les équipages qui attendaient au rond-point du grand portail furent en vue, nous continuâmes à déambuler sans hâte et en silence.

En remontant mon raidillon, je jetai un regard en arrière au-dessous de moi. Les voitures trottaient par les chemins obscurs faisant sautiller leurs lanternes, emportant des jalousies et des envies dolentes, sans acidité, vers des fiefs cependant orgueilleusement plantés dans de la bonne terre. Les valets et Cabrot étaient en train de retraverser le parc en direction de la maison. Leur marche luisait comme du phosphore sous les arbres.

M. Joseph ne parlait jamais du destin des Coste. Je ne lui avais pas mâché les mots, le soir de notre premier entretien. Je ne m'étais jamais adressé à un sourd, cette fois-là moins qu'une autre. Je compris plus tard qu'il avait attaché une très grande importance à chacun de mes mots.

Je ne laissais pas cependant que de trouver assez enfantine cette façon de procéder envers une femme. Il dépensait ainsi des trésors qui eussent été mieux employés ailleurs. Avec la même volonté dirigée dans le bon sens il pouvait devenir le roi de la région. Le Moulin de Pologne était désormais considéré comme le domaine le mieux commandé. L'ordonnance des champs remplissait d'admiration même les spécialistes. Dès les premières années, des sommes importantes me furent confiées pour des placements. Je ne me hasardai pas à les investir dans des entreprises douteuses.

On se demande sans doute comment M. Joseph était arrivé si facilement à tenir et à faire manœuvrer toute notre bonne société si prompte à regimber, de la même façon qu'il me tenait et me faisait manœuvrer. Si, pour ma part, je m'étais engagé à la suite de cet homme avec une sorte de tendresse, c'est que j'avais la plus grande admiration (la plus grande envie) de ses défauts, même de ses vices. Ils n'avaient aucun rapport avec ceux auxquels nous avions confié nos réussites et nos bonheurs. Je l'avais pris pour un homme habile ; c'est que la force et la confiance en soi à un certain degré peuvent ressembler à de l'habileté. Dans tout ce qu'il entreprenait il partait vainqueur. Si les événements le contredisaient il n'admettait pas la contradiction.

Dès qu'on était tombé dans la crainte et le respect qui suivent, on était dans ses pattes. Il n'y avait rien de bon à en attendre. S'il existait vraiment un égoïste sur terre, c'était cet homme. Il ne se souciait pas du tout de vos besoins. Il ne s'est jamais soucié des miens. Question d'argent, c'est entendu, il était d'une libéralité excessive. Simplement parce qu'il n'attachait aucune importance à l'argent. Mais, pour dominer, imposer sa volonté, aller à l'encontre de tout ce qu'un homme raisonnable peut faire ou désire faire, là alors il refusait tout. Vous aviez besoin d'argent, de jambon, de vin, de pommes de terre, même de superflu ?... Qu'est-ce que vous attendiez pour vous servir ? Il n'avait rien à lui. Vous preniez et vous vous rendiez compte que vous lui faisiez plaisir. Par contre, vous aviez besoin de marquer des points contre lui, de prendre ce qu'on appelle « *le dessus* », alors il était d'une avarice sordide pour les complaisances. À un certain moment je m'étais mis dans la tête de le faire céder sur des choses infimes. Il me semblait qu'il pouvait comprendre ça. J'étais arrivé à un point de notoriété où j'avais le besoin vital d'une petite victoire sur lui, si petite fût-elle, et Dieu sait si je l'avais choisie petite. Je dus faire rapidement machine arrière.

J'aurais aimé avoir ce défaut.

Une fois, comme nous en étions à une sorte de déboutonné où nous nous laissions aller l'un et l'autre avec un réel abandon, j'eus l'impression que je m'étais repris le premier et je me mis à parler avec une négligence très bien imitée de ce temps où il avait intrigué toute la ville.

— J'avais bien d'autres tours de bâton dans mon sac, me dit-il, mais, pour tout vous avouer, je m'étais donné congé.

Je m'aperçus que, de tout ce temps-là, il avait épié avec un soin patient et sans défaut la moindre de nos réactions devant ses faits et gestes, qu'il en avait dressé le catalogue complet, qu'il le connaissait par cœur et qu'il n'avait pas cessé une minute de nous mener par le bout du nez en y inclinant sa façon de faire.

— Question d'habitude, ajouta-t-il, et seulement pour m'entretenir la main.

Comme je m'étonnais qu'il ait pu consacrer son temps à tout ce théâtre :

— Mais, voyons, mon ami, me dit-il, c'est mon métier, où avez-vous la tête ?

Je fus (on conviendra qu'on pouvait l'être à moins) désarçonné par cette nouvelle. Le ton cynique était particulièrement inquiétant ; jusqu'à sa voix qui avait mué ! J'avais déjà entendu cette voix, vu des regards et des bouches ironiques semblables à notre poste de police chez des *rebuts de la société.* Ici, certes, ils me venaient du haut de ses un mètre quatre-vingts, d'entre la barbe et les cheveux les plus candidement blancs qu'on pût arborer, mais ils découvraient en raison même un danger bien plus grand.

— Votre métier à vous, poursuivit-il, c'est quoi, somme toute ? Trouver un moyen légal pour faire passer dans votre poche ce qui est dans la mienne. Y a-t-il au monde un autre métier ? Je vous croyais plus averti.

Je serrai juste à temps les lèvres que j'allais ouvrir par besoin de gloriole (tant il m'était nécessaire de briller devant lui). Je n'étais pas non plus tombé de la dernière pluie. Je me remis assez promptement en selle et, quoique encore un peu vacillant, j'engageai des fers assez délicats. Il se découvrit libéralement avec la témérité qu'il mettait en toute chose. Tous mes coups passaient, sans l'atteindre d'ailleurs, je dois dire : il paraissait ravi. Je n'avais, comme on dit, plus un poil de sec. Était-ce donc là un de ces fameux aigrefins comme on prétendait qu'il en arrive parfois dans les chefs-lieux de canton éloignés ? Il était en réalité difficile de le savoir. Ne lui avions-nous pas, et à maintes reprises, offert dix fois plus que ce qu'il avait pris ?

J'étais déjà, à cette époque, en relations avec un vieux procureur de Grenoble qui, une trentaine d'années auparavant, s'était occupé mi-officieusement, mi-officiellement d'une très sombre histoire de crime paysan. Il m'en avait parlé chez les de S... auxquels il était apparenté et chez qui il venait passer la saison du froid. C'était un homme très gras, maintenant presque absolument confiné entre les bras élargis à sa mesure de son fauteuil mais resté extrêmement vif d'esprit et qui s'intitulait : « *Profond connaisseur du cœur humain et amateur d'âmes.* »

Le hasard fit que je pus le rencontrer quelques jours après cette fameuse conversation *d'abandon*.

— Tout est possible, me dit-il avec bonhomie, et rien n'a d'importance. Cet homme-là fait-il l'affaire ?

Je lui demandai de quelle affaire il voulait parler.

— Est-il capable de vous secouer les puces et le fait-il ? Si oui, ne cherchez pas midi à quatorze heures et bénissez le Seigneur, tous tant que vous êtes : c'est le signe de sa miséricorde.

J'étais habitué à ses plaisanteries et sans égard pour sa sieste auprès du feu je le poussai un peu plus loin. Il y alla de bon gré.

— A-t-il menti quand il s'est targué de l'appui sans réserve des autorités ? Non. Le Conseil d'État a-t-il mis un veto quelconque à ses desiderata ? Non. A-t-il surestimé sa puissance auprès du ministre ? Non. Pouvons-nous imaginer qu'il n'est pas, comme il l'a prétendu, soutenu (et peut-être obéi, comme vous m'en avez corné les oreilles tous les uns après les autres) en haut lieu ? Non. C'est vraisemblablement alors un malfaiteur public, comme vous le pensez, mais d'une taille qui échappera toujours à vos poursuites et surtout à vos désirs de poursuite.

Je ne pipai naturellement pas mot.

— Vous a-t-il pris autre chose que l'honneur ? poursuivit-il.

Personne ne le prenait plus pour un jésuite... C'était remisé avec les vieilles lunes. On ne se servait plus du titre que pour essayer de raviver la jaunisse de M. de K...

On se contenta, en petit comité, de plaindre la *pauvre* Julie. Cela fit passer son bonheur comme une lettre à la poste.

Elle s'habillait *divinement* bien. Même pendant sa grossesse elle réussit ce que toutes les dames appelèrent « des prodiges ». Sa silhouette ne fut pas un seul instant gâtée. Dans ses langueurs où elle avait les yeux mi-clos, elle était jolie comme un cœur. Il nous arriva de nous regarder les uns les autres interloqués.

S'il lui restait quelque chose de son ancienne indécence, c'était dans les manifestations de tendresse à M. Joseph. Là, devant qui que ce soit, elle était sans mesure et sans prudence. Personne ne comptait, sauf lui.

Elle fut enceinte longtemps après les délais. Il n'y avait absolument rien à compter sur les doigts. Cela fut inscrit à son crédit, sans réticence aucune.

Elle avait vingt ans de moins que son mari mais c'était pure question de calendrier. Combien de nos amazones auraient abandonné leurs sigisbées pour lui ! Si elle était excessive dans ses marques d'amour en public il était, lui, pour les mêmes choses, toujours précis et sans équivoque. Il saisissait cent occasions pour poser sa main sur l'épaule de sa femme ; certaines fois il les provoquait. Il lui flattait aussi parfois la joue avec une caresse du dos des doigts ou bien, du bout de l'index, il lui lissait les cheveux près des tempes. À partir de son mariage, il ne s'éloigna jamais d'elle.

Après la naissance de son enfant, Julie prit, je ne sais où, une voix nouvelle. Elle l'employait à parler à son bébé et à son mari. C'était comme un roucoulement de colombe. Elle s'en servait aussi pour prier.

J'étais parfois retenu à dîner au Moulin de Pologne, les soirs ordinaires, c'est-à-dire sans réception. Dès que la table était desservie Julie disait : « Prions Dieu. » Nous baissions tous le nez vers la nappe.

Julie récitait le Pater, l'Ave, les litanies, les prières pour les voyageurs égarés dans les tempêtes, la prière pour les mourants. De temps en temps M. Joseph disait doucement : « Coupe court, Julie. » Mais elle trouvait toujours des gens pour qui il fallait prier. Son âme n'avait pas d'instinct de conservation.

Un soir, nous bavardions à bâtons rompus tous les trois : elle, son mari et moi (c'était peu de temps avant sa délivrance ; je me souviens par l'appréhension que j'en eus aussitôt). C'était l'été, nous étions sur la terrasse : M. Joseph et moi dans le rai de lumière qui venait de la porte ouverte du salon ; elle avait reculé son fauteuil dans l'ombre.

Je ne sais plus à propos de quoi elle dit : « Je ne veux pas être plus heureuse que les autres. »

C'était à mon avis une si imprudente déclaration de bonheur qu'il me sembla entendre siffler l'enfer dans la profondeur des sycomores.

L'enfant — c'était un garçon — fut appelé Léonce. Sa toute première jeunesse se passa fort vite et fort bien. Il est vrai que de tout ce temps-là je fus occupé par le procès que M. Joseph mena contre les Compagnies parisiennes qui s'étaient emparées de la Commanderie. Nous passâmes par des alternatives de victoires et de défaites ; les plumes volaient de tous les côtés, je dépensais mon temps sur les chemins et les routes dans des voyages insensés où il faut chercher l'origine de tous les maux qui m'accablent maintenant pendant ma vieillesse. J'y gagnais d'ailleurs, déjà à ce moment-là, un flux d'oreille très gênant.

Je fus très surpris quand je rencontrai Léonce sur ses deux pieds et bien planté. J'avais l'impression qu'il était né la veille. Il avait déjà cinq ans.

Nous n'étions arrivés à rien avec nos procès. J'y avais perdu, comme on dit, mon temps et ma belle jeunesse, à part quelques relations que je m'étais faites et la connaissance d'une façon de procéder (que j'employais quelquefois pour mes propres affaires, mais avec prudence).

Il nous resta malgré tout une pièce de terre à usage de pâture maigre, et une bergerie, sise en bordure des collines. Le tout valait à peu près deux cents écus. À part ça, la Commanderie s'était envolée en fumée. Mais la chose fit grande impression en ville. Les paysans disaient de M. Joseph que c'était un « *bon homme* ».

Je n'aurais certainement pas accordé cinq minutes d'attention à Léonce si je n'avais vu l'importance que M. Joseph donnait à cet enfant. C'était « *le Dieu qui faisait pleuvoir* » ! Je pris grand soin de l'examiner sur toutes ses coutures.

Cet homme de passion, de haine et de grande activité forma son fils jour après jour avec une patience d'ange. La chose était commencée depuis longtemps quand je pris à tâche de voir où tout cela menait.

Léonce devint un très beau garçon ; triste.

Le siècle inclinait à la facilité dans les sentiments. Il continuait à les placer, lui, dans des endroits très escarpés. Il s'essoufflait, suait et se déchirait où les autres faisaient de la grand-route en bottes molles et chemise de soie. C'étaient la témérité de son père et le romantisme de sa mère. Bien d'autres choses lui venaient encore du côté des Coste. C'était, entre autres, une très grande aptitude à la dissimulation. Il n'était pas question, bien entendu, d'en jouer à son profit ; il ne s'en servait que pour cacher complètement une très grande partie de lui-même : la meilleure. Les rapports avec lui en étaient toujours faussés, et irrémédiablement car, d'une timidité farouche (faite en grande partie de fierté) il se serait fait *couper la tête* plutôt que de montrer ce qui pouvait lui donner gain de cause, ou éblouir.

Il confiait sa vie entière, sans aucune réserve, à un idéal de forme et de formule généralement impossible à réaliser sur terre (il était dans cet ordre d'idées d'une naïveté étonnante) et il avait toutes les forces voulues, toute la patience, tout le courage qu'il fallait pour s'obstiner mordicus dans sa décision sans tenir compte ni des risques ni des périls.

Son caractère, extrêmement ferme pour les rêves quand il s'agissait d'employer toutes ses forces à essayer de les réaliser, ne lui permettait aucune facilité. Il s'en permettait une seule : la solitude, à quoi l'inclinait son tempérament. Il pouvait vivre indéfiniment seul, mais il fallait être dépourvu de la plus modeste des intelligences pour méconnaître son extraordinaire appétit d'amour que son mépris apparent dissimulait par timidité.

L'imagination de Léonce était fort vive et je dois dire qu'à maintes reprises elle m'épouvanta. Ce jeune homme (car je connus ce trait de son caractère quand il était encore un jeune homme) ne voyait pas, n'avait jamais vu le monde réel.

Il créait tout ce dont il avait besoin : pureté, fidélité, grandeur. Dans la solitude absolue où il se maintenait c'était facile. (Comment lui qui avait tant d'aversion pour la facilité et qui exigeait tant de lui-même ne s'apercevait-il pas qu'il prenait là le biais le plus facile ?) Il faut surmonter de plus grandes difficultés pour vivre dans le monde réel impur, infidèle et médiocre.

À l'époque des premiers combats qu'un jeune homme de sa qualité, de sa réputation, de sa beauté, de sa richesse doit mener contre le monde (et où n'importe qui pouvait, semblait-il, le jouer gagnant les yeux fermés) il perdit à chaque coup. Il avait la force et la précision de son père, sa violence aussi (et celle de son oncle Jean), l'ardent désir des victoires les plus triomphales, le besoin d'une sorte de pompe, cette générosité princière qui a soif de se répandre (avec, dans cet ordre d'idées, une démesure qui lui faisait ajouter à l'argent l'amour, l'amitié, le dévouement, le don de lui-même sans réserve — et qu'il tenait de sa mère) ; mais il descendait d'une famille qui s'était usé les yeux à regarder la mort en face et Julie lui avait légué une myopie de cœur qui brouillait l'emplacement de la cible. Tous ses coups étaient à côté. Jalousés comme étaient son père et sa mère, quand on s'aperçut qu'il était trop fier pour crier au secours, il récolta une bonne série de balafres qui mirent longtemps à se cicatriser (les plus profondes firent même du pus).

Évidemment, si l'on y réfléchit, ce fut la pente naturelle et tout était bien combiné. À côté de la cible véritable qu'il n'apercevait jamais, il *inventait* une cible illusoire qu'il atteignait sans manquer. Comme il aimait le beau, je pense à la façon de chanter de Julie, le monde qu'il créait de toutes pièces était beau dans ses moindres détails ; et comme il n'était pas méchant, les êtres avec lesquels il avait commerce étaient parés, avant toute chose, des qualités les plus rares. Il passa son temps à *déchanter.* Mais l'esprit de son père le faisait aller au-devant du danger avec une désinvolture et un courage méprisants, et la façon désespérée de mépriser de Julie et des Coste l'engageait à se précipiter de son plein gré dans les pièges les plus cruels et trouver un sombre bonheur à en sentir les mâchoires claquer sur le plus sensible de lui-même. Cela déconcerta ses adversaires. Il prit l'habitude de trouver aux défaites un goût de victoire.

Quelle admirable école s'il avait été destiné à être sauvé. Je pense à moi, par exernple ! Faire son compte après des expériences semblables, c'était payer bon marché le droit absolu d'être cruel sans défaut.

Mais il ne fit jamais aucun compte. Si je m'en étonne, je comprends que je raisonne alors avec ma propre expérience du monde ; il ne pouvait, lui, faire aucun compte puisqu'il ne voyait jamais ni un homme ni une femme véritables.

Ou alors si, sur le coup d'une blessure plus aiguë, il s'attachait à regarder de très près l'être humain qui la lui avait infligée, il passait à l'exagération inverse et à partir de défauts ou de vices pour quoi, vous et moi, aurions eu la plus grande indulgence désabusée, il inventait, pour les besoins de ses colères (extrêmement violentes), des monstres infâmes, caricatures abominables de nos turpitudes les plus courantes et les plus naturelles.

Il était d'une violence où je le vis plusieurs fois sur le point de se perdre, comme un brasier qui se dévore lui-même.

Ses colères étaient nourries furieusement par son imagination. En vérité, elles n'étaient que le moment où sa démesure d'esprit (qu'aucun jugement sain des choses d'ici-bas ne pouvait arrêter) devenait maîtresse de ses muscles et de ses nerfs. Cet état auquel il se laissa aller plusieurs fois de façon regrettable lui fit prendre, à dix-huit ans, une très importante décision. Il faillit tuer un homme ; pas grand-chose en vérité et qui n'aurait laissé de regrets à personne, mais, pour lui, un homme. Il entreprit de se dominer. Et il y arriva. Mais ce n'était qu'une façon de plus de se dépenser, je dirai même de se *jeter par la fenêtre,* car la bataille qui avait été rapide et décisive en cinq sec (il n'avait même pas froissé ses manchettes) s'était déroulée au su et au vu de tout le monde sur un pré de foire, lui avait gagné tous les cœurs et toutes les sympathies.

À quinze ans, il était l'orgueil des réceptions du Moulin de Pologne. L'enthousiaste crédit qu'il accordait à tout et à tous en faisait la coqueluche des dames. Je les sentais bien un peu embarrassées parfois par sa droiture, mais, pour ce qu'elles voulaient en faire, elles s'en accommodaient. J'en voyais cependant, parmi les plus carnassières et les plus fines, qui s'entouraient de précautions.

Julie le buvait du regard. Cette femme romantique avait donné à Léonce une sorte de procuration générale pour vivre à sa place la vie héroïque qu'elle avait toujours désiré vivre. Cela n'était pas fait pour arranger les choses. Elle avait avec lui des tête-à-tête langoureux, où elle était loin de lui parler en mère. S'il avait été possible d'en faire un fat, elle y serait arrivée. Il eut toutes ces intrigues de jeunes gens qui sont sans importance mais dans lesquelles il voyait toujours la fin de sa vie et où il payait chaque fois en conséquence bon cœur bon argent. Julie exultait et l'appelait « son beau ténébreux ». Elle ne voyait pas qu'au lieu d'y prendre de l'entregent et du doigté, Léonce y perdait une fortune de sentiments.

M. Joseph avait à ce moment-là entre soixante-cinq et soixante-dix ans mais rien ne pouvait faire croire à la diminution de ses facultés intellectuelles. J'en sais quelque chose. Il ne se trompait que sur l'emploi à en faire. Il avait dévoilé ses batteries ; elles n'étaient pas du tout braquées sur les cheminements de l'adversaire : il construisait une dynastie !

CHAPITRE VI

Préparez tout pour une grande fête.

Don Juan.
Da Ponte — Mozart.

M. Joseph aimait Léonce comme la prunelle de ses yeux. Il lui bâtissait un empire. J'étais le général en chef. Je connais donc bien cette passion à laquelle j'ai travaillé comme associé, ou complice, ainsi qu'il avait dit ce fameux soir d'hiver. Il me poussait au gros de la mêlée et je faisais donner la garde.

Cependant, si je pense à cet homme important, majestueux, *quoique maigre,* qui nous avait tous bouclés en un tournemain, si je le revois en bottes et cravache, entouré de ses décalques de cadastres, usant quatre crayons rouges de deux sous par semaine, faire des ronds, des étoiles et des flèches autour de parcelles convoitées, je sens qu'il était à ce moment-là la marionnette du destin et je me demande s'il ne l'a pas toujours été.

Hiver comme été, je devais me présenter tous les jours à cinq heures du matin dans son cabinet. Il m'y attendait. Il avait déjà bu son café. Nous consultions les listes et les dossiers. Sur les listes étaient marqués les cotes et les numéros d'ordres et de folios de toutes les enclaves des terres du Moulin de Pologne, de toutes les pièces qui entraient en coin dans nos champs, de tous les triangles, becs-de-canard, bordures, talus, vagues, contre lesquels butaient nos semences. Dans les dossiers se trouvaient les enquêtes policières sur les propriétaires de ces parcelles : les empêcheurs de labourer en rond, comme il les appelait. Mais ne nous trompons pas : il ne s'agissait ni de labeur ni de labourage ; je connais la fièvre paysanne ; il ne l'avait pas.

On se trompait en imaginant qu'il était à la recherche de bonnes affaires ou de bons coups. Je l'ai cru au début ; j'y ai vite perdu mon latin. Il payait rubis sur l'ongle et sans discuter, donc le gros prix. Le chiffre qui était lancé au hasard était toujours accepté immédiatement, sans réserve. Cette hâte lui évitait heureusement le mépris du vendeur (qui est si lourd à supporter dans notre société) ce dernier ayant tout de suite l'idée qu'il était roulé, malgré tout. Dans quoi l'enfonçait encore plus le sourire narquois de M. Joseph.

Quand le domaine du Moulin de Pologne fut bien rafistolé, brossé, repassé, *tuyauté* de sillons, tapissé de vignes, fleuri de vergers, entièrement remis à neuf, on commença la chasse aux terres avoisinantes.

Tout était tellement vivant et lumineux dans l'atmosphère de M. Joseph que j'avais perdu de vue le destin des Coste, l'hypothèque que Julie avait apportée en dot à ce mariage et qui devait peser dans l'héritage de Léonce. M. Joseph ne l'avait pas oubliée ; il y pensait sans cesse. Il était trop averti des choses de ce monde pour s'illusionner sur la bonne volonté du créancier ; il était impossible d'imaginer qu'on puisse s'entendre et transiger avec quelqu'un d'aussi peu *coulant.* Il ne pouvait même pas se dire : « Qui doit à terme ne doit rien. » Il était débiteur d'une traite *à vue* qui pouvait, n'importe quand, le mettre en une faillite totale dans laquelle il n'était même pas question de lui réserver un oreiller pour reposer sa tête ; alors que chacun (et même moi, à l'époque où je le jugeais semblable au commun des mortels) le croyait riche du Moulin de Pologne engraissé et rebondi, il n'était riche que de Julie et de Léonce. Aimer cette femme (qui d'ailleurs n'était plus laide maintenant qu'un homme l'aimait) cela devait être facile en raison même de ce destin constamment menaçant.

J'ai connu des jaloux qui avaient trouvé *le mouvement perpétuel* de l'amour en apprenant l'existence d'un rival ayant des chances. Ils devenaient des *cancers* de générosité.

Ici, certes, il ne s'agissait pas de banalité : d'équipages, de bijoux, de boudoirs, de satins ou de soies, ni d'une banale infidèle qu'au bout du compte ces médiocres cadeaux, sans aucun rapport de valeur avec l'esprit qu'ils provoquent, trompent plus complètement qu'elle ne pourra jamais le faire avec sa simple matière. Il s'agissait de cette Julie qui, de guerre lasse, s'était déjà donnée au mépris public et d'une générosité qu'aucune démesure ne pourrait jamais rendre suffisante en face de l'irrésistible don Juan des ténèbres.

Aussi bien, M. Joseph ne se ruinait pas en trotteurs, en grooms, en étoles et en fourrures ; il se ruinait en raisons d'espérer. Il en avait acheté à toutes les boutiques ; il nous en avait acheté à nous-mêmes. C'est pour donner des raisons d'espérer à Julie qu'il avait abattu M. de K... et subjugué du même coup toutes nos têtes. C'est dans ce même but qu'il tenait en bride toutes les bonnes familles du canton et qu'il les faisait une fois par semaine virevolter à la chambrière dans ses salons ou passer au pas espagnol près du fauteuil de sa femme et autour de son fils ; c'est dans ce même but qu'il achetait des territoires entiers.

Tous les dynastes pour lesquels j'avais travaillé jusque-là finissaient par trouver leurs limites dans un point quelconque de l'étendue ou du temps. Leurs frontières butaient un beau jour sur une haie de saules infranchissable ou sur le *requiescat in pace*. L'univers de M. Joseph ne finissait pas avec l'horizon, quel qu'il soit, car il ne se servait en rien de la vulgarité des choses mais seulement de l'aspect qu'elles ont. De loin, les collines sont d'azur. C'est quand on s'approche à les toucher qu'elles deviennent des amas de terres arides et de guérets déserts. M. Joseph ne s'approchait pas de la *propriété* et en tenait Julie et Léonce éloignés. Malgré tous ses décalques de cadastre, il n'entendait jouir que du *point de vue de Sirius*.

Malgré tous les actes notariés et les territoires assemblés sur lesquels la charrue et la herse du meilleur fermier de la région tiraient droit à perte de vue sur du *solide*, le royaume qu'ils construisaient était loin d'être de ce monde. C'était de l'azur pur et simple, établissant ainsi autour de Julie et de Léonce et préparant autour des descendants de cette race traquée une ronde d'espaces organisés pour l'espoir terrestre.

À bien y réfléchir, c'était la plus belle nique qu'il puisse faire au destin. On comprend très bien qu'un homme qui aime se paye le luxe *devant et pour* l'objet de son amour ; surtout dans les circonstances où étaient M. Joseph, Julie et Léonce. Être à la merci non seulement d'un hameçon mais d'une simple cerise, comme les événements l'avaient prouvé, ne permettait aucun repos du cœur. Il n'est pas possible d'aimer sans violence (ou sans biais) quand on sait que la plus petite des mouches peut à chaque instant détruire l'être qui contient toute votre joie de vivre. M. Joseph était certainement obligé de fabriquer sans cesse la plus abominable des jalousies. « Bienheureux, devait-il se dire, ceux qui ne sont jaloux que des autres hommes. » Je le voyais souvent regarder Julie d'un drôle d'air. Il devait penser : « Je ne peux pas avoir confiance en elle. N'a-t-elle pas été déjà complaisante à l'extrême avec ce qui peut à chaque instant encore me l'enlever ? »

Elle n'avait pas résisté à la séduction de l'enfer. Il en avait des preuves tant et plus. Il pouvait se les repasser en mémoire tout le long du jour, il n'y avait pas moyen de douter, même en se forçant à la naïveté. C'était une certitude absolue. Au moindre signe, même pas de la mort, au moindre signe des préliminaires de la mort, elle se ruerait à corps perdu de ce côté avec la coquetterie des Coste ; se déshonorerait et le déshonorerait avec appétit, sans aucune réserve ni retenue, ferait parler d'elle, se compromettrait encore, libéralement aux yeux de tous, étalerait sa trahison, le tromperait au su et au vu de tout le monde !

Il y avait certainement chez M. Joseph une grande part d'amour-propre. Je ne crois pas qu'il existe des saints. Il se servait avec trop d'intelligence de sa qualité pour n'avoir pas une haute opinion de lui-même. Enfin, quand il avait bien souffert d'amour-propre, qu'il s'était soigneusement blessé à l'endroit qui ne guérit pas avec l'idée qu'il serait berné, il souffrait d'amour pur et simple. La perdre et rester seul ! La remplacer *par quoi* ? (Il n'était même pas question de se demander *par qui* on pouvait la remplacer ; il avait vu les Sophie et les Eléonore !) Il n'y avait de ressources qu'en cessant d'aimer. C'est ce qu'il fit, je crois. Mais des hommes de la taille de M. Joseph *ne passent pas au suivant,* comme les hommes de petit format. S'ils abandonnent, c'est par instinct de conservation. On ne peut pas savoir qu'ils n'aiment plus. Eux-mêmes l'ignorent mais ils font désormais *ce qu'il faut pour vivre* ; la vie tient à eux ; cela doit être bien désagréable.

Ces champs, cette cour, ce royaume, que dis-je, cet empire, entassés autour de Julie, c'était la garde matérielle de son bonheur à elle qu'il assurait ainsi comme avec des Suisses et des courtisans ; lui s'était démis de la garde spirituelle qu'il avait censé faire contre la séduction du destin accepté. Contre ce besoin il ne pouvait rien. Elle l'avait dans le sang comme d'autres ont le besoin d'être *peaux.*

Qu'il fût un éblouissant personnage pour nous tous, cela lui faisait une belle jambe ! Le seul être qu'il eût voulu éblouir ne regardait pas de son côté. On aurait beaucoup étonné Julie si on lui avait dit qu'elle n'aimait pas son mari, lui était infidèle. Elle n'aurait pas compris, elle *qui ne vivait que pour lui,* était aux petits soins, en adoration devant lui depuis le soir où il l'avait *enlevée* du Casino de la ville, d'entre nos pattes. Mais M. Joseph était trop malin. Sa femme avait des antécédents qu'il ne pouvait pas oublier, auxquels il pensait sans cesse. Une mouche, une cerise, un hameçon pouvaient la lui prendre à chaque instant. Elle n'était pas de celles qui crient, se défendent, appellent à l'aide et ne succombent qu'à bout de forces. Elle aimait de ce côté-là ; elle s'offrait. N'avait-elle pas fait toutes sortes d'avances ? Le destin n'est que l'intelligence des choses qui se courbent devant les désirs secrets de celui qui semble subir, mais en réalité provoque, appelle et séduit.

Si j'anticipe pour bien montrer jusqu'où la malice de ce sort peu commun se poussa, je peux dire que M. Joseph, comme il était *naturel,* vu son âge, mourut *avant* Julie, d'une mort à laquelle il n'y avait rien à reprocher. Je me souviens des quelques jours qui précédèrent son silence définitif. J'étais près du lit, sinon accablé, du moins très embêté, et je n'oublierai jamais la petite conversation suivante. M. Joseph, les narines déjà pincées, était très calme et très paisible. Julie ne lâchait pas sa main et lui parlait de *la vie éternelle*. « Ah ! certes non, dit-il. — Pourquoi ? dit-elle à voix basse. — Tu verras », dit-il en souriant avec indulgence.

Par une sorte de grâce d'état, je ne crois pas que M. Joseph ait jamais pensé que Léonce portait également en lui le destin des Coste. Il entraînait le jeune homme avec lui (avec nous) dans les champs, chaque jour et pendant tout le jour.

Le garçon était, il faut le dire, de toute beauté. Secret et noir, élancé, et d'un visage qui respirait à la fois la bonté et l'ardeur, il était *irrésistible* (si j'en juge par l'attrait qu'il exerçait même sur moi). À la lettre, des yeux de biche, tout luisants à la moindre émotion. Fort comme un Turc, visiblement toujours sur le point d'être emporté par la plus folle audace mais toujours courtois, poli et d'excellente compagnie.

Il montait superbement à cheval. Il fit son service dans les spahis (corps nouvellement créé qui était à ce moment-là tout de parade). Je connais au moins trois jeunes dames de par ici qui firent le voyage de Tarascon pour aller voir Léonce dans son manteau rouge.

Léonce fit la connaissance d'une demoiselle Louise V... Elle était d'excellente famille : industriels, riches, les V... avaient élevé leur fille unique loin du coton et fort bien. Elle était cultivée et sage, jolie au surplus et aimait manifestement pour la première fois. Enfin, notre beau ténébreux revenu nous en rebattait les oreilles. Il était, quoique séparé d'elle, d'une fidélité de fer et fit servir sa désinvolture, son mépris et ses beaux gestes à dire cette fois carrément leurs faits à nos pigeonnes, très décontenancées et qui en prirent de vraies passions. Il employait ses ténèbres à toute une correspondance quotidienne et même bi-quotidienne avec Louise et ne vivait littéralement que des lettres d'elle qu'il recevait chaque jour.

Il fallut à la fin faire venir les V... Réceptions où M. Joseph déploya une grâce et une séduction sans égales, où Julie, pour la première fois de sa vie, chanta devant tout le monde. Elle nous posséda jusqu'au trognon. J'avais bu un peu de vin ; je pleurais. Je n'étais pas seul ; nous avions tous la larme à l'œil. Je blague. Mais il faut blaguer car je ne peux pas donner une idée de la solennité (le mot n'est pas trop fort) de cette journée. Même les V... qui, venant de fort loin et étant chez nous pour la première fois, ignoraient tout, j'imagine, du destin des Coste, étaient bouleversés par l'événement. Je ne parle pas seulement du chant de Julie qui n'eut que sa place dans l'ensemble, mais de l'atmosphère quasi magique dans laquelle tout se passa. Nous nous déplacions tous comme dans un aquarium, avec une lenteur dans laquelle il y avait comme un doute sur l'opportunité du moindre de nos gestes. Même nos cocodettes dont quelques-unes étaient là avaient perdu le brillant de leurs plumes. Dieu me pardonne si on ne vit pas un peu de candeur véritable dans leurs yeux ! Léonce et Louise, côte à côte, face à face, ne voyaient rien qu'eux-mêmes et gardèrent sur leurs lèvres, du commencement à la fin, un beau sourire triste et satisfait.

J'eus l'occasion, avant le mariage, de parler souvent avec Louise. M. Joseph était inflexible en ce qui concernait l'inspection du domaine à cheval chaque matin. Il exigeait la présence de Léonce à ses côtés. Ce dernier n'essayait même pas de se dérober. Il se conduisait vraiment comme un homme, aussi bien en ce qui avait trait à son assiduité près de sa fiancée qu'au respect qu'il avait toujours témoigné à son père. M. Joseph d'ailleurs avait besoin de ménagements et d'un peu de surveillance. Il avait eu une demi-petite attaque. On avait accumulé les diminutifs mais il avait bel et bien reçu un premier coup de semonce. À son âge, cela ne pouvait avoir d'autre signification que celle que tout le monde comprenait. Moi-même, j'avais eu de telles crises de lumbago que, non seulement le cheval, mais les longues marches m'étaient interdites. Je dépassais la cinquantaine d'ailleurs.

Louise, levée de bonne heure, assistait au départ de son cavalier puis aimait à rêver sur la terrasse. Je venais m'y dégourdir les jambes entre deux apurements de comptes.

C'était la jeune fille la plus exquise qu'on pût rêver. On a dû remarquer que les femmes ne m'en imposent pas ; je suis d'autant plus à mon aise pour dire que celle-là était la perfection même.

Elle semblait faite *sur mesure* pour Léonce. Il pouvait vraiment s'engager pour la vie. Il le faisait sans réticence, avec sa bonne foi habituelle, mais en plus toute la gravité nécessaire. Sa vive intelligence, sa sensibilité affinée par l'hérédité dont il était la pointe, peut-être même l'instinct qui pousse obstinément vers le bonheur, lui donnaient une connaissance assez complète, je crois, des qualités de Louise. Il n'y avait ni équivoque ni malentendu d'aucun côté. Les difficultés (s'il y avait eu difficultés) semblaient avoir été aplanies à l'avance. Ni du côté des V... ni du côté des de M... on ne pouvait en apercevoir *la queue d'une.* Je n'avais qu'une peur : c'était trop beau pour être vrai.

Je mis assez longtemps pour me défaire de cette peur. Les premières années du mariage, si j'en juge par le spectacle de toutes les galères que j'ai vues autour de moi, furent une extraordinaire réussite humaine. Il n'y avait pas l'ombre d'un doute. Les années suivantes furent encore plus belles, s'il se peut.

Chaque journée semblait prendre à tâche de confirmer le bonheur sans mélange le plus égal.

Il y avait naturellement, comme il se doit, de petits ennuis, de petits regrets (heureusement, pourrions-nous dire) parmi lesquels le fait que le mariage ne semblait pas être sous le signe de la fécondité. Des médecins consultés confirmèrent les uns après les autres qu'il ne s'agissait ni de la faute du mari ni de la faute de la femme. Par un hasard, disaient-ils, où tout le monde perd son latin et qui pouvait changer du jour au lendemain.

Je ne sais pourquoi cette stérilité inexplicable me rassurait ou, plutôt, je le sais. Je me disais. « Cette fois, le montant de la facture n'est pas exorbitant. Le prix n'est pas surfait. On peut payer sans faire faillite. Les Coste vont finalement mourir de leur *belle mort.* Mettons encore dix ans, vingt ans, si on veut, de ce glorieux bonheur et même le coup du lapin le plus brutal sera parfaitement acceptable. » J'allais jusqu'à dire qu'il était acceptable sur-le-champ tant il n'y avait rien à désirer de plus que ce que ces deux êtres avaient.

Mes craintes avaient une autre raison plus éminente encore pour s'apaiser. Je voyais, de mes yeux, le sort commun s'occuper des de M... Je monte en épingle le bonheur pur de Louise et de Léonce mais en réalité, aux yeux du profane, il était à peine visible. Le domaine, immense, et qu'on continuait à agrandir peu à peu sans difficulté ni effort ne donnait aucun ennui.

M. Joseph vieillissait comme tout le monde et de la même manière, perdant quelques qualités, gagnant quelques défauts, très résolument égoïste, tatillon, conservant sa noblesse de pensée mais s'en servant avec beaucoup plus d'habileté que par le passé. Il mourut finalement comme j'ai dit, en échangeant quelques mots curieux avec Julie.

Après cette mort, j'avoue que j'attendais quelque éclat. Tout était trop ordinaire. Julie se désespéra comme quelqu'un qui perd son bonheur entier, ni plus ni moins ; baissa subitement, comme il se doit, perdit son lustre, fit réapparaître son œil louche et sa bouche tordue, mais je m'aperçus tout à coup de la banalité de cette infirmité.

Léonce monta sur le trône et prit les rênes du gouvernement. Je vieillissais, moi aussi. Il m'était parfois désagréable de constater que mon nouveau maître était de qualité égale sinon supérieure à l'ancien et que mes leçons étaient superfétatoires. On ne me le faisait jamais sentir. J'en voulais un peu à Léonce du respect qu'il me témoignait.

J'avais souvent aussi le sentiment que je possédais maintenant assez d'argent pour prendre mon repos.

Louise était malade. Pas gravement, sans aucun doute, puisqu'elle ne perdait pas un atome de sa fraîcheur et de sa gentillesse. Naturellement, elle avait dû dissimuler son mal depuis quelques années. Cela la tenait aux jambes, plus exactement aux hanches qui, évidemment, quand on se mit à y faire attention, avaient beaucoup minci. Elle eut de plus en plus de difficulté à se mouvoir. On consulta des spécialistes, on fit les traitements les plus abracadabrants.

Elle fut un beau jour tout à fait incapable de bouger le bas de son corps. Les rebouteux firent leur apparition, les sorciers et les marchands d'herbes. On ne prononça pas le mot de paralysie jusqu'au moment où Louise le prononça elle-même en souriant.

Léonce s'occupait activement et avec beaucoup d'intelligence de ses terres. Maintenant que le goût du royaume avait passé avec son fondateur, le rythme de vie et l'air qu'on respirait au Moulin de Pologne étaient en tous points semblables à ceux qui animaient les domaines voisins et sans doute tous les domaines de l'univers.

Je ne servais plus à rien au Moulin de Pologne sauf à m'y faire, sans utilité pour personne, un sang épineux. Je réglai mes affaires fort bien, sans hâte, ne perdant pas une seconde de vue le domaine et ses habitants, prêt (je le jure) à revenir instantanément sur ma décision au moindre signe de danger. J'eus beau faire traîner les délais, rien d'autre ici ne se montrait que la paix et le bonheur. Or, quand on règle des affaires semblables aux miennes, un jour vient, au bout de tous les délais, où il faut signer le reçu pour solde de tout compte. Après, on doit vider les lieux. Mon opinion était faite et j'avais pris toutes mes dispositions pour m'en aller d'ici. Malgré tout, je m'attardais. Je tremblais à l'idée que quelqu'un allait sûrement sortir des enfers pour mettre de l'ordre dans la maison.

Mais rien de semblable ne se produisit, rien de semblable ne parut possible. Je me retirai à X..., charmante petite ville à cinquante kilomètres d'ici où j'achetai un pied-à-terre à ma convenance.

CHAPITRE VII

Voilà ce que je craignais,
mais je croyais qu'il n'avait pas d'armes ;
car il était grand de cœur.

Othello.

Peu de temps après mon établissement à X... j'eus des indispositions répétées et fort douloureuses. Je me fis saigner à différentes reprises. Je me purgeai sans résultat. Je pris de l'ipécacuanha : *idem.* C'était la première fois de ma vie que j'étais malade ; le Moulin de Pologne disparut de mes préoccupations. Je n'ai jamais été un hercule, mais, de là à souffrir, il y a loin. C'était une habitude que je ne voulais pas prendre. J'y fus cependant contraint.

Je dus vivre en reclus. Je ne pouvais marcher qu'au prix d'efforts considérables. J'avais heureusement un petit jardin où je pouvais me traîner. J'y avais pris une certaine passion pour les fleurs.

Il y avait déjà quatre ou cinq ans que je menais cette triste existence quand un soir on frappa à ma porte. C'était une femme qui me fit peur avant que je reconnaisse en elle Julie. Elle était vêtue comme avant son mariage, de ses oripeaux criards. Elle avait repris cet air humble du temps où elle nous saluait par les chemins. Ce n'est pas son visage massacré qui me la fit reconnaître mais le fait qu'elle avait fortement badigeonné ses vieilles lèvres avec un rouge violent.

Je me dis : « Voilà la fin. Tu étais destiné à voir la fin des Coste : la voilà. Julie a dû perdre la tête et, avant qu'on ne vienne la chercher, elle mourra dans un de tes fauteuils. »

Il faisait très froid. Elle était glacée. Je la fis asseoir près de mon feu et tirai même une couverture de mulet pour l'envelopper.

Elle me surprit beaucoup en parlant d'abord raisonnablement et avec la voix qu'elle avait eue pendant tout son bonheur. Mais elle me raconta une histoire abracadabrante.

Elle cherchait Léonce. Elle savait d'ailleurs où il devait être. Il fallait que je mette mon manteau et que j'aille avec elle jusqu'aux Messageries. D'après elle, Léonce y était en ce moment même, en train de louer une voiture rapide avec laquelle il se proposait de rejoindre la station de voie ferrée, à soixante kilomètres d'ici.

C'était naturellement absurde. Et toute son attitude me le prouvait. Je lui fis boire un peu de rhum (que j'avais pour me mettre bien avec ma femme de ménage). Elle en fut un peu requinquée et s'installa dans mon fauteuil, devant le feu, comme quelqu'un qui enfin se trouve bien et veut dormir ; ou mourir en paix.

La voir mourir ne m'effrayait pas. Elle avait le nez pincé et mes craintes n'étaient pas surfaites, mais je pensais que, somme toute, elle y avait droit. C'était même parfait pour une Coste. Elle était au chaud. Je ne pouvais (ni ne voulais) lui faire aucun mal. C'était pour elle une fin comme à certains moments on n'aurait pas osé en rêver.

Elle recommença à s'agiter. Je sais que la mort n'est pas facile à atteindre et qu'il faut toujours lui courir après en se démenant beaucoup. D'ailleurs, elle pouvait durer un jour ou deux. Je ne suis pas docteur. De toute façon, si elle passait la nuit, je me proposais de télégraphier, dès le lendemain de bonne heure, au Moulin de Pologne. Jusque-là, il n'y avait qu'à l'aider.

J'abondai donc dans son sens et lui demandai gentiment ce que Léonce pouvait bien vouloir faire avec une voiture des Messageries. J'étais persuadé que parler l'endormirait à la longue.

Léonce, me dit-elle, voulait partir pour toujours.

J'étais complètement idiot, et d'ailleurs, pas du tout à la conversation, comme il est facile de le comprendre. Je lui demandai bêtement :

— Pour où, dites-vous ?

Elle dut croire que je me moquais d'elle. C'est un remords que je conserve (et il n'est pas commode à apaiser).

Elle me supplia de l'aider. Je lui dis que les Messageries n'ouvraient leur service de nuit qu'à dix heures du soir pour le départ et l'arrivée des courriers (ce qui était vrai). Il était huit heures. Il était inutile d'aller se geler pendant deux heures dans la rue, devant les écuries fermées. Léonce lui-même ne pourrait pas se faire ouvrir. Nous avions le temps. Il valait mieux continuer à se chauffer en attendant.

De toute évidence, la chaleur la séduisait. Elle s'était pelotonnée dans le fauteuil.

— Vous ne me tromperiez pas ? dit-elle.

Qui aurait pu vouloir la tromper ? J'étais surpris par les ravages *intelligents* de l'agonie dans cet esprit si fier. Elle parla sans arrêt, manifestement en plein délire. C'est son frère Jean qui revivait dans sa tête mais elle le confondait avec son fils. Je la suivais difficilement. Faire agir ce brave Léonce confit en bonheur et en vertus, suivant les plans de l'ancien Ajax dévastateur, n'était pas à la portée d'une imagination quelconque. Il fallait vraiment l'aide de la mort pour mettre dans cette confusion une logique stupéfiante.

Je me demandais où Julie allait chercher ce luxe de détails qui singeaient la vérité à s'y méprendre et composaient un personnage d'une duplicité sans égale. Elle s'était toujours montrée sans malice. Elle n'avait jamais lutté contre nous avec nos propres armes et maintenant elle imaginait de l'hypocrisie, bien mieux qu'un hypocrite de carrière. Ce qu'elle racontait était parfois tellement juste que je me disais : « Ce n'est pas possible qu'elle ait inventé ça ! » Et cependant, si, il fallait bien. Je ne voyais pas Léonce dans ce rôle-là. Il devait être aux cent coups et chercher sa mère partout, lanterne à la main, dans les bois autour du Moulin de Pologne, révolutionnant les alentours avec, de nouveau, le destin des Coste. Eh bien !, non. Ils sauraient demain matin qu'il n'y avait plus de destin des Coste.

Ou si peu. Juste cette dernière fugue de Julie, et encore qui l'avait amenée chez moi, dans mon fauteuil, sous ma couverture, près de mon feu.

Le destin des Coste ne pouvait rien faire de réel avec Léonce, le fils de M. Joseph. Il n'avait pu que profiter de la faiblesse de cette moribonde pour installer dans sa tête les décors d'un faux drame. Il réussissait encore à faire souffrir celle-là mais il en était réduit aux fantasmagories. Il démolissait en elle ce qu'elle aimait, mais trop tard : elle allait mourir et, somme toute, de cette belle mort tant désirée par toute cette famille d'Amalécites.

Pour l'apaiser et la remettre dans le droit chemin, je lui demandai des nouvelles de Louise. Elle me répondit que Louise était ruinée et à la dernière extrémité morale. Son mal l'obligeant à une immobilité totale, elle avait été dévorée crue ; on voyait dans ses yeux et dans le tremblement de sa bouche un enfer qu'elle ne méritait pas. Si on laissait ce soir les événements s'accomplir, c'était, dit Julie, « la corde dans le grenier pour toutes les deux ».

Enfin, elle regarda la pendule, se dressa et me dit qu'il fallait aller. J'étais très embarrassé. Je marche, je l'ai dit, au prix de très gros efforts et de grandes souffrances. Je ne pouvais pas non plus exercer de violences sur elle pour la faire rester là. Je n'en étais d'ailleurs pas physiquement capable. Nous étions vieux tous les deux. Je croyais qu'elle était à l'article de la mort. Je ne pouvais pas la laisser sortir seule. C'est, de toute évidence, ce qu'elle allait pourtant faire si je ne l'accompagnais pas.

Je mis mon manteau et je m'efforçai de la suivre en l'exhortant à aller doucement. Je regardai autour de nous, dans la rue, prêt à appeler à l'aide si je la voyais chanceler ou peut-être même s'abattre sur le trottoir.

C'était une nuit de froid et de brume épaisse. Nous rencontrâmes cependant quelques personnes qui allaient comme nous aux Messageries.

Nous devions être effrayants à voir surgir du brouillard. Elle, avec ses soieries de couleurs violentes, marchait d'un pas ferme que je ne pouvais pas suivre. Elle revenait vers moi et repartait, faisait trois fois le chemin comme un chien. Et moi qui clopinais péniblement derrière elle. (Ai-je dit que je suis bossu ?)

Je lui fis remarquer qu'il n'y avait personne dans l'écurie des Messageries, sauf un employé qui classait les colis arrivés à la voiture de dix heures et un cocher qui allumait sa pipe avec de l'amadou. Mais, pour qu'elle en ait le cœur net, je m'approchai du cocher et je lui demandai s'il était possible de savoir si on avait loué à quelqu'un, ce soir, une voiture particulière pour la station de chemin de fer. Il me répondit qu'il n'y avait qu'à voir le tableau. Il le regarda pour moi et il me dit qu'en effet on en avait loué une il y avait une heure.

J'eus, sur-le-champ, un horrible soupçon.

— Peut-on savoir le nom de celui qui a loué ?

Il me dit que c'était facile puisqu'il fallait montrer ses papiers pour la location des voitures particulières. Il appela le maître de poste.

Celui-ci se souvenait, dit-il, d'une femme qui avait mauvais genre, une gourgandine sûrement — ceci l'avait frappé ; et d'un homme, ma foi, comme tous les hommes...

Il posa son doigt sur le registre :

— Léonce de M... Propriétaire, dit-il.

J'ai le souvenir d'avoir fait au moins quatre ou cinq pas en courant de toutes mes forces. Mais Julie n'avait pas mes douleurs et courait plus vite que moi. Je passai la moitié de la nuit à me traîner dans le brouillard, soi-disant à sa poursuite ou à sa recherche. J'avais même la bêtise de tâter autour de moi avec ma canne, dans l'espoir de rencontrer un corps étendu sur le trottoir. Je rentrai chez moi à bout de forces. Ces événements étaient tellement semblables à un cauchemar que, d'instinct, je m'endormis comme un plomb.

J'eus, naturellement, une crise de rhumatismes qui me tint au lit pendant plus de trois semaines. Quand elle fut finie — porte fermée — je me remis à mes fleurs.

26 janvier 1952.

Table des matières

Aubin Imprimeur
LIGUGÉ, POITIERS

Achevé d'imprimer en août 1995
pour le compte de France Loisirs
123, bd de Grenelle, 75015 Paris
N° d'édition 25983 / N° d'impression L 49628
Dépôt légal, août 1995
Imprimé en France